아쿠타가와 류노스케 전집

芥川龍之介 全集

조사옥 편

본권번역자

김효순

윤상현

이시준

조경숙 외

제이앤씨
Publishing Company

第4卷 担当

이시준
임만호
이민희
송현순
윤상현
조성미
김명주
김정희
윤 일
최정아
김난희
김정숙
김상원
조경숙
김효순
조사옥
신기동
하태후

* 작품의 배열과 분류는 편년체(編年体)를 따랐고, 소설·평론·기행문·인물기(人物記)·시가·번역·미발표원고(未定稿) 등으로 나누어 수록했다. 이는 일본 지쿠마 쇼보(筑摩書房)에서 간행한 전집 분류를 참조하였다.
* 일본어 가나의 한글 표기는 교육부·외래어 표기법에 준했고, 장음은 단음으로 표기하였다.

머리말

『아쿠타가와 류노스케 전집(芥川竜之介全集)』제4권에는「두자춘(杜子春)」(1920.7.)에서「보은기(報恩記)」(1924.10.)에 이르는 19작품이 수록되어 있다. 『일본문학번역 60년(日本文学翻訳60年)』(윤상인 외 著, 소명출판사, 2008년 7월 10일)에서는, 2000년대 한국에서 가장 번역 작품 수가 많은 작가가 아쿠타가와 류노스케(芥川竜之介)라는 것을 자료로 제시하고 있다. 전집의 번역으로 인하여 이런 추세는 더욱 커질 것이다.

본 권 제4권에는 중국을 소재로 한 작품이 많이 있다. 이 기간에 아쿠타가와가 중국 여행을 했기 때문일 것이다. 아쿠타가와 류노스케는 1921년 3월 19일 도쿄를 출발하여, 오사카마이니치신문사의 해외 특파원으로 넉 달 동안 중국을 여행했다. 28일 모지(門司) 항구발 지쿠고마루(筑後丸)호를 타고 상하이로 향했지만, 30일 상하이에 상륙한 후 건강 상태가 악화되어, 20일간이나 일본인이 경영하는 사토미(里見)의원에 입원했다. 이 여행으로 인해 후일 아쿠타가와의 몸은 쇠약해졌지만, 그의 역사 인식과 사회 인식은 더욱 깊어졌다. 그런 자각에서 태어난 기행문이 「지나유기(支那游記)」, 「상해유기(上海游記)」, 「강남유기(江南游記)」, 「장강유기(長江游記)」, 「북경일기초(北京日記抄)」이다. 이 작품들은 저널리스트로서의 아쿠타가와의 재능이 유감없이 발휘된 것으로서, 일본에서는 세키구치 야스요시(関口安義) 씨들에 의해 최근 재평가되고 있다. 이 작품들은 차후에 수록될 것이다.

7월 하순에 한반도를 횡단하여 귀국한 아쿠타가와는 귀국 후 바로 소설 「어머니(母)」를 쓰기 시작하여 8월 중순에 탈고하고, 『중앙공론(中央公論)』 9월호에 게재했다. 「어머니(母)」에서 상하이 주재원인 아내 노무라 도시코(野村敏子)는 갓난아기를 폐렴으로 잃는다. 그 후 옆방의 아기 울음소리를 듣는 것이 괴로워서 여관방을 옮긴다. 얼마 후 우후(蕪湖)의 사택으로 이사하여 살고 있던 도시코 부부에게 상하이의 여자로부터 자기 아이도 폐렴으로 죽었다는 편지가 전달된다. 그 편지를 읽은 도시코는 그 아이가 죽은 것이 기쁘다고 말한다. 인간의 에고이즘을 읽을 수 있는 대목이기는 하지만, 상사(商社) 주재원의 아내가 중국에서 겪는 혹독한 환경과 함께, 폐렴으로 아이를 잃은 일본 어머니들의 슬픔이 전해져 온다. 아쿠타가와 자신도 늑막염을 앓아 상하이의 병원에서 20일간 입원한 경험이 있었기에 쓸 수 있었던 작품일 것이다.

아쿠타가와는 1992년 잡지 『개조(改造)』의 신년호에 「장군(将軍)」을 실었다. 메이지 천황(明治天皇) 사망 후 할복하여 순사(殉死)한 노기 마레스케(乃木希典)를 모델로 하여 N장군이라는 인물을 그려냈다. 중국인 스파이를 잔학하게 죽이는 것을 보고 기뻐하는 N장군과 병사들의 모습을 통해, 전장에서 인간이 얼마나 잔인해지는지를 묘사하고 있다. 중국 각지를 돌아보며 거센 배일의식을 체험하고 일본 병졸들의 횡포를 보고 들은 아쿠타가와는 일본의 침략전쟁, 침략 지배 자체를 비판

『夜来の花』를 간행했을 즈음의 龍之介

하고 있다.

한편 아쿠타가와는 신(神)에게 관심을 두고 다양한 작품을 써냈다. 본 권에 수록된, 『붉은 새(赤い鳥)』에 발표된 동화 「두자춘(杜子春)」에서 주인공 두자춘(杜子春)은 선인(仙人)이 되기 위해 선인 철관자(鉄冠子)를 만난다. 그러나 철관자가 말한 "절대 목소리를 내서는 안 된다."라는 명령을 어기고, 지옥에서 말이 된 부모가 채찍으로 맞고 있는 것을 보고는 "어머니!" 하고 소리 질러버린다. 이에 철관자는 "만약 네가 아무 말도 하지 않았더라면, 나는 즉시 네 명줄을 끊어버리려고 했다."라고 말한다. 이에 두자춘은 "무엇이 되든 인간답게, 정직하게 살 생각입니다." 하고 대답한다. 결국 선인(仙人)이 되기보다 인간다운 인간이 되기를 선택한다는 점에서 아쿠타가와의 인생관을 읽을 수 있다.

또 중국 여행을 마친 다음 해에 발표한 「덤불 속(藪の中)」은 인간의 마음속 깊은 곳에 있는 죄성과 잔학성 및 인간의 복잡한 심리를 그리고 있다. 이 「덤불 속(藪の中)」이라는 작품 속에서, 죽은 다케히로(武弘)는 비참함을 느껴 스스로 자신의 목숨을 끊었다고 말하고 있다. 또한 「아그니 신(アグニの神)」에서는 타에코(妙子)가 일본의 신들에게 기도한 결과, 아그니 신(アグニの神)이 타에코(妙子)의 간절한 기도를 들어 준다. 「덤불 속(藪の中)」이나 「아그니 신(アグニの神)」에서는 무녀와 같은 존재에게 인간적인 마음을 부여하고 있다. 말하자면 샤머니즘을 문학화하면서 '이성적인 신 만들기'를 하고 있다고 할 수 있다.

본 권에 수록되어 있는 작품 중, 당시의 가톨릭교도를 지칭하는 '키리시탄'을 소재로 한 아쿠타가와의 키리시탄모노(切支丹もの)는 「신들의 미소(神神の微笑)」와 「보은기(報恩記)」가 있다. 「신들의 미소(神神の微笑)」는 1923년 1월에 발표한 작품으로, 중국 여행 이후에 쓰였다는 점에서 주목되는 소설이다. 오르간티노 신부는 일본의 아름다운 풍경과

온화한 기후를 사랑하면서도, 왠지 그를 우울하게 하는 일본을 떠나고 싶어 한다. 일본에는 뭔가 이상한 힘이 깃들어 있어서 그것이 그의 사명을 방해하고 이유도 없이 우울의 나락으로 끌어들인다. 어느 날 저녁 해거름 때에 나타난 '이 나라 영들 중의 한 명'이라는 노인은 "우리의 힘이라는 것은 파괴하는 힘이 아닙니다. 변조(變造)하는 힘이랍니다.", "어쩌면 데우스(泥烏須) 자신도 이 나라의 토착민으로 바뀌겠지요. 중국이나 인도도 바뀌었어요. 서양도 바뀌어야 합니다." 하고 말한다.

여기서는 문명비평적인 의미를 담은 일본의 정신 풍토 문제를 다루고 있다. 중국 여행에서 돌아와, 중국에서 느낀 문화와 일본의 독특한 문화의 차이를 비교하고 있다고도 볼 수 있다. 불교나 한자가 중국에서 건너와 일본 문화 속에서 어떻게 토착화되고 있는지를 생각하며, 무엇인가 '변조'하는 '이상한' 힘을 인식하고 있다. 그러나 3세기 이전의 오래된 병풍 속으로 돌아간 오르간티노 신부에게 화자는 "데우스(泥烏須)가 이길지 오오히루메무치(大日靈貴)가 이길지, 이는 지금도 쉽게 판단할 수 없을지 모른다." 하고 말한다. 또한 "다시 수평선에 나타난 우리 흑선(黑船)의 대포 소리는 필시 예스러운 그대들의 꿈을 깨울 때가 있을 것이네."라고 덧붙여 말하며, 서양에서 온 기독교가 일본에서 부활할 날을 암시하고 있다.

「보은기(報恩記)」는 도둑으로 이름 높은 아마카와(阿媽港) 진나이(甚内)의 고해성사로 시작되는 이야기이다. 그는 자신이 담을 넘어 숨어든 호조야(北条屋) 저택의 주인이 20년 전에 중국에서 자신의 생명을 구해 준 은인 야사우에몬(弥三右衛門)인 것을 알아본다. 파산 직전에 처해 있던 야사우에몬에게 진나이는 6천 관이라는 막대한 돈을 조달해 준다. 그때 마침 도박으로 아버지 야사우에몬과 부자의 연을 끊게 된 야사부로(弥三郎)가 그곳에 왔다가 그 장면을 보고 진나이의 수하가 되겠다

고 하지만 무참히 거절당한다. 결핵에 걸린 야사부로(弥三郎)는 일부러 저택의 담을 넘다가 잡히자 자신이 진나이라고 하여 참수당한다. 아버지 야사우에몬은 진나이의 목이 모도리 다리(戻り橋)에 걸려 있다는 말을 듣고, 보은이라고 생각하며 보러 가는데, 바로 젊은 시절 자신의 얼굴이라 자세히 살펴보았더니 아들의 목이었다. 이 이야기는 가톨릭 교도인 키리시탄이면서도 도둑이 조달해 온 돈으로 파산을 면하는 야사우에몬의 마음속 깊은 곳에 있는 죄를 드러내고 있다. 그러나 야사부로는 남을 위해서 남은 생명을 바쳐 사랑을 실천했다. 바로 여기에 예수 그리스도의 사랑을 투영하고 있다고 볼 수 있을 것이다.

　이 작품은 아쿠타가와의 기독교에 대한 풍부한 지식을 엿볼 수 있는 작품이다. 말년에 신의 사랑을 믿을 수 없다고 고백한 아쿠타가와이지만, 한편으로는 예수 그리스도의 사랑을 믿고 있는 아쿠타가와의 다른 일면을 볼 수 있는 작품이다.

　이상에서 『아쿠타가와 류노스케 전집(芥川竜之介全集)』 제4권에 수록되어 있는 주요 작품에 대해 논했다. 본 권에는 이외에도 「기괴한 재회(奇怪な再会)」, 「슌칸(俊寛)」, 「궤도차(トロッコ)」 등이 수록되어 있다. 또한 중국을 소재로 하고 있는 작품도 여럿 있는데, 중국 여행 이후 일제 식민지 지배를 비판하는 역사 인식이 눈에 띈다. 뿐만 아니라 키리시탄을 소재로 한 두 작품에서는 변조하는 일본의 정신 풍토 문제에도 눈을 돌려, 예수 그리스도에 대한 아쿠타가와의 관심이 깊어져 간 것으로 보인다.

2013년 6월 12일 조사옥

목 차

아쿠타가와 류노스케 전집

芥川龍之介 全集

IV

두자춘(杜子春)

이시준

❖ 1 ❖

어느 봄날의 저녁 무렵이었습니다.

당나라[1] 도읍 낙양(洛陽)의 서쪽 문 아래에 멍하니 하늘을 올려다보고 있는 한 젊은이가 있었습니다. 젊은이의 이름은 두자춘(杜子春)[2]으로, 원래는 부잣집 아들이었지만 지금은 재산을 탕진하여 하루하루 먹고살기도 힘든 애처로운 신세였습니다.

더군다나 그 당시의 낙양이라고 하면 천하에 둘도 없는 번창한 도시였기에, 길거리에는 사람들과 마차들이 끊임없이 왕래했습니다. 문안 가득 쏟아져 들어오는 기름과도 같은 석양 속에, 노인이 쓰고 있는 비단 모자나 터키 여인의 금귀고리, 백마에 걸쳐진 색깔 있는 말고삐

---

1) 당대(618-907)의 도읍은 장안(長安, 지금의 서안<西安>)으로, 낙양도 대도시였으나 그 번화함은 장안과 비교할 수 없었다. 세월이 흘러 후당(後唐)(923-936) 시대에는 낙양(洛陽), 지금의 하남<河南>)이 도읍이 되었다. 또한 원작 「두자춘전」에서의 두자춘은 육조(六朝) 말기 사람으로 되어 있다.
2) 당대의 신선소설(神仙小說) 「두자춘전(杜子春傳)」의 주인공.

가 쉴 새 없이 지나가는 그 모습은 마치 한 폭의 아름다운 그림 같았습니다.

그러나 두자춘은 여전히 서문 벽에 몸을 기대고 멍하니 하늘만 바라보고 있었습니다. 하늘에는 이미 손톱자국 같은 가느다란 초승달이 유유히 깔린 안개 너머로 희미하게 떠 있었습니다.

"날은 저물어 가고, 배는 고프고, 게다가 이젠 어딜 가도 재워줄 만한 곳은 없고……. 이런 생각이나 하며 살 바엔 차라리 강에 뛰어들어 죽어버리는 게 나을지도 모르겠군."

두자춘은 아까부터 홀로 이런 밑도 끝도 없는 생각을 하고 있던 참이었습니다.

그때, 어디에서 왔는지 외사시(外斜視)인 어느 노인이 갑자기 그의 앞에서 걸음을 멈추었습니다. 그 노인은 석양을 등지고 서문에 기다란 그림자를 드리운 채 두자춘의 얼굴을 지긋이 바라보며, "자네는 무슨 생각을 하는가?"라고 거만하게 말을 걸었습니다.

"저 말입니까? 저는 오늘 밤 잘 곳도 없어 어찌해야 하나 하고 생각하고 있었습니다."

노인이 갑자기 물어오는지라 두자춘도 무심결에 고개를 숙이고 솔직하게 답하여버렸습니다.

"그렇군. 그거 참 안됐구먼."

노인은 한동안 무언가를 생각하는 듯하더니, 이윽고 길거리를 비추고 있는 석양빛을 가리키며 이렇게 말했습니다.

"그렇다면 내가 좋은 것을 하나 알려주지. 지금 이 석양을 등지고 서서 땅에 자네의 그림자가 생기거든 그림자의 머리 부분을 밤에 파보도록 하게. 분명 마차 한가득 실을 수 있는 황금이 묻혀 있을 테니."

"정말입니까?"

두자춘은 놀라 고개를 들었습니다. 그러자 더욱 신기하게도 그 노인은 어딜 갔는지 이미 주변에는 그 흔적조차 보이지 않았습니다. 대신 하늘에 뜬 달빛이 전보다 더 하얘졌고, 쉴 새 없이 거리를 오고 가는 사람들의 머리 위에는 일찍부터 나온 두세 마리의 박쥐가 날아다니고 있었습니다.

❖ 2 ❖

두자춘은 하루 만에 낙양에서 제일가는 부자가 되었습니다. 그 노인의 말대로 석양빛으로 드리워진 그림자를 보고, 밤에 그 머리 부분을 슬쩍 파보았더니 큰 수레에 차고 넘칠 만큼의 황금이 한가득 나온 것입니다.

큰 부자가 된 두자춘은 곧바로 훌륭한 저택을 사서 현종(玄宗) 황제3)에게도 뒤지지 않을 정도의 호화로운 생활을 시작했습니다. 난능(蘭陵)의 술4)을 사오게 하기도 하고, 계주(桂州)의 용안육(龍眼肉)5)을 가져오게도 했으며, 하루에 네 번 색깔을 바꾸는 모란을 정원에 심게 하고, 하얀 공작을 몇 마리나 풀어놓고 키웠습니다. 또 옥을 모으기도 하고, 비단을 짜게 했으며, 향목(香木)으로 마차를 만들거나 상아로 된

---

3) 당나라 제6대 제왕(685-762). 처음에는 정려치(精励治)를 도모하여 국위를 크게 선양(宣揚). 후에는 정치를 게을리하고 양귀비(楊貴妃)의 용색(容色)에 빠져 연악(宴楽)에 심취, 안녹산(安禄山)의 난을 초래하였다.

4) 화동구(華東区) 강소성(江蘇省) 무진현(武進県)에 위치한 난능에서 생산되는 미주(美酒). 이백(李白)의 시 「객중행(客中行)」 등에도 등장하며, 오래 전부터 유명했다.

5) 광서성(広西省) 임계현(臨桂県) 계주에서 생산하는 용안(龍眼)의 과실. 용안은 열대지방에서 자라는 무환자나뭇과의 식물로, 과실은 둥근 형태에 갈색이며, 비늘로 덮여 있고 속살을 식용으로 한다.

의자를 주문하기도 했습니다. 그 호화로운 생활을 하나하나 열거하자면 이 이야기가 언제까지고 끝나지 않을 것입니다.

그러자 이제까지는 길에서 마주쳐도 인사조차 하지 않던 친구들이 소문을 듣고 밤낮으로 두자춘의 집에 놀러 왔습니다. 방문하는 사람은 날이 갈수록 늘어나, 반년이 지났을 무렵에는 낙양 땅에 내로라하는 재능 있는 사람과 미인들 중 두자춘의 집을 찾아오지 않은 사람이 한 명도 없었습니다. 두자춘은 이렇게 손님들을 상대로 매일같이 잔치를 벌였습니다. 그 잔치 또한 이루 말할 수 없는 성대한 것이었습니다. 간단히만 이야기해보면, 두자춘이 금으로 만든 잔에 서양에서 온 포도주를 따라놓고 천축(天竺) 출신의 마법사가 칼을 입에 넣는 묘기를 넋을 놓고 보고 있으면, 그 주변에는 스무 명의 여인이 있어 그 절반은 비취 연꽃을, 나머지 절반은 마노(瑪瑙)로 된 모란꽃을 머리에 장식하고 피리나 금(琴)을 구성지게 연주하고 있는 풍경이었습니다.

그러나 엄청난 부자라고 하더라도 돈은 한정되어 있으니, 제아무리 호화스러운 생활을 영위하던 두자춘도 한두 해가 지나자 점점 가난해지기 시작했습니다. 사람은 박정한지라, 두자춘이 그렇게 되자 얼마 전까지만 해도 매일같이 놀러오던 친구들 또한 이제는 문 앞을 지나가면서도 인사 한번 하지 않았습니다. 결국 3년째 되는 해의 봄, 두자춘은 다시 예전처럼 돈 한 푼 없는 빈털터리가 되고 말았고, 넓은 낙양 땅 안에서 그를 머물게 해주는 집은 단 한 집도 없었습니다. 아니, 머물게 해주기는커녕 물 한 잔조차 베풀어주려고 하지 않았습니다.

어느 날 저녁, 그는 그때의 낙양 서문 아래로 가서 멍하니 하늘을 바라보며 별 도리 없이 서 있었습니다. 그러자 이번에도 예전처럼 외사시인 노인이 어디에선가 모습을 드러내고 "자네는 무슨 생각을 하는가?" 하고 말을 거는 것이었습니다.

두자춘은 노인의 얼굴을 보고 부끄러운 듯 고개를 숙인 채 한동안 아무 말도 하지 못했습니다. 그러나 이번에도 노인이 친절하게 같은 말을 묻기에 두자춘도 전과 같이 "저는 오늘 밤 잘 곳도 없어 어찌해야 하나 하고 생각하고 있었습니다."라고 주저하며 대답했습니다.

"그렇군. 그거 참 안됐구먼. 그렇다면 내가 좋은 것을 하나 알려주지. 지금 이 석양을 맞으며 서서 땅에 자네의 그림자가 생기거든 그림자의 가슴 부분을 밤에 파보도록 하게. 분명 마차 한가득 실을 수 있는 황금이 묻혀 있을 테니."

노인은 이 말만을 남긴 채 이번에도 사람들 속으로 흔적 없이 사라져버렸습니다.

두자춘은 그 다음 날부터 다시 천하제일의 부자가 되었습니다. 그리고 변함없이 마음껏 호화스러운 생활을 하기 시작했습니다. 정원에 피어있는 모란꽃, 그 가운데 잠들어 있는 하얀 공작, 그리고 칼을 입에 넣는 천축에서 온 마법사……. 모두가 예전 그대로였습니다.

마차 한가득이었던 어마어마한 황금도 다시 3년 만에 완전히 바닥을 드러내고 말았습니다.

❖ 3 ❖

"자네는 무슨 생각을 하는가?"

외사시 노인이 세 번째 두자춘 앞에 나타나 같은 질문을 했습니다. 물론 그때도 그는 낙양 서문 아래에서 안개를 가르는 초승달 빛을 바라보며 우두커니 서있었습니다.

"저 말입니까? 저는 오늘 밤 잘 곳도 없어 어찌해야 하나 하고 생각하고 있었습니다."

"그렇군. 그거 참 안됐구먼. 그렇다면 내가 좋은 것을 하나 알려주지. 지금 이 석양을 맞으며 서서 땅에 자네의 그림자가 생기거든 그림자의 배 부분을 밤에 파보도록 하게. 분명 마차 한가득……."

노인이 미처 말을 다 끝마치기도 전에 두자춘은 손을 들어 노인의 말을 가로막았습니다.

"아니, 더 이상 금은 필요없습니다."

"더 이상 금은 필요없다? 허허, 이제 호화로운 생활에도 질렸나 보구먼."

노인은 의아한 눈초리로 두자춘의 얼굴을 지긋이 바라보았습니다.

"무슨 말씀을. 호화스러운 생활에 질린 것이 아니라 사람이라는 것이 정나미가 떨어집니다."

두자춘은 불만스러운 얼굴로 무뚝뚝하게 이렇게 말하는 것이었습니다.

"그거 참 재밌군. 어찌하여 사람에게 정이 떨어졌는가?"

"사람들은 모두 매정합니다. 제가 부자가 되었을 때는 비위도 맞춰주고 아첨도 떨어대지만 가난뱅이가 되면 어떻습니까. 상냥한 낯빛조차 보여주지 않습니다. 그러한 것을 생각하니 설령 다시금 부자가 된다 해도 별 볼 일 없을 것이라 여겨집니다."

노인은 두자춘의 말을 듣더니 갑자기 히죽히죽 웃기 시작했습니다.

"그런가. 이거 참, 자네는 젊은 사람답지 않게 이치를 잘 아는 사람일세. 그렇다면 이제부터는 가난하더라도 마음 편히 살아갈 생각인가?"

두자춘은 잠시 주저했습니다. 하지만 곧 결정한 듯 고개를 들었습니다. 그리고 호소하듯 노인의 얼굴을 바라보며 이렇게 말했습니다.

"그것 또한 지금의 저로서는 불가능합니다. 그래서 말인데, 저는 어르신의 제자가 되어 선술(仙術) 수행을 하고 싶습니다. 부디 감추지 마십시오. 어르신은 덕이 높은 선인(仙人)이시지요? 선인이 아니라면 하룻밤 새에 저를 천하제일의 부자로 만들 수 없었을 것입니다. 부디 저의 스승이 되어 주시어 신기한 선술을 가르쳐 주십시오."

노인은 미간을 찌푸린 채 한동안 말없이 생각에 잠겼습니다. 그러다 이윽고 다시 빙긋 웃으며, "자네 말대로 나는 아미산(峨眉山)[6]에 기거하고 있는 철관자(鉄冠子)[7]라고 하는 선인이네. 처음 자네의 얼굴을 보았을 때 어딘지 모르게 이치를 잘 알 것 같았기에 두 번은 부자로 만들어 주었던 것이네만, 그리도 선인이 되고 싶다면 내 제자로 받아 주지."라며 흔쾌히 청을 들어주었습니다.

두자춘은 기쁜 나머지 노인의 말이 끝나기도 전에 땅에 엎드려 몇 번이고 절을 올렸습니다. "그렇게 절을 할 필요는 없네. 내 제자로 받아들인다고는 하나, 훌륭한 선인이 될 수 있을지 없을지는 자네에게 달린 것이니 말일세. 어찌 됐든 일단은 나와 함께 아미산 깊은 곳으로 가보도록 하세. 마침 여기 대나무 지팡이가 하나 떨어져 있군. 자, 어서 이 대나무 지팡이를 타고 단숨에 하늘을 날아가도록 하세."

철관자는 그곳에 있던 청죽(靑竹)을 집어 들고는 입으로 주문(呪文)을 외우며 두자춘과 함께 말이라도 타듯이 대나무에 올라탔습니다. 그러

---

6) 사천성(四川省) 아미현(峨眉県) 서남(西南)에 있는 산. 두 산이 대칭하고 있어 그 형태가 눈썹과 비슷하다.
7) 삼국시대의 선인 좌자(左慈)의 도호(道号). 천계산(天桂山)에 기거하며 조조(曹操)의 부름을 받아 선술을 펼쳐보였다고 한다. 장생불사(長生不死)하는 선인이기 때문에 시대적 차이가 생기는 점에는 지장이 없다.

자 신기하게도 대나무 지팡이는 마치 용(龍)처럼 기세 좋게 넓은 하늘
로 올라갔고, 맑게 갠 봄날의 저녁 하늘을 날아 아미산으로 향했습니
다.

두자춘은 몹시 놀란 가운데 조심스럽게 아래를 내려다보았습니다.
하지만 그저 석양 아래의 푸른 산들이 보일 뿐, 도읍 낙양의 그 서문
은 어디에도 보이지 않았습니다(벌써 안개 속으로 사라져버린 것이겠지요.).
아미산으로 향하던 중 철관자는 새하얀 귀밑털을 바람에 흩날리며 소
리 높여 노래를 부르기 시작했습니다.

아침에는 북해(北海)8)에서 놀고, 저녁에는 창오(蒼梧)9)에서 잔다.
소맷자락 속 푸른 뱀, 담력도 세구나.
세 번을 악양(嶽陽)에 들어가서도 사람을 알지 못하고.
낭음(朗吟)하며 날아 지나가는 동정호(洞庭湖).

❖ 4 ❖

얼마 후, 두 사람을 태운 대나무 지팡이는 아미산에 도착했습니다.
도착한 곳은 깊은 계곡에 면한 폭이 넓은 바위였지만 상당히 높은 곳
으로, 하늘에 떠있는 북두칠성이 밥공기만한 크기로 빛나고 있었습니
다. 원래부터 인적이 끊긴 산인지라 근처는 쥐 죽은 듯 조용했습니다.
간신히 귀에 들어오는 것은 뒤쪽 절벽에 서 있는, 구불구불 구부러진

---

8) 발해(渤海)의 다른 이름, 또는 북쪽 끝의 경계를 말한다. 이 시는 여동빈(呂洞賓)의
   시(「금당시金唐詩」 제12함 제6권 수록). 선술(仙術)로 중국 전역을 유히 날아다니
   는 모습을 읊은 것이다.
9) 지금의 광서성 동부. 성인 순(舜)임금이 죽은 장소라고 한다. 북해와는 달리 극남
   (極南) 지역.

한 그루의 소나무가 밤바람에 바스락거리는 소리뿐이었습니다.

이 바위에 이르자 철관자는 두자춘을 절벽 아래에 앉히고 말했습니다.

"나는 지금부터 천상에 가서 서왕모(西王母)[10]를 만나고 올 터이니, 너는 그동안 이곳에 앉아서 내가 돌아오는 것을 기다리는 것이 좋겠다. 아마도 내가 없으면 이런저런 마성(魔性)이 나타나 너를 홀리려고 할 텐데, 설령 어떠한 일이 일어난다 해도 절대 목소리를 내서는 안 된다. 만약 한 마디라도 입 밖으로 꺼내면 너는 결코 선인이 될 수 없다는 것을 명심하여라. 알겠느냐? 천지가 개벽한다 해도 입을 다물고 있어야 한다."

"잘 알겠습니다. 절대 입을 열지 않겠습니다. 목숨이 끊어진다 해도 입을 다물고 있겠습니다."

"그래, 그것을 들으니 나도 마음이 놓이는구나. 그럼 나는 다녀오겠다."

노인은 두자춘과 인사를 하고 다시 대나무 지팡이에 탔습니다. 그런 다음 일직선으로 날아 어두운 밤에도 뚜렷하게 보이는 산들 위로 사라져버렸습니다.

두자춘은 혼자 바위에 앉아 조용히 별을 바라보고 있었습니다. 그럭저럭 한 시간쯤 지나자 깊은 산중의 밤공기가 차갑게 느껴졌습니다. 한기가 얇은 옷 속으로 스며들 때쯤, 갑자기 하늘에서 소리가 들려왔습니다.

"거기에 있는 자는 누구인가?"

몹시 야단치는 목소리였습니다.

---

10) 중국 신화의 여신. 서방의 선경 곤륜산(崑崙山)에 살고 있다고 전해진다. 예로부터 실재하는 인물이라고도 여겨지나 의문이 많다. 시대의 흐름에 따라 신선화되어, 선도의 수업을 끝낸 자는 모두 곤륜에 가서 서왕모에게 면허장을 받는다고 한다.

하지만 두자춘은 선인의 가르침대로 아무 대답도 하지 않았습니다.

그러자 잠시 뒤, 또다시 같은 소리가 들려오길, "대답을 하지 않으면 지금 당장 목숨을 잃을 것을 각오하여라."라고 무섭게 위협하는 것이 아니겠습니까?

물론 두자춘은 아무 말도 하지 않았습니다.

그러자 어디로 올라왔는지, 번쩍번쩍 이글거리는 눈의 호랑이 한 마리가 갑자기 바위로 뛰어올라 두자춘을 노려보며 크게 울부짖었습니다. 그와 동시에, 머리 위의 소나무 가지가 세차게 흔들리더니 뒤쪽의 절벽 꼭대기에서 4두(斗)의 술이 들어갈 나무통만한 백사(白蛇) 한 마리가 불꽃같은 혀를 날름거리며 순식간에 두자춘에게 가까이 다가왔습니다. 그러나 두자춘은 태연하게 눈썹 하나 까딱하지 않고 앉아 있었습니다.

호랑이와 뱀은 서로 같은 먹잇감을 두고 틈을 노리는 것인지 잠시 동안은 서로를 노려보고 있었지만, 드디어 어느 쪽이 먼저랄 것도 없이 동시에 두자춘을 향해 뛰어들었습니다. 호랑이의 이빨에 물린 것일까, 뱀의 혀에 삼켜진 것일까, 이제 죽었구나 생각하는 그 순간, 돌연 호랑이와 뱀은 안개처럼 밤바람과 함께 사라져버렸습니다. 그저 아까처럼 절벽의 소나무에서 바스락거리는 소리가 날 뿐이었습니다. 두자춘은 겨우 안도의 한숨을 쉬면서, 다음에는 어떤 일이 생길까 가슴 졸이며 기다렸습니다.

잠시 후, 이번에는 한바탕 바람이 불어오고 먹구름이 주변을 덮더니 별안간 옅은 보라색 번개가 어둠을 둘로 나누며 무시무시한 뇌성을 냈습니다. 번개뿐만이 아니었습니다. 번개와 함께 느닷없이 폭우가 내리기 시작했습니다. 그래도 두자춘은 천변(天變) 속에서 두려워하지 않고 가만히 앉아있었습니다. 바람 소리, 거센 빗줄기, 그리고 끊임없이 번쩍이는 번갯불—— 잠시 동안은 제아무리 아미산이라도 허물어질 것 같다고 느껴질 정도였습니다. 그때, 귀가 찢어질 정도로 큰 뇌성이 울려 퍼지며 검은 소용돌이 구름 속에서 새빨간 불기둥 하나가 두자춘의 머리로 떨어졌습니다.

두자춘은 엉겁결에 귀를 막고 바위에 엎드렸습니다. 그러나 금세 눈을 떠보니, 하늘은 이전과 같이 맑게 개어 있었고 저편 높이 솟아 있는 산들 위에도 여전히 밥공기만한 북두칠성이 반짝반짝 빛나고 있었습니다. 분명 호랑이나 백사처럼, 철관자가 없는 틈을 타 마성이 장난을 친 것이 틀림없었습니다. 두자춘은 그제야 안심하고 이마에 맺힌 식은땀을 닦아내면서 다시 바위에 고쳐 앉았습니다.

그러나 한숨 돌릴 새도 없이, 이번에는 앉아있는 그의 앞에 금으로 만든 갑옷을 입은, 3장(丈)이나 될 법한 키의 무섭게 생긴 신장(神將)이 나타났습니다. 신장은 손에 삼차극(三叉戟)을 가지고 있었는데, 갑자기 그 창끝을 두자춘의 가슴 언저리로 향하더니 눈을 부라리며 성을 내는 것이었습니다.

"이봐, 자네는 대체 누구인가? 이 아미산이라는 산은 천지개벽(天地開闢)이 있었던 예로부터 내가 살고 있는 곳이니라. 그것도 개의치 않고 혼자 이곳에 들어와 있는 것을 보면 예사로운 인물이 아닐 것이다. 자, 목숨이 아깝다면 한시라도 얼른 대답하여라."

그러나 두자춘은 노인의 말대로 입을 굳게 닫고 아무 말도 하지 않았습니다.

"대답하지 않는가? 하지 않는군. 좋아, 네 맘대로 하여라. 그 대신 내 부하들이 너를 갈기갈기 찢어버릴 것이다."

신장은 창을 높이 쳐들고 하늘을 향해 부하들을 불렀습니다. 그러자 곧바로 어둠이 휙 걷히며, 놀랄 만큼 많은 신병(神兵)이 구름처럼 하늘을 메우고 있는 것이 보였습니다. 그들 모두 창이나 칼을 번뜩이며 당장이라도 두자춘을 공격하려 하고 있었습니다.

　　그 광경을 본 두자춘은 엉겁결에 '앗!' 하고 소리를 지를 뻔했지만, 금세 다시 철관자의 말을 떠올리고는 굳게 입을 다물었습니다. 신장은 그가 두려워하지 않는 것을 보고 매우 화를 냈습니다.

　　"이 고집 센 녀석, 아무리 해도 대답하지 않겠다면 약속대로 네 목숨은 없다."

　　신장은 말이 끝나자마자 삼차극을 번쩍거리며 단번에 두자춘을 찔러 죽였습니다. 그리고는 아미산이 떠나갈 정도로 껄껄거리며 종적도 없이 사라져버렸습니다. 수없이 많았던 신병들도 불어오는 밤바람 소리와 함께 꿈처럼 사라진 뒤였습니다.

　　북두칠성은 다시 추운 듯이 바위를 비추기 시작했습니다. 절벽의 소나무 가지도 여전히 바스락 소리를 냈습니다. 그러나 두자춘은 이미 숨이 끊어져, 하늘을 바라보며 그곳에 쓰러져 있었습니다.

❖ 5 ❖

　　두자춘의 몸은 바위 위에서 하늘을 향한 채로 쓰러져 있었지만, 두자춘의 혼은 조용히 몸을 빠져나와 지옥으로 내려갔습니다.

　　이 세상과 지옥 사이에는 암혈도(闇穴道)[11]라는 길이 있는데, 그곳은 1년 내내 깜깜한 하늘에 얼음같이 차가운 바람이 거칠게 부는 곳

---

11) 서역에 있었다고 하는 주라국(朱羅国)에 죄인을 유배시킬 때, 극악인(極惡人)을 지나가게 한다는 암흑의 길.

이었습니다. 두자춘은 그 바람을 맞으며 잠시 동안 나뭇잎처럼 하늘을 떠다니다가, 겨우 삼라전(森羅殿)12)이라는 현판이 걸려있는 화려한 어전 앞에 도착했습니다.

어전 앞에 있던 많은 오니(鬼)13)는 두자춘의 모습을 보고는 즉시 그 주위를 에워싸고 단상 앞으로 끌고 갔습니다. 단상 앞에는 왕이 새까만 옷에 금으로 된 관을 쓰고, 위엄 있게 주변을 주시하고 있습니다. 소문으로만 듣던 염라대왕(閻魔大王)이 틀림없었습니다. 두자춘은 이제 어찌 되는 것일까 생각하면서 쭈뼛쭈뼛 무릎을 꿇고 앉았습니다.

"이런, 그대는 대체 누구길래 아미산 위에 앉아 있었는가?"

염라대왕의 목소리는 천둥처럼 단상에 울려 퍼졌습니다. 두자춘은 곧바로 대답하려 했으나 문득 결코 입을 열어서는 안 된다는 철관자의 훈계가 다시 떠올랐습니다. 그래서 그저 머리를 떨어뜨린 채 벙어리처럼 입을 다물고 있었습니다. 그러자 염라대왕은 가지고 있던 쇠로 된 홀(笏)을 쳐들고 얼굴에 난 수염을 곤두세우며 "그대는 이곳을 어디라고 생각하는가? 어서 대답하는 것이 좋을 것이다. 그러지 않으면 지체 없이 지옥의 가책(呵責)을 만나게 해주마."라고 큰소리로 을러멨습니다.

그러나 두자춘은 변함없이 입을 열지 않습니다. 그것을 본 염라대왕은 오니들을 바라보며 거칠게 무엇인가를 지시했습니다. 오니들은 일제히 황공해하며, 곧바로 두자춘을 끌고 수라전의 하늘을 날아올랐습니다.

누구나 알고 있듯이 지옥에는 검(劍)의 산14)이나 혈(血)의 누(池) 외

12) 삼라(森羅)는 우주 가운데 있는 모든 것. 따라서 모든 것이 모이는 어전이라는 의미.
13) 일본 요괴의 한 종류. 여기에서는 지옥의 옥졸로 등장.

에도 초열지옥(焦熱地獄)이라고 하는 염(焰)의 계곡이나 극한지옥(極寒地
獄)이라고 하는 얼음 바다가 새까만 하늘 아래 나란히 펼쳐져 있습니
다. 오니들은 이러한 지옥 속에 차례차례 두자춘을 내던졌습니다. 두
자춘은 검에 무참히 가슴을 관통당하고, 화염에 얼굴이 타고, 혀를 뽑
히고, 가죽이 도려내지고, 쇠로 된 공이(杵)에 찧이고, 기름 가마에서
쪄지고, 독뱀에게 뇌를 빨리고, 뿔매(熊鷹)에게 눈을 먹히고……도저히
끝이 보이지 않을 정도의 여러 책고(責苦)를 당했습니다. 그래도 두자
춘은 꾹 참으며 이를 악물고 한마디도 하지 않았습니다.

　이에 오니들도 그만 질려버렸습니다. 다시 어두컴컴한 하늘을 날아
삼라전으로 돌아오자, 아까처럼 두자춘을 단상 밑으로 끌고 가서 어
전에 있는 염라대왕에게 입을 모아 고했습니다.

　"이 죄인은 어떻게 해도 입을 열 기미가 보이지 않습니다."

　염라대왕은 눈살을 찌푸리며 잠시 생각에 잠긴 듯 보였습니다. 그
리고 드디어 무언가를 떠올리더니 "이 남자의 부모는 축생도(畜生道)에
빠져있을 것이니 어서 이곳으로 끌고 오거라." 하고 한 오니에게 명했
습니다.

　오니가 막 바람을 타고 지옥의 하늘로 날아갔다고 생각할 때 즈음
어느새 별이 떨어지듯이 두 마리의 짐승을 몰며 다시 삼라전 앞으로
내려왔습니다. 그 짐승을 본 두자춘은 크게 놀랐습니다. 두 마리 모두
몸은 볼품없이 마른 말이지만 얼굴은 꿈에서도 잊을 수 없는 돌아가
신 부모님이었기 때문입니다.

　"이봐, 그대는 무엇을 위해 아미산에 앉아 있었는가? 지금 당장 털
어놓지 않으면 이번에는 그대의 부모에게 고통을 줄 것이야."

---

14) 검수지옥(劍樹地獄).

두자춘은 이렇게 위협해도 역시 대답하지 않고 있었습니다.

"이 불효자 녀석! 너는 부모가 고통스러워도 네놈만 좋다면 좋은 것이냐."

염라대왕은 삼라전이 무너질 만큼 섬뜩한 목소리로 호통쳤습니다.

"오니들아! 쳐라! 이 두 마리의 짐승을 뼈도 살도 쳐 부숴버려라."

오니들은 일제히 "네!" 하고 대답한 뒤, 사방팔방에서 쇠 채찍을 쳐 들고 두 마리의 말을 가차없이 쳐 쓰러뜨렸습니다. 채찍은 휙휙 바람을 가르며, 장소와 자리를 가리지 않는 비처럼 말의 가죽과 살을 때렸습니다. 말—짐승이 된 부모는 괴로워 몸부림치며 차마 바라볼 수 없을 만큼 피눈물을 흘리고 있었습니다.

"어떤가. 아직도 그대는 이실직고하지 않겠는가?"

염라대왕은 오니들에게 잠시 채찍을 멈추게 하고 한 번 더 두자춘에게 대답을 재촉했습니다. 그때는 이미 두 말도 살이 찢기고 뼈가 부서져 숨이 끊어질 지경으로 단상 앞에 쓰러져 있었습니다.

두자춘은 필사적으로 철관자의 말을 떠올리면서 질끈 눈을 감았습니다. 그런데 그때, 그의 귀에 거의 사람의 목소리라고 할 수 없을 정도의 희미한 목소리가 전해져 왔습니다.

"걱정하지 말아라. 우리들은 어떻게 되어도 너만 행복해진다면 그 것보다 좋은 건 없으니까. 대왕이 뭐라 해도 말하고 싶지 않은 것은 입을 다물고 있어라."

그것은 그리운 어머니의 목소리가 틀림없었습니다. 두자춘은 엉겁결에 눈을 떴습니다. 그리고 한 마리 말이 힘없이 땅에 쓰러진 채 슬픈 듯 그의 얼굴을 지긋이 바라보고 있는 것을 보았습니다. 어머니는 괴로워하면서도 자식의 마음을 염려하여, 오니들의 채찍에 쓰러졌던 것을 원망하는 기색조차도 보이지 않았습니다. 부자가 되면 온갖 아부로 비위를 맞추고 가난해지면 상대조차 하지 않는 세상 사람들과 비교하면 이 얼마나 감사한 마음인지, 이 얼마나 장한 결단인지! 두자춘은 노인의 훈계도 잊어버리고 넘어질 듯 그 옆으로 달려가 양손으로 반사(半死) 상태의 말 목을 끌어안고는 눈물을 뚝뚝 흘리며 "어머니!" 하고 외쳤습니다.

❖ 6 ❖

그 소리에 정신을 차려보니, 두자춘은 어느샌가 석양이 비치는 낙양(洛陽)의 서쪽 문 아래에 멍하니 서 있었습니다. 안개가 낀 하늘, 하얀 초승달, 끊임없이 오가는 사람들과 마차들의 물결……. 이 모두가 아미산에 가기 전과 같았습니다.

"어떠한가? 내 제자는 물론이고 아무래도 선인이 되지는 못하겠구나."

외사시의 노인이 미소를 지으며 말했습니다.

"될 수 없습니다. 될 수는 없지만 저는 그렇게 된 것이 오히려 기쁘기도 합니다."

두자춘은 아직 눈에 눈물이 맺힌 채로 부지중에 노인의 손을 잡았습니다.

"선인이 못 된다 한들 그 지옥의 삼라전 앞에서 채찍을 맞고 있는 부모를 보고 입을 다물고 있을 수만은 없었습니다."

"만약 네가 아무 말도 하지 않았더라면……."

철관자는 갑자기 엄한 표정을 짓고는 지긋이 두자춘을 바라보았습니다.

"만약 네가 아무 말도 하지 않았더라면, 나는 즉시 네 명줄을 끊어 버리려고 했다. 이제 너는 더 이상 선인이 되고자 하는 바람도 없다. 부자가 되는 것도 정나미가 떨어졌을 것이다. 그렇다면 이제 무엇이 되고자 하느냐?"

"무엇이 되든 인간답게, 정직하게 살 생각입니다."

두자춘의 목소리는 지금까지와는 다르게 밝고 활기찼습니다.

"그 말을 잊지 말아라. 그럼 나는 오늘을 끝으로, 두 번 다시 너와 만나지 않을 것이다."

철관자는 이렇게 말하며 걸음을 옮겼습니다. 그러다 갑자기 걸음을 멈추고 두자춘을 돌아보며 자못 유쾌한 듯 덧붙였습니다.

"아아, 그러고 보니 지금 생각났다만, 나는 태산(泰山)[15]의 남쪽 기슭에 집 한 채를 가지고 있다. 그 집을 밭과 함께 너에게 줄 터이니 어서 가서 살도록 하여라. 지금쯤이면 집 주변에 복숭아꽃이 활짝 피어 있겠지."

---

15) 산동성(山東城) 태안부(泰安府)에 있는 명산. 오악(五嶽) 중의 하나.

버려진 아이(捨兒)

임만호

"아사쿠사(浅草)의 나가스미초(永住町)[1]에 신행사(信行寺)라는 절이 있는데요. 아뇨, 큰 절은 아닙니다. 닛소 큰스님(日郎上人)[2]의 목조상이 있는 꽤 유서 깊은 절이라고 합니다. 메이지 22년(1889년) 가을, 그 절의 문 앞에 사내아이가 한 명 버려져 있었습니다. 게다가 생년월일은 물론이고 이름을 쓴 종이 한 장 딸려 있지 않았답니다. 듣기로는 노란색 바탕에 갈색 줄무늬가 있는 낡은 비단 천 한 장에 몸을 감싼 채로 끈이 떨어진 여자용 조리(일본식 짚신)를 베게 삼아 버려져 있었다고 합니다.

당시 신행사의 주지스님은 다무라 닛소(田村日錚)라고 하는 노인이었는데요, 때마침 아침 독경을 하고 있는데 제법 나잇살이나 먹은 문지기가 버려진 아이가 있는 것을 알리러 왔다고 합니다. 그러자 불전을 향해 앉아 있던 스님은 문지기 쪽은 돌아보지도 않는 채로 '그런가, 그럼 이리로 안고 오게.' 하고 아주 아무렇지도 않게 대답을 했답니다. 뿐만 아니라 문지기가 조심스럽게 그 아기를 안고 오자 곧바로 자신이 받아 안으면서 '오! 이런, 귀여운 아기구나. 울지 마, 울지 마. 오늘부터 내가 키워주마.' 하고 소탈하게 달래기 시작했습니다. 이때의 일은 훗날에도 스님을 좋아하는 문지기가 시키미3)와 향을 파는 짬짬이 참배하러 오는 사람들에게 열심히 이야기했지요. 알고 계실지도 모르겠습니다만, 닛소 큰스님이라는 사람은 원래 후카가와(深川)에 사는 미장공이었는데, 열아홉이 되던 해에 공사장 발판에서 떨어져 한동안 정신을 잃고 난 뒤 갑자기 보리심4)이 생겼다는 호방한 성격의 기인이었습니다.

스님은 이 업둥이에게 유노스케라는 이름을 붙여서 자신의 자식처럼 기르기 시작했습니다. 하지만 유신(明治維新) 이래 여인네라고는 없던 절인지라 기른다고는 해도 쉬운 일이 아니었습니다. 보살피는 것부터 우유를 먹이는 일까지, 스님 자신이 불경을 읽지 않을 때 보살피겠다는 것입니다. 한번은 유노스케가 감기인지 뭔지에 걸렸을 때, 공교롭게도 강변5)에 사는 니시타쓰(西辰)라는 큰손 시주가의 불사(仏事)가 있었다고 하는데요, 닛소 스님은 법의 가슴에 열이 펄펄 나는 아기를 안은 채로 수정 염주를 한 손에 걸고서 여느 때처럼 태연하게 독경을 마쳤다는 것입니다.

그러나 그러는 동안에도 될 수 있으면 친부모를 찾아주고 싶은 것이 호걸스럽지만 정에 약한 닛소 스님의 속마음이었겠지요. 스님은

---

3) 향나무의 이름
4) 불교의 구도심(求道心).
5) 스미다 강(隅田川) 강변. 특히 아사쿠사(浅草) 강변을 지칭.

설법하는 자리에 오를 일이 있으면―지금도 가보시면 신행사 앞 기둥에 '설법, 매월 16일'이라고 쓰인 낡은 팻말이 매달려 있습니다―가끔 일본과 중국의 고사(故事)를 인용해서 부모 자식 간의 은혜와 사랑을 잊지 않는 것이 바로 부처님의 은혜에 보답하는 것이라고 간곡히 이야기했다고 합니다. 하지만 설법 날은 매번 돌아오는데도 누구 한 사람 나서서 자신이 업둥이의 부모라고 신분을 밝히는 자를 찾을 수가 없었지요. 아니, 유노스케가 세 살 때 딱 한번 부모라고 하는 기생인지 작부인지 모를 여자가 찾아온 적이 있었습니다. 아마 이 사람은 업둥이를 밑천으로 나쁜 짓이라도 꾸밀 작정이었나 봐요. 꼬치꼬치 캐물어 보니 의심쩍은 것투성이었지요. 불같은 성격의 닛소 스님은 완력만 사용하지 않았을 뿐 호되게 독설을 퍼부은 끝에 그 자리에서 내쫓아버렸답니다.

메이지 27년(1894년) 겨울, 세상은 청일전쟁(淸日戰爭) 소문으로 들끓고 있을 시기였는데요. 역시 16일 설법 날에 스님께서 거실로 돌아오자 기품 있는 서른 너덧 살 정도의 여인이 얌전하게 뒤따라왔답니다. 거실에는 솥을 건 이로리(圍爐裡)6) 옆에서 유노스케가 귤껍질을 벗기고 있었지요. 그 모습을 슬쩍 보자마자 여인은 아무런 망설임도 없이 스님 앞에 엎드려 떨리는 목소리를 억누르면서, '저는 이 아이의 어미입니다만.' 하고 결심한 듯 말했다고 합니다. 이런 갑작스런 상황에 그 호걸스런 닛소 스님도 잠시 동안 어안이 벙벙해져서 답변조차 할 수가 없었습니다.

하지만 여인은 스님을 개의치 않고 물끄러미 다다미를 응시하면서 거의 암송이라도 하듯이―그렇다고는 해도 마음의 격동은 온몸에서

---

6) 이로리[圍爐裡]는 (농가 등지에서) 방바닥의 일부를 네모나게 잘라내고, 그곳에 재를 깔아 취사용・난방용으로 불을 피우는 장치.

드러나고 있었습니다만—지금까지의 양육에 대한 감사 인사를 하나하 나 정중하게 올리는 것이었습니다.

이것이 잠시 동안 계속된 후에, 스님은 주홍색 부챗살의 의식용 부 채를 들어 올려 여인의 말을 가로막으면서 우선 이 아이를 버린 연유 를 들어보자고 재촉했습니다. 그러자 여인은 여전히 다다미를 내려다 보면서 이러한 이야기를 풀어놓았다고 합니다.

정확히 그때로부터 5년 전, 여인의 남편은 아사쿠사(浅草) 다하라마 치(田原町)에 쌀가게를 개업했답니다. 하지만 주식에 손을 댄 탓에 결 국은 가산을 탕진하고 야반도주하다시피 요코하마(横浜)로 내려가게 되었습니다. 그런데 이러한 상황이 되자 갓 태어난 사내아이가 걸림 돌이 되었습니다. 더구나 공교롭게도 이 여인은 젖이 전혀 나오지 않 았답니다. 결국 도쿄를 떠나는 날 밤, 부부는 신행사의 문 앞에 울면 서 갓난아기를 버리고 갔습니다.

이후 안면이 좀 있는 지인을 연고로 기차도 타지 않은 채 요코하마 로 가서, 남편은 어느 운송회사에서 고용살이를 하고 여인은 어느 실 파는 가게의 하녀가 되어 2년 정도 둘 다 죽을 둥 살 둥 일을 했다고 합니다. 그러는 동안에 운이 돌아온 것인지, 3년째 되는 여름에는 운 송회사 사장이 남편의 정직하게 일하는 모습을 신임하여, 때마침 개 발되기 시작한 혼모쿠(本牧)[7] 부근의 큰 거리에 작은 지점을 내주었습 니다. 여인도 고용살이를 그만두고 남편과 함께 일한 것은 말할 것도 없지요.

지점은 상당히 번창했습니다. 게다가 해가 바뀌자 부부 사이에서는 이번에도 건강한 사내아이가 태어났습니다. 물론 그러는 동안에도 무

---

7) 요코하마 시내의 야마노테(山の手) 지구에 인접해 도쿄 만(東京湾)에 곶의 형태로 돌출되어 있는 풍광이 좋은 곳.

참히 버린 아이에 대한 기억은 부부의 가슴속 깊은 곳에 응어리져 있었겠지요. 특히 여인은 갓난아기의 입에 잘 나오지 않는 젖을 물릴 때면 꼭 도쿄를 떠나오던 날 밤이 또렷하게 떠올랐다고 합니다. 그러나 가게는 바쁘고 아이도 나날이 성장했으며 은행에 다소나마 저축도 할 수 있었으니 어찌 되었든 부부는 오랜만에 행복한 가정생활을 보내게 된 것이지요.

그러나 그러한 행운도 그리 오래가지는 않았습니다. 겨우 웃을 일이 있게 되었다고 생각했는데, 27년(1894년) 봄이 되자마자 남편이 장티푸스에 걸려 일주일도 병상에 누워있지 못하고 맥없이 죽어버린 것입니다. 그뿐이었다면 그런대로 여인도 체념할 수 있었겠지만, 아무리 해도 잊을 수 없는 일은 모처럼 태어난 아이마저 남편이 죽은 지 채 100일도 지나지 않아 갑자기 소아역리(小兒疫痢: 급성으로 전염되는 설사병)에 걸려 죽은 것입니다. 여인은 그때 미친 사람처럼 밤낮으로 계속 울었답니다. 아니, 그때뿐만이 아닙니다. 그 이후로도 그럭저럭 반년 정도는 거의 정신이 나간 듯 세월을 보냈답니다. 그 슬픔이 다소 진정되었을 때 여인의 마음에 가장 먼저 떠오른 것은 버린 장남을 만나는 것이었습니다. '만약 그 아이가 잘 있다면 어떤 고통스런 일이 있더라도 곁으로 데려와 기르고 싶다.' 그렇게 생각하니 애간장이 타는 듯한 마음이었겠지요. 여인은 곧바로 기차를 타고 그리워하던 도쿄로 향했고, 도착하자마자 못내 한스러웠던 신행사 문 앞을 찾았습니다. 그것이 또 마침 16일 설법 날의 오전이었던 것입니다.

여인은 곧바로 부엌으로 가서 누군가에게 아이의 소식을 묻고 싶었지만, 설법이 끝나지 않은 동안에는 스님과도 만날 수가 없습니다. 그래서 여인은 초조해하면서 본당 가득 몰려든 수많은 선남선녀에 뒤섞여 닛소 스님의 설법을 건성으로 듣고 있었습니다. 실제로는 그 설법이 끝나기를 기다린 것에 지나지 않았습니다.

스님은 그날도 연화부인[8]이 오백 명의 자식과 우연히 만난 이야기를 인용해서 부모 자식 간의 은애(恩愛)가 소중하다는 것을 친절하게 설명하고 있었습니다. '연화부인이 500개의 알을 낳는다. 그 알이 강물에 떠내려가서 이웃 나라 왕의 손에 길러진다. 알에서 태어난 500명의 역사(力士)[9]는 어머니인 것을 모른 채 연화부인의 성을 공격하러 온다. 연화부인은 그 소식을 듣자 성 위의 높은 망루에 올라서서 '나는 너희들 오백 명의 어미다. 그 증거는 여기에 있다.'라고 말한다. 그런 다음 젖을 꺼내 아름다운 손으로 짜서 보여준다. 젖은 500줄기의 샘처럼 높은 망루 위 부인의 가슴에서 오백 명의 금강역사의 입으로 한 사람도 빠짐없이 주입된다.' 이러한 천축의 우의담(寓意譚)[10]은 무심히 설법을 듣던 이 불행한 여인의 마음에 알 수 없는 감동을 주었습니다. 이 때문에 여인은 설법이 끝나자마자 눈에 눈물을 머금은 채로 서둘러 복도를 따라 본당에서 곧바로 거실로 왔던 것입니다.

사정을 다 들은 닛소 스님께서는 이로리(囲炉裡) 곁에 있던 유노스케를 불러서 얼굴도 모르는 어머니를 5년 만에 대면시켰습니다. 여인의 말이 거짓이 아님은 스님도 자연히 알 수 있었던 것이겠지요. 여인이 유노스케를 안아 올려 얼마 동안 울음소리를 억누르고 있을 때는 호방활달(豪放濶達)한 스님도 미소를 띤 채 어느새 속눈썹 아래에서 눈물

---

8) 고대 인도의 선녀. 제파정(提婆延)의 배설물을 핥은 암사슴에서 태어났다. 외모가 매우 아름답고 고와 그녀가 밟는 곳마다 연꽃이 피었다고 한다. 조제정왕(烏提延王)의 왕후가 되어 연화부인이라고 불렸다. 500명의 아이와 우연히 만난 이야기는 잡보장경(雜宝蔵経) 1권의 「연화부인」에 있으며, 「곤자쿠모노가타리[今昔物語]」 5권에 번안이 있다.
9) 금강역사의 약칭. 불법을 수호하는 신으로 칭해진다.
10) 인도의 고대 전설. 주로 불교 사상으로 우의화된 전설.

이 빛나고 있었습니다.

그 후의 이야기는 말하지 않더라도 대충 짐작이 가겠지요. 유노스케는 어머니를 따라 요코하마의 집으로 돌아갔습니다. 여인은 인정 많은 운송회사 사장 부부의 권유대로 뛰어난 바느질 솜씨를 다른 사람에게 가르치면서, 검소하면서도 어렵지 않게 생계를 꾸려나갔답니다.”

손님은 긴 이야기를 끝내고서는 무릎 앞의 찻잔을 들었다. 그러나 다음 순간, 찻잔에는 입술도 대지 않은 채 내 얼굴을 바라보며 조용히 이렇게 곁들였다.

“‘그 버려진 아이’가 접니다.”

나는 잠자코 고개를 끄덕이며 그릇의 뜨거운 물을 찻주전자에 따랐다. 이 가련한 버려진 아이 이야기가 손님 마쓰바라 유노스케(松原勇之助)의 유년시절 이야기라는 것은 초면인 나도 이미 추측하고 있었기 때문이다.

잠시 동안 침묵이 이어진 후에 나는 손님을 향해 입을 열었다.

“어머님은 지금도 건강하세요?”

그러자 의외의 대답이 돌아왔다.

“재작년에 돌아가셨습니다. 그런데 지금 이야기한 여인은 사실 저의 어머니가 아니었습니다.”

손님은 내가 놀라는 것을 보고 잠깐 눈웃음만 지었다.

“남편이 아사쿠사(浅草) 다하라마치(田原町)에서 쌀가게를 했다고 하는 것이나 요코하마에 가서 고생을 했다고 하는 것은 물론 거짓이 아닙니다. 그렇지만 아이를 버린 것은 거짓이었다는 것을 나중에 알게 되었습니다. 정확히 어머니가 돌아가시기 1년 전, 사업상의 일로 저는

―잘 아시는 것처럼 제 가게는 면사(綿糸)를 취급하고 있기 때문에―니가타(新潟) 일대를 돌아다녔습니다. 그때 다하라마치(田原町) 어머니 집의 이웃에 살았던 잡화점 주인과 같은 기차를 타게 되었습니다. 그 사람은 묻지도 않았는데 이런 이야기를 했습니다. 어머니는 당시 여자아이를 낳았는데, 그 아이 또한 가게를 정리하기 전에 죽어버렸다고 말입니다. 그래서 곧바로 어머니 모르게 호적등본을 떼어 보니 정말 잡화점 주인이 말한 대로 다하라마치에 있을 당시에 태어난 아이는 여자아이가 틀림없었습니다. 더구나 태어난 지 3개월 만에 죽은 것입니다. 어머니는 무슨 생각이었는지 자식도 아닌 저를 양자로 삼기 위해 아이를 버렸다는 거짓말을 했던 것입니다. 그러고서 그 후 20년 남짓을 침식조차 잊을 만큼 헌신적으로 저를 보살펴주셨습니다.

무슨 생각으로 그러신 것인지, 그것은 저도 오늘에 이르기까지 몇 번을 생각해봤는지 모릅니다. 사실은 알 수 없다 하더라도 가장 그럴싸한 이유는 닛소 스님의 설법이 남편과 아이를 먼저 보낸 어머니의 마음에 알 수 없는 감동을 주었다는 것입니다. 어머니는 그 설법을 듣고 있는 동안 제가 모르는 어머니의 소임을 다하고자 하는 마음이 생겼던 것 아닐까요?

제가 절에 업둥이로 들어간 것은 당시 설법을 들으러 왔던 참배객에게서라도 들은 것이겠지요. 혹은 절의 문지기가 이야기해줬는지도 모르고요."

손님은 잠시 입을 다물고는 뭔가 생각에 빠진 듯한 눈으로 문득 생각난 것처럼 차를 마셨다.

"그래서 당신이 친자식이 아니라는 것을, 친자식이 아니라는 사실을 알았다는 것을 어머니께도 이야기했습니까?"

나는 묻지 않을 수 없었다.

"아니요, 그것은 이야기하지 않았습니다. 제 쪽에서 말을 꺼내는 것은 어머니에게 너무 잔인한 일이기 때문입니다. 어머니도 죽을 때까지 그 사실에 대해 한 마디도 저에게 이야기하지 않았습니다. 어머니 역시 저에게 이야기하는 것은 잔인한 일이라고 생각하고 계셨던 것이겠지요. 실제로 어머니에 대한 저의 애정도 친자식이 아니라는 것을 알고 난 뒤에 완전히 바뀐 것은 사실입니다."

"그건 무슨 의미입니까?"

나는 가만히 손님의 눈을 주시했다.

"이전보다도 한층 더 정겹게 느껴졌습니다. 그 비밀을 알고 난 후 버려진 아이였던 저에게 어머니는 어머니 이상의 인간이 되었으니까요."

손님은 숙연하게 대답했다. 마치 자신이 친자식 이상의 인간이었다는 것을 모르는 것처럼.

(1920년 7월)

환영(影)

이민희

❖ 요코하마(橫浜) ❖

일화양행(日華洋行) 주인 친사이(陳彩)는 양복 차림으로 양 팔꿈치를 책상에 기대고 다 타들어간 엽궐련을 입에 문 채 오늘도 높이 쌓인 상업용 서류를 뚫어지게 바라보고 있다.

사라사 커튼을 드리운 실내는 언제나처럼 잔서(殘暑)의 적막함이 숨막힐 정도로 지배하고 있다. 그 적막을 깨는 것은 니스 냄새 묻어나는 문 저편에서 때때로 들려오는 어렴풋한 타이프라이터 소리뿐이다.

한 무더기의 서류 정리를 끝낸 친은 문득 생각난 듯 탁상전화의 수화기를 귀에 가져다댔다.

"우리 집에 연결해줘."

친의 입에서 나온 말은 이상하리만치 저력 있는 일본어였다.

"누구? 할멈? 집사람 좀 바꿔줘요. 후사코(房子)? 오늘 밤 도쿄(東京)에 가야 하니까, 응, 거기서 묵을 거야. 당일치기? 아무래도 기차 시간에 못 맞출 거야. 그럼 잘 부탁해. 뭐라고? 의사가 왔었다고? 그건 신경쇠약이 분명해. 알았어. 그럼."

수화기를 제자리에 내려놓은 친은 어쩐 일인지 침울한 표정이 되어, 굵은 손가락으로 성냥을 그어 물고 있던 엽궐련에 불을 붙였다.

담배 연기, 화초 냄새, 나이프와 포크가 접시에 부딪히는 소리, 실내 한편에서 시끄럽게 들려오는 불협화음의 카르멘……. 친은 그런 소음 속에서 한 잔의 맥주를 앞에 두고 홀로 망연히 테이블에 팔을 괴고 있다. 그의 주위는 손님과 시중드는 사람, 선풍기 등 무엇 하나 바삐 움직이지 않는 것이 없다. 오직 그의 시선만이 조금 전부터 계산대 뒤편에 있는 여자의 얼굴에 가만히 고정되어 있다.

여자는 스무 살이 채 안 된 듯하다. 그녀는 벽에 붙어있는 거울 앞에서 연필을 움직이며 분주한 모양으로 계속 계산서를 쓰고 있다. 이마의 곱슬머리, 옅은 볼연지, 거기에 수수한 청잣빛 한에리[1]…….

맥주를 다 마신 친은 서서히 덩치 큰 몸을 일으켜 계산대 앞으로 왔다.

"친 선생님, 반지는 언제 사주실 거예요?"

이렇게 말하는 중에도 여자는 계속 연필을 움직이고 있다.

"지금 끼고 있는 반지가 없어지면?"

친은 잔돈을 찾으면서 여자의 손가락 쪽을 턱으로 가리켰다. 그 손가락에는 벌써 2년 전부터 양 끝을 금으로 두른 약혼반지가 끼워져 있다.

"그럼 오늘 밤에 사주세요."

여자는 즉시 반지를 빼서는 계산서와 함께 그의 앞에 던졌다.

"이건 호신용 반지란 말예요."

---

1) 한에리(半襟) : 여성용 속옷인 주반(襦袢)의 깃 위에 덧대는 장식용 깃.

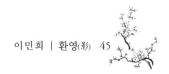

카페 밖 아스팔트 위로는 시원한 여름 밤바람이 불고 있다. 친은 거리의 사람들 사이에 섞여 몇 번이고 하늘 위에 떠있는 별을 올려다보았었다. 그 별도 오늘 밤만큼은 모두⋯⋯.

누군가 문 두드리는 소리가 친사이의 마음을 그로부터 1년 후인 지금의 현실로 돌려놓았다.

"들어오세요."

대답 소리가 채 끝나기도 전에 니스 냄새 풍기는 문이 살짝 열리더니 안색이 창백한 서기 이마니시(今西)가 기분 나쁠 정도로 조용히 들어왔다.

"편지가 왔어요."

말없이 고개를 끄덕이는 친의 얼굴에는 이마니시가 더 이상 한 마디도 걸 수 없는 무언가 심기 불편한 기색이 있었다. 이마니시는 냉랭하게 목례를 하고는 한 통의 봉서(封書)를 남긴 채 방금 전과 마찬가지로 소리 없이 건너편 방으로 돌아갔다.

이마니시의 모습이 문 뒤로 사라지자, 친은 재떨이에 엽궐련을 버리고 책상 위 봉서를 집어들었다. 그것은 하얀 서양식 봉투에 타이프라이터로 주소와 성명을 친, 보통 상용서간과 다를 바 없는 것이었다. 그러나 그 편지를 손으로 집자마자 친의 얼굴에는 말로 표현할 수 없는 혐오의 감정이 치솟았다.

"또 왔어."

친은 굵은 눈썹을 찌푸리며 분한 듯 혀를 차면서도 구두 뒤축이 책상 끝에 닿자 회전의자 위에 거의 드러눕듯이 앉아 종이칼도 쓰지 않고 봉투를 뜯었다.

'귀하의 부인이 정조를 지키지 못한 것은 누차 충고한 바와 같이……귀하가 오늘날에 이르기까지 아무런 단호한 조치도 취하지 않는다는 것은……그러니까 부인은 예전에 사귀었던 정부와 함께 밤낮……일본인이면서 게다가 커피숍 여급인 후사코 부인이……중국인인 귀하께 만곡의 동정을 금할 길이 없습니다……금후 만약 부인과 이혼하지 않으신다면……귀하는 만인의 웃음거리가 된다는 것도…… 도움이 되고자 드리는 말씀이니 기분 나쁘게 여기지 말아주시기 바랍니다……삼가 아룀. 귀하의 충실한 벗으로부터.'

편지는 친의 손에서 힘없이 떨어졌다.

친은 테이블에 기대어 레이스 커튼 사이로 들어오는 저녁 어스름빛 속에서 여성용 금시계를 바라보았다. 그러나 뚜껑 안쪽에 새겨져 있는 글자는 후사코의 이니셜이 아닌 듯하다.

"이건?"

결혼한 지 얼마 안 되었을 때, 후사코는 서양풍 장롱 앞에 멈춰서서 테이블 건너편에 있는 남편을 향해 웃어보였다.

"다나카(田中) 씨가 준 거예요. 알고 계시죠? 창고회사에 다니는…….."

테이블 위로 반지 상자 두 개가 연이어 나왔다. 하얀 비로드 뚜껑을 열자 한쪽에는 진주가, 다른 한쪽에는 터키석 반지가 들어있다.

"구메(久米) 씨와 노무라(野村) 씨가 준 것."

이번에는 산호 구슬로 아랫부분을 장식한 것이 나왔다.

"고풍스럽죠? 구보타(久保田) 씨에게 받은 거예요."

그 다음에 뭐가 나왔는지는 기억나지 않는다. 친은 그저 가만히 아내의 얼굴을 응시하면서 의미심장하게 이렇게 말했다.

"이거 모두 당신의 전리품인 거지? 소중히 다루지 않으면 안 되겠네."

그러자 후사코는 어스름 빛 속에서 다시 한 번 요염한 미소를 보냈다.

"당신의 전리품도 그래야겠죠."

그때는 그도 기뻤다. 그러나 지금에 와서는…….

친은 몸을 한번 떨더니 책상에 걸쳤던 양다리를 내려놓았다. 갑자기 울린 탁상용 전화벨에 놀랐기 때문이다.

"나? 괜찮아. 연결해줘요."

그는 전화기로 향하면서 초조한 듯 이마에 흐르는 땀을 닦았다.

"누구?……사토미(里見) 탐정 사무소인 건 알고 있어. 사무소의 누구?……요시이(吉井) 군?……좋아. 보고는?……뭔가 알아냈어?……의사?……그리고?……그럴지도 모르지……그럼 정차장에 와줘……아니, 마지막 열차 시간에는 꼭 돌아올 테니……차질 없도록. 그럼."

수화기를 내려놓은 친사이는 마치 넋이 나간 모양으로 잠시 묵묵히 생각에 잠겨 앉아있었다. 그러나 얼마 안 있어 탁상시계 바늘을 보더니 반쯤 기계적으로 벨 버튼을 눌렀다.

그 소리에 서기인 이마니시가 조금 열려있는 문 뒤로 마른 몸을 반쯤 내밀었다.

"이마니시 군. 데이(鄭) 군에게 이렇게 전해줘요. 오늘 밤은 아무쪼록 나 대신 도쿄에 가달라고."

친의 목소리는 어느새 힘이 빠져 있었다. 그러나 이마니시는 언제나 그랬듯이 냉랭히 목례를 하고는 바로 문 뒤로 사라져버렸다.

그러는 사이 사라사 커튼으로 서서히 비치는 흐린 석양빛이 방 안에 짙붉은 빛을 더해갔다. 동시에 커다란 파리 한 마리가 어디서 들어왔는지 탁한 날개 소리를 내며, 멍하니 손으로 턱을 괴고 있던 친 주위에서 불규칙한 원을 그리기 시작했다…….

❖ 가마쿠라(鎌倉) ❖

친사이 집 객실에도 레이스 커튼을 드리운 창문 안으로 늦여름 황혼이 다가왔다. 그러나 빛은 사라졌어도 커튼 건너편에서 피어나고 있는 아직 한창인 협죽도(夾竹桃)는 이 시원한 실내 공기에 유쾌하고 밝은 기운을 더해주고 있었다.

벽 옆 등의자에 기댄 후사코는 무릎 위에 앉아있는 얼룩 고양이를 쓰다듬으면서 창밖 협죽도를 향하여 깨나른한 시선을 보내고 있었다.

"주인 어르신은 오늘 밤에도 들어오지 않으십니까?"

말을 건네는 이는 테이블 위 홍차 제구를 치우고 있는 나이 든 심부름꾼 여자다.

"아, 오늘 밤도 외로워요."

"부인께서 아프지만 않아도 마음 편히 계실 텐데……."

"그래도 내 병은 말이죠, 단지 신경이 피로한 것뿐이래요. 오늘도 야마노우치(山內) 선생님이 그렇게 말씀하셨어요. 이삼일 잘 자기만 하면……어머나."

나이 든 여자는 놀란 눈으로 부인을 올려다보았다. 어린아이 같은 후사코의 눈동자에 어쩐 일인지 평소와 다른 공포의 빛이 가득 차 있었다.

"왜 그러세요, 부인?"

"아무것도 아니에요. 아무것도 아니지만……."

후사코는 억지로 웃어 보이려고 했다.

"누군가 지금 저 창문에서 몰래 이 방 안을……."

그러나 나이 든 여자가 창밖을 내다보았을 때는 그저 미풍에 살랑이는 협죽도 정원수가 인기척 없는 정원 잔디 사이로 보일 뿐이었다.

"아이고, 으스스해라. 옆집 별장 도련님이 또 장난치신 게 분명해요."

"아네요, 옆집 도련님이 아니라니까요. 어디선가 본 적이 있는 듯한……그래, 언젠가 할멈과 하세(長谷)에 갔을 때 우리들 뒤를 따라온 사냥 모자를 쓴 젊은 남자인 것 같아. 그렇지 않으면……내 기분 탓일까?"

후사코는 무언가 생각하는 듯 천천히 이렇게 말했다.

"만약 그 남자면 어쩌죠? 주인 어르신은 안 돌아오시지, 여차하면 할아범이라도 경찰서에, 그래요, 알리러 보낼까요?"

"아니, 할멈 겁쟁이잖아. 그런 사람 따위 여럿 와도 나는 조금도 겁 안 나. 만약……혹시 내 기분 탓이면……."

나이 든 여자는 미심쩍은 듯 눈을 깜박거렸다.

"만약 내 기분 탓이면 나는 진짜 미치광이가 돼가는 지도 몰라요."

"부인도 참, 매사에 농담만 하시고."

나이 든 여자는 안심한 듯 미소 지으며 다시 홍차 제구를 치우기 시작했다.

"아네요. 할멈은 몰라. 요즘 나는 혼자 있으면 말이지, 마치 누군가 내 뒤에 서 있는 것 같은 기분이 든단 말이야. 서서 가만히 내 쪽을 바라보고 있는 것처럼……."

후사코는 말하다 말고 자신의 말에 빨려 들어갔는지 갑자기 우울한 눈빛을 했다.

그날, 전등이 꺼진 이층 침실에는 옅은 향수 냄새가 풍기며 침침한 기운이 퍼져있었다. 커튼을 치지 않은 창문만 희미하게 밝은 것은 달이 나와 있기 때문임에 틀림없다. 그 빛을 맞는 후사코는 홀로 창가에 우두커니 서서 아래 솔밭을 바라보고 있었다.

남편은 오늘 밤도 돌아오지 않는다. 부리는 사람들은 모두 잠들어 조용하다. 창밖으로 보이는 정원의 달밤도 잦아든 바람에 고요하다. 이런 와중에도 둔탁한 소리가 멀리서부터 낮게 들려오는 것을 보니 지금도 파도가 치고 있는 모양이다.

후사코는 얼마 동안 계속 서 있었다. 그런데 점점 이상한 느낌이 감돌기 시작했다. 누군가가 그녀 뒤에서 가만히 그녀를 향해 시선을 집중하고 있는 듯한 기분이 든 것이다.

그러나 침실 안에는 그녀 외에는 사람이 있을 리가 없다. 만약 있다면……아니, 잠들기 전에 문은 꼭 자물쇠로 채워놓는다. 그렇다면 이런 기분이 드는 것은……그래, 분명 신경이 피로해서 그런 거야. 그녀는 어스레한 솔밭을 내려다보면서 몇 번이고 이렇게 고쳐 생각하려 했다. 그러나 누군가 지켜보고 있다는 느낌은 아무리 지워보려 해도 점점 더해갈 뿐이었다.

후사코는 마침내 마음을 굳게 먹고 조심스레 뒤를 돌아보았다. 그러나 역시 침실 안에는 키우고 있는 얼룩 고양이조차 보이지 않았다. 사람이 있는 것처럼 느낀 것은 결국 신경의 병적 농간이었다. 그러나 이런 생각은 한순간뿐이었다. 후사코는 바로 다시 조금 전으로 돌아가 무언가 눈에 보이지 않는 것이 이 방을 채우고 있는 어둠 속 어딘가에 숨어있는 것처럼 느껴졌다. 게다가 더 견딜 수 없는 것은 이번에는 그 무언가의 눈이 창문을 뒤로 한 후사코의 얼굴 정면으로 따가운

시선을 보내고 있다는 점이다.

후사코는 전신이 떨리는 것을 참아내면서 가까운 벽으로 손을 뻗어 재빨리 전등 스위치를 켰다. 그와 동시에 침실은 달빛 섞인 어둠을 털어내고 믿음직한 현실로 돌아왔다. 침대, 서양풍 모기장, 세면대……. 모든 것이 낮 같은 빛 속에서 기쁠 정도로 뚜렷이 드러나 있었다. 게다가 그것들은 그녀가 친과 결혼한 1년 전과 어느 것 하나 변한 것이 없었다. 그녀를 행복하게 하는 이런 것들을 보고 있으면 어떤 꺼림칙한 환영도……. 아니, 그러나 정체를 알 수 없는 무언가는 눈부신 전등 빛도 두려워하지 않고, 잠시도 쉴 틈을 주지 않고 후사코의 얼굴을 응시하고 있다. 그녀는 양손으로 얼굴을 가리고 미친 듯이 소리를 지르려 했다. 그러나 어찌된 영문인지 목소리가 나오지 않는다. 그때 그녀의 마음속에는 지금까지의 모든 경험을 초월한 공포가…….

후사코는 이 일주일 전의 기억을 한숨과 함께 털어냈다. 그 바람에 그녀의 무릎에서 떨어진 얼룩 고양이는 털이 고운 등을 한껏 추켜세우고 기분 좋은 듯 하품을 한다.

"그런 기분은 누구나 드는 거예요. 할아범은 언젠가 정원 소나무에 가위질을 하고 있을 때, 대낮에 하늘에서 어린이들의 웃음소리를 들었다는데요. 그래도 저 보세요. 미치기는커녕 할 일이 없을 때는 저한테 잔소리만 늘어놓잖아요."

나이 든 여자는 홍차 쟁반을 들면서 어린아이를 달래듯 이렇게 말했다. 그 말을 들은 후사코의 뺨에는 비로소 미소다운 미소가 번졌다.

"그것도 옆집 도련님이 장난치신 게 분명해. 그런 일에 놀라다니 할아범도 사실은 겁쟁이잖아. 어머, 수다 떠는 사이에 벌써 날이 저물어 버렸네. 오늘 밤은 남편이 안 들어오니 괜찮지만……. 할멈, 목욕물은?"

"이제 됐다니까요. 정 뭐하시면 들어가도 되는지 잠시 후에 다시 들러볼까요?"

"됐어요. 금방 들어갈 거니까."

후사코는 그제야 마음이 가벼워진 듯 벽 쪽 등의자에서 몸을 일으켰다.

"오늘 밤에도 옆집 도련님들은 불꽃놀이를 하시려나."

나이 든 여자의 모습이 후사코 뒤로 조용히 사라진 뒤에는 더 이상 협죽도도 보이지 않는 어두침침한 객실만 덩그러니 남았다. 그러자 두 여자 외에 거기에 있었던 작은 얼룩 고양이가 뭔가 발견한 듯 갑자기 단번에 문쪽으로 달려갔다. 그러고는 마치 누군가의 다리에 몸을 비벼대는 듯한 몸짓을 했다. 그러나 실내를 채우고 있는 어스레한 빛 속에는 으스스한 인광(燐光)을 발하는 얼룩 고양이의 두 눈 외에 아무것도 느껴지지 않았다.

❖ 요코하마 ❖

일화양행 숙직실에는 긴 의자에 아무렇게나 드러누운 서기 이마니시가 그다지 밝지 않은 전등 밑에서 신간 잡지를 펼치고 있다. 그러다 가까운 테이블 위에 탁 하고 잡지를 던지더니 상의 호주머니에서 조심스럽게 사진 한 장을 꺼내든다. 그것을 바라보면서 창백한 뺨에 행복한 듯 미소를 떠올리고 있다.

사진은 머리를 양쪽으로 묶은 친사이의 아내 후사코의 상반신이다.

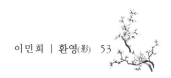

❖ 가마쿠라 ❖

　마지막 하행 열차임을 알리는 피리 소리가 별빛 밝은 밤하늘에 울려 퍼졌을 때, 개찰구를 나온 친사이는 홀로 남아 반으로 접은 가방을 옆에 끼고 쓸쓸한 구내를 둘러보았다. 그때, 전등이 잘 비치지 않는 어두침침한 벽 쪽 벤치에 앉아있던 키 큰 양복 차림의 남자가 한 명, 굵은 등나무 지팡이를 끌면서 친이 있는 곳으로 느릿느릿 걸어왔다. 그는 거리낌 없이 사냥 모자를 벗더니 낮은 목소리로 인사했다.

　"친 선생님이십니까? 저는 요시이입니다."

　친은 거의 무표정한 얼굴에 험악한 눈초리로 상대의 얼굴을 바라보았다.

　"수고 많습니다."

　"좀 전에 전화 드렸습니다만……."

　"그러고는 아무 일도 없었습니까?"

　친의 말투에는 상대의 말을 떨쳐버리는 힘이 있었다.

　"아무 일도 없었습니다. 부인은 의사가 돌아가자 저녁 때까지 할멈을 상대로 뭔가 말씀하고 계셨습니다. 이후 목욕과 식사를 마치시고는 10시경까지 축음기를 들으신 것 같습니다."

　"손님은 아무도 오지 않았습니까?"

　"예, 한 명도."

　"당신이 감시를 그만둔 때는?"

　"11시 20분입니다."

　요시이의 대답도 막힘없이 시원시원했다.

　"그 후 마지막 열차까지 기차는 없는 거죠?"

"없습니다. 상행도, 하행도."

"아무튼 고맙소. 돌아가면 사토미 군에게 안부 전해줘요."

친은 밀짚모자 차양으로 손을 뻗치더니 요시이가 사냥 모자를 벗어 인사하는 것에는 눈길도 주지 않고 자갈 깔린 밖으로 성큼성큼 걸음을 옮기기 시작했다. 그 행동이 너무 무례했기 때문일까? 요시이는 친의 뒷모습을 바라보며 양어깨를 조금 추켜올렸다. 그러나 그것도 잠시, 그다지 마음에 담아두지 않은 듯 경쾌하게 휘파람을 불면서 정차장 앞 숙소를 향하여 굵은 등나무 지팡이를 끌고 갔다.

❖ 가마쿠라 ❖

한 시간 후 친사이는 자신의 침실 문을 향해 도둑처럼 귀를 기울이면서 꼼짝 않고 안의 상황을 살피고 있는 자신을 발견했다. 침실 밖 복도는 숨 막힐 듯한 어둠이 부근 일대를 봉쇄하고 있다. 그중에 오직 한 개의 점, 희미하게 빛을 발하는 것은 열쇠 구멍을 통해 새어나오는 문 저편에 있는 전등불이다.

친은 거의 터질 듯한 심장의 고동을 진정시키면서 문에 귀를 바짝 대고 온몸의 신경을 집중시키고 있었다. 하지만 침실 안에서는 어떤 말소리도 들리지 않았다. 친으로서는 그 침묵 또한 견딜 수 없는 고통이었다. 눈앞의 어둠 가운데, 정차장에서부터 여기까지 오는 도중에 있었던 뜻밖의 사건이 다시 한번 뚜렷이 나타났다.

나뭇가지가 겹쳐진 소나무 밑에는 촉촉이 이슬이 내린 좁다란 모랫길이 이어지고 있었다. 너른 하늘에 밝게 비치는 무수한 별도 소나무 가지가 겹겹으로 둘러싼 이곳까지는 좀처럼 빛을 비추지 못했다. 그러나 바다가 가깝다는 사실만은 성긴 참억새 사이로 불어오는 바닷바람이 분명히 말해주고 있다. 친은 조금 전, 밤이 되자 강해진 송진 냄새를 맡으며 이런 적막한 어둠 속에서 홀로 조심스럽게 발걸음을 옮기고 있었다.

그러다가 갑자기 걸음을 멈추고는 경계하는 듯 앞쪽을 살펴보았다. 몇 걸음 앞에 시커멓게 그의 집 벽돌담이 나타났기 때문만은 아니었다. 그 상춘등 덩굴로 덮인 고풍스러운 담벼락 부근에 돌연 살금살금 걷고 있는 구둣발 소리가 들려왔기 때문이다.

그러나 아무리 내다보아도 소나무와 참억새가 만든 어둠이 깊은 탓인지 정확한 모습은 볼 수 없었다. 그나마 순간적으로 알아차린 것은 그 발소리가 이쪽이 아니라 저쪽을 향하고 있다는 점이다.

"이런, 바보 같으니라고. 이 길을 걸을 자격이 나에게만 있는 건 아니잖아."

친은 이렇게 마음속으로 의혹을 품은 자기 자신을 탓하려 했다. 그러나 이 길은 그의 집 뒷문 앞 외에는 어디로도 통하지 않는 길이다. 그렇다면……이런 생각을 하는 찰나, 친의 귀에 희미하게나마 뒷문이 열리는 소리가 때마침 불어오는 바닷바람과 함께 들려왔다.

"이상한데. 저 뒷문은 오늘 아침에 봤을 때만 해도 분명 자물쇠로 채워져 있었는데."

이런 생각이 들자 친사이는 사냥감을 발견한 사냥개처럼 빈틈없이 주위를 경계하면서 가만히 뒷문 앞으로 다가섰다. 그러나 문은 잠겨 있었다. 힘껏 밀어보아도 움직일 기미조차 보이지 않는 것은 어느새 자물쇠를 다시 채워버린 모양이었다. 친은 무릎까지 올라온 참억새 속에서 그 문에 기대어 잠시 우두커니 서 있었다.

"문이 열리는 듯한 소리가 난 것은 내 귀가 이상한 탓이려나."

그러나 조금 전 발소리는 더 이상 어디에서도 들리지 않았다. 상춘등이 무더기로 난 담벼락 위에는 불빛도 비치지 않는 그의 집이 별 총총한 밤하늘 아래 솟아있었다. 그 모습을 보자 친의 마음속에서는 갑자기 슬픔이 복받쳐 올라왔다. 뭐가 그리 슬픈지 그 자신도 잘 몰랐다. 그냥 거기 선 채로 가냘픈 벌레 소리를 듣고 있자니 저절로 뺨에 차가운 눈물이 흘러내리기 시작한 것이다.

"후사코."

친은 거의 신음하듯 그리운 아내의 이름을 불렀다.

바로 그 순간, 뜻밖에도 높은 이층 방 중 하나에 환하게 전등이 켜졌다.

"저 창문은, 저건……."

친은 한순간 숨을 죽이고 바로 옆 소나무 줄기를 붙잡으며 발돋움하듯 이층 창문을 올려다보았다. 이층 침실의 활짝 열린 유리창 너머로 밝은 실내가 들여다보였다. 거기서 새어나오는 빛으로 담장 안에 무성하게 자란 소나무 가지 끝이 어두컴컴한 밤하늘 속에서 눈에 띄었다.

이상한 일은 그뿐만이 아니었다. 얼마 안 있어 이층 창가에는 이쪽을 보고 있는 듯한 사람 그림자 하나가 희미한 윤곽을 드러냈다. 공교롭게도 전등불이 뒤에 있어서 얼굴은 알아볼 수 없었지만, 좌우간 그 모습이 여자인 것만은 분명하다. 친은 엉겁결에 담벼락 상춘등을 움켜쥐고는 쓰러질 것 같은 몸을 지탱하면서 괴로운 듯 간신히 띄엄띄엄 말했다.

"그 편지가……. 설마, 후사코가 그럴 리가……."

그로부터 얼마 지나지 않아 친사이는 가볍게 담을 타고 넘더니 정원 소나무 사이를 빠져나가 이층 바로 아래에 있는 객실 창가로 숨어들었다. 거기에는 꽃과 잎사귀 모두 이슬에 젖은 싱그러운 협죽도 한 무더기가 있었다.

친은 어두컴컴한 바깥 복도에서 메마른 입술을 깨물며 질투 섞인 감정으로 한층 주의를 집중시켰다. 조금 전 문 저편에서 그가 들은 조심스러운 구두 소리가 두세 번 마루를 울렸기 때문이다.

발소리는 즉시 사라졌으나 흥분한 친의 귀에는 창문 닫는 소리가 마치 고막을 찌르는 것처럼 들렸다. 그러고는……또다시 긴 침묵이 흘렀다.

그 침묵은 기름틀처럼, 창백해진 친의 이마에서 순식간에 진땀을 짜냈다. 그는 부들부들 떨리는 손으로 문의 손잡이를 더듬어 찾았다. 그러나 그 손잡이는 문에 자물쇠가 채워져 있다는 사실을 그대로 알려주었다.

이번에는 돌연 빗이나 핀 같은 물건이 톡 하고 떨어지는 소리가 들렸다. 그런데 어찌된 영문인지 아무리 귀를 기울여도 그것을 집어 올리는 소리가 들리지 않았다.

이런 소리 하나하나는 그야말로 친의 심장을 치고 있었다. 그때마다 친은 몸을 떨었지만 그러면서도 귀만큼은 여전히 침실 문에 바싹 붙이고 있었다. 그의 흥분이 극에 달했다는 것은 때때로 주위에 던지는 미친 듯한 그의 시선에서도 분명히 나타나 있었다.

만약 이런 상태가 1분이라도 더 이어졌다면 친은 문 앞에 서서 그대로 정신을 잃어버렸을지 모른다. 그러나 이때, 문에서 새어나오는 거미줄만큼이나 가느다란 희미한 빛이 하늘의 계시처럼 그의 눈을 사로잡았다. 친은 순간적으로 마루에 엎드리더니 손잡이 아래에 있는 열쇠 구멍을 통해 실내로 찌르는 듯이 시선을 집중했다.

그 순간, 친의 눈앞에는 영구히 남을 저주스러운 광경이 펼쳐졌다…….

❖ 요코하마 ❖

서기 이마니시는 후사코의 사진을 안주머니에 다시 넣더니 조용히 긴 의자에서 일어섰다. 그러고는 언제나처럼 소리 없이 어둠 가득한 옆방으로 들어갔다.

스위치를 켜는 소리와 함께 옆방은 금세 밝아졌다. 그 방 탁상용 전등불은, 언제부터 거기에 있었는지 타이프라이터를 마주하고 앉은 이마니시의 모습을 비추었다.

이마니시의 손가락은 눈이 돌아갈 정도로 빨리 움직이고 있었다. 그와 동시에 타이프라이터도 쉼 없이 울리면서, 몇 행인가의 문자가 이어졌다 끊어졌다 하는 한 장의 종이를 토해냈다.

'귀하의 부인이 정조를 지키지 못한 것은 더 이상 말씀드릴 필요가 없는 사실이라고 생각합니다. 그렇기는 하나 귀하께서는 그녀를 맹목적으로 사랑하신 나머지…….'

이 순간, 이마니시의 얼굴은 증오 그 자체였다.

❖ 가마쿠라 ❖

친의 침실 문이 부서져 있다. 그러나 침대, 서양풍 모기장, 세면대, 밝은 전등불 등 그 밖의 모든 것은 조금 전과 같았다.

친사이는 방 한편에 우두커니 선 채로 침대 앞에 포개져 누워있는 두 사람의 모습을 바라보고 있다. 한 명은 후사코였다. 아니, 방금 전까지 후사코였던 '것'이다. 얼굴 전체가 자줏빛으로 부어오른 '그것'은 혀를 반쯤 내민 상태로 실눈을 뜬 채 천장을 응시하고 있었다. 다른 한 명은 친사이였다. 방 한편에 있는 친사이와 조금도 다르지 않은 친사이였다. 그는 후사코였던 '것' 위에 포개져서는 양손으로 그녀의 목에 손톱도 보이지 않을 만큼 손가락을 파묻어 누르고 있었다. 그리고 그대로 드러난 유방 위에 죽었는지 살았는지도 모를 머리를 기대고 있었다.

몇 분인가 침묵이 흐른 뒤, 마루 위 친사이는 아직 괴로움이 가시지 않은 듯 숨을 헐떡이면서 천천히 비대한 몸을 일으켰다. 그러나 간신히 일어났는가 싶더니 금방 다시 옆에 있는 의자 위로 쓰러질 듯 앉아 버린다.

방 한편에 있는 친사이는 조용히 벽을 떠나 후사코였던 '것' 쪽으로 다가왔다. 그러고는 그녀의 부어오른 자줏빛 얼굴로 한없이 슬픈 눈길을 보냈다.

의자 위 친사이는 자신 외의 다른 존재를 알아차리자마자 미친 사람처럼 의자에서 일어났다. 그의 얼굴, 충혈된 눈에는 섬뜩한 살의가 번뜩였다. 그러나 상대의 모습을 한번 보더니 그 살의는 순식간에 말할 수 없는 공포로 변했다.

"누구야, 너는?"

그는 의자 앞에 꼼짝 못하고 선 채로 숨이 멎을 듯한 소리를 냈다.

"아까 소나무 숲을 걷고 있었던 것도, 뒷문으로 몰래 숨어든 것도, 이 창가에 서서 밖을 내다본 것도, 내 아내를, 후사코를……."

그는 말을 한 번 끊더니 또다시 난폭하게 쉰 목소리를 냈다.

"너지? 누구야, 너는?"

그러나 다른 한 명의 친사이는 아무 대답도 하지 않았다. 대신 눈을 들어 슬픈 듯이 맞은편 친사이를 바라보았다. 그러자 의자 앞에 서 있던 친사이는 그의 눈빛에 움츠러들기라도 한 듯 섬뜩하리만치 커다랗게 눈을 뜨면서 차츰 벽 쪽으로 물러서기 시작했다. 그러나 그 순간에도 그의 입술은 '누구야, 너는?'을 되풀이하듯 소리 없이 움직였다.

그러는 와중에 다른 한 명의 친사이는 후사코였던 '것'을 향하여 꿇어앉더니 그녀의 가느다란 목에 살그머니 그의 손을 둘렀다. 그런 다음 목에 남아있는 무참한 손자국에 입술을 댔다.

밝은 전등불이 가득한, 무덤구덩이보다도 조용한 침실에는 얼마 안 있어 희미한 울음소리가 띄엄띄엄 들리기 시작했다. 자세히 보니 여기에 있는 두 명의 친사이 모두, 벽 쪽에 서 있는 친사이도 마루에 꿇어앉아 있는 친사이처럼 양손에 얼굴을 묻고 있었다……

❖ 도쿄(東京) ❖

갑작스레 영화 『환영』이 끝났을 때, 나는 한 여자와 함께 어느 활동사진관 박스 앞 의자에 앉아있었다.

"저 영화 끝난 걸까?"

여자는 나에게 우울한 눈빛을 보냈다. 그것은 나로 하여금 『환영』 속 후사코의 눈빛을 떠올리게 했다.

"무슨 영화?"

"지금 이것 말예요. 아마 『환영』이죠?"

　여자는 말없이 무릎 위에 있던 영화 프로그램을 나에게 건넸다. 하지만 아무리 봐도 『환영』이라는 표제는 보이지 않는다.

　"그럼 나는 꿈을 꾼 걸까? 하지만 잠든 기억이 없는데 이상하잖아. 더군다나 그 『환영』이라는 게 묘한 영화라서 말이지……."

　나는 간략하게 『환영』의 개요를 알려주었다.

　"그런 영화라면 나도 본 적이 있어요."

　내 얘기가 끝나자 여자는 쓸쓸한 깊은 눈동자에 미소를 띠면서 들릴 듯 말 듯 작은 목소리로 대답했다.

　"우리 서로 『환영』 따위 신경 쓰지 않기로 해요."

(다이쇼(大正) 9년(1920년) 7월 14일)

오리츠와 아이들(お律と子等と)

송현순

❖ 1 ❖

비 내리는 날 오후, 금년 중학교를 졸업한 요이치(洋一)는 2층 책상 앞에 앉아 등을 구부리고 기타와라 하쿠슈(北原白秋)풍의 시를 쓰고 있었다. 그때 "어이" 하고 부르는 아버지의 목소리가 갑자기 그의 귀를 때렸다.

그는 당황하여 돌아볼 여유도 없이 마침 그곳에 있던 사전 밑으로 원고를 숨겼다. 다행히 아버지 겐조는 여름 외투를 걸친 채 어스름한 계단 입구에 가슴만 내밀고 있을 뿐이었다.

"아무래도 오리츠(お律)의 용태가 좋지 않으니 신타로(愼太郎)에게 전보를 치도록 해라."

"그렇게 안 좋아요?"

요이치는 자신도 모르게 큰 소리를 냈다.

"뭐랄까, 평소에 건강했으니 갑자기 어떻게 되는 건 아니겠지만……
신타로에게만큼은 알리는 게……."

　요이치는 아버지의 말을 가로막았다.

　"도자와(戸沢) 씨는 뭐라고 하세요?"

　"역시 십이지장궤양이라는구나. 걱정할 필요는 없다고 하는데."

　겐조는 이상하게 요이치와 눈을 맞추고 싶어 하지 않는 것 같았다.

　"그래도 다니무라(谷村) 박사님께 내일 와 달라고 부탁해 놓았다. 도자와 씨도 그렇게 말했으니까. 그럼 신타로에게 전보 치는 걸 부탁한다. 주소는 알고 있겠지?"

　"예에, 알고 있습니다. 아버지는 어디 가시나요?"

　"잠깐 은행에 갔다 오려고. 아 참, 아래층에 아사카와(浅川) 숙모님 와 계신다."

　겐조의 모습이 사라지자 요이치는 바깥 빗소리가 더욱 커진 듯한 느낌이었다. 우물쭈물하고 있을 상황이 아니다. 이 생각이 강하게 들었다. 그는 곧바로 일어서서 놋쇠 난간을 짚고 쿵쿵 발소리를 내며 계단을 내려갔다.

　그대로 똑바로 계단을 내려가면, 좌우 서랍장 위로 메리야스류가 담긴 나무 상자를 빈틈없이 진열한 넓은 가게가 나온다. 그 가게 앞에는 비가 개는 가운데 파나마모자를 쓴 겐조의 뒷모습이 보였다. 벌써 입구에 놓인 굽 높은 게다에 한쪽 발을 내려놓고 있는 참이었다.

　"주인 어르신, 공장에서 전화입니다. 오늘 그쪽으로 오시는지 물어봐 달라고 하는데요……."

　요이치가 가게로 나오자 마침 전화를 받고 있던 점원이 겐조에게 이렇게 말을 전했다. 점원은 그 외에도 네다섯 명이 있었는데, 금고 앞이며 신위가 모셔진 선반 밑에서 주인을 배웅한다기보다는 오히려 주인이 나가는 것을 기다리는 듯한 얼굴들을 하고 있었다.

"오늘은 못 가네. 내일 간다고 해 줘."

전화가 끊어지는 것이 신호인 것처럼 겐조는 큰 우산을 펼치고 서둘러 거리로 나갔다. 잠깐 동안 얇게 진흙을 간 아스팔트 위로 희미한 그림자를 떨어뜨렸다.

"가미야마(神山) 씨는 없습니까?"

요이치는 카운터에 앉으며 한 점원의 얼굴을 올려다보았다.

"조금 전 무슨 일인지 안채 심부름으로 나갔습니다. 이봐, 료(良) 씨 어디 갔는지 모르나?"

"가미야마 씨 말이야? 'I don't know'로군요."

이 말을 한 점원은 마룻귀틀에 쪼그리고 앉아 휘파람을 불기 시작했다.

그 사이 요이치는 그곳에 있던 전보용지를 놓고 열심히 만년필을 움직였다. 작년 가을, 어느 지방의 고등학교에 입학한 형, 그보다도 피부색이 검고, 그보다도 살이 찐 형의 얼굴이 그는 지금도 역력히 떠올라 눈앞에 보이는 것 같았다. '어머니 위중, 바로 돌아와라' 그는 처음에 이렇게 적었다가 바로 종이를 찢고, '어머니 병환, 바로 돌아와라'라고 다시 적었다. 조금 전 '위중'이라고 적은 것이 뭔가 불길한 징조처럼 머릿속에 들러붙어 떠나지 않았다.

"이봐요, 잠깐 이것 좀 보내고 오세요."

거의 완성한 전보를 점원에게 건네 준 뒤 요이치는 쓰다 버린 종이를 물고 가게 뒤쪽에 있는 부엌을 지나 맑은 날에도 어두침침한 다실로 갔다. 다실의 화로 위 기둥에는 어느 털실집 광고를 겸한 큰 달력이 걸려 있었다. 그곳에 머리를 자른 아사카와 숙모가 귀를 계속 후비며 '잊혀진 사람'처럼 앉아 있었다. 숙모는 요이치의 발소리를 듣고는 여전히 귀이개로 귀를 후비며 흐릿한 눈을 들어올렸다.

"잘 있었니? 아버지는 벌써 나가신 거야?"

"예, 방금. 어머니가 걱정되시지요?"

"걱정되지. 나는 뭐 이름이 붙을 것 같은 병은 아니라고 생각했단다."

요이치는 내키지 않는 불안한 태도로 화로 맞은편에 앉았다. 장지문 하나 건넌방에는 큰 병으로 어머니가 누워 있었다. 이 생각이 이 옛날 방식의 노인을 마주한 그를 평소보다 더욱 조바심 나게 했다. 숙모는 잠시 말없이 있다가 이윽고 이마를 들고는 말했다.

"오키누(お絹)가 지금 온다는구나."

"누나 아픈 것 아니었어요?"

"오늘은 좀 좋다네. 뭐 그냥 평소에 잘 걸리는 코감기였어."

아사카와 숙모의 말은 가벼운 무시 속에 오히려 친근감을 담고 있었다. 삼 남매 가운데 오리츠가 배 아파 낳지 않은 오키누가 숙모는 가장 마음에 드는 것 같았다. 거기에는 겐조의 전처가 숙모의 친척이라는 이유도 있었다. 요이치는 누군가에게 들은 이 이야기를 떠올리며, 재작년 옷감집으로 시집간, 병치레가 많은 누나의 이야기를 마지 못해 듣고 있었다.

"신타로에게는 어떻게 했니? 아버지는 알리는 게 좋겠다고 하시던데."

누나 이야기가 일단락되자 숙모는 귀를 후비던 손을 멈추더니 문득 생각난 듯이 이렇게 물었다.

"지금 전보 치러 보냈습니다. 오늘 중으로 아마 도착하겠지요."

"그렇지. 뭐, 교토(京都), 오사카(大阪)도 아니고……."

지리에 어두운 숙모의 대답은 불안할 만큼 애매했다. 그것이 왜인지 요이치의 마음속에 잠재되어 있던 어떤 불안을 불러일으켰다. 형이 돌아올까? 이런 생각을 하자 그는 전보에 좀 더 과장된 문구를 넣었어도 좋았겠다 싶은 생각이 들었다. 어머니는 형을 보고 싶어 한다, 그러나 형은 돌아오지 않는다, 그 사이에 어머니는 죽어버린다, 그러면 누나나 아사카와 숙모가 불효라고 형을 책망한다. 이런 광경이 순간 뚜렷하게 눈앞에 보이는 것 같았다.

"오늘 받으면 내일은 올 겁니다."

요이치는 어느새 숙모보다도 자신에게 위안이 되는 말을 하고 있었다.

그때 마침 가게에서 일하는 가미야마 씨가 땀에 젖은 이마를 반짝이며 발소리를 훔치듯 들어왔다. 어딘가에 다녀왔다는 것은 소매에 빗물 자국이 남아있는 여름 하오리만 보아도 분명했다.

"다녀왔습니다. 의외로 너무 오래 기다리는 바람에……죄송합니다."

가미야마는 아사카와 숙모에게 가볍게 절을 하고 나서 품속에 넣어온 봉투를 꺼냈다.

"환자분은 조금도 걱정할 필요 없다고 하셨습니다. 그 외에 여러 가지 자세한 것은 그 안에 써 있답니다."

숙모는 봉투를 열기 전에 먼저 도수가 높아 보이는 안경을 썼다. 봉투 안에는 편지 외에도 반지(半紙)에 먹으로 한 일(一) 자를 그은 것이 두 번 접혀 들어 있었다.

"어디? 가미야마 씨, 이 태극당이란 곳은?"

요이치는 그래도 신기한 듯 숙모가 읽고 있는 편지를 들여다보았다.

"2번가 모퉁이에 서양 식당 있잖습니까? 그 골목길로 들어가 왼쪽입니다."

"그렇다면 당신의 조루리(浄瑠璃) 스승이 계시는 부근 아닌가요?"

"예, 뭐 그런 셈이지요."

가미야마는 싱글싱글 웃으며 시계 끈을 늘어뜨린 마노(瑪瑙) 도장을 만지작거렸다.

"그런 곳에 점쟁이가 있었나 몰라. '환자는 남쪽으로 베개를 두어야 한다'라……. 어머니는 어느 쪽 베개니?"

숙모는 거의 주의를 시키듯 노안경 속의 눈을 요이치 쪽으로 돌렸다.

"동쪽 베개겠지요. 이 방향이 남쪽이니까."

다소 기분이 밝아진 요이치는 얼굴을 숙모 쪽으로 가까이 한 채, 손으로 주머니 속에 있는 담뱃갑을 찾았다.

"저…여기에 동쪽 베개도 좋다고 쓰여 있네요. 가미야마 씨 한 대 줄까요? 던집니다. 실례."

"아, 이거 고맙습니다. ECC군요. 그럼 한 대 피우겠습니다. 더 시키실 일은 없습니까? 또 있으시면 곧바로……."

가미야마는 금색 종이로 감은 담배를 귀 뒤에 꽂으며 여름 하오리를 입은 허리를 들어 총총히 가게 쪽으로 가려고 했다. 그때 마침 장지문이 열리더니 목에 습포(湿布)를 붙인 누나 오키누가 서지(serge) 코트도 벗지 않은 채 과일 바구니를 들고 들어왔다.

"아이고, 어서 오너라."

"비가 오는데도 오셨군요. 그럼 또……."

숙모와 가미야마가 거의 동시에 말을 건넸다. 오키누는 두 사람에게 인사를 하면서 서둘러 코트를 벗더니 맥이 풀리는 듯 다리를 옆으로 비스듬히 하고 앉았다. 그 사이 가미야마는 그녀에게서 받아든 과일 바구니를 그곳에 놓고 바쁜 듯 다실을 나갔다. 과일 바구니에는 싱싱한 청사과와 바나나가 가지런히 담겨 있었다.

"어때요, 어머니는? 죄송해요. 전차가 너무 붐비는 바람에……."

오키누는 비스듬히 앉은 채로 능숙하게 진흙투성이의 흰 버선을 벗었다. 요이치는 그 버선을 보자 머리를 뒤로 틀어 올린 머리며 누나의 몸 주변에서 아직 거리의 비 내리는 모습이 느껴지는 듯했다.

"계속 배가 아파서 말이지. 열도 아직 39도나 나간다고 하고."

숙모는 점쟁이의 편지를 펼친 채 그 자리에 두고는, 가미야마가 나갈 때 거의 동시에 들어온 하녀 미츠(美津)와 함께 차 준비로 바빴다.

"어머, 하지만 전화로는 어제보다 상당히 좋은 것 같다고 하지 않았어요? 뭐 제가 받진 않았지만. 누구? 오늘 전화를 한 사람이? 요이치?"

"아니, 난 아냐. 가미야마 씨 아닌가?"

"맞아요."

미츠가 차를 권하며 살짝 덧붙였다.

"가미야마 씨?"

오키누는 경박하게 얼굴을 찡그리고는 화로 옆으로 다가앉았다.

"뭐니, 그런 얼굴은? 너희 집은 모두 잘 있는 거니?"

"예, 덕분에. 숙모님 댁도 모두 별일 없으시지요?"

담배를 입에 문 요이치는 두 사람의 대화를 들으며 멍하니 기둥에 걸려있는 달력을 바라보았다. 중학교를 졸업한 이후 그는 날짜는 기억해도 요일은 항상 잊고 다녔다. 그것이 문득 그의 마음에 쓸쓸한 기분이 들게 했다. 게다가 이제 한 달 있으면 치르고 싶은 마음이 거의 없는 입학시험이 다가온다. 입학시험에 떨어진다면…….

"미츠가 요즘 굉장히 여성스러워졌네요."

누나의 말이 갑자기 또렷하게 들렸다. 하지만 요이치는 아무 말도 하지 않고 담배만 피울 뿐이었다. 미츠는 그때 이미 부엌으로 내려간 뒤였다.

"게다가 저 아이는 뭐니 뭐니 해도 남자들이 좋아하는 얼굴이라서……."

숙모는 그제야 무릎 위의 편지와 돋보기를 정돈하며 경멸하는 듯한 웃음을 지어 보였다.

그러자 오키누도 묘한 눈빛을 했는데, 곧 마음을 바꿔 "뭐예요, 숙모님? 그건?"이라고 말했다.

"지금 가미야마 씨에게 부탁하여 먹물 점을 보고 왔다. 요이치, 잠깐 어머니 좀 보고 오너라. 아까 푹 자고 있던데."

기분이 썩 좋지 않던 요이치는 담배를 재에 찔러놓고 숙모와 누나의 시선을 피하듯 서둘러 화로 앞에서 일어섰다. 그리고 장지문 하나 건너인 방으로 일부러 가볍게 들어갔다.

그곳에서는 맞은편 유리 장지문 밖으로 조그만 정원을 볼 수 있었다. 정원에는 굵은 감탕나무 한 그루가 손 씻는 돌 대야 쪽으로 서 있을 뿐이었다. 마로 된 잠옷을 입은 오리츠는 얼음주머니를 머리에 올려놓은 채 반대쪽을 향해 조용히 누워 있었다. 그 머리맡에는 간호부 한 사람이 무릎 위에 펼친 병상일지에 근시인 눈을 가까이 대고 열심히 만년필을 움직이고 있었다.

간호부는 요이치의 모습을 보자 애교 있는 목례를 했다. 요이치는 그 간호부에게도 확실히 이성을 느끼며 묘하게 무뚝뚝한 인사를 했다. 그리고 이불 가장자리를 돌아 어머니의 얼굴이 잘 보이는 쪽으로 앉았다.

오리츠는 눈을 감고 있었다. 본래부터 살이 없는 얼굴이 오늘은 더욱 수척해진 것 같았다. 그러나 요이치가 들여다보자 조용히 눈을 뜨고는 평소처럼 살짝 미소를 지어 보였다. 요이치는 숙모, 누나와 함께 계속 다실에서 이야기만 했던 것이 어쩐지 미안해졌다. 오리츠는 잠시 말없이 있다가 "저기…." 하고 자못 힘든 듯이 입을 열었다.

　요이치는 그저 고개를 끄덕여 보였다. 그 와중에도 어머니의 열 때문에 나는 냄새가 그에게는 불쾌했다. 오리츠는 더 이상 무어라고 말을 잇지 않았다. 요이치는 슬슬 불안해졌다. 유언? 이런 생각도 떠올랐다.

　"아사카와 숙모님은 아직 계시지?"

　겨우 어머니가 다시 입을 열었다.

　"숙모님도 계시고…지금 방금 누나도 왔어요."

　"숙모님께……."

　"숙모님께 할 말 있는 거예요?"

　"아니, 숙모님께 우메가와(梅川) 장어를 잡아드리라고."

　이번에는 요이치가 미소 지었다.

　"미츠에게 그렇게 말해. 알았지? 그것으로 끝."

　오리츠는 이렇게 말하고 머리의 위치를 바꾸려 했다. 그 바람에 얼음주머니가 미끄러져 떨어졌다. 요이치는 간병인의 손을 빌리지 않고 그것을 다시 원래대로 올려놓았다. 왠지 모르게 문득 눈꺼풀 안이 뜨거워지는 것 같았다. '울면 안 돼.' 순간 이렇게 생각했으나 이미 그때는 콧방울 위로 눈물이 고이는 것이 느껴졌다.

　"바보로구나."

　어머니가 힘없이 중얼거리며 피곤한 듯 다시 눈을 감았다. 얼굴이

빨개진 요이치는 간호부의 바라보는 눈을 부끄러워하며 힘없이 다실로 돌아왔다. 돌아오니 아사카와 숙모가 어깨너머로 그의 얼굴을 올려다보며 말을 걸었다.

"어떠니, 어머니는?"

"깨어 계세요."

"깨어 있어도 말이다."

숙모는 화로 너머로 오키누와 얼굴을 마주보는 듯했다. 누나는 눈을 치켜뜨며 머리 비녀로 머리를 긁고 있었는데, 이윽고 그 손을 화로 쪽으로 가져가더니 물었다.

"가미야마 씨가 갔다 온 것에 대해서는 말씀 안 드렸니?"

"말하지 않았어. 누나가 가서 말씀드리면 좋겠어."

요이치는 장지문 옆에 선 채 느슨해진 허리띠를 고쳐 맸다. 무슨 일이 있어도 어머니를 죽게 해서는 안 된다. 무슨 일이 있어도. 그렇게 열심히 다짐하면서…….

❖ 2 ❖

다음 날 아침, 요이치는 아버지와 다실 식탁에 마주 앉았다. 식탁 위에는 어젯밤 집에서 머문 숙모님 밥그릇도 있었다. 그러나 숙모는 간호부가 긴 몸단장을 마칠 동안 어머니 옆에 대신 가 있곤 했다.

아버지와 아들은 젓가락을 움직이며 이따금씩 짧은 대화를 나눴다. 대략 이 일주일간은 매일 이렇게 둘만의 쓸쓸한 식사가 이어지고 있었다. 그러나 오늘은 두 사람 모두 평소보다도 더욱 말이 없었다. 시중을 드는 미츠도 말없이 쟁반만 내밀 뿐이었다.

"오늘은 신타로가 돌아올까?"

겐조는 대답을 기대하는 것처럼 힐끗 요이치의 얼굴을 바라보았다. 하지만 요이치는 잠자코 있었다. 형이 오늘 오는지 오지 않는지, 아니, 대체 돌아오기는 하는 것인지, 그는 지금도 형의 생각을 전혀 알 수가 없었다.

"아니면 내일 아침이 될까?"

이번에는 요이치도 아버지 말에 대답하지 않을 수 없었다.

"그런데 지금은 학교 시험 기간이 아닐까 하는데요."

"그래?"

겐조는 뭔가를 생각하듯 잠시 말을 끊었지만 이윽고 미츠에게 차를 부탁하며 다시 입을 열었다.

"너도 공부하지 않으면 안 돼. 신타로는 이번 가을엔 벌써 대학생이 되잖니."

요이치는 밥을 한 공기 더 먹으며 아무 대답도 하지 않았다. 하고 싶은 문학도 못 하게 하고 공부만 강요하는 요즘의 아버지가 갑자기 미워진 것이다. 게다가 형이 대학생이 된다는 것은 동생이 공부하는 것과 그 어떤 관계도 없다. 그렇다고 해서 또 아버지의 모순된 논리를 비웃을 마음인 것도 아니었다.

"오키누는 오늘 안 오니?"

겐조는 곧 화제를 바꿔 물었다.

"온답니다. 그런데 어쨌든 도자와 씨가 오면 전화를 해달라고 했어요."

"오키누네도 힘들 거야. 이번에는 거기도 샀으니까. 역시 조금은 손해인지도 모르겠다."

요이치는 벌써 차를 마시고 있었다. 이번 4월 이후로 시장에는 전대미문의 공황1)이 엄습해 있었다. 실지로 겐조의 가게에서도 상당히 다방면으로 관계하고 있던 어느 오사카 동업자가 갑자기 파산하는 바람에 최근에는 대신 변제하지 않으면 안 될 큰일을 당했다. 그 외에도 이런저런 타격을 합치면 적어도 3만 엔 내외는 손실을 입었을 것이다. 요이치도 그런 사정을 언뜻 듣고 있었다.

　"어지간한 정도로 끝나주면 좋을 텐데……. 어쨌든 이런 상황이라면 우리 집도 언제 어느 때 무슨 일을 당할지 모르니까."

　겐조는 반농담처럼 걱정스런 소리를 하면서 귀찮은 듯 식탁 앞을 떠났다. 그리고 좀 떨어진 장지문을 열고 옆 병실로 들어갔다.

　"스프랑 우유도 잘 넘긴 거야? 아, 오늘은 큰일 했군. 열심히 먹지 않으면 안 돼."

　"이제 약만이라도 잘 넘기면 좋을 텐데 약은 금방 토해버려서요."

　이런 대화도 귀에 들어왔다. 오늘 아침에는 식사 전에 가보니 어머니의 열이 어제, 그제보다도 훨씬 내려가 있었다. 말을 하는 것도 또렷했고 돌아눕는 것도 편해 보였다.

　"배는 아직 아프지만 기분은 아주 좋아졌구나."

　어머니 자신도 그렇게 말했다. 게다가 그렇게 식욕까지 생긴 것으로 보아서는 지금까지 걱정했던 것보다 의외로 더 회복이 쉬울지 모르겠다는 생각이 들었다. 요이치는 옆방을 엿보면서 그런 기쁨에 휩싸였다. 그러나 너무 멋대로 희망을 품으면 도리어 그 때문에 어머니의 병이 나빠지는 것은 아닐까 하는 미신 같은 우려도 조금은 있었다.

　"도련님, 전화입니다."

---

1) 제1차대전 휴전의 영향으로 일어난 최악의 경제 상황. 가격 폭락, 실업 증가, 파산 등이 줄을 이었다.

요이치는 여전히 손을 짚은 채 소리 나는 쪽을 돌아보았다. 미츠는 소맷자락을 입에 물고 식탁을 닦고 있었다. 전화가 온 것을 알린 사람은 마츠(松)라는 또 다른 연상의 하녀였다. 마츠는 젖은 손을 내리고는 청동 주전자가 보이는 부엌 입구에서 앞치마를 두른 모습으로 나타났다.

　"어딘데?"

　"어디십니까?"

　"어쩔 수 없군. 항상 '어디십니까'야."

　요이치는 불만스럽게 중얼거리며 바로 다실을 나왔다. 얌전한 미츠에게 지기 싫어하는 마츠에게 싫은 소리를 하는 것이 그에게는 어쩐지 유쾌한 기분이었다.

　가게 전화를 받아보니 함께 중학교를 나온 다무라(田村)라는 약국집 아들이었다.

　"오늘 말이야. 함께 메이지 좌(明治座)[2]로 신파극 보러 가지 않을래? 이노우에(井上)야. 이노우에라면 갈 거지?"

　"난 안 돼. 어머니가 병중이라."

　"그래? 그럼 실례했군. 그렇지만 유감이네. 어제 호리(堀)하고 누구는 가서 봤다는데."

　친구와 대화를 나누고 전화를 끊은 요이치는 곧바로 계단을 올라가 언제나처럼 2층 공부방으로 갔다. 그러나 책상에 앉아 보아도 수험 준비는 말할 것 없고 소설을 읽을 마음조차 일어나지 않았다. 책상 앞에는 격자창이 있었다. 그 창문으로 밖을 바라보니 건너편 완구 도매점 앞에서 작업복을 입은 한 남자가 자전거 타이어에 바람을 넣고 있

---

　2) 도쿄 중앙구(中央区)에 있는 극장. 신파극이 자주 상연되었다.

었다. 왠지 요이치에게는 부산스러워 보여 불쾌했다. 다시 아래로 내려가는 것도 내키지 않아서 결국 책상 밑에 있는 한자사전을 베개 삼아 다다미에 벌렁 드러누웠다.

그때, 그의 마음에 이번 봄 이후로 못 본 형, 그에게는 아버지가 다른─그러나 요이치는 한번도 그것 때문에 형에 대한 마음이 다른 보통 형제들과 달라진 적이 없었다. 아니, 어머니가 형을 데리고 재혼했다는 사실조차 그가 알게 된 것은 비교적 최근의 일이었다. 다만 아버지가 다른 것에 대해서는 아주 선명한 추억이 남아있다.

아직 형과 그가 초등학교에 다니던 시절이었다.

어느 날 요이치는 신타로와 트럼프 놀이를 하다가 승패로 말싸움을 하게 되었다.

그 시절부터 냉정했던 형은 요이치가 아무리 흥분해도 말투조차 거칠어지지 않았다. 그러나 가끔씩 경멸하듯이 뚫어지게 그의 얼굴을 쳐다보며 하나하나 호되게 야단쳤다. 요이치도 마침내 욱해서 그곳에 있던 트럼프를 집어 그대로 형 얼굴에 내던졌다. 트럼프는 형의 옆얼굴에 부딪혀 온통 그 주변에 흩어졌다. 다음 순간 형의 손바닥이 철썩하고 그의 뺨을 내리쳤다.

"건방진 짓 하지 마."

형의 말이 끝나자마자 요이치는 달려들어 형을 물어뜯었다. 형은 그에 비하면 체격도 훨씬 컸다. 그러나 그는 형보다도 저돌적이라는 강점이 있었다. 두 사람은 잠시 동안 짐승처럼 서로 때리고 맞았다.

그 소동을 들은 어머니가 서둘러 방으로 들어왔다.

"무슨 짓이야, 너희들?"

어머니 목소리를 듣자마자 요이치는 벌써 울기 시작했다. 그러나 형은 눈을 내리깐 채 무뚝뚝하게 서 있을 뿐이었다.

"신타로, 네가 형이잖아. 동생을 상대로 싸움 같은 걸 하고. 뭐가 재미있는 거니?"

어머니에게 이렇게 야단을 맞자 형도 떨리는 목소리지만 그대로 달려들 듯이 대답했다.

"요이치가 나빠요. 먼저 내 얼굴에 트럼프를 내던진 걸요."

"거짓말쟁이. 형이 먼저 때린 거야."

요이치는 울면서 열심히 항의했다.

"꾀를 부린 것도 형이야."

"뭐라고?"

형은 또 위협하듯 요이치 쪽으로 한발 다가서려 했다.

"그러니까 싸움이 되잖니. 나이도 많으면서 봐 주지 않는 네가 나빠."

어머니는 요이치를 역성들면서 쿡쿡 찌르듯 형을 잡아 떼어놓았다. 그러자 형의 눈빛이 갑자기 섬뜩할 정도로 험악해졌다.

"좋아요."

그리고는 말이 떨어지기 무섭게 미치광이처럼 어머니를 치려고 했다. 그러나 손을 휘두르기도 전에 형은 요이치보다도 더 큰소리로 울고 말았다.

어머니가 그때 어떤 얼굴을 하고 있었는지 그것은 요이치의 기억에 없다. 그러나 형의 분한 듯한 눈초리는 지금도 이런저런 생각을 하게 만든다. 어쩌면 형은 그저 어머니에게 야단맞은 것이 거슬렸던 것뿐인지도 모른다.

제멋대로 억측하는 것은 좋지 않다는 생각도 들지만, 형이 지방으로 간 이후 문득 그 눈빛을 떠올리면 요이치는 형이 보는 어머니가 그가 보고 있는 어머니와는 아무래도 다른 것처럼 생각되었다. 그런 생각이 들기 시작한 데는 또 하나 다른 기억이 있다.

3년 전 9월, 형이 지방의 고등학교로 떠나기 전날이었다. 요이치는 형과 쇼핑을 하러 일부러 긴자(銀座)까지 나갔다.

"당분간 큰 시계와는 이별이군."

형은 오하리 초(尾張町) 모퉁이로 나오자 반혼잣말처럼 이렇게 말했다.

"그러니까 일고(一高)에 들어갔으면 좋았을 텐데."

"일고 같은 데는 조금도 들어가고 싶지 않아."

"또 억지만 부리고 있어. 시골로 가면 불편하다고. 아이스크림도 없고, 영화도 없고……."

요이치는 얼굴에 땀을 흘리며 농담조로 계속 이야기했다.

"그리고 누군가 아파도 급하게 돌아올 수도 없고……."

"그건 당연하지."

"그럼 어머니가 죽기라도 하면 어떡해?"

보도 가장자리를 걷고 있던 형은 그 말에 대답하기 전 손을 뻗어 버드나무 잎을 쥐어뜯었다.

"난 어머니가 죽어도 슬프지 않아."

"거짓말."

요이치는 조금 흥분해서 말했다.

"어떻게 슬프지 않을 수 있어."

"거짓말 아니야."

형의 목소리에는 의외일 정도로 감정이 담겨 있었다.

"넌 항상 소설 같은 걸 읽잖니. 그렇다면 나 같은 인간이 있다는 것도 바로 이해할 수 있을 텐데. 이상한 녀석이군."

요이치는 내심 섬뜩했다. 동시에 그 눈빛이, 그때 어머니를 때리려고 했던 형의 눈빛이 똑똑히 떠오르는 것을 느꼈다. 하지만 다시금 살그머니 형의 모습을 보니 형은 먼 곳에 시선을 두고 아무 일도 없었다는 듯 걷고 있었다.

그때 일들을 생각하니 형이 곧바로 돌아올지 어떨지, 이상한 기분이 들었다. 특히 시험이라도 시작되었다면 2, 3일 늦게 출발하는 것은 당연하게 생각할지 모른다.

늦어도 좋으니 어쨌든 돌아오면 좋으련만……. 거기까지 생각이 미쳤을 때 누군가 계단을 올라오는 소리가 삐꺽삐꺽 귀에 들어왔다.

계단 입구에는 벌써 눈이 좋지 않은 숙모가 상반신을 구부리고 올라오는 모습이 보였다.

"아니, 낮잠이니?"

요이치는 숙모의 말에서 약간 빈정대는 말투를 느끼며 자신의 방석을 맞은편에 고쳐놓았다. 그러나 숙모는 그곳에 앉지 않고 책상 앞에 앉더니 마치 큰 사건이라도 일어난 것처럼 작은 목소리로 말을 시작했다.

"너와 상담할 게 있는데……."

요이치는 가슴이 철렁했다.

"어머니에게 무슨 일 있나요?"

"아니, 어머니 일이 아니야. 실은 저 간호부 말인데, 그 사람 참 어쩔 수 없구나."

숙모는 이렇게 운을 떼더니 조근조근 이런 이야기를 풀어놓았다.

어제 도자와 씨가 진찰하러 왔을 때 그 간호부는 일부러 의사를 다실로 불러 "선생님, 도대체 이 환자는 언제까지 목숨을 유지할 거라 생각하십니까? 만약 길어질 것 같으면 저는 그만두고 싶습니다만."이라고 말했다고 한다. 물론 간호부는 의사 외에는 그곳에 아무도 없다고 생각했을 것이다.

그러나 공교롭게도 부엌에 있던 마츠가 그것을 모두 듣고 말았다. 그리고 몹시 화가 나서 아사카와 숙모에게 그 이야기를 전해 주었다. 뿐만 아니라 숙모가 주의 깊게 보니 그 후로도 간호부의 태도에는 살뜰하지 못한 부분이 여러 가지로 있었다. 실지로 오늘 아침만 해도 환자는 신경도 쓰지 않은 채 한 시간이나 들여가며 화장을 하고 있었다…….

"아무리 직업상 돈을 보고 한다고 해도 저건 너무하잖니? 그래서 내 생각에는 바꾸는 게 좋을 것 같은데."

"예예, 그쪽이 좋겠네요. 아버지께 그렇게 말씀드려서……."

요이치는 저런 간호부 따위가 어머니의 마지막 임종을 기다리며 날짜를 세고 있었다고 생각하니 화보다도 기가 막혀 견딜 수 없었다.

"그게 말이다. 아버지는 방금 공장 쪽으로 가버렸구나. 내가 또 어찌된 건지 말하는 걸 깜빡하고 있는 사이에."

숙모는 조금 답답하다는 듯이 흐릿한 눈을 크게 떴다.

"난 어차피 바꿀 거면 빠른 쪽이 좋을 것 같은데……."

"그럼 가미야마(神山) 씨에게 그렇게 말해서 지금 바로 간호부회에 전화하도록 할게요. 아버지께는 집에 오신 뒤에 이야기해드리면 되니까요."

"그렇구나. 그럼 그렇게 해 주겠니?"

요이치는 숙모보다 먼저 일어나 기세 좋게 계단을 뛰어 내려갔다.

"가미야마 씨, 잠깐 간호부회에 전화를 걸어 주세요."

그의 목소리에 5, 6명의 점원들은 가게 앞에 진열되어 있는 상품들 사이에서 요이치에게 시선을 집중했다. 동시에 가미야마 씨가 털 부스러기가 묻어있는 화려한 앞치마를 걸친 채 서둘러 카운터에서 뛰어 나왔다.

"간호부회가 몇 번이었지요?"

"난 가미야마 씨가 알고 있을 거라고 생각했는데요?"

요이치는 계단 밑에 서서 가미야마와 함께 전화번호부를 뒤적거리며 그나 숙모와는 관계없이 평일과 조금도 다르지 않은 가게 분위기에 가벼운 반감 같은 것을 느꼈다.

❖ 3 ❖

정오가 지나서 요이치가 무심코 다실로 나와 보니 그곳에는 아버지가 방금 귀가한 듯 여름 하오리를 입고 화로 앞에 앉아 있었다. 그 앞에는 누나 오키누가 화로 가장자리에 팔꿈치를 대고, 습포를 붙이지 않은 예쁜 목덜미를 이쪽을 향해 그대로 드러내고 있었다.

"그야 나도 잊을 리가 있겠니?"

"그럼 그렇게 해 주세요."

요이치의 인사에 오키누는 어제보다도 훨씬 혈색이 좋지 않은 얼굴을 들어 답했다. 그리고 그가 있는 것이 다소 부담스러운 듯 엷은 웃음을 머금은 채 머뭇머뭇 이야기를 이어 나갔다.

"그쪽이 어떻게든 잘 되지 않으면 저도 기가 죽어요. 제가 그때 투자한 주식만 해도 이번에는 모두 가격이 내려가버렸고……."

"좋아, 좋아, 모두 알았다."

아버지는 내키지 않는 얼굴을 하면서도 농담조로 이렇게 말했다. 누나는 작년 결혼할 때 아버지에게 받기로 한 것들을 여지껏 약속만 듣고 일부는 사실상 물거품이 되어버린 것 같았다. 그런 사실을 알고 있는 요이치는 일부러 화로에서 멀리 떨어진 곳으로 가 말없이 신문을 펼친 채 아까 다무라에게 권유받은 메이지 좌 광고를 보고 있었다.

"그러니까 아버지한테는 짜증이 난다니까요."

"너보다 내가 더 짜증이 난다. 엄마는 저렇게 누워있고 너에게는 푸념만 듣고……."

요이치는 아버지의 말에 자신도 모르게 장지문 건너편 병실의 동정에 귀를 기울였다. 병실에서는 오리츠가 평소와 다르게 이따금 괴로운 듯 신음 소리를 내고 있었다.

"어머니는 오늘도 좋지 않네."

혼잣말처럼 중얼거린 요이치의 말에 순간 부녀의 대화는 끊어졌다. 그러나 오키누는 금세 다시 앉은 자세를 고치더니 겐조의 얼굴을 힐끗 쏘아보며 아버지를 책망하기 시작했다.

"어머니의 병만 해도 그렇잖아요. 제가 그렇게 말씀드렸을 때 의사를 바꾸기만 했어도 분명 이렇게까지 되지는 않았어요. 그걸 아버지가 또 우유부단하게……."

"그래서 오늘은 다니무라 박사에게 와달라고 한 게 아니니?"

겐조는 씁쓸한 얼굴을 하고서 내뱉듯 이렇게 말했다. 요이치도 누나의 고집이 조금 얄미워졌다.

"다니무라 씨는 몇 시쯤에 와 줄까요?"

"3시경에 온다고 했다. 아까 공장 쪽에서도 전화를 해 두었는데……."

"벌써 3시 지났어요. 4시 5분 전인데요?"

요이치는 세운 무릎을 안으며 달력 위에 걸려 있는 커다란 기둥시계를 올려다보았다.

"다시 한번 전화라도 걸게 할까요?"

"아까도 숙모님이 걸었다고 했는데."

"아까라뇨?"

"도자와 씨가 가고 바로라던데?"

부자가 이런 이야기를 하고 있는 사이 오키누는 여전히 얼굴을 찌푸린 채 돌연 화로 앞에서 일어서더니 서둘러 다른 방으로 들어갔다.

"겨우 네 누나에게서 해방되었구나."

겐조는 쓴웃음을 흘리며 비로소 허리에 있는 담배주머니를 뺐다. 요이치는 다시 시계를 보았을 뿐 그 말에는 아무 대답도 하지 않았다.

병실에서는 여전히 오리츠의 신음 소리가 들려왔다. 기분 탓인지 아까보다도 소리가 점점 더 커지는 것 같았다. 다니무라 박사는 어떻게 된 것일까? 그쪽 입장에서는 어머니 한 명만이 환자가 아닐 테니 지금쯤 줄줄이 회진인가 뭔가를 하고 있을지도 모른다. 아니, 벌써 4시가 다 되었으니 아무리 늦어진다 해도 병원은 진즉 나왔을 터. 어쩌면 지금이라도 가게 앞에……

"어떻습니까?"

아버지의 목소리에 요이치는 어두운 상상에서 해방되었다. 보니 장지문이 열린 곳에 아사카와 숙모가 걱정스러운 표정으로 얼굴만 내밀고 있었다.

"너무 힘들어 하는 것 같은데……. 의사 선생님은 아직 안 오셨나?"

겐조는 난처한 듯 살담배 연기를 내뿜었다.

"곤란한데. 다시 한번 전화라도 걸게 할까요?"

"그러게 말이다. 잠시 이 고통을 면하게 해준다면야 도자와 씨라도 괜찮겠는데."

"제가 걸고 오겠습니다."

요이치는 바로 일어섰다.

"그래? 그럼 '선생님은 이제 출발하셨습니까?' 하고 물어 보아라. 번호는 고이시카와(小石川) ***번이다."

겐조의 말이 끝나기도 전에 요이치는 벌써 다실에서 부엌 마루방으로 뛰어가고 있었다. 부엌에는 앞치마를 두른 마츠가 다랑어 포를 두드리고 있었다. 그 옆을 거칠게 지나며 가게 쪽으로 나가려는 순간 맞은편에서도 미츠가 종종걸음으로 급히 걸어왔다. 두 사람은 정면으로 부딪힐 뻔한 것을 겨우 양쪽으로 몸을 돌려 피했다.

"죄송해요."

묶어세운 머리에서 냄새를 풍기는 미츠는 부끄러운 듯 이렇게 말하고는 허둥지둥 다실 쪽으로 뛰어갔다.

요이치는 쑥스러워하면서 전화 수화기를 귀에 댔다. 그런데 아직 교환수가 나오기도 전에 카운터에 있던 가미야마가 뒤에서 말을 걸었다.

"요이치 씨, 다니무라병원입니까?"

"아, 네, 다니무라병원."

그는 수화기를 든 채 가미야마 쪽을 돌아보았다. 가마야마는 요이치 쪽을 보지 않고 금빛 격자문으로 둘러싸인 책꽂이에 큼직한 장부를 가져다 놓고 있었다.

"그쪽에서 이미 전화가 왔었습니다. 미츠 씨가 말을 전하러 안으로 들어갔을 겁니다."

"뭐라고 하던가요?"

"선생님이 조금 전 출발하셨다고 한 것 같습니다만……. 조금 전이지, 료(良) 씨?"

이름을 불린 점원은 마침 발판 위에 올라서서 높은 진열장 위에 쌓아놓은 상품 상자를 내리려고 하던 참이었다.

"조금 전이 아닌데요. 벌써 도착하실 시간이라고 했습니다."

"그래? 미츠 이 녀석, 그렇게 말해주면 좋았을 텐데."

요이치는 전화를 끊고 다시 다실로 돌아가려고 했다. 그러나 문득 가게 시계를 보고는 이상한 듯 그곳에 멈춰섰다.

"아니, 이 시계는 20분이 지났는데?"

"뭘요, 이건 10분 정도 빨라요. 이제 4시 10분이 막 지났을 겁니다."

가미야마는 몸을 틀어 허리춤에 매단 금시계를 들여다보았다.

"그렇네요. 지금 막 10분이 지났어요."

"안채 시계는 늦군요. 어쨌든 다니무라 씨가 너무 늦는데요."

요이치는 잠시 서성이다 성큼성큼 가게 앞으로 나가더니 벌써 엷은 햇살마저 사라진 조용한 거리를 이곳저곳 둘러보았다.

"올 것 같지도 않군. 설마 집을 모르는 건 아니겠지. 그럼 가미야마 씨, 난 잠시 저 근방으로 나가보고 오겠습니다."

그는 어깨너머로 가미야마에게 이렇게 말한 뒤 점원 누군가가 벗어 놓은 신발 위를 넘어갔다. 그리고 거의 달리듯이 시가(市街)의 자동차와 전차가 다니는 쪽으로 걸어갔다.

큰길은 그의 가게 앞에서 500미터도 채 되지 않은 곳에 있었다. 그곳 모퉁이에 있는 흙으로 지은 가게는 반은 작은 우체국, 반은 양품점이었다. 그 양품점 장식 창에는 밀짚모자며 등나무 지팡이가 기발한 조합을 이루고 있는 가운데 벌써 화려한 수영복이 인간처럼 우뚝 세워져 진열돼 있었다.

요이치는 양품점 앞까지 오자 장식 창을 뒤로 하고 큰길을 지나는 사람들과 차들을 향해 초조한 눈길을 보냈다. 하지만 한참을 그렇게 바라보아도 이 도매 가게만 늘어서 있는 골목길에는 인력거 한 대 들어오지 않았다. 가끔 자동차가 왔나 싶으면, '빈 차' 표시만 내건 진흙투성이 택시였다.

그 사이 그의 가게 쪽에서 열너덧 살 되는 점원 한 명이 자전거를 타고 왔다. 그는 요이치의 모습을 보자 전신주에 한 손을 짚고 능숙하게 그의 옆에 자전거를 세웠다. 그리고 페달에 발을 올려놓고는 말했다.

"방금 다무라 씨에게서 전화가 왔습니다."

"무슨 일로?"

요이치는 그 사이에도 끊임없이 혼잡한 큰길 쪽으로 눈길을 던졌다.

"특별한 용건은 없답니……."

"지금 그걸 말하러 온 건가?"

"아뇨, 전 지금부터 공장까지 갔다 와야 합니다. 아 참, 그리고 주인어른이 요이치 씨에게 할 말이 있다고 하셨습니다."

"아버지가?"

요이치는 이렇게 묻다가 문득 저편을 바라보았다. 그리고 갑자기 앞에 있는 사람도 잊은 듯 장식 창 앞을 뛰어나갔다. 사람 통행도 적은 거리에 인력거 한 대가 큰길에서 이쪽으로 꺾으려고 하고 있었다. 그는 그 인력거 앞쪽으로 가자마자, 양손을 올리지는 않았지만, 차 위에 앉은 청년을 향해 외쳤다.

"형!"

차부는 몸을 뒤로 젖히며 아슬아슬하게 달리는 차를 멈췄다. 차 위에는 신타로가 고등학교 하복에 흰 챙의 제모를 쓴 모습으로 앉아 무릎 사이에 끼워놓은 트렁크를 큼직한 양손으로 누르고 있었다.

"야아."

형은 눈썹 하나 움직이지 않고 요이치의 얼굴을 내려다보았다.

"어머니는 어때?"

요이치는 형을 올려다보며 온몸의 피가 생생하게 양쪽 뺨으로 올라가는 것을 느꼈다.

"요 이삼일 안 좋으셔. 십이지장궤양이래."

"그래? 그건…….'

신타로는 여전히 냉연하게 그 이상 아무 말도 하지 않았다. 그러나 어머니를 닮은 그 눈 속에는 요이치가 예상하지 못한, 그렇다고 해도 무의식적으로 원하고 있던 어떤 표정이 담겨 있었다. 요이치는 형의 표정에서 유쾌한 당혹감을 느끼며 빠른 말투로 말을 이었다.

"오늘 가장 힘들어하시는 것 같은데……그래도 형이 집에 와서 다행이다. 어쨌든 빨리 가는 게 좋겠어."

차부는 신타로의 신호와 함께 다시 기세 좋게 달리기 시작했다. 신타로는 오늘 아침 상행선 3등 객차에 자리를 잡은 자신의 모습이 머릿속에 뚜렷이 떠올랐다. 옆자리에 앉은 혈색 좋은 시골 아가씨의 어깨를 자신의 어깨로 느끼면서, 어머니의 임종을 지켜보는 것보다도 오히려 돌아가신 후에 가는 것이 덜 슬플지도 모르겠다고 생각에 잠겨있었다. 그 와중에도 눈만큼은 레크람(Reclam, 독일 출판사)문고판 괴테 시집에 멍하니 떨어뜨리고 있는 그였다.

"형, 시험은 아직 시작하지 않았어?"

신타로는 놀라 몸을 기울여 소리 나는 쪽으로 시선을 돌렸다. 요이치가 나무 바닥 짚신을 땅에 부딪치며 차와 거의 스치듯이 달리고 있었다.

"내일부터야. 넌……아까 거기서 뭐 하고 있었던 거야?"

"오늘은 다니무라 박사님이 오시는데, 너무 안 오셔서 서서 기다리고 있었어."

요이치는 이렇게 대답하며 숨을 약간 헐떡였다. 신타로는 동생을 위로하고 싶었다. 하지만 그런 마음은 막상 입으로 나오니 평범한 말로 바뀌어 있었다.

"많이 기다렸니?"

"10분쯤 기다렸나?"

"그곳에 가게 사람이 같이 있었던 것 같은데. 이봐, 여기야."

차부는 5, 6보 정도 지나고 나서 가게 앞에 멈춰섰다. 신타로에게도 역시 그리운, 두툼한 유리문이 있는 가게 앞으로.

❖ 4 ❖

한 시간 후 가게 2층에는 다니무라 박사를 중심으로 겐조, 신타로, 오키누의 남편 세 사람이 모두 시무룩한 얼굴을 하고 있었다. 그들은 오리츠의 진찰이 끝난 후에 진찰 결과를 듣기 위해 박사를 이 2층으로 부른 것이었다. 건강한 체격의 다니무라 박사는 권해준 차를 마신 뒤 한참 동안 조끼의 금빛 체인을 굵은 손가락에 감고 있다가 이윽고 전등불에 비친 세 사람의 얼굴을 둘러보더니 이렇게 말했다.

"도자와 씨인가 하는…주치의는 부르셨겠지요?"

"방금 전화하라고 했습니다. 바로 올라온다고 했지?"

겐조는 다짐을 받듯 신타로 쪽을 돌아보았다. 신타로는 아직 제복을 입은 채로 박사와 마주 보고 앉은 아버지 옆에 답답한 듯 무릎을 포개고 앉아 있었다.

"예, 바로 오신답니다."

"자, 그럼 그분이 오시고 나서 하지요. 어중간한 날씨로군요."

다니무라 박사는 이렇게 말하며 양가죽으로 된 담배 지갑을 꺼냈다.

"금년은 장마가 긴 것 같군요."

"어쨌든 구름 움직임이 좋지 않아 질릴 지경이에요. 날씨나 불경기가 작년과 같다면……."

오키누의 남편도 옆에서 분위기에 맞는 말을 한마디씩 거들었다. 마침 병문안 와 있던 이 젊은 포목상 주인은 짧은 수염에 무테안경을 낀, 포목상보다는 변호사나 회사원에 어울리는 복장을 하고 있었다. 신타로는 이런 그들의 대화에 묘한 답답함을 느끼며 고집스럽게 혼자 입을 다물고 있었다.

얼마 지나지 않아 도자와라는 의사가 그들 사이에 섞였다. 검은색 견직 하오리를 걸친 그는 술기운도 다소 있어 보였다. 그는 다니무라 박사와 초대면의 인사를 정중히 마치고 나서 대각선 앞에 앉은 겐조에게 억센 도호쿠(東北) 사투리로 말을 걸었다.

"벌써 진단 결과를 들으신 겁니까?"

"아뇨, 선생님 오시고 나서 말씀드리려고 했습니다만."

다니무라 박사는 손가락 사이에 짧은 담배를 끼우고 겐조 대신 대답했다.

"선생님 말씀도 들을 필요가 있으니까요."

도자와는 박사가 묻는 대로 이 일주일 동안의 오리츠의 상태를 상당히 자세하게 설명했다. 신타로는 도자와의 처방을 들을 때 다니무라 박사의 눈썹이 조금 움직인 것이 신경 쓰였다.

그러나 이야기가 일단락되자 다니무라 박사는 느긋하게 두세 번 고개를 끄덕여 보였다.

"으음, 잘 알겠습니다. 물론 십이지장궤양입니다. 그러나 방금 본 바로는 환자에게 복막염이 일어났어요. 어쨌든 이렇게 아랫배가 뒤틀리는 것처럼 아프다고 하니까……."

"하아, 아랫배가 뒤틀리듯이 아프다?"

도자와는 견직 하카마 위로 위엄 있게 팔을 펴고는 잠시 고개를 갸우뚱거렸다. 한동안은 누구도 입을 열려는 사람이 없었다.

"그래도 열 같은 것은 어제보다 많이 내려간 것 같은데요……."

겐조가 불안한 어투로 간신히 한마디 했다. 그러나 박사는 담배를 버리더니 아무렇지도 않게 그 말을 가로막았다.

"그게 안 좋은 겁니다. 열은 쑥쑥 내려가면서 맥박은 도리어 빨라지는 게 이 병의 특징이니까요."

"역시 그런 건가요? 이건 우리 같은 젊은 사람들도 들어두면 좋은 거로군요."

오키누의 남편은 팔짱을 낀 채 이따금씩 손으로 수염을 잡아당겼다. 신타로는 매형의 말 속에서 타인과도 같은 차가운 무관심을 느꼈다.

"하지만 내가 진찰했을 때는 복막염 같은 징조는 보이지 않았던 것 같았습니다만……."

도자와가 이렇게 말하자 다니무라 박사는 직업 특성상 즉시 붙임성 있게 대답했다.

"그렇지요. 아마 선생님이 보시고 난 후에 생긴 것으로 생각됩니다. 우선 증상이 아직 그렇게 심한 건 아닌 것 같으니까……. 하지만 어쨌든 현재는 복막염이 틀림없습니다."

"그럼 바로 입원이라도 시켜보면 어떨까요?"

신타로가 험악한 얼굴을 한 채 비로소 입을 열었다. 그것이 의외였는지 박사는 무거워 보이는 눈꺼풀 아래로 힐끗 신타로의 얼굴을 바라보았다.

"지금은 도저히 환자를 움직일 수 없어요. 우선은 될 수 있는 대로 배를 따뜻하게 하는 수밖에 없어요. 그래도 통증이 심하다면 도자와 씨에게 부탁해 주사라도 놓아달라고 하시든지요. 오늘 밤 다시 통증이 심해질 겁니다. 어떤 병도 편한 병은 없지만 이 병은 특히 고통스러우니까요."

다니무라 박사는 이렇게 말하고는 침울한 눈길로 다다미 쪽을 응시하다가 문득 생각난 듯 조끼에서 시계를 꺼내 보았다. 그러고는 곧바로 허리를 일으켰다.

"그럼 저는 이것으로 실례하겠습니다."

신타로는 아버지, 매형과 함께 박사에게 왕진해줘서 고맙다는 인사를 했다. 그러나 그 사이에도 자신의 얼굴에 실망한 빛이 역력하게 나타나 있는 것을 의식하고 있었다.

"아무쪼록 박사님도 2, 3일 안으로 다시 한번 오셔서 진찰해 주셨으면 합니다."

"예예, 오는 건 언제든지 오겠습니다만……."

이것이 박사의 마지막 말이었다. 신타로는 누구보다도 늦게 어두운 계단을 내려갔다. 모든 것이 끝났다는 절망스러운 마음이 들지 않을 수 없었다.

❖ 5 ❖

오키누의 남편과 도자와가 돌아가고 나서 와복(和服)으로 갈아입은 신타로는 아사카와 숙모, 요이치와 함께 다실의 화로 주변에 앉았다. 장지문 건너편에서는 여전히 오리츠의 신음 소리가 들려오고 있었다. 세 사람은 전등불 밑에서 흥이 나지 않는 대화를 나누면서 문득문득 서로 맞추기라도 한 듯 환자의 소리에 귀를 기울이고 있는 그들 자신을 발견했다.

"안됐어. 저렇게 계속 고통스러워서야……."

숙모는 부젓가락을 쥔 채 멍하니 어딘가에 눈을 고정하고 있었다.

"도자와 씨는 괜찮다고 했어?"

요이치는 숙모의 말에 대답하지 않은 채 ECC를 물고 있는 형에게 말을 건넸다.

　"2, 3일은 틀림없다고 했어."

　"이상하군. 도자와 씨가 말한 것으로는……."

　이번에는 신타로가 대답을 멈추고 화로에 담뱃재를 털었다.

　"신타로, 아까 네가 왔을 때 어머니가 뭐라고 말했니?"

　"아무 말도 하지 않으셨어요."

　"그래도 웃었지?"

　요이치는 옆에서 엿보듯, 차분한 형의 얼굴을 바라보았다.

　"예, 그보다도 어머니 옆으로 가면 이상하게 좋은 냄새가 나잖아요."

　"그건 아까 오키누가 가져온 향수를 뿌려서 그래. 요이치, 그게 무슨 향수라고 했지?"

　숙모는 미소 띤 눈을 요이치에게로 향하며 대답을 재촉했다.

　"뭐더라……이부자리에 뿌리는 향수라나, 뭐라나?"

　그때, 오키누가 맹장지 문 저쪽에서 환자 같은 얼굴을 살짝 내밀었다.

　"아버지는 안 계세요?"

　"가게에 가셨어. 뭐 할 말 있니?"

　"예, 어머니가 잠깐……."

　요이치는 오키누의 이 말에 바로 난로 앞에서 일어섰다.

　"내가 말하고 올게."

　요이치가 다실에서 나가자 오키누는 귀 위쪽에 반창고를 붙인 채 팔짱을 끼고 발소리를 죽이며 이쪽으로 들어왔다. 그리고 추운 듯이 요이치가 일어나서 나간 자리에 앉았다.

"어때?"

"역시 약이 듣지 않아서요. 하지만 이번에 바꾼 간병인은 나이를 먹은 사람이라는 것만으로도 안심이 돼요."

"열은?"

신타로는 말참견을 하며 맛이 없는 듯 담배 연기를 내뿜었다.

"지금 쟀더니 7도 2부……."

오키누는 턱을 파묻고 생각에 잠긴 얼굴로 신타로를 보았다.

"도자와 씨가 있을 때보다 또 1부 내려갔어요."

세 사람은 잠시 말이 없었다. 그 조용한 가운데 별안간 마룻바닥을 밟는 소리가 나는가 싶더니 겐조가 요이치를 앞세우고 안절부절못하면서 들어왔다.

"지금 너희 집에서 전화가 왔다. 조금 있다 전화해달라고."

겐조는 오키누에게 말을 전하고는 곧바로 옆방으로 들어갔다.

"별 수 없군. 집에 하녀가 두 명이나 있어도 전혀 도움이 안 돼요."

오키누는 잠시 혀를 차며 아사카와 숙모와 마주 보았다.

"요즘 하녀는 말이다. 우리 집만 해도 집을 돌보기는커녕 오히려 하녀를 돌보기가 성가실 정도야."

두 사람이 이런 이야기를 하고 있는 동안 신타로는 담배를 문 채 쓸쓸해 보이는 요이치를 상대하고 있었다.

"수험 준비는 하고 있는 거야?"

"하고 있어. 하지만 금년은 포기했어."

"또 시만 짓고 있겠지."

요이치는 얼굴을 찡그리며 자신도 담배에 불을 붙였다.

"난 형처럼 시험을 잘 치르는 사람이 아니니까. 수학은 아주 싫기도 하고……."

"싫어도 해야만……."

신타로의 말이 채 끝나기 전에, 그새 맹장지 부근으로 온 간호부와 작은 소리로 이야기를 하고 있던 숙모가 화로 너머로 그에게 말을 걸었다.

"신타로, 어머니가 부른다는구나."

그는 피우다 만 담배를 버리고는 말없이 일어섰다. 그리고 간호부를 옆으로 젖히듯 성큼성큼 옆방으로 들어갔다.

"이쪽으로 오너라. 어머니가 뭔가 할 말이 있다고 하니까."

머리맡에 혼자 앉아있던 아버지는 턱으로 그를 불렀다. 그는 아버지의 말대로 어머니 옆에 앉았다.

"무슨 하실 말씀 있으세요?"

어머니는 빗으로 틀어 올린 머리를 옆으로 하고 누워 있었다. 갓을 씌운 전등불에 비친 그 얼굴은 조금 전보다도 더욱 말라 보였다.

"아, 요이치가 말이다. 아무래도 공부를 하지 않는 것 같으니……네가 잘 좀 말해줘. 네가 하는 말은 잘 듣는 아이니까……."

"예예, 잘 말해 두겠습니다. 실은 지금도 그 말을 하고 있었습니다."

신타로는 다른 때보다도 큰소리로 대답했다.

"그래? 그럼 잊지 말아라. 나도 어제까지는 죽는 건 아닌가 보다 했는데……."

어머니는 복통을 참으며 잇몸이 보이게 웃어 보였다.

"부처님의 부적을 받은 탓인지 오늘은 열도 내려갔고, 이 상태로 간다면 나을 것 같으니까……미츠 숙부님인가 하는 분도 십이지장궤양이었지만 보름 정도로 나았다고 하고, 그렇게 불치병도 아닌 것 같으니……."

신타로는 이제 와서야 그런 것에 의지하는 어머니가 딱하다는 생각이 들어 견딜 수 없었다.

"낫고말고요. 괜찮습니다. 나을 거예요. 약을 잘 드셔야 해요."

어머니는 힘없이 고개를 끄덕였다.

"그럼 지금 좀 드셔보셔요."

머리맡에 와 있던 간호부는 능숙하게 오리츠의 입술에 물약 유리관을 가져다 댔다. 어머니는 눈을 감은 채 두 모금 정도 유리관으로 약을 받아먹었다. 한순간이었지만 그것이 신타로의 마음을 밝아지게 했다.

"딱 좋군요."

"이번에는 잘 받아드신 것 같습니다."

간호부와 신타로는 같은 심정으로 시선을 교환했다.

"약이 잘 들어갔으면 이제 됐다. 그래도 병석에 있는 시간이 좀 길어질지 모르고, 자리에서 일어날 때쯤은 더울 거야. 우리 어디서 찰밥 대신에 팥빙수라도 돌리기로 할까?"

겐조의 농담을 신호 삼아 신타로는 무릎을 꿇은 채 살짝 병실을 나오려고 했다. 그러자 어머니는 그의 얼굴에 갑자기 걱정스러운 눈길을 던지며 물었다.

"연설? 오늘 밤 어디에서 연설이 있니?"

신타로는 깜짝 놀라 구원 요청을 하듯 아버지 쪽을 보았다.

"연설 같은 게 있을 리 없지. 어디에도 그런 건 없어. 오늘 밤은 푹 자는 게 좋아."

겐조는 오리츠를 달래며 동시에 신타로 쪽으로 눈을 깜빡였다. 신타로도 재빨리 무릎을 들고 밝은 전등불이 비추는 옆방 다실로 돌아갔다. 다실에서는 여전히 누나와 요이치가 숙모와 소근소근 이야기를 나누고 있었다. 그러다 신타로의 모습을 보자 모두 한꺼번에 얼굴을 들고는 무언가 병실 소식을 묻는 듯한 표정을 했다. 그러나 신타로는 입을 다문 채 여전히 냉정한 눈빛으로 원래의 방석 위에 앉았다.

"무슨 일 있었어?"

가장 먼저 침묵을 깬 것은 아직도 턱을 파묻고 있는, 얼굴색이 좋지 않은 오키누였다.

"아무 일도 아니었어."

"그럼 틀림없이 어머니는 신타로의 얼굴이 그냥 보고 싶어졌던 걸 거야."

신타로는 누나의 말 속에서 심술 어린 마음을 감지했다. 그러나 잠시 웃었을 뿐 거기에는 대답하지 않았다.

"요이치, 너 오늘 밤 밤새는 거니?"

잠시 침묵이 흐른 뒤 아사카와 숙모가 하품을 하면서 요이치에게 말을 건넸다.

"예, 누나도 오늘 밤은 샌다고 하니까……."

"신은?"

오키누는 엷은 눈꺼풀을 들고 가만히 신타로의 얼굴을 바라보았다.

"저는 아무래도 상관없습니다."

"신은 여전히 우유부단하구나. 고등학교라도 들어가면 좀 더 똑 부러질까 했는데……."

"얘, 애가 지쳐 있잖아."

숙모가 반쯤 편들듯이 오키누의 날카로운 말을 막았다.

"오늘 밤은 제일 먼저 자게 하는 게 좋겠네요. 뭐, 오늘 밤만 새는 게 아니니까……."

"자, 그럼 제일 먼저 자 볼까?"

신타로는 다시 동생의 ECC에 불을 붙였다. 위독한 어머니를 보고 왔으면서도 금세 수다스럽게 떠들고 있는 자신의 경박함을 탓하면서…….

❖ 6 ❖

그래도 가게 2층의 이불에 신타로가 몸을 눕힌 것은 그날 밤 12시가 다 되어서였다. 그는 정말 숙모 말대로 여행에서 돌아와 피로를 느끼고 있었다. 그러나 막상 전등을 끄고 몇 번인가 뒤척여보아도 쉬 잠이 들지 않았다.

그의 옆에는 아버지 겐조가 잠이 들어 조용히 숨소리를 내고 있었다. 아버지와 한방에서 잠을 자는 것은 적어도 근 3, 4년 동안에는 오늘 밤이 처음이다. '아버지는 예전에 코를 골지 않았나?' 신타로는 이따금 눈을 뜨고 아버지의 자는 모습을 엿보면서 그런 것까지 떠올리고 있었다.

그러고 있으니 어느새 머릿속에서 이것저것 어머니의 기억이 어지럽게 떠돌았다. 그중에는 즐거운 기억도 있고 꺼림칙한 기억도 있었다. 그러나 어느 기억도 지금 와서 생각해 보면 하나같이 쓸쓸했다.

'이제 모두 지나간 일이야. 좋든 나쁘든 별 수 없어.'

신타로는 속으로 이렇게 생각하며 멍하니 풀 냄새가 나는 베개를 베고 누워 있었다.

아직 초등학교에 다니던 시절, 아버지가 어느 날 신타로의 새 모자를 사온 일이 있었다. 그것은 진즉부터 그가 갖고 싶어 하던 것이었다. 챙이 길고 위가 둥글넓적한 모자였다. 그것을 본 누나 오키누가 다음 달에 노래 시합이 있으니까 이번에는 자기 옷도 한 벌 만들어 달라고 했다. 아버지는 싱글싱글 웃을 뿐, 전혀 그 말에 응하지 않았다. 그러자 누나는 곧바로 화를 냈다. 그리고 아버지에게 등을 보이며 분하다는 듯 말했다.

"아버지는 신이만 귀여워하세요."

아버지는 다소 난처해하면서도 여전히 엷은 웃음기를 띠고 있었다.

"옷과 모자가 어찌 같을까?"

"그럼 어머니는 어떻게 된 거예요? 어머니만 하더라도 요전에 하오리를 한 벌 마련해주시지 않았나요?"

누나는 아버지 쪽으로 몸을 돌리더니 갑자기 험악한 눈초리를 했다.

"그때는 너에게도 머리 장식 비녀며 빗 등을 사주지 않았니?"

"네, 사주셨지요. 사주시면 안 되나요?"

누나는 머리에 손을 올리는가 했더니 갑자기 흰 국화꽃 모양의 머리 장식 비녀를 다다미 위로 내던졌다.

"뭐야, 이까짓 머리 장식 비녀 가지고."

그러자 아버지도 씁쓸한 얼굴을 하였다.

"바보 같은 짓 하지 마."

"어차피 난 바보예요. 신이 같은 영리한 아이가 아니라고요. 우리 어머니는 바보였으니까."

신타로는 새파랗게 얼굴이 질린 채 이 언쟁을 지켜보고 있었다. 그러다 누나가 이렇게 큰소리로 울부짖자 말없이 다다미 위의 머리 장식 비녀를 주워서는 곧바로 그 꽃잎을 뚝뚝 쥐어뜯기 시작했다.

"무슨 짓 하는 거야, 신타로?"

누나는 거의 미친 듯이 그의 손을 향해 거세게 달려들었다.

"이런 머리 장식 비녀 따위 필요없다고 하지 않았어? 필요없다면 어떻게 하든 상관없잖아. 뭐야? 여자 주제에. 싸움이라면 언제든지 덤벼 봐."

어느새 신타로는 국화 꽃잎이 모두 없어질 때까지 한 개의 머리장식 비녀를 두고 고집스럽게 누나와 서로 뺏으려고 싸웠다. 그러나 머릿속 어딘가에는 친엄마가 없는 누나의 기분이 이상하리만치 선명하게 떠오르는 듯했다.

신타로는 문득 귀를 기울였다. 누군가 소리를 죽이며 어두운 계단을 올라오고 있었다. 미츠였다. 미츠는 입구에서 이쪽을 보며 속삭이듯 불렀다.

"어르신!"

자고 있다고 생각했던 겐조는 곧바로 베개에서 머리를 들었다.

"무슨 일이야?"

"마님께서 무슨 할 말이 있으시답니다."

미츠의 목소리는 떨리고 있었다.

"알았다. 지금 가겠다."

아버지가 2층에서 내려간 후 신타로는 눈을 크게 뜬 채 집 안의 모든 소리를 집중해서 들으려는 듯 몸을 빳빳이 긴장시키고 있었다. 그러고 있는 동안 왜인지 현재의 기분과는 거리가 먼, 평화스러운 추억이 또렷하게 머리에 떠올랐다.

　이 역시 아직 초등학교에 다니던 시절의 일이다. 어느 날 그는 다른 형제들 없이 혼자서 어머니와 함께 야나카(谷中) 묘지로 성묘하러 갔다. 묘지의 소나무며 울타리 안에는 목련꽃이 하얗게 피어 있었다. 맑은 날씨의 일요일 오후였다. 어머니는 작은 무덤 앞으로 오더니 이것이 아버지의 무덤이라고 알려주었다. 그러나 그는 그 앞에 서서 잠시 인사만 했다.

　"그것으로 괜찮아?"

　어머니는 무덤에 물을 올리며 그에게 미소를 보냈다.

　"응."

　그는 얼굴을 모르는 아버지에게 막연한 친근감을 느끼고 있었지만 이 애처로운 석탑에는 아무런 감정도 일어나지 않았다. 어머니는 무덤 앞에서 잠시 손을 합장했다. 그때, 어디선가 그 부근에서 공기총을 쏘는 듯한 소리가 들려왔다. 신타로는 어머니를 뒤로 하고 소리가 난 쪽으로 가 보았다. 산울타리를 잠시 돌자 좁다란 길이 나왔다. 그곳에는 그보다 큰 아이가 남동생인 듯한 다른 두 아이와 함께 공기총을 한 손에 들고는 무슨 나무인지 나무 싹을 태운 가지 끝을 아쉬운 듯 올려다보고 있었다.

　그때, 그의 귀에 또다시 누군가 계단을 올라오는 소리가 삐끄덕 삐끄덕 들려왔다. 갑자기 불안해진 그는 반쯤 몸을 일으키고 입구 쪽을 향해 물었다.

　"누구?"

"일어나 있었던 거니?"

목소리의 주인은 겐조였다.

"무슨 일 있습니까?"

"어머니가 할 말이 있다고 해서 지금 잠깐 아래층에 갔다 왔다."

아버지는 가라앉은 목소리로 이렇게 말하고 다시 이불 위에 누웠다.

"할 말이라뇨? 안 좋으신 건 아닌가요?"

"뭘…. 할 말이란 게 그저 내일 공장에 가면 장롱 위 서랍에 홑옷이 있다는 것뿐이야."

신타로는 어머니가 가여웠다. 어머니라기보다도 어머니 속의 아내가 가여웠다.

"그런데 아무래도 어렵겠어. 지금도 가보니 많이 고통스러운 것 같아. 게다가 머리도 아프다고 하고 말이지. 계속 고개를 움직이고 있구나."

"도자와 씨에게 다시 주사라도 놔달라고 하면 어떨까요?"

"주사는 그렇게 자주 맞을 수 없다고 하니까…… . 어차피 안 된다면 고통만이라도 조금 덜어서 편하게 해주고 싶은데."

겐조는 어둠 속에서 신타로의 얼굴을 바라보고 있는 듯했다.

"네 엄마 같은 사람은 죽어서도 좋은 곳으로 갈 텐데, 어찌 저렇게 고통을 받을까?"

두 사람을 잠시 말없이 있었다.

"아직 모두 안 자고 있습니까?"

신타로는 아버지와 마주 보며 잠자코 있는 것이 힘들어졌다.

"숙모님은 주무시고 계신다. 하지만 잠이 들었을지 어떨지…… ."

아버지는 말을 하다 말고 갑자기 또 베개에서 머리를 들더니 귀를 기울이는 듯한 몸짓을 했다.

"아버지, 어머니가 잠깐……."

이번에는 계단 중간쯤에서 오키누가 조용히 불렀다.

"지금 가마."

"저도 일어나겠습니다."

신타로는 얇은 이불을 밀어제쳤다.

"넌 일어나지 않아도 괜찮다. 무슨 일 있으면 바로 부르러 올 테니까."

아버지는 서둘러 오키누 뒤를 따라 다시 한번 계단을 내려갔다.

신타로는 잠시 이불 위에 정좌하고 있다가 이윽고 일어나 전깃불을 켰다. 그리고 다시 앉아 눈이 부신 전등불 속에서 망연히 주위를 둘러보았다. 어머니가 사람을 보내 아버지를 부르는 것은 용건과 관계없이 그저 아버지가 옆에 있어주었으면 하는 마음 때문인지도 모른다. 그런 생각이 문득 들었다. 그때, 책상 밑에 무언가 글을 쓴 종이가 한 장 떨어져 있는 것이 우연히 그의 눈에 들어왔다. 그는 아무 생각 없이 그것을 집어들었다.

'M코에게 바친다…….'

요이치의 시였다.

신타로는 그 줄 처진 종이를 내려놓고 양손을 머리 뒤로 돌리며 이불 위에 반듯이 누웠다. 일순간 눈이 서늘한 미츠의 얼굴이 선명하게 떠올랐다…….

❖ 7 ❖

신타로는 눈을 떴다. 벌써 창문 틈 사이로 하얗게 빛이 비치는 2층
에서 누나 오키누와 아버지 겐조가 무언가 조그만 소리로 이야기를
하고 있었다. 그는 벌떡 일어났다.

"괜찮아, 괜찮아, 그럼 너는 이제 자는 게 좋겠다."

겐조는 오키누에게 이렇게 말하고는 바쁜 듯이 계단을 내려갔다.
창밖으로는 지붕 기와에서 폭포가 떨어지는 듯한 소리가 나고 있었
다. '엄청 쏟아지는군.' 신타로는 그렇게 생각하며 서둘러 잠옷을 갈아
입기 시작했다. 그러자 허리띠를 풀고 있던 오키누가 조금 비꼬듯 그
에게 말을 걸었다.

"신타로, 잘 잤니?"

"응, 어머니는?"

"어젯밤은 계속 힘들어 하셨어."

"잠을 못 주무신 거야?"

"본인은 잘 잤다고 하지만 옆에서 보고 있자니 정말 5분도 안 주무
신 것 같아. 그러고는 이상한 말을 하고……. 나 한밤중에 기분이 오
싹해졌어."

옷을 다 갈아입은 신타로는 계단 입구에 잠시 우두커니 서 있었다.
거기서 보이는 부엌 끝에서는 미츠가 소매를 걷어올리고 수건인지
뭔지를 쓰고 있었다. 그러다 남매가 이야기를 나누는 소리가 들리자
갑자기 걷어올린 소매를 내렸다. 신타로는 놋쇠 난간에 손을 올려놓
은 채 가만히 서 있었다. 그쪽으로 내려가려니 어쩐지 어색한 기분이
들었다.

"이상한 말이라니? 무슨 말?"

"반 다스? 반 다스가 6장 아니냐고?"

"머리가 조금 어떻게 된 거로군. 지금은?"

"지금은 도자와 씨가 와 있어."

"빠르네."

신타로는 미츠가 보이지 않자 천천히 계단을 내려갔다. 5분 후 그가 병실에 와 보니 도자와는 막 강심제 주사를 놓은 참이었다. 어머니는 머리맡에 있는 간호부의 시중을 받으며, 어젯밤 아버지가 말한 대로 빗으로 감아올린 머리를 흰 베개 위에서 끊임없이 움직이고 있었다.

"신타로가 왔어."

도자와 옆에 앉아있던 아버지가 큰소리로 어머니에게 그렇게 말하고는 신타로에게 잠깐 눈을 깜박거렸다.

신타로는 도자와의 맞은편에 앉았다. 그곳에는 요이치가 팔짱을 낀채 멍하니 어머니의 얼굴을 지켜보고 있었다.

"손을 잡아드려라."

신타로는 아버지 말대로 양손으로 어머니의 손을 쥐었다. 어머니의 손은 차가운 비지땀으로 기분 나쁠 만큼 축축하게 젖어 있었다.

어머니는 그의 얼굴을 보자 끄덕이는 듯한 눈빛을 보였지만 곧 그눈을 도자와에게 옮기며, "선생님, 이제 어렵겠지요? 손이 저려오는 것같으니까."라고 물었다.

"아니요, 그렇지 않습니다. 이제 2, 3일이 고비입니다."

도자와는 손을 씻고 있었다.

"곧 편해집니다. 오오, 여러 가지 물건이 놓여 있군요."

어머니 머리맡에 있는 쟁반 위에는 다이신구(大神宮)며 씨족 신의 부적이 시바마타(柴又, 도쿄에 있는 지명)의 제석천신(帝釈天神) 초상과 함께 다 놓을 수 없을 만큼 놓여 있었다. 어머니는 눈을 들어 그 쟁반을 보면서 숨이 차는 듯 띄엄띄엄 대답했다.

"어젯밤 너무 힘들어서……. 그래도 오늘 아침은 복통만큼은 훨씬 좋아졌네요."

아버지가 작은 목소리로 간호부에게 말했다.

"혀가 조금 말리는 것 같군요."

"입이 달라붙은 것이겠지요. 이것으로 물을 좀 드리세요."

신타로는 간호부 손에서 물에 적신 붓을 받아들어 두세 번 어머니의 입을 적셔주었다. 어머니는 붓에 혀를 대고 얼마 안 되는 물을 빨려고 했다.

"그럼 또 오겠습니다. 조금도 걱정할 것 없습니다."

도자와는 가방 정리가 끝나자 어머니 쪽을 향해 큰소리로 말했다. 그리고 간호부를 돌아보며 지시했다.

"그럼 12시쯤에도 한 번 남은 것을 주사해 주십시오."

간호부는 입속으로 대답만 할 뿐, 뭔가 불만스런 얼굴을 하고 있었다.

신타로와 아버지는 병실 밖으로 나가 도자와를 배웅했다. 건넌방에는 오늘 아침에도 숙모가 혼자 혼이 나간 사람처럼 앉아 있었다. 도자와는 그 앞을 지날 때 숙모의 정중한 인사에 간단히 목례를 하면서 뒤에 따라오는 신타로에게 말을 걸었다.

"어떻습니까, 수험 준비는?"

그러나 바로 실수를 알아차리고 불쾌할 정도로 쾌활하게 웃기 시작했다.

"이거 실례를……. 동생이라고만 생각해서."

신타로도 쓴웃음을 지었다.

"요즘 동생 분을 만나면 항상 시험 이야기만 하게 됩니다. 우리 아이가 수험 준비를 하고 있어서 말이지요."

도자와는 부엌을 다 지났을 때도 여전히 싱글싱글 웃고 있었다.

의사가 빗속을 뚫고 돌아간 다음, 신타로는 아버지를 가게에 남겨두고 바쁜 걸음으로 다실로 돌아왔다. 다실의 숙모 옆에는 요이치가 담배를 물고 있었다.

"졸립지?"

신타로는 쪼그려 앉듯이 화로 가장자리에 무릎을 댔다.

"누나는 벌써 자고 있어. 너도 시간 있을 때 2층으로 가서 한숨 자고 와."

"응, 어젯밤 밤새도록 담배만 피워대서 혀가 완전히 까칠해져버렸어."

요이치는 우울한 얼굴로 아직 많이 남아 있는 담배를 화로에 투박하게 내던졌다.

"그래도 어머니가 신음하지 않게 되어서 좋아."

"조금은 편해진 것 같구나."

숙모는 어머니의 주머니 난로에 넣을 연료를 달구고 있었다.

"4시까지는 힘드신 것 같았는데."

그때, 마츠가 머리가 흐트러진 채 부엌에서 얼굴을 내밀었다.

"숙모님, 주인어른께서 잠깐 가게로 와주십사 하십니다."

"그래, 그래, 지금 가지."

숙모는 주머니 난로를 신타로에게 건네주었다.

"그럼 신타로, 너는 어머니를 신경 써서 보살피고 있거라."

숙모가 이렇게 말하고 나가자 요이치도 하품을 참으며 가까스로 무거운 허리를 일으켰다.

"나도 한숨 자고 올까?"

신타로는 혼자 있게 되자 주머니 난로를 무릎에 올린 채 꼼짝 않고 뭔가를 생각하려 했다. 그러나 무엇을 생각하려는 것인지 그 자신도 확실하지 않았다. 그저 엄청난 빗소리만 보이지 않는 지붕 위 하늘을 가득 채우고 있었다. 그것만이 머리에 펼쳐지고 있었다.

그때 갑자기 건넌방 간호부가 다급하게 뛰어 들어왔다.

"누가 좀 와 주세요. 누가 좀……."

신타로는 순간 몸을 일으켰다. 다음 순간에는 벌써 건넌방으로 뛰어 들어가고 있었다. 그리고 다부진 양팔로 힘껏 오리츠를 안아 올렸다.

"어머니, 어머니."

어머니는 그에게 안긴 채 두세 번 몸을 떨었다. 그리고 검푸른 액체를 토해냈다.

"어머니!"

아직 아무도 그곳으로 오지 않은 몇 초 사이에 신타로는 큰소리로 어머니를 부르며 벌써 숨이 끊어진 어머니의 얼굴에 파고들 것 같은 눈길을 쏟아부었다.

(1920년 10월 23일)

추산도(秋山図)

윤상현

"고다이치(黃大痴, 1269~1345. 원나라 화가로, 본명은 黃公望)라고 한다면, 그가 그린 <추산도(秋山図)>를 보신 적은 있으십니까?" 어느 겨울밤, 구향각(瓯香閣)을 방문한 오세키코쿠(王石谷, 1632~1717. 청나라 화가)는 주인인 운난덴(惲南田, 1633~1690. 청나라 화가)과 차를 마시며 이야기하던 중에 이런 질문을 하였다.

"아니요, 본 적 없습니다. 선생은 보셨습니까?"

다이치 노인 고다이치, 즉 고코보(黃公望)는 바이도진(梅道人), 고카쿠산쇼(黃鶴山樵)와 함께 원나라 3대 화가 중 한 사람이다. 운난덴은 이렇게 대답하며 일전에 봤던 사세키도(沙磧図)와 후슌권(富春卷)이 눈앞에 선명하게 떠오르는 것을 느꼈다.

"글쎄요. 그것을 봤다고 해야 할지 못 봤다고 해야 할지, 말씀드리기 애매하군요."

"봤다고 해야 할지 못 봤다고 해야 할지라니요?"

운난덴은 의아한 표정을 지으며 오세키코쿠를 바라보았다.

"모사본이라도 보셨던 겁니까?"

"아니요, 모사본을 본 것은 아닙니다. 여하튼 진품을 봤습니다만……. 그것도 저뿐만이 아닙니다. 고다이치가 그린 <추산도>라면 엔카쿠(煙客) 선생(王時敏, 1592~1680. 명나라 말 청나라 초에 활동했던 화가)도, 렌슈(廉州) 선생(王鑑, 1598~1677. 명나라 말 청나라 초에 활동했던 화가)도 저마다 인연이 있으셨는지 보신 적이 있지요."

오세키코쿠는 차를 마신 후, 잠시 옛 기억이 떠올랐는지 얼굴에 미소를 띠었다.

"지루하게 여겨지지 않으시다면 이야기 하나 해드릴까요?"

"부탁드리겠습니다."

운난덴은 구리(銅)로 만든 등잔의 심지를 세운 후, 공손히 오세키코쿠의 이야기를 기다렸다.

겐사이(元宰 혹은 董其昌, 1554~1636. 명나라 말 화가) 선생이 살아계실 때 일입니다. 어느 가을인가 선생은 엔카쿠 노인과 그림에 관한 이야기를 하던 중, 문득 엔카쿠 노인에게 고다이치가 그린 <추산도>를 본 적이 있느냐고 물으셨습니다. 우리도 잘 알다시피 그 노인은 그림 계보상 고다이치 종파를 잇는 분입니다. 적어도 그의 문하생인 이상 고다이치가 그린 그림이라면 전부 봤다고 할 수 있을 것입니다. 그런데 <추산도>라는 그림만은 한 번도 본 적이 없다고 합니다.

"아니, 보기는커녕 그림 이름을 들은 적도 없습니다."

엔카쿠 노인은 그렇게 대답하면서 왠지 제자로서 부끄러운 기분이 들었다고 합니다.

"그렇다면 기회가 되는 대로 꼭 한 번 보시기 바랍니다. 물론 <하산도(夏山図)>나 <부람도(浮嵐図)>도 훌륭한 작품이지만, 이 그림에 비하면 아무래도 한 단계 아래라고 할 수 있습니다. 어쩌면 고다이치의 모든 그림 중에서 백미이지 않을까 생각됩니다."

"그렇게 걸작입니까? 그렇다면 꼭 한번 보고 싶습니다만, 도대체 누가 가지고 있습니까?"

"윤주(潤州)에 장(張) 씨 성을 가진 사람의 집에 있습니다. 금산사(金山寺)에라도 가실 때 들러 보십시오. 제가 소개장을 써 드리겠습니다."

엔카쿠 노인은 선생의 편지를 받고 가까운 시일 내 윤주로 길을 떠났습니다. '그처럼 상서로운 그림을 소장하고 있는 집이니 그곳에 가면 틀림없이 <추산도> 외에도 대대로 내려 온 여러 가지 그림이나 문장을 볼 수 있을 거야.' 이렇게 생각한 엔카쿠 노인은 한시도 집에서 우물쭈물할 수 없었던 것입니다.

그러나 윤주로 가서 보니, 이제까지 애타게 고대하던 장씨 집은 외관은 널찍했지만 상당히 낡고 황폐해 보였습니다. 담에는 담쟁이넝쿨이 어지러이 얽혀 있었으며 정원에는 잡초가 무성했습니다. 그 안에서 닭과 집오리 따위가 손님으로 온 사람을 신기하게 바라보고 있었으니, 제아무리 노인이라도 과연 이렇게 무너져가는 집에 고다이치의 명화가 있을까 잠시나마 겐사이 선생의 말에 의구심을 품을 정도였습니다. 그러나 일부러 먼 길을 찾아와서 얼굴 한번 안 보고 돌아갈 마음은 추호도 없었습니다. 그래서 문을 열고 나온 하인에게 고다이치의 <추산도>를 배견하러 왔다고 찾아온 목적을 밝힌 뒤, 겐사이 선생이 써 준 소개장을 전했습니다.

잠시 후 엔카쿠 노인은 사랑방으로 안내받았습니다. 이곳도 자단(紫檀)으로 만든 책상과 걸상들은 모두 가지런히 정돈되어 있었지만 싸늘한 먼지 냄새와 함께 황폐한 기운이 바닥 곳곳에 떠돌고 있는 듯했습니다. 그러나 다행히 마중 나온 주인은 병약한 안색을 하고는 있어도 인품이 나쁜 사람은 아니었습니다. 아니, 오히려 그 창백한 얼굴이나 가날픈 손 모양에서 귀족다운 품격이 엿보이는 인물이었습니다. 노인은 주인과 대강 첫인사를 마치고, 즉시 그 유명한 고다이치 작품을 보여달라고 청했습니다. 왜인지는 잘 모르겠지만 노인의 말로는 그 명화가 어쩐지 지금 당장 서둘러 보지 않으면 안개처럼 사라져버릴 듯한, 조금은 미신에 가까운 마음이 들었다고 합니다.

주인은 쾌히 승낙하였습니다. 그리고 그 사랑방 하얀 벽에 한 폭의 그림 족자를 걸게 하였습니다.

"이것이 보고 싶어 하시는 <추산도>입니다."

엔카쿠는 그것을 보자 자신도 모르게 경탄하고 말았습니다.

그 그림은 전체적으로 청록색이 바탕을 이루고 있습니다. 산골짜기에서 흘러 내려온 물은 마치 뱀이 구불구불 휘감고 있는 듯하며, 물이 다다른 곳에는 촌락이나 작은 다리(橋)가 산재되어 있습니다. 높이 솟은 봉우리 아래 산허리로 유유히 가을 구름이 하얀 분가루로 짙게 혹은 옅게 덧칠이 되어 있습니다. 고보잔(高房山, 1248~1310. 원나라 화가)의 횡점(橫点, 점을 늘어놓아 산이나 계곡, 구름 등을 그리는 기법)을 거듭한 산 모습은 마치 신록의 계절에 한차례 비가 지나간 듯 아름다운 초록색과 숲 속에 재차 점점이 붉은 색을 떨어뜨린 단풍이 조화되어 있습니다. 그 멋들어진 배색은 정말 뭐라고 형용하면 좋을지, 말로 표현할 수 없습니다. 이렇게 말하면 단지 화려한 그림으로 생각하실지 모르겠지만 웅대한 배치는 말할 것도 없으며 필묵의 심오한 깊이 또한 이루 말할 수 없는……말하자면 현란한 색채 속에 흠 잡을 곳 없는 고취가 넘쳐나는 그림이랍니다.

엔카쿠 노인은 넋을 잃고 하염없이 그 그림을 바라보았습니다. 그림은 보면 볼수록 점점 더 불가사의한 빛을 띠어 갔습니다.

"어떻습니까? 마음에 드셨습니까?"

주인은 미소를 띠면서 노인의 옆모습을 바라봤습니다.

"신품(神品)입니다. 겐사이 선생의 절찬이 못 미친 점은 있을지언정 지나치다고는 말할 수 없을 정도입니다. 제가 지금까지 보아온 그 어떤 그림도 이 그림과 비교하면 하나같이 걸작이라 말할 수 없을 정도입니다."

엔카쿠 노인은 이렇게 말하는 중에도 여전히 <추산도>에서 눈을 떼지 못했습니다.

"그렇습니까? 정말 말씀하신 대로 걸작입니까?"

노인은 그제서야 주인이 옆에 있다는 사실을 새삼 알아차렸습니다.

"왜, 이 그림이 이상하십니까?"

"아니, 딱히 이상한 것은 아닙니다만 실은……."

주인은 숫처녀처럼 당혹스러운 낯빛으로 얼굴을 붉혔습니다. 그리고 이내 쓸쓸한 미소를 지으며 자못 수줍은 듯 벽에 걸린 그림을 바라보았습니다.

"실은 이 그림을 볼 때마다 저는 웬일인지 눈을 뜬 채 꿈이라도 꾸는 듯한 기분이 듭니다. 참으로 <추산도>는 아름답지요. 그러나 이 아름다움은 단지 나에게만 보이는 아름다움이 아닐까? 나 이외의 사람들에게는 평범한 회화에 불과한 것이 아닐까? 왠지 그런 의구심이 시종 저를 괴롭힌답니다. 이것이 저의 망상인지 아니면 저 그림이 세상에 있기에는 너무도 아름다워서인지, 어느 쪽이 이유인지는 잘 모르겠습니다. 여하튼 묘한 기분이 들어 당신의 찬사에 확인차 여쭌 것입니다.”

그러나 그때 엔카쿠 노인은 이러한 주인의 말을 특별히 마음에 두지 않았다고 합니다. 그것은 <추산도>를 정신없이 바라보고 있었기 때문만은 아니었습니다. 노인으로서는 주인이 스스로 감식에 어두운 것을 감추고 싶어서 시종일관 횡설수설을 늘어놓는 것으로밖에는 이해할 수 없었기 때문입니다.

잠시 후 노인은 폐허 같은 장씨 집을 떠났습니다.

하지만 아무리 해도 잊을 수 없는 것은 여전히 눈에 아른거리는 <추산도>였습니다. 실제로 고다이치 미술의 정통을 이은 후계자로 자처해 온 엔카쿠 노인으로서는 어떤 대가를 치른다 해도 그것만큼은 손에 넣고 싶었던 것입니다. 뿐만 아니라 노인은 고서나 그림 등을 모으는 수집가이기도 합니다. 그러나 가보로 있는 수많은 그림들, 그중 황금 400냥(兩)을 주고 샀다는 리에이큐(李營丘, ?~967. 당나라 말 송나라 초 화가)가 그린 <산음범설도(山陰泛雪図)>조차 <추산도>에 비하면 한낱 이류에 지나지 않았습니다. 그런고로 수집가의 입장에서도 이 희대의 고다이치 그림을 갖고 싶어 견딜 수가 없었습니다.

그래서 윤주에 있는 동안 노인은 장씨 집에 사람을 보내 <추산도>를 팔아 달라고 몇 번이나 교섭해 보았습니다. 그러나 장씨는 아무리 해도 노인의 교섭에 응하지 않았습니다. 하인의 말에 의하면 그 얼굴빛이 창백한 주인은 “그렇게 이 그림이 마음에 드셨다면 기꺼이 빌려드리겠습니다만, 파는 것만은 사양하겠습니다.”라고 했다고 합니다. 엔카쿠 노인은 낙심하다 못해 다소 화가 나기까지 했습니다. ‘뭐라고, 빌려주지 않아도 언젠가는 반드시 내 손에 넣어 보이겠다.’ 노인은 그렇게 자신을 위로하며 마침내 <추산도>를 뒤로 한 채 윤주를 떠났습니다.

그로부터 약 1년이 지난 후, 윤주를 다시 찾은 엔카쿠 노인은 도착하자마자 장씨 집을 방문했습니다. 담장에 얽혀 있는 넝쿨이나 정원에 우거진 잡초는 이전과 변함없었습니다. 그런데 문을 열고 나온 하인이 하는 말을 들으니, 주인이 외출 중이라 지금 자리에 없다는 것이었습니다. 노인은, 주인은 만나지 못하더라도 한번 더 그 <추산도>를 보여 주기를 부탁했습니다. 그러나 몇 번이나 부탁해 보아도, 하인은 주인이 없다는 핑계로 끝까지 들여보내 주지 않았습니다. 결국에는 문을 닫은 채 대답마저 제대로 해주지 않았습니다. 하는 수 없이 노인은 이 황폐한 집 어딘가에 숨겨져 있을 그림을 생각하면서 비통한 마음을 간직한 채 홀로 되돌아 왔습니다.

그 이후 다시 겐사이 선생과 만난 자리에서 선생은 노인에게, 장씨 집에는 고다이치의 <추산도>뿐만 아니라 신세키덴(沈石田, 1427~1509. 명나라 중엽 화가)이 그린 <우야지숙도(雨夜止宿図)>와 <자수도(自寿図)> 같은 걸작도 소장하고 있다는 사실을 알려 주었습니다.

"전에 이야기하려다 깜빡 잊었는데, 이 두 개의 그림은 <추산도>와 마찬가지로 우리 화단(画壇)에 있어 제일이라고 부를 만큼 뛰어난 작품입니다. 제가 한번 더 편지를 써 드릴 테니 이 그림들도 꼭 봐 두십시오."

엔카쿠 노인은 이내 또다시 장씨 집으로 하인을 보냈습니다. 하인에게는 겐사이 선생의 편지 외에도 이 명화(名画)들의 대금을 치르기 위한 막대한 금을 들려보냈습니다. 그러나 장씨는 이전처럼 고다이치 그림을 파는 것만은 결코 승낙하지 않았습니다. 노인은 결국 <추산도>를 체념하는 것 외에는 아무것도 할 수 없었습니다.

오세키코쿠는 잠시 말을 멈췄다.

"지금까지는 엔카쿠 선생에게서 들은 이야기입니다."

"그럼 엔카쿠 선생님만이 정말 <추산도>를 보신 겁니까?"

운난덴은 수염을 쓰다듬으며, 확인하려는 듯 오세키코쿠를 바라보았다.

"선생은 봤다고 하십니다만, 정말로 보셨는지 어쨌는지 그것은 누구도 알 수 없습니다."

"하지만 말씀하신 상황으로 봐서는……."

"일단 이야기를 마저 들으십시오. 끝까지 들으신 뒤에는 저절로 저와 다른 생각이 들지도 모릅니다."

오세키코쿠는 이번에는 차도 마시지 않고 싫은 기색도 없이 이야기를 계속하기 시작했다.

엔카쿠 노인이 저에게 이 이야기를 들려 준 것은 처음 <추산도>를 보고 나서 50년 가까운 세월이 흐른 뒤였습니다. 그때는 이미 겐사이 선생도 돌아가셨고, 장씨 집도 어느샌가 3대가 바뀌어 있었습니다. 때문에 그 <추산도>가 지금은 누구의 집에 소장되어 있는지, 아니, 아직껏 어디 흠집이나 나지 않았는지, 그것조차 저희들로서는 알 수가 없었습니다. 엔카쿠 선생은 지금도 손에 잡히듯 <추산도>의 영묘함을 이야기하고 나서 안타까운 듯 이렇게 말하는 것이었습니다.

"고다이치의 솜씨는 당나라 현종 때 검무(劍舞)의 달인인 고손타이죠(公孫大孃)의 검기(劍器, 검무의 일종)와도 같았습니다. 먹과 붓이 있으되 먹과 붓이 보이지 않는, 단지 뭐라고 형용할 수 없는 신기(神気)가 이내 가슴속으로 스며들었습니다. 마치 용이 하늘로 승천하는 것처럼,

뭔가 보이는 것 같아도 사람이나 칼이 우리들에게 보이지 않는 것과 같은 이치입니다."

그러고 나서 약 한 달 후, 서서히 봄바람이 불기 시작할 때 저는 혼자 남쪽 지방으로 여행을 가게 되었습니다. 노인에게 그 이야기를 하자 "그렇다면 때마침 좋은 기회니까 <추산도>를 보러 한번 가 보십시오. 그것이 한번 더 세상에 나온다면 화단(画壇)의 경사입니다."라고 했습니다.

저도 물론 원하던 바였기에 그 자리에서 노인에게 부탁하여 편지 한 장을 받았습니다. 하지만 막상 유람을 떠나 보니 이곳저곳 갈 곳이 많아 윤주에 있는 장씨 집을 방문할 여유가 없었습니다. 저는 노인이 써준 편지를 소매에 넣어둔 채, 결국 한여름 두견새가 울 때까지 <추산도>를 보러 가지 못하고 말았습니다.

그러는 사이 귀족인 왕씨가 <추산도>를 손에 넣었다는 소문이 돌았습니다. 그러고 보니 제가 유람하던 중 엔카쿠 노인이 준 편지를 보인 사람들 중에 왕씨를 알고 있는 자도 섞여 있었습니다. 왕씨도 그런 사람들에게서 이야기를 듣고 <추산도>가 장씨 집에 소장되어 있다는 사실을 알았던 것입니다. 잘은 모르겠지만 마을 사람들의 말에 의하면, 장씨의 손자는 왕씨가 보낸 서찰을 받자 이내 집에서 전해내려오던 귀중한 가보며 법첩(法帖: 글씨의 교본이나 감상용으로 옛사람의 필적을 탁본으로 뜬 접책)과 함께 고다이치의 <추산도>를 바쳤다고 합니다. 왕씨는 너무나 기쁜 나머지 장씨의 손자를 자신의 집으로 초대해 음악을 연주하고 무희들을 부르는 등 성대한 향연을 베푼 뒤, 큰 돈을 주었다고 합니다. 저는 너무 기뻐 뛰어오를 것만 같았습니다. 50년간 모진 세파 속에서도 <추산도>는 무사했던 것입니다. 뿐만 아니라 저도 안면이 있는 왕씨의 수중에 들어간 것이지요. 옛날에는 엔카쿠 노인이 그 그림을 다시 보기 위해 아무리 애를 써봐도 귀신이 시기라도 하는 양 매번 실패로 끝나고 말았지만, 이제는 왕씨가 아무 어려움 없이 그림을 얻었으니 마치 신기루처럼 그림 스스로 우리들 앞에 나타난 셈입니다. 정말 천운이 닿았다는 말밖에는 달리 표현할 길이 없었습니다. 저는 만사를 제쳐두고 금창(金閶)에 있는 왕씨 저택으로 <추산도>를 보러 갔습니다.

지금도 생생히 기억하고 있습니다만, 그날은 왕씨 집 안 정원에 구슬로 장식한 멋진 난간 너머로 모란이 한창 탐스럽게 피던, 바람 한 점 없는 어느 초여름 오후였습니다. 저는 왕씨의 얼굴을 보자 읍(揖: 인사 예법의 하나로, 두 손을 맞잡아 얼굴 앞으로 들어 올리고 허리를 앞으로 공손히 구부렸다가 몸을 펴면서 손을 내림)도 제대로 못한 채 그만 호쾌한 웃음을 터뜨리고 말았습니다.

"이제 <추산도>는 왕씨의 물건이 되었습니다. 엔카쿠 선생도 이 그림 때문에 꽤 많은 고생을 하셨는데, 앞으로는 안심하실 거라 믿습니다. 전 그 생각 때문에 유쾌해서 견딜 수 없습니다."

왕씨 또한 득의만면했습니다.

"오늘 엔카쿠 선생님과 렌슈(廉州) 선생님도 오신다고 합니다. 하지만 오신 순서도 있고 하니 먼저 보도록 하시지요."

왕씨는 즉시 옆 벽면에 <추산도>를 걸게 했습니다. 냇가를 마주하고 단풍빛으로 물든 마을, 계곡마다 가득 메운 흰 구름들, 그리고 멀고 가까운 곳에 우뚝 솟아 있는 수십 개의 봉우리와 봉우리마다 병풍처럼 감도는 푸른 빛깔들……. 순식간에 저의 눈앞에는 고다이치가 만들어 낸, 우주보다도 한층 영묘한 소우주가 떠올랐습니다. 저는 두근거리는 가슴으로 가만히 벽면 위에 걸린 그림을 바라보았습니다.

그림 속의 구름이나 연무, 언덕, 계곡은 영락없이 고다이치의 솜씨였습니다. 고다이치를 제외한 어느 누구도 이만큼 산주름이 선명한 선이나 길게 늘어선 점을 그리면서 먹(墨)에 생기를 살릴 수 없었습니다. 이 정도로 채색을 중시하면서 한편으로 붓(筆)이 그대로 보이게 칠할 수 없었습니다. 그러나……. 그러나 이 <추산도>는 고다이치의 작품인 것은 틀림없었지만 옛날 엔카쿠 노인이 장씨 집에서 한 번 봤다는 그림과는 확실히 다른 작품이었습니다. 그리고 분명 그 옛날의 <추산도>보다는 한 수 아래의 작품이었습니다.

제 주위에는 왕씨를 비롯해 그 자리에 있던 손님들 모두가 저의 안색을 지켜보고 있었습니다. 그래서 저는 조금이라도 실망한 빛을 내비치지 않도록 조심해야 했습니다. 그러나 아무리 노력을 해도, 무언가 납득이 가지 않는 듯한 표정이 저도 모르게 밖으로 나왔을 것입니다. 잠시 후, 왕씨가 걱정스러운 듯 저에게 물었습니다.

"어떻습니까?"

저는 질문이 끝나기가 무섭게 대답했습니다.

"신품입니다. 과연 엔카쿠 선생이 이 그림을 보고 크게 놀라신 것도 무리가 아닙니다."

왕씨는 안색이 조금 환해졌지만 그래도 아직 미간 사이에는 불만의 기색이 역력했습니다.

그러던 차에 때마침 오신 분이 저에게 <추산도>의 신묘함을 설명해 준 엔카쿠 선생이었습니다. 노인은 왕씨에게 인사를 하는 동안에도 기쁜 듯 미소를 띠었습니다.

"50년 전에 <추산도>를 본 곳은 황폐한 장씨 집이었습니다만, 오늘은 이렇게 큰 저택에서 그 그림을 다시 보게 되었습니다. 참으로 기이한 인연입니다."

엔카쿠 노인은 이렇게 말하면서 벽 위에 있는 고다이치 그림을 올려다보았습니다. 이 <추산도>가 일찍이 노인이 본 <추산도>인지 어떤지, 그것은 누구보다도 노인 자신이 가장 잘 알고 있을 것입니다. 그래서 저도 왕씨와 마찬가지로 노인이 그림을 바라보는 모습을 주의 깊게 살폈습니다. 그런데 아니나 다를까, 노인의 얼굴 역시 순식간에 굳어지는 것이 아니겠습니까?

잠시 침묵이 흐른 뒤, 마침내 불안한 듯 왕씨가 머뭇거리며 노인에게 물었습니다.

"어떻습니까? 지금 오세키코쿠 선생도 매우 칭찬해 주셨습니다만……."

저는 평소 솔직한 엔카쿠 노인이 사실대로 대답하지 않을까 내심 조마조마했습니다. 그러나 노인 역시 왕씨를 실망시키는 것이 딱했나 봅니다. 노인은 <추산도>를 다 본 다음, 정중히 왕씨에게 대답했습니다.

"이 그림을 손에 넣으신 것은 대신께서 운이 좋았기 때문입니다. 이것이 있음으로써 가보로 갖고 계신 모든 보물들 또한 더욱 광채를 빛낼 것입니다."

하지만 왕씨는 이러한 말을 들어도 여전히 얼굴에 근심만 더 깊어갈 뿐이었습니다.

그때 만일 렌슈 선생이 늦게라도 오지 않았다면, 우리는 더욱 어색한 분위기가 되었을 것입니다. 엔카쿠 노인의 찬사가 무색해질 때쯤, 다행스럽게도 렌슈 선생이 쾌활하게 방 안으로 들어왔습니다.

"이것이 말로만 듣던 <추산도>입니까?"

선생은 허둥지둥 인사를 한 뒤 고다이치의 그림을 마주했습니다. 그리고 한동안 침묵하더니 콧수염만 만지작거렸습니다.

"엔카쿠 선생은 50년 전에도 이 그림을 한 번 보신 적이 있다고 하십니다."

왕씨는 한층 염려스러운 듯 이렇게 덧붙였습니다. 렌슈 선생은 그때까지 한 번도 노인에게서 <추산도>의 신묘함을 들은 적이 없었습니다.

"어떻습니까? 선생께서 보신 감상은?"

선생은 탄식만 할 뿐, 질문은 들은 체도 않고 마냥 그림을 바라보고 있었습니다.

"거리낌 없는 감상을 여쭙고 싶습니다만."

왕씨는 억지로 미소 지으며 렌슈 선생에게 재차 다그쳐 물었습니다.

"이것 말입니까? 이것은……."

렌슈 선생은 또다시 입을 다물었습니다.

"이것은?"

"이것은 고다이치 작품 중 최고의 걸작일 겁니다. 이 구름과 안개의 농담(濃淡)을 보십시오. 선명하게 물방울을 머금고 있지 않습니까? 산속에 그려진 나무들 채색도 마땅히 하늘이 한 것이라 칭해야 할 것입니다. 저쪽 먼 곳에 있는 봉우리 한 개 보이십니까? 그림의 전체 균형이 저것 때문에 얼마나 살아있는지 모르겠습니다."

지금까지 잠자코 있던 렌슈 선생은 왕씨에게 그림의 훌륭한 부분을 하나하나 가리켜 보이면서 연달아 감탄을 해대기 시작했습니다. 렌슈 선생의 감상과 함께 왕씨의 얼굴이 점점 환해지기 시작한 것은 말할 필요도 없습니다.

그 사이 저는 엔카쿠 노인과 살며시 마주 보았습니다.

"선생, 이것이 전에 본 <추산도>입니까?"

제가 목소리를 죽이고 이렇게 묻자, 엔카쿠 선생은 머리를 저으며 뭔가 형용할 수 없는 눈빛으로 이렇게 말했습니다.

"마치 모든 일이 꿈과 같습니다. 어쩌면 그 장씨 집 주인은 사람의 탈을 쓴 여우나 요물이었는지도 모르겠습니다."

"<추산도> 이야기는 이것으로 끝입니다."

오세키코쿠는 말을 마치고 천천히 차를 마셨다.

"과연 기묘한 이야기입니다."

운난덴은 아까부터 구리 등잔의 등잔불을 바라보고 있었다.

"그 후 왕씨도 열심히 이곳저곳에 물어 보았다고 합니다만, 장씨마저도 고다이치의 <추산도>라고 하면 이것 말고는 모른다고 했답니다. 그러니까 옛날 엔카쿠 선생이 보셨다고 하는 <추산도>는 지금도 어딘가에 감추어져 있든가 아니면 그것이 단지 선생의 착각에 불과했든가, 저는 알 수 없습니다. 설마 선생이 장씨 집에 <추산도>를 보러 가신 것 자체가 환영은 아니었겠지요."

"하지만 엔카쿠 선생의 마음속에는 그 괴이한 <추산도>가 아직도 완연하게 남아 있겠지요. 그리고 선생의 마음속에도,"

"산과 바위의 청록색은 물론이요, 단풍의 붉은색 또한 지금 당장이라도 생생하게 보입니다."

"그럼 <추산도>가 없다 하더라도 애석히 여길 것은 없지 않습니까?"

운난덴과 오세키코쿠 두 대가는 손뼉을 치며 크게 웃었다.

(1920년 12월)

도요새(山鷸)

조성미

1880년 5월[1] 어느 저녁 무렵의 일이었다. 2년 만에 야스나야 포리야나를 방문한 이반 투르게네프(Ivan Turgenyef)[2]는 주인인 톨스토이(Tolstoi)[3] 백작과 함께 브아론카 강 건너편 잡목 숲으로 도요새 사냥을 하러 길을 나섰다.

도요새 사냥 일행에는 이 두 명의 노인 외에도 아직 젊음을 유지하고 있는 톨스토이 부인과 개를 동반한 아이들이 있었다.

브아론카 강으로 나오는 길은 보통 보리밭을 지나게 되어 있었다. 일몰과 함께 불어오는 미풍이 그 보리 잎을 스쳐 지나가면서 살며시 흙 내음을 몰고 왔다. 톨스토이는 총을 어깨에 메고 누구보다 앞장서

---

1) 투르게네프는 푸시킨 기념비 건립 축전에 참가하기 위해 귀국하여, 톨스토이에게도 참가를 요청하러 그의 집을 방문했다. 톨스토이는 사냥대회를 열면서까지 극진한 대접을 해주었지만 요청은 거절했다.

2) 투르게네프(1818-1883): 러시아 소설가. 사실적인 자연 묘사와 심리 묘사로 19세기 중엽 러시아의 현실을 그려냈다. 인생의 대부분을 외국에서 살다가 프랑스 파리에서 객사했다.

3) 톨스토이(1828-1910): 러시아 작가. 귀족 출신으로 사회 부조리에 고뇌하고 소설을 쓰는 동시에 사회 개혁에 종사했다. 만년에는 종교적 신념으로 일절 자작(自作)을 부정했다.

서 걸어갔다. 그러다가 가끔 뒤를 돌아보고는 부인과 함께 걷고 있는 투르게네프에게 말을 건넸다. 그럴 때마다 『아버지와 아들』[4]을 쓴 작가는 약간 놀란 듯 눈을 치켜뜨면서 즐겁게 거침없이 대꾸했다. 때로는 떡 벌어진 어깨를 흔들며 쉰 목소리로 웃기도 했다. 그 태도는 세련되지 못한 톨스토이와 비교하면 기품이 있는 한편, 대답하는 품이 어딘가 여자 같기도 했다.

완만하게 이어지는 비탈길로 들어섰을 때, 맞은편에서 형제로 보이는 마을의 두 아이가 달려왔다. 그들은 톨스토이를 보자 동시에 발을 멈추고 목례를 했다. 그리고 다시 조금 전처럼 맨발을 보이며 활기차게 비탈을 뛰어 올라갔다. 톨스토이의 아이들 중에는 뒤에서 그들에게 뭔가 큰소리로 외치는 아이도 있었다. 하지만 두 아이는 그것도 못 들었는지 순식간에 보리밭 너머로 모습을 감추었다.

"마을 아이들은 재미있어."

톨스토이는 석양을 마주하며 투르게네프 쪽을 돌아보았다.

"저 아이들이 하는 말을 듣고 있자면 우리로서는 생각지도 못한 솔직한 말투를 배울 때가 있어."

투르게네프는 미소를 지었다. 지금의 그는 예전의 그가 아니었다. 예전의 그는 톨스토이의 말에 어린아이같이 감동을 느끼면 자신도 모르는 사이에 자주 밖으로 뛰쳐나갔었다…….

"일전에 한번은 저런 아이들을 가르치고 있는데……."

톨스토이는 계속해서 이야기했다.

"갑자기 한 아이가 교실을 뛰쳐나가려고 하는 거야. 그래서 어디 가느냐고 물어봤더니 백묵을 물어뜯으러 간다는 거야. 받으러 간다거나

---

4) 1861년 발표된 투르게네프의 명작. 모든 권위와 타협하기를 거부한 주인공과 신구 세대의 대립을 그렸다.

부러뜨리고 온다는 것이 아니라 물어뜯으러 간다는 거지. 이런 말을 사용하는 것은 실제로 백묵을 갉아먹는 러시아 아이들뿐이야. 우리 어른으로서는 도저히 할 수 없는 말이지."

"정말 그런 말은 러시아 아이들만 할 수 있을 거야. 나로서는 그런 이야기를 들으면 뼛속 깊이 러시아로 돌아온 심정이야."

투르게네프는 새삼스럽게 보리밭으로 눈길을 돌렸다.

"그럴 거야. 프랑스 같은 데서는 아이들이라 해도 담배 정도는 피울 테니까."

"그러고 보니 투르게네프 씨도 요즘은 담배를 전혀 피우지 않으시네요."

톨스토이 부인이 남편의 짓궂은 농담에서 재치 있게 손님을 구해냈다.

"예, 담배는 완전히 끊기로 했습니다. 파리에 미인 둘이 있는데요, 나한테 담배 냄새가 나면 입을 맞추지 않겠다고 하더군요."

이번에는 톨스토이가 쓴웃음을 지었다.

그러는 사이 일행은 브아론카 강을 건너 도요새 사냥터에 당도했다. 그곳은 강에서 멀지 않은 곳에 잡목림이 드문드문 있는 습지였다.

톨스토이는 총을 쏘기 가장 좋은 장소를 투르게네프에게 양보했다. 그리고 자신은 그 장소에서 150보 정도 떨어진 초원의 한 구석에 자리를 잡았다. 톨스토이 부인은 투르게네프 옆에, 아이들은 그들보다 훨씬 뒤에 떨어져 있었다.

하늘은 아직 붉게 물들어 있었다. 그 하늘을 휘감은 나뭇가지들이 주변 일대에 뿌옇게 보이는 것은 벌써 냄새 짙은 새싹이 무더기로 돋아났기 때문이다. 투르게네프는 총을 내려뜨린 채 손으로 이마를 가리고 나무들 사이를 바라보았다. 어스레한 숲 속에서 피부로는 잘 느낄 수 없는 미풍이 이따금 가볍게 소리를 내고 있었다.

"울새인지 검은 방울새인지가 지저귀고 있어요."

톨스토이 부인이 고개를 갸웃거리며 혼잣말처럼 이렇게 중얼거렸다.

침묵의 반시간이 흘러갔다.

그 사이 하늘은 물처럼 변했다. 동시에 여기저기 자작나무 줄기가 새하얗게 보였다. 울새나 검은 방울새 소리 대신 지금은 참새 울음소리만 이따금 들려왔다. 투르게네프는 손으로 이마를 가리고는 다시 한번 나무가 듬성듬성 있는 숲 속을 들여다보았다. 하지만 이제는 숲 안쪽도 거의 땅거미가 깔렸다.

이때, 돌연 한 발의 총성이 숲 속에 울려 퍼졌다. 뒤에서 기다리고 있던 아이들은 그 울림이 채 사라지기도 전에 개와 앞다투어 사냥감을 주우러 갔다.

"남편 분에게 선두를 빼앗겼네요."

투르게네프는 미소를 지으며 톨스토이 부인을 뒤돌아보았다.

이윽고 차남인 이리아가 어머니가 있는 곳을 향해 풀 속을 달려왔다. 그리고는 톨스토이의 총에 맞은 것이 도요새라고 알려주었다.

투르게네프가 말참견을 했다.

"누가 찾아냈니?"

"드오라(개의 이름)가 찾아냈어요. 발견했을 때는 아직 살아있었어요."

이리아는 다시 어머니 쪽을 보고 생기 넘치는 두 뺨이 새빨개지도록 도요새를 발견했을 때의 자초지종을 들려주었다.

투르게네프는 『사냥꾼 일기』5) 1장의 풍경이 문득 떠올랐다.

이리아가 돌아간 뒤에는 다시 아까처럼 조용해졌다. 어슴푸레한 숲 안쪽에서는 완연한 봄의 새싹 내음이라든지 눅눅한 흙 내음이 사방에 흘러넘쳤다. 그런 가운데 멀리서 졸린 듯한 소리로 지저귀는 새소리가 들려왔다.

"저것은?"

"줄무늬촉새입니다."

투르게네프가 곧바로 대답했다.

줄무늬촉새는 금세 지저귀는 소리를 멈췄다. 그 이후로는 석양에 비친 나무들 사이에서 얼마 동안 지저귀는 소리가 뚝 끊어졌다. 미풍조차 완전히 사라진 하늘이 생기 없는 수풀 위에 점점 푸른빛으로 젖어드는가 싶더니 민댕기물떼새 한 마리가 구슬피 울어대면서 머리 위를 날아갔다.

다시 한 발의 총성이 숲 속의 적막을 깬 것은 그로부터 1시간이나 지난 뒤였다.

"레프 니콜라예비치(톨스토이)는 도요새 사냥에서도 역시 나를 이길 것 같네요."

투르게네프는 눈웃음만 지으며 어깨를 위로 으쓱해보였다.

아이들이 우르르 달려가는 소리, 드오라가 이따금 짖어대는 소리……그런 소리들이 사라지고 다시 한번 조용해졌을 때는 이미 싸늘한 별들이 하늘에 점점이 흩어져 있었다. 이제 숲 속도 쥐 죽은 듯 고요히 밤을 가둔 채 나뭇가지 하나도 움직일 기미가 보이지 않았다. 20분, 30분, 지루한 시간이 흘러가면서, 이미 해가 저문 습지 위에는 어디선가 어스레한 봄 안개가 뿌옇게 깔려 발치로 모여들기 시작했다.

---

5) 1851년 발표된 투르게네프의 소설. 러시아의 산과 들, 농노(農奴)의 생활을 그린 작품이며, 특히 아름다운 자연 묘사로 유명하다.

그러나 그들 주위에는 도요새다운 새는 아직 한 마리도 나타날 기미가 보이지 않았다.

"오늘은 웬일이실까?"

톨스토이 부인의 중얼거림 속에는 딱하다는 어조가 섞여 있었다.

"이런 일은 좀처럼 없는데."

"부인, 들어보세요. 휘파람새가 지저귀고 있어요."

투르게네프는 일부러 아무 관련 없는 쪽으로 화제를 돌렸다.

어두운 깊은 숲 속에서는 실제로 휘파람새의 청아한 소리가 울려 퍼지고 있었다. 두 사람은 얼마간 묵묵히 각자 다른 일을 생각하면서 가만히 그 소리를 귀 기울여 들었다……

그러다 갑자기―투르게네프 자신의 말을 빌리면, "하지만 이 '갑자기'를 알 수 있는 것은 오직 사냥꾼뿐이야."―저쪽 풀 속에서 새 지저귀는 소리와 함께 도요새 한 마리가 불쑥 날아올랐다. 도요새는 늘어진 나무들 사이로 희끄무레한 뒷날개를 퍼덕이며 곧 땅거미로 사라지려는 순간이었다. 그 순간 투르게네프는 총을 겨냥하기 무섭게 능숙한 솜씨로 방아쇠를 당겼다.

일말의 연기와 짤막한 불꽃……총성은 고요하고 깊은 숲 속에 긴 반향을 남겼다.

"명중했나?"

톨스토이가 이쪽으로 다가오면서 소리 높여 그에게 물었다.

"명중했다마다. 돌처럼 떨어졌다니까."

아이들은 벌써 개와 함께 투르게네프 주위로 모여들었다.

"찾아오너라."

톨스토이가 그들에게 일렀다.

아이들은 드오라를 선두로 여기저기 사냥감을 찾아 걸었다. 하지만 아무리 찾아 봐도 도요새의 사체는 보이지 않았다. 드오라도 마구 뛰어다니다가 가끔 풀 속에 잠시 우두커니 선 채 흥분이 가시지 않은 듯 끙끙대기만 했다.

마침내 톨스토이와 투르게네프가 아이들을 도와주러 왔다. 그러나 도요새는 어디로 갔는지 여전히 날개조차 보이지 않았다.

"없는 것 같네."

20분 후 톨스토이는 어두운 나무들 사이에 잠시 멈춰서서 투르게네프에게 말을 걸었다.

"없을 리가 있나? 돌처럼 떨어지는 것을 보았다니까."

투르게네프는 이렇게 말하면서 여전히 근처의 풀숲을 둘러보고 있었다.

"맞기는 맞았어도 날개만 맞았을지 모르지. 그러면 떨어졌더라도 도망갈 수 있으니까."

"아냐, 날개에 맞은 게 아니라니까. 분명히 명중했다고."

톨스토이는 당혹스러운 듯이 두툼한 눈썹을 찌푸렸다.

"그러면 개가 찾아낼 수 있을 거야. 드오라는 명중시킨 새는 반드시 물고 오니까."

"하지만 실제로 쏘아 죽였다고."

투르게네프는 총을 멘 채 초조해 보이는 듯한 손짓을 했다.

"명중시켰는지 아닌지 그 정도 구별은 아이라도 할 수 있지. 내가 확실히 봤어."

톨스토이는 조소하듯 힐끗 상대의 얼굴을 바라보았다.

"그렇다면 개는 어떻게 된 거야?"

"개 따위는 내가 알 바 아냐. 나는 다만 본 그대로를 말하는 거야. 어쨌든 돌처럼 떨어졌으니까."

투르게네프는 톨스토이의 눈에서 도전적인 눈빛을 보자 자기도 모르게 돼지 멱따는 소리를 냈다.

"Il st tombe comme pierre, je t'assure!"[6]

"하지만 드오라가 못 찾아낼 리 없어."

이때 다행히 톨스토이 부인이 두 노인에게 미소 지으며 아무렇지도 않게 태연히 중재를 하러 다가왔다. 부인은 내일 아침 다시 한 번 아이들을 보낼 테니 오늘 밤은 이대로 톨스토이 저택으로 돌아가는 편이 좋겠다고 했다. 투르게네프는 곧바로 찬성했다.

"그럼 그렇게 하는 걸로 하지요. 내일이 되면 확실하게 알 수 있겠지요."

"그렇겠지. 내일이 되면 확실히 알 수 있을 거야."

톨스토이는 여전히 납득이 가지 않는 듯 심술궂게 쏘아붙이고는 갑자기 투르게네프에게 등을 돌리고 재빨리 숲 밖을 향해 걷기 시작했다.

투르게네프가 침실로 온 것은 그날 밤 11시 전후였다. 그는 겨우 혼자가 되자 털썩 의자에 앉은 채 망연히 주위를 둘러보았다.

침실은 평소 톨스토이가 서재로 쓰고 있는 방이었다. 커다란 서가, 감실 안의 반신상, 34장의 초상화 액자, 벽에 매달아 놓은 수사슴 머리……. 그 주위에는 이러한 물건들이 촛불 빛에 비쳐 화려함이라고는 찾아볼 수 없는 싸늘한 공기를 만들어내고 있었다. 하지만 그럼에도 단지 혼자가 되었다는 사실이 오늘 밤의 투르게네프로서는 신기할

---

6) 불어로 "돌처럼 떨어졌어요, 분명히."라는 뜻이다. 러시아 귀족이나 인텔리 작가들은 이야기할 때 불어를 즐겨 사용했다.

정도로 기쁜 마음이 들었다.

그가 침실로 물러나기 전, 주인과 손님은 일가친척들과 함께 테이블에 둘러앉아 잡담으로 밤을 보내고 있었다. 투르게네프는 가능한 한 쾌활하게 웃기도 하고 이야기도 했다. 그러나 톨스토이는 그런 가운데서도 여전히 침울한 얼굴을 한 채 좀처럼 입을 열지 않았다. 그것이 투르게네프로서는 시종 밉살스럽기도 하고 어쩐지 불안하기도 했다. 그래서 그는 평소답지 않게 사람들에게 애교를 떨어대며 일부러 주인의 침묵을 무시하듯 행동하려 했다.

일가친척들은 투르게네프가 경쾌하고 재치있는 입담을 늘어놓을 때마다 다들 유쾌하게 웃어댔다. 특히 그가 아이들에게 함부르크[7] 동물원의 코끼리 소리라든가 파리 가르송(카페의 남자 웨이터)의 몸짓을 능숙하게 흉내 내어 보여줄 때는 그 웃음소리가 한층 높아졌다. 하지만 좌중이 밝고 쾌활해지면 쾌활해질수록 투르게네프 자신은 점점 더 묘하게 어색하고 답답하기만 할 뿐이었다.

"자네 요즘 유망한 신진 작가가 나온 것을 알고 있나?"

화제가 프랑스 문예로 옮겨갔을 때, 더 이상 부자연스러운 사교가 흉내를 내는 데 신물이 난 투르게네프는 돌연 톨스토이를 돌아보면서 일부러 소탈하게 말을 걸었다.

"몰라. 어떤 작가야?"

"드 모파상. 기 드 모파상[8]이라는 작가인데, 뭐라 어떻게 흉내 낼 수 없는 예리한 통찰력을 갖춘 작가야. 마침 지금 내 가방 안에 'La

7) Hammburg, 서독 북부의 도시. 유럽 최대 무역항, 아름다운 전원도시로도 유명하다. 세계적인 두 개의 동물원이 있다.
8) Guy de Maupassant(1850-1893): 프랑스 자연주의 소설가. 투르게네프는 파리에서 그와 교제했다.

Maison Tellier'9)라는 소설집이 있어. 틈나면 읽어보게나."

"드 모파상?"

톨스토이는 의심스러운 듯 잠시 상대의 얼굴을 바라보았다. 하지만 그것도 잠시, 소설에 대해서는 읽겠다고도, 읽지 않겠다고도 하지 않았다. 투르게네프는 어린 시절 자신보다 나이가 많은 심술궂은 아이에게서 괴롭힘을 당한 기억이 있는데, 지금도 그런 한심스런 기분이 가슴에 치밀어 오르는 것을 느꼈다.

"신진 작가라면 이곳에도 보기 드문 분이 한 분 오셨어요."

그의 당혹감을 알아챈 부인이 재빨리 별난 방문객 이야기를 꺼냈다. 한 달 전 어느 해질녘 행색이 무척 남루한 청년이 꼭 좀 주인을 만나고 싶다고 해서 어쨌든 안으로 들게 해 보니 첫 대면한 주인을 향해 "우선 당신에게 받고 싶은 것은 보드카와 청어 꼬리입니다."라고 말했다. 그것만으로도 이미 뒤로 넘어갈 판인데, 이 괴상한 청년이 이미 어느 정도 명성이 있는 신진 작가의 한 사람이라는 데는 정말로 놀라지 않을 수 없었다.

"바로 그분이 가르신10)이라는 분이었어요."

투르게네프는 이 이름을 듣자 다시 한번 이 잡담 같은 화제에 톨스토이를 끌어들여 볼 심산이었다. 이는 상대의 마음을 열지 못하는 것이 점점 불쾌해지기도 했지만 일찍이 그는 톨스토이에게 처음으로 가르신의 작품을 소개한 연고가 있기 때문이었다.

"가르신이었나? 그 사람의 소설도 나쁘지는 않지. 자네가 그 후 무

---

9) 모파상의 초기 작품집. 1881년 발표. '깊은 애정과 높은 존경의 뜻을 담아서'라는 헌사를 붙여 투르게네프에게 헌정했다.
10) V. M. Garchin(1855-1888): 러시아 소설가. 페시미즘과 인도주의 작품을 썼지만 젊은 나이에 자살했다.

엇을 읽었는지 모르지만."

"나쁘지는 않은 것 같네."

톨스토이는 여전히 냉담하게 대답할 뿐이었다.

투르게네프는 간신히 몸을 일으키고는 백발인 머리를 흔들면서 조용히 서재 안을 걷기 시작했다. 작은 테이블 위 촛불 빛으로 그가 왔다 갔다 할 때마다 벽에 비친 그의 그림자가 크고 작은 여러 모습으로 변했다. 그는 잠자코 양손을 뒤로 깍지 낀 채 나른한 듯한 눈빛으로 마루에 시선을 고정시켰다.

투르게네프의 머릿속에는 그가 톨스토이와 친하게 지냈던 20여 년 전의 추억이 하나하나 선명하게 떠올랐다. 방탕에 방탕을 거듭해서는 페테르부르크(Peterburg: 레닌그라드의 옛 이름)의 그의 집에 자주 묵으러 왔던 장교 시절의 톨스토이……네크라조후11)의 한 응접실에서 오만하게 그를 바라보면서 조르쥬 상드12)의 공격으로 모든 것을 잊어버린 톨스토이……스파스코이에(투르게네프의 집이 있던 곳으로, 아름다운 산림지대) 숲 속에서는 그와 산책하던 도중 발걸음을 멈추고 여름날의 아름다운 구름에 감탄을 금치 못했다. 『세 명의 경기병』13) 시절의 톨스토이……그리고 마지막에는 페트14)의 집에서 두 사람 모두 주먹을 쥔 채 상대의 면전에 심한 욕설을 퍼부었다. 그때의 톨스토이……그 어떤 추억을 돌이켜보아도 아집이 강한 톨스토이는 타인에게서 진실

---

11) N. A. Nekrasow(1821-1888): 러시아 시인. 예술지상주의를 비판하고 농노(農奴)와 민중의 비참한 고통을 시로 읊었다.

12) George Sand(1804-1876): 프랑스 여류 작가. 뮈세, 쇼팽과의 연애로 유명.

13) 톨스토이 작품에 『두 명의 경기병』이라는 작품이 있는데, 그 오기로 보인다.

14) A. A. Fet(1820-1892): 러시아 시인. 예술지상주의파의 서정시인. 톨스토이의 친구이며, 작품으로 '회상기(回想記)'가 있다. 1861년 톨스토이는 외국 여행에서 돌아와 페트의 집에 머물면서 투르게네프와 딸 교육에 관한 화제로 이야기를 나누다가 감정적으로 대립하여 절교하게 되었다.

을 인정하지 않는 인간이었다. 항상 남이 하는 일은 허위라고 생각하는 인간이었다. 이것은 남이 하는 일이 그가 하는 일과 모순될 때만이 아니었다. 비록 그와 마찬가지로 방탕했다고 하더라도 그는 자기 자신을 동정하듯이 남을 동정할 수 없었다. 그는 남이 자신과 마찬가지로 여름날의 아름다운 구름을 느끼고 있다는 것조차 쉽게 용납할 수 없었다. 그가 상드를 미워했던 것도 그녀의 진심에 의심을 품었기 때문이다. 한때 그가 투르게네프와 절교하게 된 것도……아니, 실제로 그는 투르게네프가 도요새를 쏘아 죽였다고 한 말에서도 거짓을 탐지하려 했다.

투르게네프는 크게 숨을 내쉬다가 문득 감실 앞에서 발걸음을 멈추었다. 감실 안에는 대리석상이 멀리서 불빛을 받아 흐릿한 그림자가 떠올랐다. 그것은 레프(톨스토이)의 맏형인 니콜라이 톨스토이의 반신상이었다. 돌이켜보면 그와도 친했던 그 인정 많은 니콜라이가 고인이 된 이래 어느샌가 20여 년의 세월이 흘러가버렸다. 만약 레프(톨스토이)가 니콜라이의 반만이라도 타인의 감정을 헤아릴 수 있었다면……. 투르게네프는 오랫동안 봄밤이 깊어가는 것도 모른 채 이 어두컴컴한 감실 안의 동상에 쓸쓸한 눈길을 보냈다.

이튿날 아침, 투르게네프는 약간 이른 시간에 이 집에서 특별히 식당으로 지정된 2층 응접실로 갔다. 응접실 벽에는 선대 조상들의 초상화가 여러 장 줄지어 걸려 있었고, 그 한 초상화 아래에서 톨스토이가 테이블에 앉아 우편물에 눈길을 주고 있었다. 하지만 그 외에는 아직 아이들조차 누구 한 명 보이지 않았다.

두 노인은 인사를 했다.

이때도 투르게네프는 상대의 안색을 살피면서 자신에게 조금이라도 호의를 보이면 곧바로 화해할 심산이었다. 하지만 톨스토이는 깐깐하게도 두세 마디 말을 주고받은 뒤 또 전날처럼 묵묵히 우편물만 살피기 시작했다. 투르게네프는 하는 수 없이 가까이에 있는 의자 하나를 끌어당겨 역시 아무 말 없이 테이블 위의 신문을 읽기 시작했다.

음침한 응접실은 잠시 동안 주전자 물이 끓어오르는 소리 외에는 어떤 소리도 들리지 않았다.

"어젯밤은 잘 잤나?"

우편물을 훑어보다가 톨스토이는 무슨 생각에서인지 투르게네프에게 말을 걸었다.

"잘 잤어."

투르게네프는 신문을 내려놓았다. 그리고 다시 한번 톨스토이가 말을 건네기를 기다렸다. 하지만 주인은 은 손잡이가 달린 잔에 주전자의 차를 따르기만 할 뿐 아무 말도 하지 않았다.

이런 태도가 한두 번 더 반복되자 투르게네프는 어젯밤처럼 심기가 불편한 톨스토이의 얼굴을 보고 있는 것이 점점 괴로워지기 시작했다. 특히 오늘 아침은 다른 사람이 없는 만큼 그로서는 한층 더 마음 둘 바를 모를 지경이었다. 하다못해 톨스토이 부인이라도 있다면 좋을 텐데……. 그는 초조해져서 속으로 몇 번이나 이런 생각을 했다. 하지만 어찌 된 일인지 응접실에는 아직 사람이 들어올 기미조차 보이지 않았다.

5분, 10분, 투르게네프는 결국 견디기 힘들어 신문을 저쪽으로 내던지고는 비틀거리며 의자에서 일어섰다.

그때, 응접실 문밖에서 갑자기 시끌벅적 떠드는 소리와 구둣발 소

리가 들리기 시작했다. 앞을 다투듯 우르르 계단을 뛰어올라오는가
싶더니 다음 순간에는 거칠게 문이 열렸다. 문이 열리기 무섭게 대여
섯 명의 남자아이와 여자아이들이 저마다 뭔가를 떠들어대면서 한꺼
번에 방 안으로 뛰어 들어왔다.

"아버지, 있어요."

앞장서서 들어온 이리야가 자랑스럽게 손에 든 것을 흔들어 보였
다.

"내가 처음으로 찾아냈어요."

어머니를 빼닮은 타테이아나도 남동생 못지않게 목청을 높였다.

"떨어질 때 걸렸었나 봐요. 백양나무 가지에 매달려 있었어요."

마지막으로 이렇게 설명한 사람은 제일 나이가 많은 세르게이였다.

톨스토이는 어안이 벙벙한 듯 멍하니 아이들의 얼굴을 둘러보았다.
하지만 어제 그 도요새가 무사히 발견된 사실을 알게 되자 털이 덥수
룩한 그의 얼굴에 금세 상큼한 미소가 피어올랐다.

"그래? 나뭇가지에 걸려 있었어? 그러면 개도 찾기 어려웠을 거야."

그는 의자에서 일어나면서 아이들 속에 있는 투르게네프 앞으로 다
부진 오른손을 내밀었다.

"이반 세르게예비치(투르게네프). 이제야 나도 안심할 수 있겠네. 나
는 거짓말을 하는 인간이 아니야. 이 도요새도 아래로 떨어졌으면 틀
림없이 드오라가 물어왔을 거야."

투르게네프는 부끄러워하며 톨스토이의 손을 잡았다. 발견한 것이
도요새인지 그렇지 않으면 『안나 카레니나』(톨스토이의 장편 걸작)를 쓴
작가인지……『아버지와 아들』을 쓴 작가의 가슴에는 뭐라 판단하기
어려울 정도로 울컥하는 기쁨이 자신도 모르게 꽉 차올랐다.

"나도 거짓말을 하는 인간이 아니야. 보게나, 저기 보는 그대로 분명히 명중시키지 않았나? 여하튼 총소리가 울리는 동시에 돌처럼 떨어졌으니까."

두 노인은 얼굴을 마주 보고는 약속이나 한 듯이 큰소리로 웃었다.

(1920년 12월)

기괴한 재회(奇怪な再会)

김명주

❖ 1 ❖

오렌(お蓮)이 혼조(本所)의 요코아미(橫網)[1]에서 첩살이를 하게 된 것은 1895년 초겨울이었다. 첩의 집은 오쿠라바시(御蔵橋) 강을 바라보고 있는 매우 좁은 단층집이었다. 다만 뜰에서 강 저편을 바라보면, 지금은 료코쿠(両国) 정류장이 되어버린 오다케구라(御竹蔵) 일대의 대나무와 나무숲이 잦은 겨울비로 흐린 하늘을 가려주었기 때문에 비교적 동네 한복판 같지 않은 한적한 풍경을 자아냈다. 그러나 그런 만큼 남자가 오지 않는 밤 같은 때는 사무치게 허전한 때도 종종 있었다.

"할멈, 저건 무슨 소리지?"

"저것 말예요? 저건 해오라기예요."

시력이 좋지 않은 가정부 할멈과 램프 불빛을 바라보면서 으스스한 모양새로 이런 대화를 나누는 날도 없지 않았다.

---

1) 당시 상인의 첩이 사는 집들이 많았다.

첩의 남자인 마키노(牧野)는 틈틈이 낮에도 퇴근길에 육군 일등 회계장교 군복을 입은 채 들렀다. 물론 날이 저물고 나서 우마야바시(厩橋) 다리 건너편에 있는 본집을 빠져나오는 때도 드물지 않았다. 마키노는 이미 아내는 물론이고 자녀도 아들딸 둘을 두고 있었다.

이 무렵 오렌은 마루마게(丸髷)2) 머리를 하고 거의 매일 밤마다 긴 화로를 사이에 둔 채 마키노의 술 시중을 들고 있었다. 두 사람 사이에 놓인 술상에는 흔히 가라스미(殼凁み)3)나 고노와타4) 등이 접시에 정갈하게 담겨 놓여 있었다.

그럴 때면 이것저것 과거의 일들이 오렌의 머릿속에 또렷이 떠오르곤 했다. 그 떠들썩하던 집이나 친구들의 얼굴을 떠올릴 때면 먼 타국으로 흘러들어온 그녀 자신의 처량함이 더욱 가슴 깊이 스며드는 느낌이었다. 또 예전보다 점점 비대해지는 마키노의 목덜미를 보며 불현듯 묘한 증오감이 불타오르는 때도 종종 있었다.

마키노는 유쾌한 듯 연신 홀짝홀짝 술잔을 들이키고 있었다. 뭔가 농담을 하고는 오렌의 얼굴을 빤히 들여다본 뒤 느닷없이 큰소리로 웃어대는 것이 이 남자의 술버릇 중 하나였다.

"어떠신가, 오렌 님? 도쿄도 성에 차지는 않을 테지?"

오렌은 그런 말을 들어도 평소에는 미소를 머금은 채 술을 데우는 일에만 신경을 썼다. 공직에 있는 마키노는 좀처럼 묵고 가지는 않았다. 머리맡에 둔 시계를 보고 12시가 되어가는 것을 알자 그는 이내 굵은 팔뚝에 내의 소매를 걸치기 시작했다. 오렌은 흐트러진 자세로 한쪽 무릎을 세우고 앉은 채 언제나 그저 멍하니 마키노의 분주한 귀

---

2) 기혼여성의 머리 형태로, 올림머리의 일종.
3) 숭어 알을 말려 압착한 포
4) 해삼 창자 젓갈.

가 채비를 곁눈질로 바라보았다.

"이봐, 옷을 줘야지."

마키노는 한밤중 램프 불빛에 번들거리는 얼굴로 답답한 듯 재촉하기도 했다.

오렌은 그를 보내고 나면 거의 매일 밤 피로를 느끼지 않을 수 없었다. 동시에 또 홀로 남겨진 것이 다소 허전하게 느껴지기도 했다.

비가 오고 바람이 불면 강 건너 대숲이나 나무숲은 곧잘 쓸쓸한 소리를 냈다. 오렌은 술 냄새가 밴 잠옷 깃에 차가운 볼을 파묻으며 하염없이 그 소리에 귀를 기울이고 있었다. 그러는 동안 그녀의 눈에는 어느새 눈물이 가득 고여 오기도 했다. 그러나 평소에는 고통스럽기만 하던 잠이, 그 자체가 악몽과도 다를 바 없는 수마가 금세 그녀 가슴팍 위로 정신없이 쏟아져 오는 것이었다……

❖ 2 ❖

"어찌된 거죠, 그 상처는?"

어느 비 내리는 조용한 밤, 오렌은 마키노의 술 시중을 들던 중 그의 오른쪽 뺨에 눈이 갔다. 뺨에는 시퍼런 면도 자국 속에 빨갛게 부풀어 오른 상처가 길게 나있었다.

"이거 말이야? 마누라한테 긁힌 자국이야."

마키노는 농담이라도 하듯 표정도, 목소리도 태연했다.

"어머, 나쁜 부인이네. 왜 또 그럴까요?"

"딱히 이렇다 할 이유가 있겠어? 늘상 긁는 바가지지. 나한테조차 이 정도니 당신 같은 사람을 한번 만나 봐. 느닷없이 목덜미를 물고 늘어질걸. 이해하기 쉽게 말하면 만주견이지."

오렌은 쿡쿡 웃기 시작했다.

"웃을 일 아냐. 여기 있는 것이 알려지면 내일이라도 당장 뛰어올 위인이라고."

마키노의 말에는 의외로 진지한 어조가 섞여 있었다.

"그건 그때 일이죠, 뭐."

"허어, 거 되게 또 대담하군."

"대담하기 때문이 아니에요. 우리나라 사람들은……."

오렌은 상념에 빠진 듯 화로의 숯불을 내려다보았다.

"우리나라 사람들은 다들 체념을 잘하니까요."

"그렇다면 당신은 질투는 하지 않는다는 건가?"

마키노의 눈에는 잠깐 교활한 빛이 떠올랐다.

"우리나라 사람들은 또 다들 질투를 하지요. 특히 나 같은 건……."

그때, 할멈이 주문해뒀던 가바야키(蒲燒)5)를 부엌에서 가지고 나왔다.

그날 밤 마키노는 모처럼 첩의 집에서 묵고 갔다.

비는 그들이 잠자리에 들고 나자 진눈깨비로 바뀌었다. 오렌은 마키노가 잠들고 난 뒤 괜스레 한동안 잠이 오지 않았다. 그녀의 맑은 눈 속에는 만난 적도 없는 마키노의 아내가 갖가지 모습으로 떠올랐다. 그러나 그녀는 동정은 물론이거니와 증오나 질투조차 느끼지 않았다. 다만 그 상상에 수반되는 것은 약간의 호기심뿐이었다. 어떤 모습으로 부부 싸움을 하는 걸까? 오렌은 문밖의 대밭이나 나무숲이 진눈깨비에 흔들리는 소리를 들으며 곰곰히 그런 것들을 생각해 보았다.

---

5) 장어나 미꾸라지 등을 꼬치에 끼워 양념을 발라 구운 요리. 생선 양념 꼬치

두 시가 지나서야 간신히 잠이 들었다. 오렌은 어느새 많은 여행객들과 함께 어둑한 선실에 있었다. 둥근 창으로 밖을 바라보니 검은 파도가 겹겹이 넘실대고 있는 저편으로 달인지 태양인지 분간할 수 없는 기이한 붉은 빛이 나는 구슬이 보였다. 함께 탄 사람들은 어찌 된 영문인지 모두 그늘 속에 앉아 단 한 사람도 말을 하는 이가 없었다. 오렌은 점점 그 침묵이 섬뜩하게 느껴지기 시작했다. 그러는 동안 누군가 그녀 뒤로 다가서는 듯 인기척이 났다. 그녀는 무심코 뒤돌아보았다. 뒤에는 과거 헤어진 남자가 슬픈 듯한 미소를 머금은 채 물끄러미 그녀를 내려다보고 있었다.

"긴(金) 씨!"

오렌은 제 소리에 놀라 새벽잠에서 깨어났다. 마키노는 여전히 그녀 옆에서 조용히 숨소리를 내며 자고 있었다.

그러나 저쪽으로 등을 돌리고 있는 그가 정말 잠들었는지, 그것은 알 수 없었다.

❖ 3 ❖

오렌에게 남자가 있는 것은 마키노도 알고 있었던 것 같다. 그러나 그가 그런 것에 신경을 쓰는 것 같지는 않았다. 또 실제로 남자 쪽에서도 마키노가 그녀에게 푹 빠져들자 순식간에 그녀를 떠나고 말았기 때문에, 그가 질투를 느끼지 않는 것도 자연스럽다면 자연스러운 일이었다.

그러나 오렌의 머릿속에는 늘 그 남자가 자리하고 있었다. 그것은 그리움이라기보다는, 그보다 더욱 잔인한 감정이었다. 왜 남자가 그녀

쪽으로 갑자기 발걸음도 안 하게 되었을까? 그 이유를 그녀는 도무지 알 수가 없었다. 물론 오렌은 바람기 많은 세상 남자들의 마음에서 모든 이유를 찾으려 했다. 그러나 남자가 오지 않게 된 전후 사정을 떠올리면 반드시 그리 생각할 수만도 없었다. 게다가 뭔가 남자 쪽에 어쩔 수 없는 사정이 생겼다고 해도 그것을 알리지조차 않고 헤어지기에는 그들 두 사람의 사이가 너무 깊었다. 그러면 남자의 신변에 예기치 못한 큰일이라도 닥쳤던 것일까? 이것은 상상하기 두렵기도 했지만 한편으로는 바라는 바이기도 했다.

남자를 꿈에서 본 지 2, 3일 후, 오렌은 동네 목욕탕에 갔다 오는 길에 문득 어느 격자문이 달린 집에 '사주풀이, 현상도사(身上判斷, 玄象道士)'라는 깃발이 세워져 있는 것에 눈이 갔다. 그 깃발은 산목(算木)[6]의 괘 문양 대신에 빨간 엽전 모양을 그린, 그리 흔히 볼 수 없는 물건이었다. 하지만 오렌은 그곳을 지나던 중 갑자기 이 현상도사에게 남자가 어제오늘 어떻게 지내는지 점을 쳐보고 싶다는 생각이 들었다.

안내를 따라 들어간 곳은 햇볕이 잘 드는 방이었다. 게다가 주인의 취향인지 중국식 책장이라든가 난초 화분 같은 전통 찻집풍 장식들이 있는 것도 쾌적한 분위기를 자아내고 있었다.

현상도사는 대머리에 풍채가 좋은 노인이었다. 그러나 금니를 하고 있는 점이나 궐련을 뻐끔뻐끔 빨아대는 품은 전혀 도사답지 않은 천박한 풍모였다. 오렌은 이 노인 앞에서 자신에게는 작년에 행방불명된 친척이 하나 있는데, 그 행방을 점쳐 주기 바란다고 말했다.

그러자 노인은 구석 쪽에서 재빨리 자단(紫檀)나무 탁자를 들고 와 둘 사이에 놓았다. 그리고 그 탁자 위에 조심스럽게 청자 향로와 금실

6) 주역에서 괘를 나타내는 도구

로 수놓은 주머니를 늘어놓기 시작했다.

"그 친척분은 올해 몇이지요?"

오렌은 남자의 나이를 말해주었다.

"오호, 아직 젊구먼. 하여간 젊었을 때는 잘못을 범하기 십상이지. 나 같은 노인이 되면……."

현상도사는 힐끗 오렌을 보더니 두세 번 천박한 웃음소리를 냈다.

"띠도 알 수 있을까요? 아니, 괜찮소. 일백묘년(一白卯年), 토끼띠군요."

노인은 금자수 주머니에서 엽전 세 닢을 꺼냈다. 엽전은 각각 얇은 붉은색 비단에 싸여 있었다.

"내 점은 척전복(擲銭卜)이라 합니다. 척전복이란 옛 한나라의 경방(京房)이 처음으로 점술막대로 교체했다고 되어 있지요. 아시겠지만 막대라는 것은 한 효(爻)에 삼변(三変)의 결과가 있고, 1괘에 18변법이 있으니 쉽사리 길흉을 판단하기 힘들어요. 그 점이 이 척전복의 장점이어서 말이지요……."

그러는 동안 향로에서는 도사가 피운 향의 연기가 밝은 방 안에 피어오르기 시작했다.

❖ 4 ❖

도사는 하늘하늘한 붉은 비단을 풀어 안에 있던 엽전을 한 닢씩 향로 연기에 쬔 후 이번에는 도코노마(床の間)[7]에 걸린 족자 앞에 정중

7) 일본 집에서 방 안에 한 공간을 마련해 꽃꽂이 등으로 장식하고 그림이나 글 등을 걸어 놓는 곳을 말한다. 벽 쪽으로 움푹 패여 있으며, 바닥이 방바닥보다 위로 올라가 있다.

히 머리를 숙였다.

족자 그림은 가노파(狩野派)8)의 것으로 보이는, 복의, 문왕, 주공, 공자(伏羲, 文王, 周公, 孔子), 이 4대 성인의 화상이었다.

"유황(惟皇)상제, 우주의 신성, 이 보향(宝香)을 맡으시고 원컨대 강림해주소서. 주저되어 아직 판단할 수 없고 미심쩍은 것은 신령님께 묻나이다. 원컨대 궁휼을 베푸시어 신속히 길흉을 점쳐 주소서."

그런 기도를 끝낸 뒤 도사는 작은 자단 탁자 위에 휙 엽전 세 닢을 던졌다. 한 닢은 문자가 나왔지만 나머지 두 닢은 물결무늬 쪽을 드러냈다. 도사는 바로 붓을 들어 두루마리 종이에 그 순서를 그렸다.

엽전을 던져 음양을 정하는 그것이 꼭 여섯 번 반복됐다. 오렌은 그 엽전 순서에 걱정스러운 듯한 눈길을 보내고 있었다.

"자, 그러면……."

척전복이 끝나자 노인은 두루마리를 바라본 채 한동안 그저 생각에 잠겨 있었다.

"이것은 뇌수해(雷水解)라는 괘로서, 모든 일이 생각대로 되지 않는다는 뜻입니다."

오렌은 겁에 질린 채, 세 닢의 엽전을 보던 시선을 노인의 얼굴로 옮겼다.

"우선 그 친척분이라는 젊은 분도 두 번 다시 만나실 수는 없겠습니다."

현상도사는 이렇게 말하면서 다시 엽전을 한 닢씩 얇은 비단에 싸기 시작했다.

"그러면 살아 있지 않다는 말씀입니까?"

---

8) 15세기에서 19세기까지 일본에서 활동한 전문적인 직업 화가 집단

오렌은 목소리가 떨리는 것을 느꼈다. '역시 그랬구나'라는 생각이 '아니, 그럴 리가 없어'라는 생각과 함께 불현듯 입 밖으로 튀어나온 것이다.

"살아 있는지, 죽었는지 그것은 전혀 가늠하기 어렵지만……아무튼 못 만나신다고 생각하십시오."

"도저히 만날 수 없습니까?"

오렌에게 재차 질문을 받은 도사는 금실 주머니를 졸라 묶고는 기름기 흐르는 볼에 살짝 조소 섞인 표정을 띠었다.

"상전벽해라는 말이 있지요. 이 도쿄가 우거진 숲으로 뒤덮이게 된다면 만나지 못하리라는 법도 없지요. 일단 점괘대로라면 말이죠. 점괘에는 분명히 이렇게 나와 있습니다."

오렌은 이곳에 왔을 때보다 한층 허탈한 기분이 되어 비싼 복채를 내고는 총총히 집으로 돌아왔다. 그날 밤 그녀는 긴 화로 앞에서 멍하니 턱을 괸 채 주전자 물이 끓는 소리를 듣고 있었다. 현상도사의 점술은 결국 어떤 해석도 해주지 않은 것이나 다름없었다. 아니, 오히려 그녀가 은밀히 품고 있던 희망, 아무리 덧없다 할지라도 역시 희망임에는 틀림없는, 만일을 기대하는 마음을 깨부수고 만 것이나 다를 바 없었다. 남자는 도사가 슬쩍 흘린 대로 정말 살아 있지 않은 것일까?

그러고 보니 그녀가 살고 있던 동네도 당시는 한창 불안한 때였다. 남자는 평소처럼 오렌이 있는 곳으로 오던 도중에 뭔가 안 좋을 일을 만나게 된 것인지도 모른다. 그렇지 않다면 어쩌면 그렇게 잊어버린 것처럼 단박에 오지 않을 수가…… 오렌은 백분(白粉)을 닦아낸 한쪽 뺨에 숯불의 열기를 느끼면서 어느새 부젓가락을 만지작거리고 있는 자신을 발견했다.

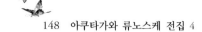

"긴, 긴, 긴⋯⋯."

화로의 재 위에는 이 글자가 몇 번이고 쓰였다가 지워지곤 했다.

❖ 5 ❖

"긴, 긴, 긴⋯⋯."

그렇게 오렌이 글자를 쓰고 있을 때 부엌에 있던 할멈이 갑자기 낮은 목소리로 비명을 질렀다. 이 집은 부엌이라 해도 장지문 하나만 열면 바로 마룻바닥이었다.

"왜, 할멈?"

"아이쿠! 아씨, 나와 보세요. 정말로 뭔가 싶었더니⋯⋯."

오렌은 부엌으로 나가 보았다.

부뚜막이 대부분을 차지하고 있는 마루방에는 장지문에 비치는 램프 불빛이 어둑하고 고요한 분위기를 자아내고 있었다. 할멈은 그 어슴푸레한 어둠 속에서 반쯤 허리를 구부려 뭔가 하얀색 동물을 안아 올리고 있었다.

"고양이야?"

"아녜요. 개예요."

두 손을 모은 오렌은 물끄러미 그 개를 들여다보았다. 개는 할멈에게 안긴 채 초롱초롱한 눈동자를 굴리면서 연신 코를 킁킁거리고 있었다.

"오늘 아침 쓰레기장 쪽에서 울고 있던 개예요. 어찌 들어온 거지?"

"할멈은 전혀 몰랐어?"

"예, 아까부터 설거지를 하고 있었는데도⋯⋯. 역시 사람 눈 둔한 것은 어쩔 도리가 없네요."

할멈은 부엌 들창을 열고 깜깜한 바깥으로 개를 내던지려 했다.

"어머! 잠깐, 나도 좀 안아보고 싶어."

"관두세요. 옷이라도 더럽히시면 어쩌시려고요."

오렌은 할멈이 말리는데도 아랑곳 않고 양손으로 그 개를 들어 올렸다. 개는 그녀의 손 안에서 몸을 덜덜 떨고 있었다. 그 모습이 일순 그녀의 기억을 과거로 이끌고 갔다. 오렌은 그 떠들썩한 집에 있었을 때 손님이 없는 밤이면 함께 잠을 자던 흰 강아지를 키웠었다.

"가엾게도……. 키워볼까?"

할멈은 묘한 눈초리를 했다.

"으응? 할멈, 키워보자. 자네를 성가시게는 하지 않을 테니……."

오렌은 개를 바닥에 내려놓고는 해맑은 웃음을 웃으며 벌써 고기라도 찾아줄 요량인지 부엌 찬장을 뒤졌다.

그 다음 날부터 첩 집에서는 빨간 목줄을 예쁘게 맨 개가 방 안에서 지내게 되었다.

물론 깔끔한 성격의 할멈은 이 변화를 탐탁지 않게 생각했다. 특히 뜰로 뛰어 내려간 개가 흙발 그대로 올라오기라도 할라치면 온종일 화를 내는 때도 있었다. 그러나 달리 소일거리가 없던 오렌은 자식처럼 개를 귀여워했다. 식사 때도 상 옆에는 어김없이 개가 앉아 있었다. 밤에는 말 그대로 매일 밤 그녀의 잠옷자락에서 느긋이 누워 있는 개를 볼 수 있었다.

"그때부터 저는 이건 아니라고 생각했지요. 희미한 램프 불빛 속에서 그 하얀 개가 아씨 자는 얼굴을 물끄러미 바라보고 있던 적도 있으니까요."

할멈은 그럭저럭 1년이 지난 후 내 친구 K의사에게 이런 이야기를 들려주었다고 한다.

❖ 6 ❖

그 개 때문에 힘들었던 것은 할멈 혼자만이 아니었다. 마키노도 개가 다다미 위에 엎드려 자고 있는 것을 볼 때면 심기가 불편한 듯 짙은 눈썹을 찡그렸다.

"뭐야, 요 녀석은? 젠장, 저리 가!"

육군 군복을 입은 마키노는 인정사정없이 개를 발로 걷어찼다. 개는 그가 집 안에 들어오면 흰 등털을 곤두세우고 막무가내로 짖기 시작했다.

"당신의 그 지나친 개 사랑에도 질렸어."

저녁 식사 자리에서 술잔을 기울이며 마키노는 불길한 듯 홀깃홀깃 개를 쳐다보았다.

"예전에도 요만한 놈을 키우고 있었지?"

"그래요, 그것도 흰 강아지였죠."

"그러고 보니 그때도 당신이 그 강아지와 도저히 헤어질 수 없다고 생떼를 쓰는 바람에 정말 힘들었지."

오렌은 무릎 위의 강아지를 쓰다듬으며 별 도리 없다는 듯 미소를 짓고 있었다. 기선이나 기차 여행에서 개를 데리고 가는 것이 힘들다는 것은 그녀도 잘 알고 있었다. 그러나 남자와도 헤어진 마당에 그 하얀 강아지를 뒤로 하고 낯선 타지로 가는 것은 아무리 생각해도 허전하기 이를 데 없었다. 그래서 떠나기 전날 밤 그녀는 강아지를 안고 그 코에 볼을 비비면서 몇 번이고 멈추지 않는 울음을 삼킨 것이다……

"그 개는 정말이지 영리했지만, 이놈은 아무래도 멍청해 보여. 첫인상이……인상이 아니지. 견상이라 해야 하나? 견상이 극히 평범하잖아."

벌써 취기가 오른 마키노는 애초의 불쾌함도 잊은 듯 생선회 같은 것을 개에게 던져 주었다.

"어머, 그 강아지랑 많이 닮지 않았나요? 다른 건 코 색깔뿐인걸요."

"뭐야? 코 색깔이 다르다고? 묘한 곳이 또 다른 게군."

"얘는 코가 까맣지요? 걔는 코가 빨갰잖아요."

오렌은 마키노에게 술을 따르며 이전에 기르던 강아지 코가 뚜렷하게 눈앞에 보이는 것 같았다. 그것은 늘 촉촉이 젖어 꼭 출산한 어미 개의 젖가슴처럼 다갈색 반점이 있는 코였다.

"흐음, 그러고 보니 코가 빨간 쪽이 개로서는 미인상인지도 모르겠어."

"미남이었지요, 그 애는. 얘는 까마니까 추남이겠네요."

"수컷이었어? 둘 다? 이 집에 오는 남자는 나밖에 없다고 생각했는데, 이거 영 안 되겠는 걸."

마키노는 오렌의 손을 살짝 때리고는 혼자 기분 좋게 마구 웃어댔다.

그러나 마키노는 계속 그 기분을 즐길 수 없었다. 개는 그들이 잠자리에 들자마자 낡은 장지문 너머에서 몇 번이고 구슬픈 소리를 냈다. 그러더니 급기야는 앞발톱을 세워 장지문을 긁어대기 시작했다. 마키노는 심야의 램프 불빛 속에서 묘한 쓴웃음을 짓더니 이윽고 오렌에게 말했다.

"이봐, 저것 좀 열어줘."

그녀가 장지문을 열자 개는 의외로 유유히 두 사람 머리맡 쪽으로 들어왔다. 그리고 하얀 그림자처럼 거기에 엎드려 물끄러미 그들을 바라보기 시작했다.

오렌은 뭔가 그 눈초리가 사람의 그것 같은 느낌이 들어 견딜 수가 없었다.

❖ 7 ❖

그로부터 2, 3일이 지난 어느 날 밤, 오렌은 본집을 빠져 나온 마키노와 근처의 극단 공연을 보러 갔다.

마술, 검무, 환등극, 곡예…… 공연장은 꼼짝달싹할 수 없을 정도로 붐볐다. 두 사람은 얼마간 기다린 뒤 간신히 무대에서 먼 곳에 자리를 잡을 수 있었다. 그들이 자리에 앉자 주위 사람들은 약속이라도 한 듯 머리를 틀어 올린 오렌의 모습을 신기하게 쳐다보았다. 그녀에게는 그것이 기분 상하는 일이었지만 동시에 또 처량한 기분이 들기도 했다.

무대에서는 천장에 달린 밝은 램프 아래서 이마에 하얀 수건을 묶은 남자가 긴 검을 휘두르고 있었다. 그리고 무대 뒤쪽 대기실에서는 "편력하는 천산만악의 연기(踏み破る千山万岳の煙)"[9] 운운하며 낭랑하게 시 읊는 소리가 들려오고 있었다. 오렌은 검무는 물론이거니와 시 낭송도 따분하기 그지없었다. 그러나 마키노는 담뱃불을 붙이며 흥미진진한 표정으로 그것을 바라보고 있었다.

---

9) 에도 무사 사이토 가즈노리(齋藤一德)의 시구

검무 다음은 환등극이었다. 무대에 드리워진 막 위에서 청일전쟁의 상황이 다양하게 펼쳐졌다 사라지곤 했다. 큰 물기둥이 치솟으면서 '정원(定遠)호'[10]가 침몰하는 장면도 있었다. 적군의 갓난아이를 안은 히구치(樋口) 대위가 돌격을 선두 지휘하는 부분도 나왔다. 객석에서는 '제국만세'라며 생뚱맞은 소리를 지르는 자도 있었다. 그러나 실전에 참전해온 마키노는 그런 무리들과는 달리 그저 간간히 웃고만 있었다.

"전쟁도 저렇게만 된다면 즐거운 것이겠지만……."

그는 뉴창(牛莊)[11]의 격전 장면을 보면서 거의 주위에 들으라는 듯이 오렌에게 이렇게 말했다. 하지만 그녀는 여전히 막 위로 시선을 집중한 채 고개만 살짝 끄덕일 뿐이었다. 환등극 자체가 신기한 그녀로서는 어떤 장면이든 흥미롭지 않을 수 없었다. 또 눈 쌓인 성루의 지붕이라든지 메마른 버드나무에 묶인 당나귀, 변발을 늘어뜨린 중국 병사 같은 풍경들은 그녀를 감동시킬 만한 특별한 이유가 있었다.

공연이 끝난 것은 10시였다. 두 사람은 나란히 주택만 가득 들어선 인기척 없는 조용한 동네를 걸었다. 서리로 덮인 지붕들 위로는 반달이 서늘한 달빛을 드리우고 있었다. 마키노는 그 달빛 속으로 이따금 담배 연기를 내뿜고는 좀 전의 검무라도 머릿속에 남아있는지 '채찍질 소리 밤 강을 건너네!'[12] 등과 같은 옛 시구를 콧노래로 부르기도 했다.

그러나 옆 골목을 하나 돌았을 때 오렌은 겁에 질린 듯 마키노의 외투 소매를 끌어당겼다.

---

10) 청일전쟁 시 활약한 중국 군함
11) 중국의 요동반도
12) 에도의 사학자, 한시인 라이산요(賴山陽)의 시구

그는 발길을 계속 옮기면서 오렌 쪽을 돌아보았다.

"누군가가 부르고 있는 것 같아요."

오렌은 그에게 바짝 다가서면서 불길한 듯한 눈초리를 했다.

"부르고 있다고?"

마키노도 엉겁결에 걸음을 멈추고 잠깐 귀를 기울여 보았다. 그러나 한적한 골목길에는 개 짖는 소리조차 들리지 않았다.

"헛것을 들은 걸 거야. 뭐가 부르고 그러겠어?"

"기분 때문일까요?"

"그런 환등극을 보았기 때문이 아닐까?"

❖ 8 ❖

극단 공연을 보고 온 다음 날 아침이었다. 오렌은 양치할 솔을 입에 문 채 세수를 하러 툇마루로 나갔다. 툇마루에는 벌써 여느 때처럼 온수를 퍼둔 구리 세숫대야가 세면대 위에 놓여 있었다.

메마른 겨울 정원은 쓸쓸했다. 정원 저편으로 펼쳐지는 경치도 흐린 하늘을 비추는 강물과 함께 지극히 황량한 것이었다. 그러나 그 경치를 보자마자 오렌은 양치를 하면서 방금까지는 거의 잊고 있던 지난밤 꿈을 떠올렸다.

그것은 단지 그녀가 혼자 어두운 덤불숲인지 나무숲인지를 배회하는 꿈이었다. 그녀는 좁은 길을 따라 걸으며, '드디어 내 기도가 이뤄졌어. 도쿄는 이제 보이는 한에서는 인적 없는 숲으로 바뀌었어. 머잖아 기필코 긴 씨도 만날 수 있을 거야.' 하는 생각을 계속 하고 있었다. 그러나 잠시 걷고 있는 동안 어디선가 대포 소리, 권총 소리가 들려오기 시작했다. 그와 함께 나무숲 위쪽 하늘이 마치 불길이라도 비치듯 점점 혼탁한 붉은색을 띠기 시작했다. '전쟁이야, 전쟁!' 그녀는 이렇게 생각하면서 힘껏 달리려고 했다. 그러나 제아무리 안간힘을 써도 웬일인지 조금도 뛸 수가 없었다.

오렌은 얼굴을 씻고 난 뒤 용변을 보기 위해 옷을 벗었다. 그때 뭔가 차가운 물건이 그녀의 등 뒤에 척 닿았다.

"시쓰!"

그녀는 별반 놀라지도 않고 그윽한 눈빛으로 뒤를 돌아다보았다. 거기에는 강아지가 꼬리를 흔들며 연신 검은 코를 핥아대고 있었다.

❖ 9 ❖

마키노는 그 뒤 2, 3일 지나서 여느 때보다 일찍 첩의 집에 들렀다. 이번에는 다미야(田宮)라는 남자가 동행했다. 어느 유명 납품업체의 지배인인 다미야는 오렌이 마키노의 첩이 되는 데 있어서 여러모로 도움을 준 사람이었다.

"이상한 일 아니오? 이렇게 마루마게 머리를 하니 아무래도 예전의 오렌 씨 같지가 않소."

다미야는 밝은 램프 불빛에 살짝 읽은 얼굴이 달아오르면서 마주한 마키노에게 술잔을 내밀었다.

"이봐요, 마키노 씨, 그게 말이지, 시마다(島田)[13] 머리를 하고 있다든지 샤구마(赤熊)[14] 머리를 하고 있다면 이처럼 달라 보이지는 않았을 텐데, 웬걸, 옛날이 옛날이니만큼……."

---

13) 게이샤(芸者)의 머리 모양
14) 오이랑(花魁), 즉 유녀의 머리 모양.

"어이, 이보게, 여기 할멈이 눈은 좀 안 보이지만 귀는 멀지 않았다네."

마키노는 그렇게 주의를 주면서 즐겁다는 듯 히죽히죽 웃고 있었다.

"괜찮소. 들은들 뭘 알겠나. 이봐요, 오렌 씨, 그 시절을 생각하면 마치 꿈 같지 않소?"

오렌은 시선을 피한 채 무릎 위의 강아지만 어르고 있었다.

"나도 마키노 씨에게 청을 받았기에 일단은 수락해 본 것이지만, 만약 들통이라도 나는 날에는 큰일이라고. 무사히 고베(神戶)로 들어올 때까지는 어지간히 마음을 졸였소."

"흥, 그리 위험한 일이었다면 미리 손을 썼을 텐데……."

"농담하지 마소. 이 사람, 밀수입은 딱 그 한 번뿐이었소."

다미야는 술잔을 단숨에 들이키며 떨떠름한 표정을 지어 보였다.

"하지만 어쨌든 오렌이 지금 이렇게 내 옆에 있게 된 것은 사실 자네 덕분일세."

"그리 말해주면 황송하지만, 어쨌든 그때는 힘들었소. 더욱이 탔던 배가 현해탄을 들어서면서 엄청난 풍랑이 덮쳤으니 말이오. 그렇잖소, 오렌 씨?"

"예, 저는 배든 뭐든 다 가라앉는 줄 알았어요."

오렌은 다미야에게 술을 따르며 겨우 한마디 대화에 끼어들었다. 그러나 그 배가 침몰했다면 오히려 지금보다 나았을지도 모른다……. 문득 그런 생각이 들기도 했다.

"지금은 이리 있을 수 있게 됐으니 서로 다행인 거지. 하지만 마키노 씨, 오렌 씨가 마루마게 머리가 어울리게 된 요즘은 한 번 더 다시 옛 모습으로 되돌려놓고 싶다는 생각은 들지 않소?"

"되돌려놓고 싶대도 어쩔 도리가 없지 않은가?"

"어쩔 도리는 없지만……. 도리가 없다는 것은 옛날 옷가지는 하나도 여기에 가지고 오지 않았다는 거요?"

"옷가지는 물론이고 머리 장식 하나까지도 빠짐없이 챙겨 가지고 왔다네. 아무리 내가 관두라고 해도 당최 말을 듣지 않았다니까."

마키노는 화로 너머로 오렌의 얼굴을 바라보았다. 오렌은 그 말도 들리지 않는다는 듯 주전자 물이 식는 것만 신경 쓰고 있었다.

"그것 참 잘됐군. 어떻소, 오렌 씨? 조만간 한번 단장하고 술 한 잔 따라주지 않겠소?"

"그 참에 자네도 겸사겸사 옛 정인 한 사람쯤 떠올려 보고."

"글쎄, 그 옛 애인이라는 게 오렌 씨처럼 '하오퍄오즈(好繚緻)'15)라면 떠올려볼 보람도 있겠지만……."

다미야는 살짝 얽은 얼굴에 겸연쩍다는 듯한 웃음을 떠올리며 젓가락으로 토란즙을 저었다.

그날 밤 다미야가 돌아가고 나자 마키노는 아무것도 모르고 있던 오렌에게 조만간 육군을 그만두는 대로 장사를 해 보겠다는 이야기를 했다. 사직 허가가 나오기만 하면 다미야가 지금 일하고 있는 곳의 어떤 유명 납품업자가 바로 고임금으로 채용해 줄 것이라는, 잘 알 수는 없었지만 대충 그런 이야기였다.

"그리 되면 여기에 살지 않아도 되니까 어디든 넓은 데로 이사라도 가지."

마키노는 어지간히 피곤한 듯 화로 앞에 드러누운 채 다미야가 선물로 가지고 온 마닐라 담배를 피우고 있었다.

---

15) 중국어, 빼어난 미인

"이 집도 이제 진절머리가 나요. 할멈과 나 둘뿐인걸요."

그 와중에도 오렌은 먹성 좋은 개에게 남은 음식들을 먹이느라 정신이 없었다.

"그리 되면 나도 같이 살 거야."

"부인이 있잖아요."

"마누라 말이야? 마누라하고도 조만간 헤어질 테니까."

마키노의 어조와 얼굴 표정으로 봐서는 이 의외의 이야기도 전혀 농담처럼 보이지 않았다.

"너무 죄스런 일은 하지 마세요."

"신경 쓸 것 없어. 자업자득이지. 나만 나쁜 건 아니라고!"

마키노는 험악한 눈초리를 하고는 연신 담배를 푹푹 피워댔다. 오렌은 쓸쓸한 표정을 한 채 한동안 아무런 대답도 하지 않았다.

❖ 10 ❖

"그 흰 개가 아프기 시작한 것은, 그래, 맞아요, 다미야 그분이 오신 바로 그 다음 날이었어요."

오렌 집에서 일하던 할멈은 내 친구인 K의사에게 이렇게 당시 상황을 설명했다.

"아마 급체인지 뭔지였던 것 같아요. 처음에는 매일 화로 앞에 멍하니 엎드려 있기만 했는데 얼마 가지 않아 걸핏하면 다다미를 더럽히곤 했어요. 아씨는 아무튼 자식처럼 귀여워하시던 개였으니 일부러 우유 배달을 받기도 하고, 호탄(宝丹)16)을 먹이기도 하고, 여간 지극정

---

16) 박하향의 해독제

성이 아니었어요. 이상한 건 아니지요. 이상할 건 없지만 기분 나쁘지 않나요? 개가 병이 깊어지자 마님은 개와 이야기를 나누는 일도 점점 드물지 않게 되었답니다."

"물론 이야기를 한다고 해도 마님이 개를 상대로 혼잣말을 길게 하시는 겁니다만, 한밤중에 그런 소리가 들려와 보세요. 뭔가 개도 사람처럼 말을 하고 있는 것처럼 느껴져 그다지 기분이 좋지는 않은 법이랍니다. 그 일이 아니더라도 또 한번은 건조한 겨울바람이 심하게 불던 어느 날 심부름을 다녀오니, 장지가 덜걱거리는 방에서 아씨 말소리가 들리는 게 아닙니까? 주인님이라도 계시는 것인가 하고 장지문 틈새로 들여다보니 역시나 거기에는 마님 한 사람만 계실 따름이었어요. 게다가 바람에 따라 구름이 해를 가리고 있던 탓이기도 했겠지만 무릎에 강아지를 앉힌 마님 모습이 연신 어두워졌다 밝아졌다 하는 것이 아니겠어요? 그토록 기분이 으스스했던 것은 이 나이 되도록 한번도 경험한 적이 없을 정도예요."

"그랬으니 개가 죽었을 때는, 아씨에게는 힘든 일이었지만, 저는 내심 마음이 놓였답니다. 하긴 그게 기뻤던 건 개 대소변을 치우지 않으면 안 되었던 저만이 아니었습니다. 주인님도 그 일을 들으시고는 짐이라도 던 듯 히죽히죽 웃으셨지요. 개 말입니까? 개는, 마님은 물론 저도 아직 자고 있던 때에 경대 앞에 쓰러져 푸르스름한 오물을 토하고 죽어 있었어요. 멍하니 화로 앞에서 엎드려 지낸 지 그럭저럭 반달 정도 되었을까요?"

마침 야겐보리(薬研堀)[17] 시장이 서는 날 오렌은 큰 경대 앞에서 숨을 거둔 개를 발견했다. 개는 할멈이 말한 대로 푸른색 오물이 질펀한

---

17) 도쿄의 지명. 운하.

가운데 차가운 몸을 누이고 있었다. 이것은 그녀도 벌써 오래 전에 각오를 한 일이었다. 앞의 개는 생이별했지만 이번 개는 사별했다. 어쩌면 개는 키울 수 없는 팔자인지 모르겠다. 그런 생각이 그녀의 마음속에 절망적인 적막을 드리울 뿐이었다.

오렌은 그 자리에 주저앉은 채 망연자실 개의 사체를 바라보았다. 그리고 우울한 눈을 들어 차가운 거울을 쳐다보았다. 거울에는 다다미 위에 쓰러진 개가 그녀와 함께 비치고 있었다. 개 그림자를 물끄러미 바라보던 오렌은 현기증이라도 난 듯 갑자기 양손으로 얼굴을 가리고 가녀린 비명소리를 냈다.

거울 속 개의 사체는 어느새 까매야 할 코끝이 붉은색으로 바뀌어 있었던 것이다.

❖ 11 ❖

첩 집의 설 명절은 쓸쓸했다. 대문에는 대나무가 세워지고 방에는 봉래(蓬萊)[18]가 놓였지만 오렌은 혼자 화로 앞에서 힘없이 턱을 괴고는 장지문에 비치는 햇살이 엷어져 가는 것을 우울한 눈빛으로 바라보고 있을 뿐이었다.

연말에 강아지가 죽고 난 후 그렇지 않아도 편치 않던 그녀의 기분은 걸핏하면 발작적인 우울감에 자주 빠져들었다. 강아지뿐만 아니라 아직도 알 수 없는 남자의 소재나 때로는 얼굴조차 모르는 마키노 본처의 처지까지도 이것저것 걱정하는 것이었다. 동시에 그 무렵부터 때때로 이상한 환각에 빠져들어 몹시 힘들어했다.

---

18) 설 의식의 하나로, 삼각형의 반상 위에 쌀, 밤, 다시마, 귤, 새우 등을 장식하여 둔 것.

어느 때는 잠자리에 든 그녀가 간신히 눈을 붙이려고 하는데 갑자기 뭔가가 올라탄 것처럼 잠옷자락이 묵직하게 느껴졌다. 강아지가 아직 살아 있을 적에는 그녀의 이불 위에 올라와 자주 뒹굴곤 했다. 꼭 그때처럼 부드러운 무게감이 느껴지는 것이었다. 오렌은 베게에서 살짝 머리를 들어 보았지만 거기에는 솜을 누인 잠옷의 격자무늬가 램프 불빛에 비칠 뿐 뭐가 있는 것 같지는 않았다.

또 어느 때는 오렌이 경대 앞에서 머리를 빗고 있는데 거울에 비친 그녀 뒤로 하얀 물체가 휙 스쳐갔다. 그녀는 신경 쓰지 않고 윤기 나는 머리를 빗어 올렸다. 그러자 그 하얀 물체는 조금 전과 반대쪽으로 한 번 더 재빨리 스쳐 지나갔다. 오렌은 이윽고 빗을 든 채 뒤를 돌아다보았다. 그러나 밝은 방 안에는 무엇 하나 생물체의 느낌이 없었다. 역시 눈 탓일까? 이런 생각을 하면서 거울을 바라보는데 잠시 후 하얀 물체가 세 번째 그녀 뒤를 스쳐 지나갔다.

어떤 때는 화로 앞에 오렌 혼자 앉아 있는데 멀리 바깥 골목에서 그녀 이름을 부르는 소리가 들려왔다. 대문에 장식된 대나무 잎이 바삭거리는 소리에 섞여 꼭 한 번 들린 것이었다. 그 소리는 도쿄에 와서도 늘 마음에서 떠나지 않던 남자의 목소리임이 틀림없었다. 오렌은 숨을 죽이고 가만히 주의 깊게 귀를 기울였다. 그때 골목에서 이번에는 처음보다 더 가깝게 그리운 남자의 목소리가 들려왔다. 그러나 어느샌가 그것은 바람결에 날려 흩어지는 개 짖는 소리로 바뀌어 있었다.

또 어느 때는 급히 눈을 뜨면 그녀와 함께 있을 리 만무한 남자가 자고 있었다. 좁은 이마, 긴 속눈썹……. 한밤중의 램프 불빛 속에 비치는 그 모습은 어느 것 하나 예전과 다름이 없었다. 왼쪽 눈가에 사

마귀가 있었는데, 그런 것까지 꼼꼼히 살펴봐도 역시 틀림없는 그 남
자였다. 오렌은 기이하다기보다는 기쁨으로 가슴이 뛰었다. 그대로 사
라져 없어지기라도 할까 봐 남자 목에 매달렸다. 그러나 잠에서 깬 남
자가 소란함 때문에 뭔가 중얼거리는 소리를 들으면 뜻밖에도 마키노
였다. 뿐만 아니라 오렌은 그 순간 실제로 술 냄새 풍기는 마키노 목
에 두 손을 꽉 낀 채 매달리고 있는 그녀 자신을 보았다.

　게다가 오렌의 마음을 힘들게 한 사건은 그러한 환각 외에 현실에
서도 일어났다. 설 장식용 소나무를 걷지도 않은 어느 날, 소문으로만
듣던 마키노의 아내가 느닷없이 그녀를 방문한 것이다.

❖ 12 ❖

　마키노의 아내가 온 것은 공교롭게도 할멈이 심부름을 가고 집을
비운 때였다. 부르는 소리에 놀란 오렌은 하는 수 없이 무신경하게 몸
을 일으켜 어둑한 현관으로 나갔다. 북쪽으로 난 격자문 사이로 처마
끝에 달린 설 장식이 보이는 곳에, 극히 좋지 못한 안색을 한 안경 쓴
여인 한 명이 약간 낡은 숄을 걸친 채 바닥를 내려다보고 서 있었다.

　"누구신지요?"

　오렌은 그리 물으면서도 상대방의 정체를 직감하고 있었다. 그리고
납작해진 마루마게 머리에 잔무늬 하오리[19]의 양 소매를 모으고 서
있는 어딘가 평범한 인상의 이 여인을 물끄러미 바라보았다.

　"저는……."

　여자는 잠시 주저하더니 시선을 아래로 한 채 말을 이었다.

---

19) 방한이나 외출용의 덧저고리

"저는 마키노의 처입니다. 다키(滝)라는 사람입니다."

이번에는 오렌이 말을 주저했다.

"아, 그러세요? 저는……."

"아뇨, 이미 알고 있습니다. 마키노가 늘 신세를 지고 있다고 하니 제 쪽에서도 감사드립니다."

여자의 말투는 부드러웠다. 비아냥 같은 것은 이상하리만큼 느낄 수 없었다. 그런 만큼 또 오렌은 뭐라고 해야 할지 할 말을 잃었다.

"그래서 오늘은 설 인사도 할 겸, 좀 부탁드릴 것이 있어서 들렀습니다만……."

"무엇인지요? 제가 할 수 있는 일이라면……."

아직 방심할 수 없는 오렌은 그 '부탁'이란 것도 거의 알 것 같은 느낌이 들었다. 동시에 그 말을 듣게 될 경우 답할 말들도 다양할 것 같았다. 그러나 연신 시선을 내리까는 마키노의 아내가 조용히 한 다음 말은 그녀의 예상이 애초부터 빗나가 있었음을 알게 해주었다.

"아뇨, 부탁이라고 말씀드린 것이, 대단한 일도 아니지만……. 실은 머잖아 온 도쿄가 숲으로 바뀐다고 하니 그때는 어떻게든 마키노와 함께 저도 댁에 같이 살게 해주십사 하고……. 부탁이라는 것은 이것뿐입니다."

상대는 천천히 이렇게 말을 맺었다. 그 모습은 그녀의 말이 얼마나 정신 나간 소리인지조차 느끼지 못하는 듯한 모습이었다. 오렌은 어이가 없어 바깥 빛을 등 뒤로 받고 서 있는 이 음울한 여자의 모습을 잠시 바라보고 서 있을 수밖에 없었다.

"어떠신지요? 댁에 살게 해주실 수 있으신지요?"

오렌은 혀가 굳은 것처럼 아무 대답도 할 수 없었다. 어느샌가 고개를 든 상대는 가늘고 냉랭한 눈을 떠서 안경 너머로 그녀의 얼굴을 쳐다보고 있었다. 그것은 더더욱 오렌에게 이 모든 것이 악몽 같은, 기분 나쁜 감정을 불러일으키는 것이었다.

"전 애초부터 어찌 돼도 상관없는 몸입니다만, 만약 길거리에 나앉게 되면 우선 애들이 불쌍합니다. 아무쪼록 폐가 되겠지만 댁에 같이 살게 해주세요."

마키노의 아내는 이렇게 말하고는 낡은 숄에 얼굴을 묻으며 갑자기 훌쩍훌쩍 울기 시작했다. 그러자 입을 다물고 있던 오렌도 괜스레 슬픈 기분이 들었다. 드디어 긴 씨를 만날 때가 온 거야. 기쁘다, 기뻐……. 그녀는 그렇게 생각하면서도 아니나 다를까 설빔을 차려 입은 무릎께에 눈물을 떨구고 있는 자신을 발견했다.

하지만 몇 분 정도 지난 뒤 문득 정신을 차려보니 어느새 상대방은 돌아갔는지 어둑한 북쪽 현관에는 누구 한 사람 보이지 않았다.

❖ 13 ❖

나나쿠사(七種)[20] 명절 저녁, 마키노가 첩 집을 들르자 오렌은 다급히 그의 아내가 방문한 일을 이야기했다. 하지만 마키노는 의외로 태연하게 그녀 말을 들으면서 마닐라 궐련만 피우고 있었다.

"부인은 제정신이 아닌 게 분명해요."

어느새 흥분하기 시작한 오렌은 초조한 듯 눈썹을 찡그리며 고집스럽게 이야기를 계속했다.

"당장 어떻게 해주지 않으면 돌이킬 수 없는 일이 되고 말 거예요."

---

20) 일본 5대 명절의 하나. 1월 7일. 일곱 종류의 봄나물로 죽을 쑤어 설음식으로 지친 위장을 달래는 의식.

"뭐, 그건 그때 일이고."

마키노는 담배 연기 속에서 가늘게 눈을 뜨고 그녀를 바라보았다.

"마누라 일로 고민하기보다 당신이야말로 몸을 좀 챙기는 게 좋겠어. 왠지 요즘은 언제 봐도 우울하기만 하잖아."

"나야 아무래도 괜찮지만……."

"괜찮지 않잖아."

오렌은 낯빛이 흐려진 채 한동안 입을 다물고 있었다. 그러다 갑자기 눈물이 고인 눈을 들더니 "당신, 제발 부탁이니 부인을 버리지 말아주세요."라고 말하는 것이었다.

마키노는 어이가 없는지 아무 대답도 하지 않았다.

"제발, 당신……."

오렌은 눈물을 감추려는 듯 검은 슈스 옷깃21)에 아래턱을 묻었다.

"부인은 세상에서 오직 당신 한 사람이 그 무엇보다 소중한 거예요. 그걸 몰라준다면 너무 박정한 거예요. 우리나라에서도 여자들이란……."

"됐어. 그만 됐다니까. 당신이 하는 말은 잘 알았으니까 그런 걱정 같은 건 안 해도 돼."

담배 피우는 것조차 잊은 채 마키노는 어린애를 달래듯이 이렇게 말했다.

"무엇보다 이 집이 음침해서 말이야……. 그래, 그렇지, 일전에는 또 개가 죽기도 했지. 그러니 당신도 울적해지는 거야. 당장 어디 좋은 데 있으면 이사라도 해야겠어. 그리고 즐겁게 사는 거야. 뭐 이제 열흘만 지나면 일을 그만두게 될 테니까……."

---

21) 슈스란 영어로 새틴, 즉 광택이 나는 견직류를 말한다. 깃 등을 부분적으로 검은색 새틴으로 디자인한 기모노를 입고 있는 상황이다.

아무리 마키노가 위로해도 오렌은 밤이 다 지새도록 침울한 표정이 바뀌지 않았다…….

"아씨 일로 주인어른도 꽤나 걱정을 하셨습니다만……."

K에게 이것저것 질문을 받았을 때 할멈은 또 당시 상황을 이렇게 이야기했다고 한다.

"아무튼 이번 병세는 그때부터 벌써 나타나기 시작했으니까, 어쩌면 주인어른도 비로소 체념하실 수밖에 달리 방도가 없었을 겁니다. 사실 본집 마님이 갑자기 요코아미에 오셨던 때에도 심부름에서 돌아와 보니 아씨는 현관 끝에 그저 멍하니 앉아 계시고, 그쪽 마님은 그것을 안경 너머로 흘겨보면서 들어가려고조차 하지 않고 은근히 싫은 소리는 다 퍼붓고 계시던 참이었지요."

"그건……주인이 욕을 듣고 있는 것은 숨어 엿듣고 있는 제게도 별로 기분 좋은 일은 아니었어요. 하지만 제가 거기서 나서게 되면 일이 더욱 힘들어질 게 뻔합니다. 왜냐하면 저도 4, 5년 전에는 본집에서 일하던 사람이라 일단 그쪽 마님 눈에 띄기라도 하면 도리어 마님의 화를 돋우는 일이 될지 모르니까요. 그랬다가는 큰일이니 저는 마님이 험한 말을 다 퍼붓고 돌아가실 때까지 끝내 현관 장지문 뒤에서 얼굴을 내밀지 않았답니다."

"하지만 이쪽 아씨는 제 얼굴을 보자마자 '할멈, 방금 부인이 오셨어. 내가 있는 데를 오셨는데도 싫은 내색 하나 없으시니 그야말로 훌륭한 분이신 거겠지.' 이리 말씀하시는 것이 아닙니까? 또 그런가 싶더니 웃으면서 '근간 도쿄가 온통 숲으로 뒤덮일 거라고 하셨던가? 가엾게도 그분은 정신이 살짝 이상해지신 것 같아.' 이런 말씀도 하시는 것입니다."

❖ 14 ❖

오렌의 우울증은 2월이 되고 얼마 지나지 않아 혼조(本所) 마쓰이초(松井町)에 있는 넓은 2층집으로 이사하게 되어도 호전될 낌새가 보이지 않았다. 그녀는 할멈에게까지 말을 걸지 않고 대부분 거실에서 혼자 주전자 물 끓는 소리나 들으며 지내고 있었다.

그곳으로 이사하고 일주일도 채 되지 않은 어느 날 밤, 이미 어디선가 한 잔 걸친 다미야가 연락도 없이 첩 집에 놀러 왔다. 마침 술을 마시기 시작하던 마키노는 이 술친구를 보자 재빨리 들고 있던 술잔을 내밀었다. 다미야는 술잔을 받기 전에 속옷이 비죽 나온 품 안에서 빨간 통조림을 하나 꺼냈다. 그리고 오렌이 따르는 술을 받으면서 "이건 선물이에요, 오렌 부인. 당신에게 주는 선물입니다."라고 말했다.

"뭔가, 이건?"

마키노는 오렌이 감사 인사를 하는 동안 그 통조림을 들어 보았다.

"라벨을 보게. 해구신[22]이야. 강치 음경 통조림이네. 오렌 씨는 우울해지는 것이 병이라고 하니까 이걸 하나 헌상하겠습니다. 산전, 산후, 부인병 일체에 좋다고 하네. 내 친구에게 들은 설명이긴 하지만 말이야. 그 녀석이 시작한 통조림일세."

다미야는 혀로 입술을 핥고는 그들 두 사람을 번갈아 쳐다보았다.

"먹을 수 있겠어? 당신이 해구신 같은 걸?"

오렌은 마키노의 말을 듣고도 억지로 살짝 입가에 미소를 머금고 있을 뿐이었다. 다미야가 손사래를 치면서 대신 대답했다.

"괜찮지, 괜찮고말고. 자, 오렌 씨, 이 강치란 놈은 암컷 한 마리가

---

22) 물개과 동물.

있는 곳에 수컷이 백 마리나 달라붙어요. 사람으로 치자면 마키노 씨쯤 될까? 그러고 보니 얼굴도 닮았네. 그러니까 말입니다. 그러니까 한 통 마키노 씨라 생각하고, 귀여운 마키노 씨라 생각하고 들어 봐요."

"무슨 소릴 하는 건가?"

마키노는 어쩔 수 없다는 듯 쓴웃음을 지었다.

"암컷 한 마리 있는 곳에……이보쇼, 마키노 씨, 당신과 퍽 닮았소 그려."

다미야는 약간 얽은 얼굴에 가득 웃음을 띤 채 주위는 개의치 않고 말을 이어갔다.

"오늘 내 친구에게, 이 통조림 주인에게 들은 말인데 강치란 놈은 수컷들이 암컷을 두고 싸우면……. 그래, 그렇지, 강치 이야기보다는 오늘 밤은 모처럼 오렌 씨에게 옛날 모습처럼 꾸며 보여 달라고 할 참이었지. 어때요, 오렌 씨? 이제는 '오렌 씨' 이렇게 부르고 있지만 오렌 씨라는 건 세상을 속이기 위한 가짜 이름인 게지. 지금 당장 오토와야(音羽屋 : 歌舞伎俳優尾上菊五郎)23) 가부키 공연을 보러 가고 싶습니다, 오렌 씨하고는……."

"어이, 이보게, 암컷을 쟁취하기 위해서 어쩐다고? 그 말을 먼저 듣고 싶군."

성가신 듯한 표정을 한 마키노는 다시 해구신 이야기로 아슬아슬하게 화제를 전환했다. 그러나 결과는 그가 원하던 상황이 되지는 않은 듯했다.

"암컷을 쟁취하는 것 말이야? 암컷을 쟁취하려면 어마어마한 싸움

---

23) 오토와야는 유명한 가부키 유파의 이름. 여기서는 5대째를 말한다.

을 치른다고 하네. 그 대신 말이야, 그 대신 정정당당하게 한다고 하더군. 당신처럼 뒤통수치거나 하는 법은 없지. 아 참, 이건 실례. 금구(禁句)! 금구(禁句)! '금간판의 진구로(金看板の甚九郎)24)'였지. 오렌 씨, 한 잔 받아요."

다미야는 낯빛이 바뀐 마키노가 힐끗 얼굴을 흘겨보자 무안함을 감추고자 잔을 내밀었다. 그러나 오렌은 기분 나쁠 정도로 물끄러미 그를 쳐다보면서 손도 내밀려고 하지 않았다.

❖ 15 ❖

오렌이 잠자리에서 빠져나간 것은 그날 밤 3시가 지난 후였다. 그녀는 이층 침실을 뒤로 하고 살며시 어두운 계단을 내려와서는 손으로 더듬으며 경대 앞으로 갔다. 그리고 그 서랍 속에서 면도칼을 꺼내 들었다.

"마키노 이 놈! 마키노! 짐승 같은 놈."

오렌은 이렇게 중얼거리며 조용히 상자 속 물건을 빼들었다. 그 순간 면도칼 냄새가, 날 선 쇳내가 살짝 그녀 코를 스쳤다.

그녀의 가슴속에는 어느새 광폭한 야성이 꿈틀거리고 있었다. 그녀가 (몸을 팔게 될 때까지) 무자비한 계모와 닥치는 대로 싸우던 때의 야성이었다. 흰 백분으로 맨살을 덮은 것처럼 이 수년간의 생활에 눌려 감춰져 있던 야성이었다……

"마키노 이 놈, 이 짐승 같은 놈, 두 번 다시 이 세상 볼 일 없게 해줄 테니……"

---

24) 에도의 유명한 협객으로, 당시 가부키로 공연되었다. 여기서는 '금구(禁句)'라는 발음을 가지고 하는 일종의 말장난으로 여겨진다.

오렌은 화려한 긴 잠옷, 쥬반 소맷자락에 면도칼 하나를 숨긴 채 경대 앞에서 일어섰다.

그때, 별안간 희미한 소리가 그녀 귀에 들려 왔다.

"그만 둬, 그만!"

그녀는 엉겁결에 무의식적으로 숨을 삼켰다. 목소리로 들리던 그 소리는 어둠 속에서 시계 초침이 흔들리는 소리였다.

그러나 계단을 오르기 시작하자 소리는 한 번 더 오렌을 사로잡았다.

"그만 둬, 그만 둬, 그만 둬."

그녀는 그 자리에 멈춰 서서 거실 쪽 어둠 속을 살펴보았다.

"누구야?"

"나야, 나라니까, 나."

목소리는 그녀와 친했던 친구 중 하나가 틀림없었다.

"잇시(一枝)니?"

"아아, 나."

"오랜만이야! 너 지금 어디 있어?"

오렌은 어느새 긴 화로 앞에 대낮처럼 앉아 있었다.

"그만 둬, 제발 그만 둬."

목소리는 그녀 물음에는 대답하지 않고 몇 번이고 같은 말만 되풀이했다.

"왜 너까지 말리고 그래? 죽여도 상관없잖아."

"그만 둬. 살아 있어. 살아 있다고."

"살아 있다고? 누가?"

그때 긴 침묵이 흘렀다. 시계는 그 침묵 속에서도 쉴 새 없이 추가 혼들리는 소리를 내고 있었다.

"누가 살아 있다는 거야?"

잠시 침묵이 흐른 뒤 오렌이 재차 묻자 목소리는 비로소 그녀 귀에 그리운 이름을 속삭였다.

"긴……긴 씨, 긴 씨."

"정말이야? 그렇다면 기쁘지만……."

오렌은 턱을 괸 채 침울한 눈빛이 되었다.

"그래도 긴 씨가 살아있다면 나를 만나러 왔을 것 같지 않니?"

"오지. 온다니까."

"온다고? 언제?"

"내일. 미륵사로 만나러 올 거야. 미륵사로. 내일 밤."

"미륵사라면, 미륵사 다리를 말하는 거지?"

곧 목소리는 들리지 않게 되었다. 그러나 오렌은 긴 쥬반(長襦袢)[25] 하나를 걸치고 새벽녘 추위도 잊은 채 오랜 시간 물끄러미 앉아 있었다.

✤ 16 ✤

오렌은 다음 날 한낮이 다 지나도록 이층 침실을 떠나지 않았다. 4시 정도에 겨우 자리에서 일어나더니, 일어나자마자 그 어느 때보다도 정성껏 화장을 했다. 그리고 연극이라도 보러 가는 것처럼 겉옷도 속옷도 모두 제일 좋은 것으로 골라 입기 시작했다.

"어이, 이봐! 왜 그리 멋을 부리는 거야?"

---

25) 포르투갈어로, 쥬반 또는 지반이라고 하며, 기모노와 같은 사이즈의 속옷류를 말한다.

그날은 하루 종일 가게에도 가지 않고 첩 집에서 뒹굴거리던 마키노가 '풍속화보(風俗畵報)'26)를 넘기면서 의아하다는 듯 그녀에게 말을 건넸다.

"잠깐 다녀올 데가 있어서요……."

오렌은 경대 앞에서 가노코27) 무늬의 오비28)를 묶고 있었다.

"어딘데?"

"미륵사교까지 가면 돼요."

"마륵사교?"

마키노는 의아하다기보다 슬슬 불안해지는 것 같았다. 그것이 오렌에게는 뭐라 표현하기 힘든 유쾌한 기분이 들게 했다.

"미륵사교에 무슨 볼일이 있다는 거야?"

"무슨 일이냐고요?"

그녀는 힐끗 마키노의 얼굴에 경멸이 담긴 눈빛을 보내면서 조용히 오비 금속 장식편을 고정시켰다.

"안심해요. 투신 같은 건 안 할 테니……."

마키노는 다다미 위에 잡지를 툭 던지며 짜증스럽다는 듯 혀를 찼다.

"그럭저럭 그날 밤 7시쯤이었다고 하네."

이제까지 전후 사정을 이야기하던 내 친구 K의사는 천천히 이렇게 말을 이었다.

"오렌은 마키노가 말리는 것도 듣지 않고 혼자 집을 나갔다네. 할멈이 걱정되어 아무리 같이 가겠다고 해도 본인이 어린애처럼 자기를 내버려두지 않으면 죽어버리겠다고 고집을 피워대니 어쩔 도리가 없

---

26) 1889-1916까지 간행된 월간 화보 잡지.
27) 새끼 사슴의 얼룩 반점 문양
28) 기모노의 허리에 묶는 천, 일종의 허리띠.

었다고 하네. 하지만 물론 오렌 혼자 보낸 건 아니고, 마키노가 몰래 따라가기로 했던 모양일세."

"그런데 바깥에 나가보니 그날 밤은 마침 약사여래 공양일이라 미륵사교 근처에 노점상들이 꽉 들어차 있었어. 두 번째 골목길은 어지간히 추운 날이었는데도 미어터질 만큼 붐볐고. 아무튼 오렌 뒤를 밟기에는 좋은 상황이었지. 마키노가 바로 뒤따라갔는데도 상대방이 끝내 눈치채지 못한 것 역시 공양일 덕분인 셈이지."

"거리는 양쪽으로 쭉 공양일로 노점상이 늘어서 있었어. 그 칸테라 등불이나 램프 불빛에 엿가게의 소용돌이 그림 간판하며 콩 가게의 빨간 파라솔 같은 것이 좌우로 다 보이곤 했다. 그러나 오렌은 그런 것에는 전혀 개의치 않는 것 같았다. 단지 살짝 고개를 숙인 채 재빨리 사람들 속을 뚫고 가고 있는 것이다. 아마도 뒤처지지 않도록 따라가는 것이 마키노조차도 힘들었다고 하니까 여간 바삐 걸음을 재촉하고 있던 건 아니었을 거야."

"이윽고 미륵사교 근처에 도착하자 오렌은 겨우 발길을 멈추고 멍하니 주변을 둘러보았다고 하네. 거기는 강가로 돌아 내려가는 곳으로는 꽃집들만이 계속 이어지고 있다네. 어차피 공양일에 팔 상품이니 대단한 식물이 있을 리가 만무하겠지만 어쨌든 소나무라든가 편백나무 같은 것이 이곳만은 사람들이 잘 오지 않는 길 위로 푸른 가지를 무성하게 드리우고 있는 것이네."

"이런 곳에 온 것은 그렇다 치더라도 대체 뭘 할 작정일까? ── 마키노는 그리 의구심을 가지고 잠시 동안은 다리 옆 전신주 뒤에서 오렌의 동태를 지켜보고 있었다. 그러나 오렌은 변함없이 멍하니 그곳에 멈춰선 채로 식물들이 줄지어 서 있는 것을 지켜보고 있었다. 그래서 마키노는 상대방의 뒤로 발소리를 죽여 슬그머니 다가가 보았다.
그러자 오렌은 기쁜 듯이 몇 번이고 이런 혼잣말을 중얼거리고 있었
다는 거야. ──'숲으로 변했어. 드디어 도쿄도 숲이 되었구나.'……"

❖ 17 ❖

"그뿐이라면 그나마 괜찮지만, ──"

K는 덧붙여 이야기를 이어갔다.

"거기에 눈처럼 하얀 강아지 한 마리가 우연히 인파를 빠져 나오자
오렌은 느닷없이 두 손을 내밀어 그 강아지를 들어 올렸다고 하네. 그
리고 뭔가 말을 거는가 싶더니, '너도 와주었네? 여기까지는 무척 멀
었지. 아무튼 도중에는 산도 있지만 큰 바다도 있으니까 말이야. 정말
로 너와 헤어지고 나서 단 하루도 울지 않은 날이 없었어. 너 대신 키
운 강아지는 요 앞에 죽고 말았지 뭐야.' 등과 같은 잠꼬대 같은 말을
하기 시작하는 것이네. 그러나 강아지는 사람이 그리운 것인지 짖지
도 않았지만 물거나 하지도 않았어. 그저 코만 킁킁거리며 오렌 손이
나 볼을 마구 핥아대었지."

"일이 이리 되자 마냥 지켜볼 수만은 없어서 마키노도 드디어 모습
을 드러냈어. 그러나 오렌은 무슨 일이 있어도 긴 씨가 여기 올 때까
지는 결코 집에 돌아가지 않을 거라고 하네. 그러는 사이에 공양일이
고 하니 주위에는 곧 사람들이 몰려들었어. 개중에는 '아하, 미친 여
자야! 아주 미인인 걸!'하고 큰 소리로 외치는 사람마저 있었어. 그러
나 개를 퍽이나 좋아하는 오렌은 오랜만에 강아지를 안아 본 것이 조
금은 위안이 된 것 같았네. 잠깐 동안 실랑이가 있은 후, 어쨌든 마키

노가 시키는 대로 일단은 돌아가기로 간신히 상황이 정리된 거야. 그러나 겨우 돌아가려고 하는데 구경꾼들은 쉽게 물러갈 기세가 아니었어. 오렌도 또 걸핏하면 미륵사교 쪽으로 되돌아가려고 하고. 그것을 어르거나 달래거나 하면서 마쓰이초 집까지 데리고 왔을 때에는 과연 마키노도 외투 속이 흥건히 땀으로 젖어 있었다고 하네.……"

오렌은 집에 오자 흰 강아지를 안은 채 이층 침실로 올라갔다. 그리고 깜깜한 방 안에 살짝 그 가련한 동물을 내려놓았다. 강아지는 작은 꼬리를 흔들면서 즐거운 듯이 안을 돌아다녔다. 그것은 이전에 기르고 있었을 때 그녀 침대에서 바닥 위로 뛰어내리던 그 걸음걸이였다.

"어머! ——"

방 안이 깜깜한 것을 알게 된 오렌은 이상하다는 듯이 주변을 둘러보았다. 그러자 어느 샌가 천정에서는 불 켜진 유리등 하나가 그녀 바로 위에 달려 있었다.

"아이, 예쁘기도 해라. 마치 옛날로 돌아간 것 같아."

그녀는 잠시 동안은 멍하니 현란한 등불을 바라보고 있었다. 그러나 이윽고 그 불빛 속에 그녀 자신의 모습을 보자 슬픈 듯이 두세 번 머리를 흔들었다.

"난 옛날의 그 게이롄(蕙蓮)이 아니야. 이젠 오렌이라는 일본인인 걸. 긴 씨도 만나러 오진 않을 거야. 그래도 긴 씨만 와 준다면, ——"

불현듯 머리를 들어본 오렌은 한 번 더 놀라 탄성을 흘렸다. 보니까 강아지가 있던 그 곳에는 가로 누운 중국인 하나가 네모진 베게에 팔꿈치를 걸치고는 유유히 아편을 피우고 있었다. 좁은 이마 긴 눈썹, 그리고 왼 쪽 눈가의 사마귀, —— 모두 긴이 틀림없었다. 뿐만 아니라 그는 오렌을 보자 역시 곰방대를 문 채 예전의 그 맑은 눈동자에 살풋

이 미소까지 띠우는 것이 아닌가?

"거 봐! 도쿄는 벌써 그처럼 어딜 봐도 온통 숲이지."

정말 이층의 아(亞)자 문양으로 된 난간 밖에는 처음 보는 수목들이 가지를 뻗고 있었고, 게다가 자수무늬에나 들어 있을 법한 새가 몇 마리씩이나 경쾌하게 짹짹거리고 있는, 그런 풍경을 바라보면서 오렌은 그리운 긴의 옆에서 그 밤을 온통 황홀하게 앉아 지샜다.……

"그리고 하루 이틀이 지나 오렌 —— 본명 모우 게이렌(孟蕙蓮)은 이미 이 K정신병원 환자가 되어 있었지. 아무튼 청일전쟁 중에는 이카이에이(威海衛)[29]의 어느 기생관에선가 손님을 받고 있던 여자라고 하네만, —— 뭐? 어떤 여자냐고? 기다려보게. 여기 사진이 있으니까."

K가 보여준 빛바랜 사진에는 차이나 드레스를 입은 쓸쓸한 여인 하나가 흰 개와 함께 찍혀 있었다.

"이 병원에 온 당시는 누가 뭐라 해도 결코 차이나 드레스를 벗지 않았다네. 게다가 그 개가 옆에 없으면 긴 씨 긴 씨하고 울부짖고 하는 게 아니겠나. 생각해보면 마키노도 불쌍한 남자지. 게이렌을 첩으로 삼았다고 해도 제국 군인의 한 사람으로 전쟁 후 바로 적국인을 내지로 데려오려 한 것이니 남모르는 고충이 컸을 거야. —— 뭐? 긴은 어찌 됐냐고? 그런 건 묻는 것 자체가 순진하다는 걸세. 나는 개가 죽었다는 것조차 병으로 과연 죽었는지 의심이 가네."

---

29) 중국 산동성의 군항지

아그니 신(アグニの神)

김정희

❖ 1 ❖

중국 상하이(上海)의 어느 동네입니다. 낮인데도 어둠침침한 어느 이층집에 인상이 고약한 인도인 노파 한 사람이 상인처럼 보이는 한 미국인과 줄곧 이야기를 나누고 있었습니다.

"실은 이번에도 할머니에게 점(占)을 치러 왔는데요……."

미국인은 이렇게 말하면서 새로 산 시가에 불을 붙였습니다.

"점이요? 점은 당분간 보지 않기로 했습니다."

노파는 비웃듯이 힐끗 상대방의 얼굴을 보았습니다.

"요즈음은 정성껏 봐주어도 답례조차 제대로 안 하는 사람이 많거든요."

"물론 그 정도 인사는 하지요."

미국인은 아까워하는 기색도 없이 300불짜리 수표 하나를 노파 앞에 던져 주었습니다.

"우선 이것을 받으시고, 만약 할머니의 점이 맞으면 그때는 별도로 사례를 할 테니까……."

노파는 300불짜리 수표를 보자 갑자기 친절해졌습니다.

"이렇게 많이 받으니 오히려 미안하군요. 도대체 무슨 점을 치러 오셨습니까?"

"내가 알고 싶은 것은……."

미국인은 담배를 입에 물고 교활한 미소를 띠었습니다.

"대관절 미일전쟁이 언제쯤 터질까 하는 것인데. 그것만 제대로 알고 있으면 우리 상인들은 금세 큰돈을 벌 수 있기 때문이죠."

"그럼 내일 오시지요. 그때까지 점을 쳐놓고 기다릴 테니까."

"그럴까? 그럼 틀리지 않도록……."

인도인 노파는 자신 있다는 듯이 가슴을 젖혔습니다.

"내 점은 50년 동안 한 번도 어긋난 적이 없어요. 아그니 신1)이 나에게 직접 계시를 하시기 때문이지."

미국인이 돌아가자 노파는 옆방 문으로 가서 "에렌, 에렌." 하며 누군가를 소리쳐 불렀습니다.

그 소리에 밖으로 나온 사람은 아름다운 중국인 여자였습니다. 하지만 매우 고생을 했는지 여자의 아랫볼 뺨은 납빛을 띠고 있었습니다.

"뭘 꾸물대고 있어? 정말 너처럼 뻔뻔스러운 애는 세상에 없을 거야. 틀림없이 또 부엌에 앉아 졸았거나 쓸데없는 짓을 하고 있었지?"

에렌은 아무리 야단맞아도 꼼짝 않고 고개를 숙인 채 입을 다물고 있었습니다.

"잘 들어. 오늘 밤 오래간만에 아그니 신에게 신탁(神託)을 구할 생각이야."

---

1) 고대 인도의 베다 신화에 나오는 불의 신. 인간세계와 신의 세계 사이에서 중계역을 한다. 태양, 번갯불, 예배용 화롯불로 암흑과 사악을 멸한다.

에렌은 새까만 노파의 얼굴을 슬픈 듯이 바라보았습니다.

"오늘 밤에요?"

"오늘 밤 12시. 됐니? 잊어버리면 안 돼."

인도인 노파는 위협하듯이 에렌 얼굴에 손가락을 들이댔습니다

"또 요전처럼 나를 도와주는 것을 성가시게 여긴다면 이번에야말로 너의 목숨은 없는 줄 알아라. 너 따위는 죽이려고 마음만 먹으면 병아리 목을 비틀어 죽이는 것보다……."

노파는 말하다 말고 갑자기 얼굴을 찡그렸습니다. 문득 에렌을 보니 그녀는 어느샌가 창가에 가서 마침 열려 있던 유리창으로 한적한 길을 바라보고 있습니다.

"뭘 보고 있는 거야?"

에렌은 점점 창백해지면서 또다시 노파의 얼굴을 쳐다보았습니다.

"오냐오냐, 그렇게 나를 깔보다니 아직 네가 따끔한 맛을 못 보았구나!"

노파는 화를 내면서 그곳에 있던 빗자루를 들었습니다.

바로 그 순간, 누군가가 밖에서 입구의 문을 두드렸습니다.

❖ 2 ❖

그날, 거의 같은 시간에 한 젊은 일본인이 이 집 밖을 지나가고 있었습니다. 그는 무슨 생각을 했는지 이층 창문에 얼굴을 내민 중국인 여자를 한번 보고 잠시 어안이 벙벙해져서 꼼짝 못하고 멍청히 서 있었습니다.

그때 마침 그곳을 지나가는 사람은 나이 먹은 중국인 인력거꾼입니다.

"어이, 어이, 저 이층에 누가 사는지 당신 알고 있습니까?"

일본인은 그 인력거꾼에게 느닷없이 이렇게 물었습니다. 중국인은 인력거 채를 쥔 채 높은 이층을 쳐다보면서 "저기요? 저기는 아무개라는 인도인 할머니가 살고 있습니다."라고 기분 나쁜 듯이 대답하고는 바쁜 듯이 가려고 합니다.

"잠깐 기다려 봐요. 그래, 그 노파는 무슨 장사를 하고 있나요?"

"점쟁이입니다만 이 근처의 소문으로는 무슨 마법까지 동원한답니다. 아니, 목숨이 소중하다면 저 노파에게 가지 않는 것이 좋을 것 같네요."

중국인 차부가 가버렸기에 일본인은 팔짱을 낀 채 뭔가를 생각하고 있다가 드디어 결심이라도 섰는지 재빨리 그 집 안으로 들어갔습니다. 그러자 돌연 들려온 것은 노파의 욕설을 퍼붓는 소리와 그 소리에 섞인 중국인 여자의 우는 소리입니다. 일본인은 그 소리를 듣자마자 한꺼번에 두세 계단씩 뛰어 올라갔습니다. 그리고 노파의 방문을 있는 힘을 다해 두드리기 시작했습니다.

문은 바로 열렸습니다. 하지만 일본인이 안에 들어가 보니 거기에는 인도인 노파만 혼자 서 있을 뿐, 중국인 여자는 이미 옆방에 숨겨 놓았는지 그림자도, 형체도 보이지 않습니다.

"무슨 용건이십니까?"

노파는 자못 수상쩍다는 듯이 상대의 얼굴을 빤히 쳐다보았습니다.

"당신은 점쟁이지?"

일본인은 팔짱을 낀 채 노파의 얼굴을 매섭게 쏘아보았습니다.

"그렇습니다."

"그렇다면 나의 용무쯤은 묻지 않아도 알고 있지 않을까? 나도 한 번 시험 삼아 당신에게 점을 보려고 찾아왔는데."

"무엇을 봐드릴까요?"

노파는 점점 더 의심스럽다는 듯이 일본인의 모습을 살피고 있었습니다.

"우리 주인 아가씨가 작년 봄에 행방불명이 되었다. 그분을 한번 보게 해 달라고 하고 싶은데……."

일본인은 한마디 한마디에 힘을 주어 말합니다.

"우리 주인은 홍콩의 일본 영사. 따님은 타에코라는 분이시지. 나는 엔도라는 서생이고……. 어떻게 된 거지? 그 아가씨는 어디에 계시지?"

엔도는 이렇게 말하면서 겉옷 포켓에 손을 넣어 피스톨 한 자루를 꺼냈습니다.

"이 근처에 계시지 않느냐? 홍콩 경찰서가 조사한 장소다. 아가씨를 유괴한 자는 인도인인 것 같다고 했는데……. 숨겨놓으면 안 될 텐데."

그러나 인도인 노파는 조금도 두려워하는 기색이 보이지 않습니다. 두려워하기는커녕 입가에는 오히려 사람을 우습게 보는 미소까지 띠고 있습니다.

"당신 무슨 말을 하고 있는 거요? 난 그런 아가씨, 얼굴조차 본 적이 없어."

"거짓말하지 마! 지금 저 유리창에서 밖을 보고 있던 사람은 확실히 타에코 아가씨다."

엔도는 한 손으로 피스톨을 쥔 채 다른 손으로 옆방의 문을 가리켰습니다.

"그래도 아직 고집을 부리다니, 저기에 있는 중국인을 데리고 나와."

"그 애는 나의 양녀야."

노파는 비웃듯이 히죽히죽 혼자 웃고 있습니다.

"양녀인지 아닌지는 한번 보면 알 수 있다. 네가 끌고 오지 않으면 내가 그곳으로 가겠다."

엔도가 옆방에 강제로 들어가려고 하자 인도인 노파는 순간적으로 그 문 앞을 가로막아 섰습니다.

"여기는 내 집이야. 보지도 알지도 못하는 너 따위를 방 안으로 들어가게 할 것 같아?"

"비켜, 비키지 않으면 사살할 거야."

엔도는 피스톨을 들었습니다. 아니, 들어 올리려고 했습니다. 하지만 그 순간, 노파가 까마귀처럼 울부짖는다 싶더니 마치 감전된 것처럼 피스톨이 손에서 떨어져버렸습니다. 용기가 불끈 솟았던 엔도도 이런 상황에서는 기세가 꺾일 수밖에 없었겠지요. 하지만 잠시 괴이하다는 눈으로 주위를 둘러보다가 곧바로 다시 용기를 내어 "마녀 같은 년" 하고 욕을 하면서 호랑이처럼 노파에게 덤벼들었습니다. 노파도 가만히 있지는 않았습니다. 획 하고 몸을 피하기 무섭게 거기에 있던 빗자루로 마루 위의 오미자를 쓸어 모아 덤벼들려는 엔도의 얼굴에 뿌렸습니다. 그러자 오미자들은 모두 불똥이 되어 눈이고 입이고 할 것 없이 모두 엔도의 얼굴에 눌어붙는 것이었습니다. 결국 견디지 못한 엔도는 불똥 회오리바람에 쫓겨 구르듯이 밖으로 도망쳐 나왔습니다.

❖ 3 ❖

그날 밤 12시 가까울 무렵, 엔도는 혼자서 노파의 집 앞에 잠시 멈춰 서서 이층 유리창에 비치는 불그림자를 분한 듯이 바라보고 있었습니다.

"모처럼 아가씨의 소재를 알아냈는데도 되찾을 수 없는 게 억울하다. 차라리 경찰에 호소해볼까? 아니, 아니야. 중국 경찰이 미적지근한 것은 홍콩에서 이미 넌더리가 났지. 만일 이번에도 놓치면 다시 찾는 데 상당히 고생할 거야. 저 마녀에게는 피스톨조차 안 통하니……."

엔도가 이런 생각을 하고 있는데 돌연 이층 창에서 쪽지가 팔랑팔랑 떨어졌습니다.

"어, 왠 쪽지가 떨어졌네. 혹시 아가씨의 편지가 아닐까?"

이렇게 중얼거린 엔도는 그 쪽지를 주워 올려서는 살짝 숨겨놓았던 회중전등을 꺼내 빛을 비추어 보았습니다. 과연 타에코가 쓴 것이 분명했으며, 지운 것 같은 연필 흔적이 있습니다.

"엔도 씨, 이 집의 할머니는 무서운 마법사입니다. 때때로 한밤중에 '아그니'라는 인도 신을 나의 몸에 불러들입니다. 접신하는 동안 나는 죽은 것 같은 상태가 됩니다. 그래서 어떤 일이 벌어지는지 모르지만, 어쨌든 할머니 얘기로는 '아그니' 신이 내 입을 빌려 여러 가지 예언을 한답니다. 오늘 밤도 12시에 할머니가 또 '아그니' 신을 옮겨 붙게 할 겁니다. 늘 저도 모르는 사이에 정신을 잃어버렸지만, 오늘 밤만은 그렇게 되기 전에 그저 마법에 걸린 척만 하겠습니다. 그래서 나를 아

버지가 계신 곳으로 돌려보내지 않으면 '아그니' 신이 할머니의 목숨
을 거두어 갈 거라고 말할 겁니다. 할머니는 '아그니' 신을 그 무엇보
다 두려워하기 때문에 그 말을 들으면 꼭 나를 되돌려 보낼 것입니다.
제발 내일 아침 다시 할머니 집에 와 주세요. 이 방법 외에는 할머니
손에서 도망칠 길이 없습니다. 안녕히 계세요."

엔도는 편지를 다 읽고 나서 회중시계를 꺼내 보았습니다. 시간은
12시 5분 전입니다.

"시간이 다 되어가는구나. 상대는 저런 마법사이고 아가씨는 아직
어리시니 자칫 운이 나쁘면……."

엔도의 말이 끝나기도 전에 마법은 이미 시작된 것 같았습니다. 지금
까지 밝았던 이층 유리창이 갑자기 캄캄해지면서, 이상한 향내가 길가
의 납작한 돌에도 스며들 정도로 조용히 떠다녔습니다.

❖ 4 ❖

그 시간, 인도인 노파는 전등을 끈 이층 방 책상에 마법 책을 펼치
고 끊임없이 주문을 외우고 있었습니다. 어둠 속에서도 향로의 불빛
덕에 책 속의 문자만은 희미하게 보였습니다.

노파 앞에는 걱정스러워하는 에렌―아니, 중국 복장을 한 타에코가
꼼짝 않고 의자에 앉아 있었습니다. 조금 전 유리창에서 떨어뜨린 편
지는 무사히 엔도 씨의 손에 들어갔는지? 그때 거리에 있던 사람 그
림자는 엔도 씨라고 생각했는데 혹시나 다른 사람이었던 것은 아닌
지? 이런 생각을 하며 타에코는 어찌할 바를 몰라 애태우고 있습니다.

그렇지만 지금 멍청하게 그런 내색을 해서 노파의 눈에 들킨다면 끝장이다. 이 무서운 마법사의 집에서 도망가려는 계책은 곧 깨지고 말겠지. 그래서 타에코는 떨리는 양손을 힘껏 모으면서 아그니 신이 들린 것처럼 꾸며 보일 때를 이제나 저제나 기다리고 있었습니다.

노파는 주문을 외우더니 이번에는 타에코를 에워싸면서 여러 가지 손짓을 하기 시작했습니다. 앞에 선 채로 양손을 들어 올리기도 하고 또 뒤에 와서 마치 수건으로 눈을 가리듯 살짝 타에코의 손을 이마 앞으로 올려 빛을 가리기도 합니다. 만약 그때 방 밖에서 누군가가 노파의 모습을 보았다면, 꼭 큰 박쥐 같은 것이 푸르스름한 향로 불빛 속에서 날아다니는 것처럼 보였을 것입니다.

그러는 동안 타에코는 평소처럼 점점 졸음이 몰려왔습니다. 하지만 여기서 졸아버리면 모처럼 꾸민 계책도 소용없게 될 것입니다. 그렇게 되면 두 번 다시 아버지의 집에 돌아가지 못할 것입니다.

"일본의 신들이여, 제발 제가 졸지 않도록 지켜 주세요. 잠깐이라도 좋으니 아버지의 얼굴을 한 번 더 볼 수 있다면 바로 죽어도 여한이 없겠습니다. 일본의 신들이여, 아무쪼록 할머니가 속아 넘어갈 수 있도록 영력(靈力)으로 도와주세요."

타에코는 마음속으로 열심히 기도를 했습니다. 그러나 여전히 졸음이 계속 쏟아졌습니다. 동시에 타에코의 귀에는 마치 징이라도 울리는 것처럼 알 수 없는 음악소리가 희미하게 들려왔습니다. 이것은 아그니 신이 하늘에서 내려올 때마다 반드시 들려오는 소리입니다.

또 이렇게 되자 아무리 참으려고 해도 졸음을 참을 수가 없습니다. 눈앞의 향로불이나 인도인 노파의 모습까지도 기분 나쁜 꿈이 희미해지듯 순식간에 사라져버렸습니다.

"아그니 신이여, 아그니 신이여, 제발 제 기도를 들어 주세요."

얼마 안 있어 마법사가 마루 위에 엎드린 채로 쉰 목소리를 냈을 때, 타에코는 거의 죽은 듯이 의자에 앉아 어느 틈엔가 푹 잠들어버렸습니다.

❖ 5 ❖

타에코는 물론, 노파도 마법을 사용하는 이 장소는 누구의 눈에도 띄지 않을 것이라고 생각하고 있었습니다. 그렇지만 실제로는 방 밖에서 또 한 사람이 방문의 열쇠 구멍으로 방 안을 들여다보고 있었습니다. 그 사람은 대체 누구일까요? 말할 것도 없이 서생인 엔도입니다.

엔도는 타에코의 편지를 본 뒤, 거리에 서서 새벽까지 기다리려고 마음먹었습니다. 그렇지만 아가씨의 신변이 걱정스러워 아무래도 가만히 있을 수가 없었습니다. 그래서 결국 도둑처럼 집 안으로 몰래 들어가 재빨리 이층 출입구로 와서는 아까부터 열쇠 구멍으로 들여다보고 있었던 것입니다.

그러나 들여다본다고 해도 고작 열쇠 구멍으로 보는 것이어서 그저 푸르스름한 향로 불빛을 받아 죽은 사람 같이 된 타에코의 얼굴만 정면으로 보일 뿐입니다. 그 밖에는 책상도, 마법의 책도, 마루에 엎드린 노파의 모습도 전혀 엔도의 눈에 들어오지 않았습니다. 그러나 노파의 쉰 목소리는 바로 옆에 있는 듯 또렷하게 들렸습니다.

"아그니 신이여, 아그니 신이여, 제발 저의 부탁을 들어 주십시오."

노파가 이렇게 말하자, 숨도 쉬지 않는 것처럼 앉아 있던 타에코가 눈을 감은 채로 돌연 말을 하기 시작했습니다. 그런데 그 목소리는 아무리 생각해도 타에코 같은 소녀의 목소리라고는 믿을 수 없는 몹시 거친 남자의 목소리입니다.

"아니, 나는 너의 부탁 따위는 듣지 않아. 너는 나의 명령을 위반하고 늘 나쁜 일만 해 왔다. 나는 이제 오늘 밤을 마지막으로 너를 버리려고 한다. 그뿐만 아니라 네 악행에 대한 벌을 내리려고 한다."

노파는 놀라서 어리둥절했을 것입니다. 잠시 아무 대답 없이 숨을 헐떡거리며 서 있었습니다. 그러나 타에코는 노파를 개의치 않고 엄숙하게 말을 이었습니다.

"너는 불쌍한 아버지의 손에서 이 여자아이를 훔쳐왔다. 만약 목숨이 아깝다면 내일로 미루지 말고 오늘 밤 안에 빨리 이 여자를 돌려주어라."

엔도는 열쇠 구멍에 눈을 댄 채 노파의 대답을 기다리고 있었습니다. 그러자 노파는 뜻밖에 아주 밉살스런 웃음소리를 내면서 타에코 앞으로 거칠게 달려들었습니다.

"사람을 바보 취급하지 마라. 너는 나를 누구라고 생각하느냐. 내가 아직 너에게 속을 정도로 늙지는 않았어. 빨리 너를 네 아버지에게 되돌려 보내라고? 경찰 관리도 아닌 아그니 신이 그런 것을 시킬 성싶으냐?"

노파는 어디서 꺼냈는지 눈을 감고 있는 타에코의 얼굴 앞에 칼 하나를 들이밀었습니다.

"자, 정직하게 자백해. 너는 불경스럽게도 아그니 신의 목소리와 얼굴빛을 위장하고 있는 거야."

아까부터 상황을 엿보고 있던 엔도도 타에코가 실제로 자고 있는지는 물론 모릅니다. 그래서 엔도는 이 장면을 보자 틀림없이 계략이 들통난 것이라며 가슴을 졸였습니다. 하지만 타에코는 여전히 눈꺼풀 하나 움직이지 않고 비웃듯이 대답합니다.

"너도 죽을 때가 가까웠구나. 내 소리가 너에게는 인간의 소리로 들리느냐? 내 소리는 낮아도 하늘로 치솟는 화염 소리다. 너는 그것을 알지 못하느냐? 모른다면 멋대로 해라. 나는 다만 너에게 물을 뿐이다. 곧 이 여자를 되돌려 보낼 것이냐, 아니면 내 명령을 거역하겠느냐?"

노파는 잠깐 주저하는 것 같습니다. 그러나 바로 용기를 내어 한 손으로 칼을 잡고 또 한 손으로 타에코의 뒷덜미를 거머쥐면서 질질 옆으로 끌었습니다.

"이 계집애, 아직도 고집을 부리는구나. 좋아, 좋아, 그렇다면 약속대로 목숨을 끊어주지."

노파는 칼을 치켜올렸습니다. 정말 1분만 늦었어도 타에코는 목숨을 잃었을 것입니다. 엔도는 순간적으로 몸을 일으켜 자물쇠가 달린 입구 문을 열려고 했습니다. 하지만 문은 쉽게 부서지지 않습니다. 몇 번이나 밀고 두드려도 손만 벗겨질 뿐입니다.

❖ 6 ❖

그 사이에 방에서는 누군가 으악 하고 외치는 소리가 돌연 어둠 속에 울려 퍼졌습니다. 이어서 사람이 마루 위에 쓰러지는 소리도 들린 것 같습니다. 엔도는 거의 미친 사람처럼 타에코의 이름을 부르면서 전신의 힘을 어깨에 모아 여러 번 입구 문에 부딪쳤습니다.

판자가 부서지는 소리, 자물쇠가 튕겨 나가는 소리……. 마침내 문이 부서졌습니다. 그러나 정작 방 안에는 향로의 푸르스름한 불빛만 여전히 활활 타오를 뿐 아무 기척도 없이 조용합니다.

엔도는 그 빛에 의지하여 조심조심 주위를 둘러보았습니다.

그러자 곧 죽은 사람처럼 의자에 앉아 있는 타에코가 눈에 들어왔습니다. 엔도는 왠지 그녀의 머리에 큰 빛이 드리워져 있는 것처럼 보여 숙연해졌습니다.

"아가씨, 아가씨!"

엔도는 의자 옆으로 가서 타에코의 귀에 입을 대고 열심히 외쳤습니다. 하지만 타에코는 눈을 감은 채 아무런 말도 하지 않습니다.

"아가씨, 정신 차리세요. 엔도입니다."

타에코는 겨우 꿈에서 깨어난 듯 흐릿하게 눈을 뜹니다.

"엔도 씨?"

"네, 엔도입니다. 이제 안전하니까 안심하세요. 자, 빨리 도망갑시다."

타에코는 아직도 꿈결처럼 가냘픈 소리를 냅니다.

"계책에 걸려들지 않았어요. 결국 내가 잠들어버렸으니까……. 용서해 줘요."

"계책이 들통 난 것은 아가씨의 탓이 아닙니다. 아가씨는 저에게 약속하신 대로 아그니 신에 빙의된 시늉을 하지 않았습니까? 아무래도 좋습니다. 자, 빨리 도망칩시다."

엔도는 답답하다는 듯 의자에서 타에코를 끌어안아 일으켜 세웠습니다.

"어머, 거짓말. 나는 잠들어버렸어요. 무슨 말을 했는지 모르겠어요."

타에코는 엔도의 가슴에 기대어 중얼거리듯이 이렇게 말했습니다.

"계획은 허사로 돌아갔어요. 도저히 도망갈 수 없어요."

"무슨 소리입니까? 저와 같이 갑시다. 이번에 실패하면 큰일입니다."

"그렇지만 할머니가 계시잖아요?"

"할머니?"

엔도는 다시 방 안을 둘러보았습니다. 책상 위에는 아까와 그대로 마법 책이 펼쳐져 있고, 그 밑에 벌렁 드러누워 있는 사람은 바로 인도인 노파입니다. 놀랍게도 노파는 가슴에 자신의 칼을 꽂은 채 피범벅이 되어 죽어 있었습니다.

"할머니는 어떻게 되었어요?"

"죽었습니다."

타에코는 엔도를 쳐다보면서 아름다운 눈썹을 찡그렸습니다.

"난 전혀 몰랐어요. 할머니를 엔도 씨가……당신이 죽였어요?"

엔도는 노파의 시체에서 타에코의 얼굴로 눈길을 돌렸습니다. 오늘 밤의 계책이 실패한 것이……그 때문에 노파도 죽었거니와 타에코도 무사히 되찾았다는 것이……운명의 불가사의한 힘을 엔도가 알아차린 것은 바로 이 순간이었습니다.

"내가 죽인 것이 아닙니다. 저 노파를 죽인 것은 오늘 밤 여기에 온 아그니 신입니다."

엔도는 타에코를 안은 채 엄숙하게 속삭였습니다.

이상한 이야기(妙な話)

윤 일

어느 겨울밤, 나는 오랜 친구인 무라카미(村上)와 함께 긴자 거리를 걷고 있었다.

"얼마 전에 치에코(千枝子)로부터 편지가 왔었지. 자네에게도 안부 전해달라고 했어."

무라카미는 갑자기 생각난 듯 지금은 사세보(佐世保)[1]에 사는 누이 동생의 소식을 꺼냈다.

"치에코도 잘 있지?"

"응, 요즘은 쭉 건강한 것 같아. 그 녀석도 도쿄에 있던 시절에는 신경쇠약이 무척이나 심했었는데……. 그 시절은 자네도 알고 있지?"

"알고 있지. 하지만 신경쇠약인지 아닌지는……."

"몰랐었구나. 그때 치에코가 온 날은 마치 미친 사람 같았어. 우는가 하면 웃고 있고 웃는가 하면 이상한 이야기를 하기 시작했지."

"이상한 이야기?"

---

1) 일본 규슈(九州) 나가사키(長崎) 현의 상업 및 어업 항구도시. 19세기 말 해군기지가 들어와 급속히 발전했으며, 현재는 해상자위대 기지가 있다.

대화를 나누는 사이 우리는 한 카페에 당도했다. 무라카미가 카페의 유리문을 밀고 들어갔다. 그리고 도로가 보이는 테이블로 가서 마주 보고 앉았다.

"이상한 이야기야. 자네에게는 아직 이야기 안 했나? 이것은 그 녀석이 사세보에 가기 전에 나한테 들려준 이야기인데……."

자네도 알다시피 치에코의 남편은 유럽전쟁[2] 중 지중해 방면으로 파견된 'A―'의 승선 장교였지. 그 녀석은 남편이 나가 있는 동안 나한테 와 있었는데, 전쟁이 끝나갈 무렵부터 갑자기 신경쇠약이 심해지기 시작했어. 아마 그때까지 한 주에 한 번씩은 반드시 오던 남편의 편지가 뚝 끊어진 탓이었는지 몰라. 여하튼 치에코는 결혼 후 반년도 채 지나지 않아 남편과 헤어져서 편지를 낙으로 삼고 있었기에, 조심성 없는 나조차 놀리는 것이 잔인하다고 생각될 정도였지.

마침 그 무렵이었어. 어느 날……그래그래, 그날은 기원절(紀元節)이었지[3]. 어쨌든 아침부터 줄곧 비가 내려 몹시 추운 오후였는데, 치에코가 오랜만에 가마쿠라(鎌倉)에[4] 놀러 간다고 했어. 가마쿠라에는 어느 실업가의 아내가 된 그 녀석의 학교 친구가 살고 있거든. 그곳에 놀러 간다지만 이렇게 비가 내리는데 굳이 가마쿠라까지 갈 필요가 있겠나 싶어서, 나는 물론, 내 아내도 내일 가는 것이 좋지 않겠느냐고 거듭 권했어. 그러나 치에코는 고집스럽게 꼭 오늘 가고 싶다고 하는 거야. 결국에는 화를 내더니 냉큼 채비해서 나가버렸어.

---

2) 제1차세계대전을 가리킴. 일본도 지중해에 함대를 파견했다.
3) 양력으로 2월 11일. 진무천황(神武天皇)의 즉위일인 1월 1일을 양력으로 환산했다.
4) 일본 혼슈(本州) 가나가와(神奈川) 현의 도시. 1180년 미나모토 씨(源氏)의 근거지가 세워져, 이후 300여 년 동안 제2의 수도 역할을 했다.

"어쩌면 오늘 거기서 자고 내일 아침에 올지도 몰라." 이렇게 말하고 그 녀석이 나갔는데, 잠시 지나 어찌 된 일인지 비에 흠뻑 젖은 채 새파란 얼굴을 하고 돌아온 거야. 물어보니 추오(中央) 정차장에서5) 호리바타(濠端) 전차의 정류장까지6) 우산도 쓰지 않고 걸어갔다는 거야. 왜 그랬느냐고 물어보니……그것이 이상한 이야기였어.

치에코가 추오 정차장에 들어가니……아니, 그 전에 이런 일이 있었대. 그 녀석이 전차를 탔는데 공교롭게도 모두 자리가 차 있었어. 그래서 손잡이를 잡고 서 있으니 곧장 눈앞 유리창에 어렴풋이 바다 경치가 비치는 것 같았대. 전차는 그때 진보쵸(神保町)7) 거리를 달리고 있었기 때문에 바다 경치 따위가 비칠 리 없었지. 하지만 밖에 내다보이는 도로 위에 파도의 움직임이 떠오르고 있었어. 특히 창문에 비바람이 치면 수평선마저 희미하게 보이는 거야. 그러고 보면 치에코는 이미 그때 신경이 어떻게 되었던 것 같아.

그러고 나서 추오 정차장에 들어가니, 입구에 있던 빨간 모자8)를 쓴 사람이 갑자기 치에코에게 인사를 하더래. 그러고는 "바깥어른은 별고 없으십니까?" 하고 묻는 거야. 이것도 이상한 일이었지만 더욱 이상한 것은 치에코가 그러한 빨간 모자의 물음을 별로 이상하다고 생각하지 않은 거야. "고마워. 다만 요즘은 어찌 된 일인지 전혀 소식이 오지 않는구나." 하고 빨간 모자에게 대답까지 했다지 뭐야. 그러자 빨간 모자는 다시 한 번 "그러면 제가 바깥어른을 만나러 가보지

---

5) 도쿄(東京) 역.
6) 황궁 앞 우치보리(內濠)를 따라 내려가는 정류장. 추오 정차장에서 여기까지는 약 200여 미터.
7) 도쿄 도(東京都) 치요다쿠(千代田区) 지역. 서점 거리로 유명한 곳이나 바다가 보이지는 않는다.
8) 철도역 구내에서 여객의 짐을 날라주던 사람.

요." 하고 말했어. '만나러 간다고 해도 남편은 먼 지중해에 있어.' 하고 생각할 무렵, 비로소 치에코는 이 처음 보는 빨간 모자의 말이 이상하다는 생각이 들었대. 하지만 물어보려고 할 찰나 빨간 모자는 가볍게 인사를 하고는 살금살금 인파 속으로 숨어버렸어. 그것을 마지막으로 치에코가 아무리 찾아보아도 그 빨간 모자의 모습은 두 번 다시 보이지 않았대. 아니, 보이지 않았다기보다 지금까지 마주 보고 있던 빨간 모자의 얼굴이 희한할 정도로 생각나지 않더래. 그래서인지 그 빨간 모자의 모습이 사라짐과 동시에 주위에 빨간 모자를 쓴 사람은 모두 그로 보이는 거야. 그리고 그 수상한 빨간 모자가 끊임없이 이쪽 주변을 감시하고 있는 듯한 기분이 들었대. 이렇게 되니 가마쿠라는커녕 그곳에 있는 것조차 왠지 기분이 나빠졌지. 그래서 결국 치에코는 우산도 쓰지 않고 장대비를 맞으며 악몽을 떨쳐버리듯 정차장을 도망쳐 왔어. 물론 치에코가 한 이 이야기는 그 녀석의 신경 탓일지도 모르지만, 어쨌든 그때 감기에 걸리고 말았지. 다음 날부터 그럭저럭 3일 가량은 고열이 계속되어 열에 들뜬 헛소리를 했어. "당신, 용서해주세요."라든지 "왜 돌아오지 않으세요." 같이 무언가 남편과 이야기하는 듯한 말을 했지. 그날 가마쿠라행의 뒤탈은 그것뿐만이 아니었어. 감기가 완전히 나은 뒤에도 빨간 모자라는 말을 들으면, 온종일 방에 틀어박혀서 말조차 제대로 건네지 못했어. 그러고 보니 한 번은 어느 회조점(回漕店)9) 간판에 빨간 모자 그림이 있는 것을 보고 목적지까지 가기도 전에 돌아온 우스운 일도 있었지.

그래도 그럭저럭 한 달 정도 지나니 그 녀석이 빨간 모자를 무서워하는 것도 상당히 수그러들었어. "언니, 교카(鏡花)의 소설 중에10) 고

---

9) 뱃짐을 다루는 가게.
10) 이즈미 교카(泉 鏡花:1873-1939)의 『紅雪錄』(1904)을 가리킴.

양이 같이 생긴 빨간 모자가 나온 것 있었죠. 제가 이상한 일을 당한 것은 그런 것을 읽은 탓인지도 모르겠어요." 치에코는 그즈음 내 아내에게 그런 일도 웃으며 이야기했다고 해. 그런데 3월 며칠경에 또 한 번 빨간 모자와 마주쳤어. 그 이후, 남편이 돌아오기까지 치에코는 어떤 용무가 있어도 결코 정차장에 가지 않았지. 자네가 조선으로 떠날 때 그 녀석이 배웅하러 오지 않은 것도 빨간 모자가 무서웠기 때문이래.

그 3월 며칠경에는 남편의 동료가 미국에서 2년 만에 돌아왔어. 치에코는 그를 마중하기 위해 아침부터 집을 나섰지만, 자네도 아는 것처럼 그 부근은 장소가 장소라 대낮에도 거의 인적이 드물었지. 그 한적한 길가에 팔랑개비를 파는 짐차가 한 대 버려진 듯이 놓여 있었대. 마침 바람이 강한 흐린 날이라 짐차에 꽂은 색종이 팔랑개비들이 모두 어지러울 정도로 돌아가고 있었어. 치에코는 그런 풍경만으로도 왠지 불안한 마음이 들었다고 해. 지나가면서 살짝 쳐다보니 빨간 모자를 쓴 한 남자가 뒤를 보고 웅크리고 있었어. 물론 이것은 팔랑개비 장수가 담배 같은 것을 피우고 있던 것이겠지. 그러나 그 빨간색 모자를 보자, 치에코는 왠지 정차장에 가면 또 무슨 불가사의한 일을 만날 것 같은 예감이 들어 그대로 돌아갈 생각까지 했대.

다행히 정차장에 가서도 남편의 동료를 만날 때까지 아무런 일도 일어나지 않았어. 하지만 남편의 동료를 선두로 일행이 우르르 어둑어둑한 개찰구를 나가는데, 누군가 치에코 뒤에서 "바깥어른이 오른팔에 부상을 당하셨다고 합니다. 편지가 오지 않은 것은 그 때문입니다."라고 말하는 거야. 치에코는 순간적으로 뒤를 돌아보았지만, 뒤에는 빨간 모자도, 다른 누구도 없었어. 있는 것은 알고 지내던 해군 장교 부부뿐이었대. 물론 이 부부가 갑자기 그런 일을 이야기했을 리는 없으니, 이상하다면 확실히 이상한 일이지. 하지만 어쨌든 빨간 모자가 안 보이는 것이 치에코에게는 다행으로 여겨졌을 거야. 그 녀석은 그대로 개찰구를 나와 다른 일행과 함께 남편 동료의 차가 주차되어 있는 곳으로 갔어. 그때, 다시 한 번 뒤에서 "사모님, 바깥어른이 다음 달 안으로 돌아오신다고 합니다."라고 누군가가 확실하게 말을 걸었어. 그때도 치에코는 뒤를 돌아보았지만, 뒤에는 마중 나온 남녀 외에 빨간 모자를 쓴 사람은 한 사람도 보이지 않았어. 그런데 뒤에는 없었지만 앞에는 빨간 모자를 쓴 두 사람이 자동차에 짐을 옮기고 있었대. 그중 한 사람이 무슨 생각을 했는지 갑자기 이쪽을 돌아보면서 히죽 히죽 이상하게 웃더래. 그것을 본 치에코의 모습은 주위 사람들도 대번에 느낄 만큼 안색이 변했다고 해. 하지만 그 녀석이 마음을 진정시키고 보니 두 사람이라고 생각했던 빨간 모자가 실은 한 사람이더래. 단 한 사람만 빨간 모자를 쓰고 짐을 다루고 있었다는군. 게다가 그 사람은 조금 전 웃은 사람과 전혀 다른 사람임에 틀림없었어. 그러면 이번에야말로 조금 전 웃은 빨간 모자의 얼굴을 기억했느냐 하면, 변함없이 어렴풋하더래. 아무리 열심히 생각해 내려고 해도 그 녀석의 머리에는 빨간 모자를 쓴, 눈과 코가 없는 얼굴밖에 떠오르지 않았어. 이것이 치에코의 입에서 들은 두 번째 이상한 이야기야.

그 후 한 달 정도 지나서, 자네가 조선에 간 전후였다고 생각하는데, 정말 그 녀석의 남편이 돌아왔어. 오른팔을 부상당한 탓에 얼마 동안 편지를 쓸 수 없었다고 하는 것도 희한하게 사실이었지. "치에코 아가씨는 남편만을 생각하는 성격이라 자연히 이런 일을 알게 된 거예요." 내 아내는 그 자리에서 이렇게 이야기하고는 그 녀석을 놀렸어. 그러고 나서 또 반달이 지나고 치에코는 남편의 임지인 사세보로 가게 되었지만, 그쪽에 도착하자마자 그 녀석이 보낸 편지를 보니 놀랍게도 세 번째 이상한 이야기가 쓰여 있었어. 무슨 말이냐면, 치에코 부부가 추오 정차장을 떠날 때, 부부의 짐을 날라준 빨간 모자를 쓴 사람이 인사라도 할 작정이었는지 이미 출발하기 시작한 기차 창문에 얼굴을 보였다는 거야. 그 얼굴을 보고 남편은 갑자기 이상한 얼굴을 했지만 결국 반쯤 부끄러운 듯이 이런 이야기를 꺼내더래. 남편이 마르세유11) 상륙 중에 몇 명의 동료와 함께 어느 카페에 들어가 있는데, 갑자기 빨간 모자를 쓴 일본인 한 사람이 탁자 곁으로 걸어와서는 허물없이 근황을 물어보더래. 물론 마르세유 거리에 빨간 모자를 쓴 일본인이 배회할 만한 일은 없었지. 하지만 남편은 무슨 이유에서인지 특별히 이상하게 생각하지도 않고 오른팔을 부상당한 일이나 귀국이 가깝다는 것 등을 이야기해주었대. 그 사이에 취한 동료 한 사람이 코냑 잔을 엎질러서 거기에 놀라 잠시 그쪽을 보았지. 그리고 다시 주위를 살펴보니 어느샌가 빨간 모자를 쓴 일본인은 카페에서 모습을 감추었대. 도대체 그 녀석은 누구일까? 생각해보면 눈은 확실히 뜨고 있었어도 꿈인지 생시인지 분간이 가지 않더래. 뿐만 아니라 동료도 빨간 모자가 온 것 따위는 전혀 눈치채지 못한 얼굴이었어. 결국 거기서는 누구에게도 그 일에 대해 이야기하지 않았지. 그런데 일본에 돌아와 보니 치에코가 두 번씩이나 수상한 빨간 모자를 만났다고 하는 거야. 그래서 마르세유에서 목격한 것이 그 빨간 모자일 거라는 생각도 했는데, 너무나 괴담 같고 한편으로는 명예로운 원정 중에 아내만 생각하고 있었다고 놀림 받을 것 같아 오늘까지 잠자코 있었던 거래.

---

11) 마르세유(Marseille). 프랑스에서 두 번째로 큰 지중해 연안의 항구도시.

하지만 지금 얼굴을 내민 빨간 모자를 보니 마르세유의 카페에 들어왔던 남자와 눈썹 하나 다르지 않다는 거야. 치에코의 남편은 그렇게 이야기하고 나서 잠깐 입을 다물었지만 다시 불안한 듯 목소리를 낮추어 이렇게 말했대. "그런데 이상하지 않아? 눈썹 하나 다르지 않다고 말했지만, 사실 나는 아무리 해도 그 빨간 모자의 얼굴이 정확히 떠오르지가 않아. 단지 창문 너머로 얼굴을 본 순간 그 녀석이구나 하는 생각이 들었을 뿐……."

무라카미가 여기까지 이야기했을 때, 마침 카페에 들어온 서너 명의 사람이 그의 친구인 듯 우리 탁자로 다가와서 그에게 인사를 했다. 나는 자리에서 일어섰다.

"그럼 실례하지. 언젠가 조선에 돌아가기 전에, 한 번 더 자네를 찾아가겠네."

카페 밖으로 나온 나는 순간적으로 긴 한숨을 쉬었다. 그것은 3년 전, 치에코가 두 번씩이나 추오 정차장에서 만나기로 한 밀회의 약속을 어기고 간단한 편지만 보내 영원히 정숙한 아내가 되고 싶다고 한 이유를 오늘 밤에야 알았기 때문이다.

(1920년 12월)

기우(奇遇)

최정아

편집자 중국으로 여행1)을 가신다면서요. 남쪽인가요, 북쪽인가요?

소설가 남쪽에서 북쪽으로 돌아볼 생각입니다.

편집자 준비는 다 되셨습니까?

소설가 대충 됐습니다. 단지 읽으려던 기행이나 지리서 등을 아직 다 읽지 못해 고민이지요.

편집자 (흥미 없는 듯이) 그런 책이 그렇게 몇 권씩이나 있나요?

소설가 의외로 꽤 있어요. 일본인이 쓴 것으로는 78일 유기(遊記2), 중국문명기3), 중국만유기(漫遊記)4), 중국불교유물5), 중국풍속6), 중국인 기질7), 연산초수(燕山楚水)8), 소절소관(蘇浙小観)9),

---

1) 아쿠타가와는 다이쇼 11년(1922년) 3월에 오사카마이니치신문사 해외시찰원으로서 중국으로 출발했다. 이 작품은 같은 달에 발표되었다.
2) 도쿠토미 소호(德富蘇峯) 저.
3) 우노 데쓰진(宇野哲人) 저.
4) 도쿠토미 소호(德富蘇峯) 저.
5) 마쓰모토 분자부로(松本文三郎) 저.
6) 이노우에 고바이(井上紅梅) 저.
7) 영국인 아서 스미스 작 "Chinese Characteristics"의 일본어판 번역명.
8) 나이토 코난(内藤湖南) 저.

북청(北清)견문록10), 장강(長江)10년11), 관광기유(観光紀游)12),
정진록(征塵録)13), 만주(滿洲)14), 파촉(巴蜀)15), 호남(湖南)16), 한
구(漢口)17), 중국 풍운기(風韻記)18), 중국······.

편집자　그걸 다 읽으셨단 말입니까?

소설가　아뇨, 아직 한 권도 읽지 않았습니다. 그리고 또 중국인이 쓴
책으로는 대청일통지(大清一統志)19), 연도유람지(燕都遊覽志)20),
장안객화(長安客話)21), 제경(帝京)······22).

편집자　됐습니다. 이제 책 이름은 그 정도면 충분합니다.

소설가　아직 서양 사람이 쓴 책은 한 권도 말씀드리지 않은 것 같은
데······.

편집자　서양 사람이 쓴 중국 책 따위는 어차피 한 권도 제대로 된
것이 없을 테니까요. 그보다도 부탁드린 소설은 출발하시기
전에 꼭 써 주시는 거죠?

소설가　(갑자기 풀이 죽는다) 글쎄요, 여하튼 그 전에 다 써버릴 생각이
긴 합니다만······.

---

9) 토야마 게이초쿠(遠山景直), 오타티 도지로(大谷藤次郎) 편.
10) 진레이 게이스케(人礼敬之) 저. 다카세 도시노리(高瀬敏徳) 저.
11) 가쓰라 라이조(桂頼三) 저.
12) 오카 센진(岡千仞) 저.
13) 미상.
14) 핫도리 초(服部暢) 저.
15) 야마카와 하야미즈(山川早水) 저.
16) 야스이 쇼타로(安井正太郎) 저.
17) 미즈노 고키치(水野幸吉) 저.
18) 미상.
19) 청나라 건륭(乾隆) 시대에 진덕(陳德) 등에 의해 칙선되었다. 18성으로 나누어 성
마다 그림, 표, 분야, 건치, 연혁, 형세 등에 대해 서술하였다. 대략 500권.
20) 미상.
21) 명나라 장일규(蔣一葵)에 의한 선집. 1권.
22) 명나라 유사(劉侗) 간역정(千亦正) 선집 「제경경물략(帝京景物略)」으로 추정.

편집자 대체 언제 출발하실 예정입니까?

소설가 실은 오늘 출발할 예정입니다.

편집자 (놀란 듯이) 오늘이요?

소설가 네, 5시 급행을 타야 합니다.

편집자 그러면 이제 출발 시간까지 30분밖에 안 남은 것 아닙니까?

소설가 뭐 따지자면 그런 셈이지요.

편집자 (화가 난 듯이) 그럼 소설은 어떻게 되는 겁니까?

소설가 (더욱 풀이 죽는다) 나도 어떻게 될까 생각하고 있습니다.

편집자 그렇게 무책임하시면 정말 곤란한데요. 하지만 고작 30분밖
에 안 남았으니 당장 써 주시기도 무리일 테고……

소설가 글쎄요, 베데킨트23)의 연극 같은 걸 보면 이 30분 남짓 되
는 시간에도 불우한 음악가가 뛰어 들어온다거나 어느 집 아
녀자가 자살을 하는 등 여러 가지 사건이 일어나니, 기다려
보시지요. 어쩌면 책상 서랍에 아직 발표하지 않은 원고가
있을지도 모릅니다.

편집자 그렇다면 정말 다행입니다만……

소설가 (책상 서랍을 뒤지면서) 논문은 안 되겠지요?

편집자 뭐라고 하는 논문입니까.

소설가 「문예에 미치는 저널리즘의 해독(害毒)」이라는 겁니다.

편집자 그런 논문은 안 됩니다.

소설가 이건 어떤가요? 뭐 형식상으로는 소품입니다만……

편집자 「기우(奇遇)」라는 제목이군요. 무엇에 대해 쓰신 거죠?

소설가 잠시 읽어 볼까요? 20분 정도면 읽을 수 있으니까……

---

23) F. Wedekind (1864~1918). 독일 극작가, 시인. 대표작은 「깨어나는 봄」, 「지령(地
靈)」 등.

❖   ❖

　지순년간(至順年間)24)의 일이다. 장강(長江)25)에 임한 고금릉(古金陵)26) 지역에 왕생(王生)이라는 청년이 있었다. 태어나면서부터 재능이 풍부한데다 용모 또한 수려하다. 실제 기준왕가랑(奇俊王家郎)27)이라 불렸다고 하니 가히 그 풍채를 상상할 수 있을 것이다. 게다가 나이는 스무 살이 되었는데 아직 아내를 맞이하지 않았다. 집안 내력도 바른 데다 부모에게 물려받은 자산도 상당히 있다. 시주(詩酒)의 풍류를 마음껏 즐기기에 이렇게나 좋은 신분은 없다.

　실제로 왕생은 단짝 친구인 조생(趙生)과 함께 자유로운 생활을 즐기고 있었다. 연극을 보러 가기도 하고, 도박을 하며 지내기도 했다. 때로는 밤새도록 진유(秦惟)28) 근방 술집 탁자에서 술을 마시기도 했다. 그런 때는 차분한 왕생이 화자잔(花瓷盞)29)을 앞에 두고 앉아 어딘가에서 들려오는 노랫소리에 심취해 있노라면 명랑한 조생은 식초에 절인 게를 안주 삼아 넘칠 듯 찰랑이는 금화주(金華酒)30)를 들이키며 떠들썩하게 기녀들의 품평을 하는 것이었다.

　그러던 왕생이 어찌된 일인지 작년 가을 이래로 통음(痛飮)을 하지 않게 되었다. 아니, 통음만이 아니다. 흘갈표도(吃喝嫖賭)31)의 도락으로부터도 완전히 멀어져버렸다. 조생을 비롯한 많은 친구들은 당연히

---

24) 원나라 문종(文宗) 시대의 연호(1330~1333).
25) 양자강(揚子江).
26) 강소성(江蘇省) 남경(南京)의 옛 이름.
27) 만인을 능가하는 빼어난 남자라는 뜻.
28) 남경(南京) 시내에 있던 사창가.
29) 흰색 바탕에 파란색 꽃무늬가 있는 자기 술잔.
30) 절강성(浙江省) 금화(金華)에서 생산되는 미주(米酒).
31) 식(食), 음(飮), 여(女), 도박의 4가지 도락.

이 변화를 불가사의하게 여겼다. 왕생도 이제 도락에는 싫증이 나버린 것인지 모르겠다고 말하는 자도 있었다. 어딘가에 예쁜 여자가 생겼을 거라고 말하는 자도 있었다. 하지만 당사자인 왕생 자신은 몇 번이나 그 이유를 물어도 그저 미소만 지어 보일 뿐 도무지 답을 하지 않았다.

그런 일이 1년 정도 계속되던 어느 날 조생이 오랜만에 왕생의 집을 방문하자 그는 지난밤에 만들었다며 원진체(元稹体)의 회진시(会真詩)[32] 30운(韻)을 꺼내보였다. 시는 화려한 대구 속에 끊임없이 탄식이 새어나오고 있었다. 사랑을 하는 청년이 아닌 다음에야 이런 시는 한 줄도 쓸 수 없었다. 조생은 시고(詩稿)를 왕생에게 돌려주고 교활한 표정으로 힐끗 상대를 쳐다보더니, '자네의 원앙[33]은 어디에 있느냐'고 물었다.

"나의 원앙? 그런 게 있을 리 없잖은가."

"거짓말 말게. 무엇보다 그 반지가 증거 아닌가."

과연 조생이 가리킨 책상 위에는 자금벽전(紫金碧甸)[34]의 반지 하나가 읽다가 만 책 위를 굴러다니고 있었다. 반지의 주인은 물론 남자가 아니다. 그러나 그것을 집어 든 왕생은 잠시 낯빛이 어두워지는가 싶더니 의외로 태연하게 천천히 이런 이야기를 꺼냈다.

"나의 원앙이라 할 그런 건 없네. 하지만 내가 사랑하는 여자는 있지. 내가 작년 가을 이래 자네들과 태백(太白)[35]을 들지 않게 된 것은

---

32) 원진(元稹)(779~831)은 당나라 시인. 원진체(元稹体)란 원진풍의 시체(詩体)를 말한다. 원진의 소설 「앵앵전(鶯鶯伝)」(일명 「회진기(会真記)」) 중에 주인공 장생(張生)이 회진시(会真詩) 30운을 짓는 대목이 있다. 이 작품의 소재가 된 「위당기우기(渭塘奇遇記)」의 왕생이 지었다고 하는 회진시는 이것을 모방한 것.
33) 원진(元稹)의 「앵앵전(鶯鶯伝)」의 여주인공 최원앙(崔鶯鶯). 따라서 "자네의 원앙은?"이란 "자네의 연인은?"이라는 뜻.
34) 자금(紫金)은 보라색 순금, 벽전(碧甸)은 청패(青貝) 세공.

분명 그 여자가 생겼기 때문이네. 그러나 그 여자와 나의 관계는 자네들이 상상하는 그런 흔해빠진 재자(才子)의 정사가 아니네. 물론 이렇게 말하면 자네들은 무슨 의미인지 알아듣지 못하겠지. 아니, 알아듣지 못하는 것뿐이라면 괜찮지만 어쩌면 만사가 거짓말 같다고 의심을 품고 싶어질지 몰라. 그렇게 되는 것은 내가 바라는 바가 아니기에 이 기회에 자네에게 모든 사정을 다 고백해버릴 생각이네. 따분하더라도 부디 처음부터 끝까지 그 여자의 이야기를 들어주게.

나는 자네도 잘 알고 있듯이 송강(松江)36)에 논을 가지고 있지. 매년 가을이 되면 1년분의 연공을 걷기 위해 내가 직접 그곳으로 내려간다네. 그런데 마침 작년 가을, 역시 송강에 내려갔다 돌아오는 길이었는데, 배가 위당(渭塘)37)의 강변까지 왔을 때 버드나무와 회화나무38)로 둘러싸인 곳에 주기(酒旗)39)를 내걸고 있는 집 한 채가 보였네. 붉게 칠한 난간이 마치 그린 것처럼 꺾여 돌아가고 있는 모습으로 보건대 꽤나 큰 술집인 듯했네. 또 그 난간이 이어진 바깥쪽으로는 수십 줄기나 되는 붉은 부용(芙蓉)40)이 강물에 그림자를 드리우고 있었지. 나는 목이 말라서 곧바로 그 주기(酒旗)가 걸린 집 쪽에 배를 세우라고 하였네.

그곳에 올라가 보니 과연 생각대로 집도 넓고 주인 할아버지도 천해 보이지 않았다네. 게다가 술은 죽엽청(竹葉青)41)에, 안주는 농어와

---

35) 대백(大白)과 같다. 커다란 술잔을 말한다. 백(白)은 술의 색깔을 나타낸다.
36) 강소성(江蘇省)의 별칭. 상해(上海)의 서남쪽에 있다.
37) 강소성의 상진2부(常鎮二府)의 경계에 있다.
38) 낙엽교목의 하나. 중국에 많다. 가을에 깍정이에 싸인 열매를 맺는다.
39) 선술집임을 표시하기 위해 점포 앞에 내거는 깃발.
40) 연꽃의 별칭.
41) 술 이름. 소흥주(紹興酒)(절강성(浙江省) 소흥(紹興)에서 나는 명주) 중에서 만든 지 3년 된 것. 푸른빛을 띤다.

게를 내왔으니 내가 얼마나 만족했는지 짐작이 갈 걸세. 실제로 나는 오랜만에 여수(旅愁)고 뭐고 다 잊고 도연히 술잔을 기울였지. 그러다 문득 정신을 차려보니 누군가 한 사람 휘장 그늘에 숨어 이쪽을 엿보는 자가 있었어. 하지만 내가 그쪽을 보면 즉시 휘장 뒤로 숨어버렸지. 그러다 내가 눈을 다른 곳으로 돌리면 또 계속 이쪽을 쳐다보았고. 휘장 사이로 옥비녀와 금귀고리가 언뜻 보이는 것 같은데 분명히 그런지 어떤지 판단할 수가 없었다네. 실제로 한번은 얼핏 옥 같은 얼굴이 보이는 것 같았지. 하지만 별안간 휙 고개를 돌려 보아도 역시 그냥 휘장만 근심스러운 듯 축 드리워져 있었어. 그런 일을 반복하는 사이 나는 점점 술 마시는 게 묘하게 재미가 없어져서, 돈 몇 닢을 던져 놓고 총총히 다시 배를 타러 돌아왔다네.

그런데 그날 밤, 배 안에서 혼자 꾸벅꾸벅 졸고 있다가 꿈속에서 또 한 번 그 주기가 내걸린 집으로 갔다네. 낮에 왔을 때는 몰랐는데 집에는 문이 이중 삼중으로 이어져 있었네. 그 문들을 모두 통과한 뒤 집 뒤편 가장 깊숙한 곳에 작고 아름다운 규방이 한 채 보였지. 그 앞에는 아주 멋진 포도 시렁이 있고 포도 시렁 아래에는 돌을 포개 만든 열 자쯤 되는 연못이 있었어. 나는 그 연못가에서 달빛으로 물속 금붕어가 몇 마리인지 분명히 셀 수 있었던 것도 기억한다네. 연못 좌우에 심어 놓은 것은 두 그루 모두 실편백이 틀림없었어. 그리고 담장 가까이는 떡갈나무로 울타리를 엮어 놓고 있었지. 그 아래에 있는 것은 하늘의 솜씨인 듯 돌을 쌓아 만든 쓰키야마(築山)[42]였다네. 쓰키야마의 풀도 모두 금사선(金糸線) 수돈(繡墩)[43] 종류뿐이어서 요즘처럼 쌀쌀한 날씨에도 시들지 않았지. 창문 사이에는 꽃무늬가 조각된 새장에 초

---

42) 가산(仮山). 정원에 돌·흙 따위로 산처럼 만든 곳.
43) 금사선, 수돈 모두 다년생 풀의 이름.

록색 앵무새를 기르고 있었어. 그 앵무새가 나를 보며 '안녕' 하고 인사했던 것도 잊지 못한다네. 처마 아래에는 공중에 매단 작은 나무 학한 쌍이 연기가 피어오르는 선향을 입에 물고 있었지. 창문 안을 들여다보니 책상 위에 놓인 오래된 구리 병에 공작 깃털이 여러 개 꽂혀있더군. 그 곁에 있는 붓과 벼루 등은 모두가 청초하기 이를 데 없었다네. 그런가 하면 또 사람을 기다리는 듯 보이는 벽옥의 퉁소44) 따위도 걸려 있었지. 벽에는 네 폭의 금화전(金花箋)45)을 바르고 그 위에시를 적어놓았더군. 시체(詩体)는 아무래도 소동파(蘇東坡)46)의 사시(四時)라는 시를 모방한 것47) 같았지. 서체(書体)는 필시 조송설(趙松雪)48)을 따라한 것이라 여겨지는 필법이었네. 그 시도 하나하나 기억하고있지만 지금은 굳이 피로할 필요 없겠지. 그보다 자네에게 들려주고싶은 것은 그런 달빛이 흐르는 방 안에 홀로 앉아 있던 옥인(玉人) 같은 여자의 이야기라네. 나는 그 여자를 본 순간 그토록 여자의 아름다움을 깊이 느낀 적이 없다네.

"유미규방수(有美閨房秀) 천인적강래(天人謫降来)49)인가."

조생은 미소를 보이면서 아까 왕생이 보여준 회진시의 2구를 읊조렸다.

"뭐, 말하자면 그런 거지."

본인이 먼저 이야기하고 싶다고 했으면서 왕생은 그렇게만 대답하

---

44) 푸른 옥으로 장식한 퉁소.
45) 종이 이름. 금니(金泥)로 무늬를 넣은 종이.
46) 소동파(蘇東坡)(1036~1101). 이름은 식(軾), 동파(東坡)는 호. 북송 시대의 시 문인.
47) 칠언률(七言律)을 4계절별로 배치한 것으로, 원작에 보인다.
48) 조송설(趙松雪)(1254~1322). 이름은 맹부(孟頫), 호는 송설제(松雪斉). 저명한 유학자로서 그림에도 뛰어났으며 서예는 당대 최고였다.
49) '아름답고 재능과 학식이 뛰어난 부인이 있으니, 천상계에서 이 세상으로 유배를 받아 온 자'라는 의미. 이하 고사가 많이 들어 있는 30운의 시가 원작에 보인다.

고 하염없이 입을 다물고 있다. 조생은 기다리다 못해 마침내 슬며시 왕생의 무릎을 쳤다.

"그러고서 어떻게 되었는가?"

"그러고서 함께 이야기를 했지."

"이야기를 한 다음엔?"

"여자가 옥 퉁소를 불어서 들려주었지. 곡은 낙매풍(落梅風)50)이었던 것으로 기억하는데……."

"그것뿐인가?"

"그런 다음 또 이야기를 했지."

"그 다음엔?"

"그 다음엔 갑자기 잠에서 깼다네. 눈을 뜨고 보니 나는 배 안에서 자고 있었지. 선창(船艙)51) 밖은 온통 망망한 달밤의 물 천지더군. 그때 느낀 외로움이란, 이야기해본들 알아줄 이는 천하에 한 사람도 없을 걸세. 그날 이후로 내 마음속에는 시종 그 여자 생각이 떠나질 않는다네. 그러다 보니 다시 금릉에 돌아온 이후에도 이상하게 매일 밤 잠만 자면 반드시 그 집을 보게 된다네. 게다가 그제 밤에는 내가 여자에게 수정 쌍어의 부채 장식을 선물했더니 여자가 나에게 자금벽전의 반지를 빼서 건네주더군. 거기서 눈을 떴는데, 깨보니 내 부채 장식이 보이지 않고 대신 어느샌가 내 머리 맡에 이 반지가 하나 버려져 있는 게 아닌가. 이런 지경이니 여자를 만나는 일이 전혀 꿈이라고 생각되지 않는 걸세. 하지만 '꿈이 아니면 무엇이냐'고 묻는다면……나로서는 어떻게 대답해야 할지 모르겠네.

---

50) 취적(吹笛)의 명곡. 이백(李白)의 시에 '황학루(黃鶴樓)에서 옥적(玉笛)을 분다. 강성(江城)의 5월 낙매화(落梅花)'라는 구절이 있다.

51) 배 안에 칸막이를 친 방.

만약 그것을 꿈이라고 한다면 나는 꿈에서 본 것 외에는 그 집의 낭자를 본 적이 없네. 아니 낭자가 있는지 없는지 그것조차 분명히 알지 못한다네. 하지만 만약 그 낭자가 실제로는 이 세상에 없다고 하더라도 내가 그녀를 생각하는 마음이 변하리라고는 생각할 수 없다네. 나는 내가 살아 있는 한 그 연못과 포도시렁, 녹색 앵무새 등과 함께 역시 꿈에 보는 그 낭자의 모습을 그리워하지 않을 수 없을 거라 생각하네. 나의 이야기라고 하는 것은 이것이 전부일세.

"듣고 보니 과연 흔해빠진 재자(才子)의 정사는 아니로군."

조생은 반은 불쌍하다는 듯이 왕생의 얼굴을 쳐다보았다.

"그렇다면 자네는 그 때 이래 한 번도 그 집에는 가지 않았다는 말인가."

"응, 한 번도 간 적이 없네. 하지만 이제 열흘 정도 지나면 또 송강에 내려가게 되어 있네. 그 때 위당을 지나게 되면 꼭 그 주기(酒旗)가 내걸린 집으로 다시 한 번 배를 대볼 생각이네."

그 후 실제로 열흘 정도가 지나 왕생은 예와 같이 배를 준비하여 강 하류의 송강으로 내려갔다. 그리고 다시 그가 돌아왔을 때에는, ── 조생을 비롯한 많은 친구들은 그와 함께 배를 타고 있는 소녀의 아름다움에 놀라지 않을 수 없었다. 소녀는 실제로 방 창문에 초록색 앵무새를 키우면서, 그녀 또한 작년 가을에 휘장 그늘에서 가만히 엿본 왕생의 모습을 끊임없이 꿈으로 보고 있었다고 한다.

"이상한 일도 있을 수 있는 법이군. 그도 그럴 것이 소녀 쪽에서도 자기도 모르는 사이에 수정 쌍어의 부채 장식이 베갯머리에 있었다고 하니 말이지, ──"

조생은 만나는 사람마다 이렇게 왕생의 이야기를 마구 퍼뜨리며 다

녔다.

마지막으로 그 이야기를 전해 들은 것은 전당(錢塘)52)의 문인 구우 (瞿祐)53)이다. 구우는 곧바로 이 이야기를 가지고 아름다운 위당기우 기(渭塘奇遇記)54)를 썼다. ……

❖　❖

소설가　어떻습니까. 이런 식의 이야기는?

편집자　낭만적인 부분은 좋은 것 같습니다. 여하튼 그 소품을 받는 걸로 하겠습니다.

소설가　기다려 주세요. 아직 뒷부분이 조금 남았습니다. 에 그러니 까, 아름다운 위당기우기를 썼다. —— 여기까지였죠?

❖　❖

그러나 전당의 구우는 물론, 조생 같은 친구들도 왕생부부를 태운 배가 위당의 술집을 떠나갈 때 왕생이 소녀와 주고받은 아래와 같은 대화를 몰랐다.

"겨우 연극이 무사히 끝났군. 나는 너의 아버지에게 매일 밤 너의 꿈을 본다는 소설 같은 거짓말을 하면서 몇 번이나 진땀을 흘렸는지 몰라."

---

52) 절강성(浙江省)의 현명(縣名).

53) 명대(明代)의 작가. 경(經)·사(史)·시(詩)·사(詞)에 걸쳐 많은 저술과 작품이 있다.

54) 전등신화(剪灯新話)에 수록되어 있는 원작. 아쿠타가와의 앞뒤부분 창작을 제외하 면 거의 동일한 내용.

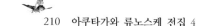

"저도 얼마나 걱정을 했는지 몰라요. 당신은 금릉의 친구들한테도 역시 거짓말을 하셨나요?"

"그럼, 역시 거짓말을 했지. 처음에는 아무 말도 하지 않고 있었지만 어느 날 친구가 이 반지를 보게 되었기 때문에 어쩔 수 없이 아버지께 이야기했던 꿈 이야기를 해버리고 말았지."

"그럼 사실을 알고 있는 것은 다른 사람은 한 사람도 없다는 말이네요. 작년 가을 당신이 나의 방으로 몰래 들어오신 것을 알고 있는 건, ——"

"나. 나."

두 사람은 목소리가 들려온 쪽으로 동시에 놀란 눈을 돌렸다. 그리고 금세 소리 내어 웃었다. 돛대에 매단 꽃무늬 조각의 새장에는 초록색 앵무새가 영리한 얼굴로 왕생과 소녀를 내려다 보고 있다. ……

❖　❖

편집자　그건 사족이네요. 모처럼 독자들이 느낄 감흥을 망치는 격이 아닙니까. 이 소품이 잡지에 실리게 된다면 마지막 단락만큼은 삭제할 터이니 그리 아십시오.

소설가　아직 마지막이 아닌 걸요. 조금 더 뒷부분이 남았으니, 참고 들어 주시지요.

❖　❖

그러나 전당의 구우는 물론 행복에 가득 찬 왕생부부도, 배가 위당을 떠날 때 소녀의 부모가 주고받은 아래와 같은 대화를 모르고 있었

다. 부모는 두 사람 모두 얼굴을 가리고 강가의 버드나무와 회화나무 그늘에서 그 배를 배웅하고 있었던 것이다

"할멈."

"할아범."

"그런대로 연극도 무사히 끝나고, 이렇게나 경사스런 일도 없을 게요."

"정말로 이렇게나 큰 경사는 이제 두 번 다시 볼 수 없을 거예요. 그저 나는 딸아이와 사위가 억지로 꾸며낸 거짓말을 듣고 있으려니, 아유 정말이지 보통 힘든 일이 아니더군요. 할아범이 아무 것도 모르는 척 잠자코 있으라고 해서 열심히 모르는 척 하고 있었지만요, 새삼스럽게 그런 거짓말을 하지 않아도 금방 같이 지내게 될 텐데 말이에요, ──"

"됐으니 이제 제들을 봐서도 그렇게 여러 말 하지 말게. 딸아이도 사위도 쑥스러워서 나름대로 지혜를 짜낸답시고 만들어낸 거짓말이니까. 게다가 사위 입장에서는 그렇게라도 말하지 않으면 외동딸은 쉽게 주지 않을 거라고 생각했는지도 몰라. 할멈, 할멈은 도대체 어째서 그러는 게요. 이렇게 경사스러운 혼례에 계속 울고 있어서야 안 될 말이지 않은가."

"할아범, 할아범이야 말로 울고 있으면서 원……"

❖ ❖

소설가 이제 다서 여섯장 정도면 끝납니다. 어차피 여기까지 읽었으니 나머지도 마저 읽어보지요.

편집자 아니요. 이제 그 다음은 안 들어도 됩니다. 좀 그 원고를 빌려줘 보시죠. 계속 읽으시라고 내버려두면 점점 작품이 나빠질 것 같습니다. 지금도 차라리 도중에 끊었으면 훨씬 나았겠다는 생각이 듭니다만, —— 여하튼 이 소품은 제가 받은 것으로 할 테니 그리 아십시오.

소설가 거기서 끝나버리면 안 되는데, ——

편집자 아니 이런, 여간 서두르지 않으면 5시 급행을 놓칠 것 같군요. 원고 같은 것은 신경 쓰지 마시고 어서 자동차를 부르시지요.

소설가 그렇습니까. 아 이거 큰일이군요. 그럼 안녕히 계십시오. 부디 잘 부탁합니다.

편집자 안녕히 가십시오. 몸 건강하시고요.

극락왕생도(往生絵巻*)

김난희

아이(童) : 이봐, 저기 이상한 중이 왔어. 모두들 봐봐. 모두 봐봐.

초밥장수 아낙(鮓売りの女)[1] : 정말 이상한 중이네. 저렇게 쇠북을 두드리며 뭔가를 큰소리로 외치고 있고…….

땔감장수 영감(薪売りの翁) : 나는 귀가 멀어서 뭐라 외쳐대는지 잘 모르겠소. 여보시오, 뭐라고 말하는 게요?

불구장인(博打)[2] : 저 소리는 "아미타불, 어-이, 어-이" 하는 소리요.

땔감장수 영감 : 하아……. 그렇다면 미치광이군.

불구장인 : 아마도 그런 게죠.

채소장수 아낙(菜売りの媼) : 아니, 덕이 높은 고승일지도 몰라요. 저는 당장 예를 올려야겠어요.

초밥장수 아낙 : 하지만 좀 밉살스런 얼굴 아냐? 저런 얼굴을 한 고승

---

* 往生絵巻 : 부처님과의 인연으로 극락왕생하기까지의 경위를 그림으로 나타낸 것으로서 몇몇 장면에 글로 보충 설명한다.
1) 일본 시가 현의 비파호수(琵琶湖)에서 잡은 붕어, 동북 지방에서 잡은 연어 등을 재료로 한 초밥을 팔러 다니는 행상인을 말한다.
2) 불구(仏具)나 가구(家具)에 붙이는 얇은 금속판을 펴는 일을 직업으로 하는 사람을 말한다.

이 어디에 있담.

채소장수 아낙 : 당치도 않은 말 마시오. 천벌이라도 받으면 어쩌려고.

아이 : 미치광이에요, 미치광이.

출가한 무사(五位の入道) : 아미타불이시여, 어-이 어-이.

개(犬) : 멍멍, 멍멍.

참배객의 시녀(物詣での女房) : 저것 좀 보세요. 요상한 승려가 왔습니다.

시녀의 동행 : 저런 얼간이는 여자를 보면 장난질을 할지도 몰라요. 가까이 다가오기 전에 이쪽 길로 돌아갑시다.

주물장인(鑄物師) : 아니, 저 사람은 다도(多度)에 사시는 오위(五位) 님3) 이 아닌가?

수은행상(水銀を商う旅人) : 오위 님인지 나발인지는 모르겠지만 저 자가 갑자기 활과 화살을 버리고 출가하는 바람에 다도(多度) 마을에서는 큰 소동이 났었지요.

애송이 무사(青侍) : 정말 오위 님이 틀림없어. 마님과 자제분들은 필시 슬픔에 빠져 계실 텐데.

수은행상 : 마님과 자식들은 울기만 한다고 들었습니다요.

주물장인 : 처자식을 버리면서까지 불문에 귀의하신 건 대단한 심지다.

건어물장수 아낙(干魚を売る女) : 대단하긴 뭐가 대단하단 말입니까? 미타불이 되었건 여자가 되었건 버려진 처자식의 입장에서는 남자를 빼앗아간 자가 원망스러울 따름이지요.

애송이 승려 : 정말 이 또한 일리가 있네. 하하하.

개 : 멍멍, 멍멍.

---

3) 香川県 多度에 살던 源大夫某로, 지위가 五位였으며 『今昔物語』 巻19의 주인공이다.

출가한 무사 : 아미타불 님, 어-이, 어-이.

말 탄 무사(馬上の武者) : 말이 놀라고 있어. 어쩌지? 어쩌지?

궤짝을 짊어진 종자(櫃をおえる從者) : 미치광이는 손을 쓸 수가 없습죠.

늙은 비구니(老いたる尼) : 저 스님은 다들 아시는 바와 같이 살생을 즐기는 악인이었으나 용케 발심하셨군요.

젊은 비구니(若き尼) : 정말 무서운 사람이었지요. 산이나 강에서 사냥할 때뿐만 아니라 거지들까지도 멀리서 화살로 명중시켰답니다.

손에 나막신을 끼운 거지(手に足馱を穿ける乞食) : 좋은 시절에 만난 셈이군. 이삼일만 일찍 만났어도 몸통에 화살 구멍이 뚫렸을 뻔했네.

밤·호두가게 주인(栗胡桃などを商う主) : 어쩌다 그런 살벌한 자가 머리를 깎을 생각을 했을까요?

늙은 비구니 : 글쎄 그건 이상한 일인데, 역시 부처님의 뜻이겠지요.

기름집 주인(油を商う主) : 나는 필시 텐구귀신[4]이나 뭔가에 씌었다고 생각하는데요.

밤·호두가게 주인 : 아니, 나는 여우라고 생각해요.

기름집 주인 : 그래도 텐구는 어떤 때는 부처님으로 화신한다고 하지 않나요?

밤·호두가게 주인 : 뭐, 부처님으로 화신하는 게 텐구뿐이라고 단정할 수는 없지요. 여우도 변신한다고들 합니다.

손에 나막신을 끼운 거지 : 어디 이 틈에 목에 찬 주머니에다 밤이라도 잔뜩 훔쳐가 볼까.

---

4) 텐구(天狗)는 일본 설화에 나오는 상상의 괴물. 사람의 모습을 하고 있으며, 얼굴은 붉고 코는 높다. 또 날개가 있어 날 수도 있다.

젊은 비구니 : 저기, 저기, 저 쇠북 소리에 놀랐는지 닭들이 모두 지붕 위로 올라갔네요.

출가한 무사 : 아미타불 님, 어―이 어―이.

낚시하는 천민(釣をする下衆) : 이거 참, 시끄러운 중놈이 왔군.

천민의 동료 : 뭐야, 저건? 앉은뱅이 거지가 달려가고 있구먼.

천으로 얼굴을 가린 길 가던 여인(牟子をしたる旅の女) : 다리가 좀 아파 오네. 저 거지의 발이라도 빌리고 싶구나.

가죽 짐짝을 짊어진 하인(皮子を負える下人) : 이제 이 다리를 건너기만 하면 곧 마을이 나옵니다.

낚시하는 천민 : 저 천 조각 안의 얼굴을 한번 보고 싶은걸.

천민의 동료 : 아니, 한눈 판 사이에 어느새 미끼를 빼앗기고 말았군.

출가한 무사 : 아미타불 님. 어―이 어―이.

까마귀(鴉) : 까악, 까악.

모내기하는 여인(田を植うる女) : 두견새야, 내가 왔다. 나도 울며 논 위 에 섰다.5)

여인의 일행 : 저기 좀 보세요. 재미있는 승려 아닙니까.

까마귀 : 까악, 까악.

출가한 무사 : 아미타불 님, 어―이 어―이.

(잠시 사람 소리 없음. 솔바람 소리 윙윙.)

출가한 무사 : 아미타불, 어―이 어―이.

(재차 솔바람 소리 윙윙.)

출가한 무사 : 아미타불, 어―이 어―이.

---

5) 「마쿠라노소시(枕草子)」 226段에 나오는 모내기 노래이다.

늙은 승려 : 스님, 스님.

출가한 무사 : 저를 부르셨습니까?

늙은 승려 : 그렇소. 스님은 어디로 가시오?

출가한 무사 : 서쪽으로 갑니다.6)

늙은 승려 : 서쪽은 바다요.

출가한 무사 : 바다라도 전혀 문제없습니다. 저는 아미타불 님을 뵈올 때까지 어디라도 갈 생각입니다.

늙은 승려 : 이거 묘한 소리를 듣는군. 그럼 그대는 아미타불을 생생하게 눈앞에서 뵙고 경배할 수 있으리라 생각하시오?

출가한 무사 : 그렇지 않다면 왜 큰소리로 부처님의 이름을 부르겠습니까? 저의 출가도 그 때문입니다.

늙은 승려 : 거기에 무슨 연유라도 있소?

출가한 무사 : 아니, 특별한 연유는 없습니다. 다만 그저께 사냥에서 돌아오는 길에 어느 강설사7)의 설교를 들었지요. 그 강설사가 하는 말을 들어본즉, 어떠한 불교 계율을 어긴 자라도 아미타불을 잘 모시면 극락정토에 갈 수 있다고 하는 겁니다. 저는 그때 온몸의 피가 한꺼번에 다 타오르는 것처럼, 갑자기 아미타불이 보고 싶어졌습니다…….

늙은 승려 : 그래서 그대는 어떻게 했소?

출가한 무사 : 저는 강설사를 잡아다 엎드리게 했습니다.

늙은 승려 : 뭐? 잡아다 엎드리게 했다고?

---

6) 불교에서는 사바세계의 서쪽에 극락정토가 있으며, 아미타여래가 그곳에 있다고 설파한다.

7) 강설사(講師)는 불교 법회 때 높은 단상에 앉아 불교 경전을 해설하는 사람을 말한다.

출가한 무사 : 그리고 칼을 뽑아 강설사의 가슴팍에 들이대며 아미타
　　불이 있는 곳을 대라고 추궁했지요.

늙은 승려 : 당치도 않은 방식이군. 강설사는 얼마나 놀랐을까.

출가한 무사 : 괴로운 듯이 눈을 치켜뜬 채 "서쪽, 서쪽" 하고 말하더
　　군요. 아, 설명하다 보니 벌써 날이 저물었네요. 도중에 시간을
　　허비해서는 아미타불 님 앞에 송구스러우니 이제 그만 실례하
　　겠습니다. 아미타불 님, 어—이, 어—이.

늙은 승려 : 아니, 희한한 미치광이를 만났군. 자, 나도 그만 돌아가야
　　겠다.

(세 차례 솔바람 소리 윙윙, 파도 소리 철썩 철썩.)

출가한 무사 : 아미타불 님, 어—이 어—이.

(파도 소리, 때때로 물떼새 울음소리 끼룩끼룩.)

출가한 무사 : 아미타불 님, 어—이 어—이. 이 바닷가에는 배도 안 보
　　이는군. 보이는 건 파도뿐이네. 아미타불 님께서 태어나신 곳
　　은 저 파도 너머에 있을지도 몰라. 내가 가마우지라면 곧장 그
　　곳으로 건너갈 수 있으련만……. 하지만 그 강설사도 말했듯이
　　아미타불께서는 광대무변의 자비가 있다고 했지. 그리고 보면
　　내가 큰소리로 부처님의 존함을 계속 불렀으니 대답 정도는 해
　　주실지도 몰라. 그렇다면 죽을 때까지 부르다가 죽어야지. 다
　　행히 여기 소나무 고목이 두 갈래로 가지를 뻗고 있네. 우선 이
　　나뭇가지 끝에 올라가보자. 아미타불 님, 어—이 어—이.

(재차 파도 소리 철썩철썩.)

늙은 승려 : 그 미치광이 중을 만났다 헤어진 지 오늘로 벌써 7일째
다. 살아계신 아미타불을 만나겠다고 했는데, 그 이후로는 어
디로 갔을까? 어, 이 고목나무 가지 끝에 홀로 올라가 있는 이
는 분명 그 중이다. 스님, 스님⋯⋯대답이 없는 것도 이상할 것
없지. 어느새 숨이 끊어졌구먼. 음식 자루도 지니지 않은 걸 보
면 불쌍하게도 굶어 죽었군.

(세 차례 파도 소리 철썩철썩.)

늙은 승려 : 이대로 나뭇가지 끝에 놓아두면 까마귀 밥이 될지도 몰
라. 모든 것이 전생의 인연인걸. 자, 내가 장사를 치러줘야겠다.
아니, 이건 어찌 된 거지? 시신의 입 안에 새하얀 연꽃이 피어
있는 걸. 그러고 보니 이곳에 왔을 때부터 야릇한 향기가 감돌
고 있었어. 그럼 미치광이로 알았던 자가 실은 덕망 있는 성자
였단 말인가. 그런 줄도 모르고 무례를 범하다니, 아무리 돌이
켜보아도 나의 실수구나. 나무아미타불, 나무아미타불, 나무아
미타불, 나무아미타불.

(1921년 3월)

어머니(母)

김정숙

❖ 1 ❖

　방구석에 놓인 큰 거울에는 서양풍으로 칠한 벽에 일본풍의 다다미가 있는 상하이 특유의 여관 2층이 일부 비치고 있다. 막다른 곳의 하늘색 벽, 그리고 아주 새것인 몇 장의 다다미, 맨 끝에는 이쪽으로 뒷모습을 보인 서양 머리의 여자 한 명……. 이러한 것들이 모두 싸늘한 빛 속에서 애절하리만큼 확실하게 비치고 있다. 여인은 그곳에서 아까부터 바느질인지 뭔지를 하고 있는 듯하다.

　뒷모습이라고는 하나 수수한 견직 하오리의 어깨 위, 쏟아지는 앞머리카락 끝으로 창백한 옆모습이 조금 보인다. 얄팍한 귀에 발그스름한 빛이 비치는 것도, 귀밑털이 살짝 귓불을 가린 것도 보인다.

　이 전신 거울이 있는 방에는 옆방 아기가 우는 소리 외에는 무엇하나 침묵을 깨는 것이 없다. 아직 그치지 않은 빗소리조차 여기에서는 그 침묵에 한층 단조로운 기분을 더할 뿐이다.

　침묵의 시간이 몇 분 지난 후, 여자는 일을 계속하면서 갑자기 불안한 듯 누군가에게 말을 걸었다.

누군가……방 안에는 여자 외에도 두툼한 솜옷을 입은 남자 한 명이 저만치 떨어진 다다미 위에 영자 신문을 펼쳐놓은 채 길게 엎드려 있다. 여자의 소리가 들리지 않는지 남자는 가까이에 있는 재떨이에 담뱃재를 떨구고는 신문에서 눈을 떼려고 하지 않는다.

"여보."

여자는 또 한 번 말을 걸었다. 그러는 여자의 시선도 여전히 바늘 위에 고정되어 있다.

"왜 그래?"

남자는 약간 귀찮은 듯 고개를 들었다. 토실토실 살이 찌고, 콧수염이 짧은 활동가다운 얼굴이었다.

"이 방 말이에요. 이 방 바꾸면 안 될까요?"

"방을 바꾼다고? 겨우 어젯밤에 들어왔잖아?"

남자는 의아스러운 얼굴을 했다.

"막 이사 오긴 했어도, 앞방이라면 밝겠지요?"

남자는 그럭저럭 2주가량 그들이 생활했던 3층 방이 떠올랐다. 궁색하고 답답하다고 여겼던 방이다. 볕이 잘 들지 않는 창과 칠이 벗겨진 창가의 벽에는 색 바랜 다다미 위로 사라사1) 커튼이 드리워져 있었다. 그 창가에는 언제 물을 줬는지 시들시들한 꽃이 심긴 제라늄이 가벼운 먼지를 뒤집어쓰고 있다. 게다가 창밖을 보면 너저분한 뒷골목에 밀짚모자를 쓴 중국인 인력거꾼이 매양 따분한 듯 서성이고 있었다.

"하지만 당신은 그 방에 있는 것이 싫다, 싫다 하지 않았던가?"

---

1) 포르투갈어. 인물·화조·기하학적 무늬를 색색으로 날염한 면직물.

"네. 그렇지만 이곳에 와보니 갑자기 또 이 방이 싫어지는걸요."

여자는 바느질하던 손을 멈추고 내키지 않는 듯한 얼굴을 들어 보였다. 미간이 좁고 눈이 길게 찢어진, 예민해 보이는 생김새이다. 하지만 눈가의 기미를 보면 뭔가 고생을 견디고 있다는 것을 쉽게 알 수 있다. 그러고 보면 병적이라는 생각이 들 만큼 관자놀이 정맥이 튀어나와 있다.

"네, 좋아요……. 하지만 안 될까요?"

"전에 썼던 방보다 넓기도 하고 있기도 편해서 싫을 이유가 없는데……. 아니면 혹시 뭔가 싫을 만한 일이라도 있는 거야?"

"이렇다 할 것은 없지만……."

여자는 잠시 주저하더니 말이 없었다. 하지만 한 번 더 다짐하듯 같은 말을 되풀이했다.

"안 될까요, 아무래도?"

이번에는 남자가 신문지 위로 담배 연기만 내뿜을 뿐 좋다고도 싫다고도 대답하지 않았다.

방 안은 다시 조용해졌다. 그저 바깥의 빗소리만 쉬지 않고 들려온다.

"봄비인가……."

남자는 잠시 시간이 지난 후, 벌러덩 드러누우면서 혼잣말로 이렇게 말했다.

"우후(蕪湖)2)에서 살게 되면 홋쿠라도 하나 시작해볼까?"

여자는 그 말에 아무런 대꾸도 하지 않고 바느질하는 손만 움직였다.

"우후도 그렇게 나쁜 곳은 아니야. 제1사택은 크고 정원도 상당히

---

2) 우후(蕪湖): 양쯔 강 연안의 주요 항구. 중국 안후이 성 동남쪽에 있는 칭이 강(青弋江)과 양쯔 강(楊子江)의 합류 지점에 있다.

넓어서 화초 같은 것을 가꾸는 데는 안성맞춤이지. 어쨌든 원래는 옹가(甕家)화원이라든가 하던데……."

남자는 갑자기 입을 다물었다. 언젠가부터 쥐죽은 듯 조용한 방 안에서 희미하게 우는 소리가 들렸다.

"이봐."

우는 소리가 돌연 멈추었다고 생각할 무렵 곧바로 다시 띄엄띄엄 이어졌다.

"이봐, 도시코!"

반쯤 몸을 일으킨 남자는 다다미에 한쪽 팔꿈치를 기댄 채 당황스런 눈빛을 했다.

"당신 나와 약속하지 않았던가? 이제 더는 이러지 말아요. 더는 눈물을 보이지 않기로 합시다. 더는……."

남자는 눈을 들어 아내의 얼굴을 바라보며 물었다.

"아니면 뭔가 그 일 외에 다른 슬픈 일이라도 있는 거야? 예를 들면 일본으로 돌아가고 싶다든가 중국이라도 시골로 가고 싶지 않다든가……."

"아니요, 아니에요. 그런 것 없어요."

도시코는 눈물을 흘리면서 의외로 강하게 부정했다.

"저는 당신이 계신 곳이라면 어디라도 갈 생각이에요. 하지만……."

도시코는 눈을 감은 채, 흘러내리는 눈물을 참으려는 것인지 가만히 얇은 아랫입술을 깨물었다. 보니 창백한 볼에도 불꽃같은, 절박한 무언가가 타오르고 있었다.

떨리는 어깨, 젖은 속눈썹……. 남자는 그 모습을 지켜보면서 현재의 기분과는 상관없이, 한순간 아내의 아름다움을 느꼈다.

"하지만……이 방은 싫은걸요."

"그러니까, 그러니까 아까도 얘기했잖아. 왜 이 방이 그렇게 싫은지 그것만 확실히 말해주면……."

남자는 여기까지 말했을 때 도시코의 눈길이 가만히 그의 얼굴로 쏟아지고 있는 것을 알아차렸다. 그 눈에는 눈물이 글썽거리고, 거의 적의에 가까운 슬픈 빛이 감돌고 있었다. 왜 이 방이 싫은 걸까? 그것은 남자 혼자만의 의문이 아니었다. 도시코 또한 무언중에 남자에게 들이댄 반문이었다. 남자는 도시코와 눈을 맞추면서 말을 잇는 데 주저했다.

그러나 말이 끊긴 것은 아주 짧은 몇 초 간이었다. 남자의 얼굴은 순식간에 무언가를 이해했다는 표정으로 바뀌었다.

"그것인가?"

남자가 감정을 숨기듯 퉁명스럽게 말했다.

"그것은 나도 신경이 쓰여."

도시코는 남자가 이렇게 말하자 무릎 위로 눈물을 뚝뚝 떨구었다.

창밖에는 어느새 날이 저물어 빗줄기조차 흐릿했다. 그 빗소리를 떨쳐버리듯, 하늘색 벽 맞은편에서는 여전히 아기 울음소리가 계속되고 있었다.

❖ 2 ❖

2층 유리창에는 선명한 아침 햇살이 비추고 있다. 그 맞은편에는 빨간 기와에 희끗희끗 이끼가 낀 3층 건물이 역광선을 받으며 우뚝 서 있다. 어슴푸레한 이쪽 복도에 서 있으면 유리창은 이 집을 배경으로 한, 한 장의 커다란 그림처럼 보인다. 커다란 떡갈나무 창틀은 마치 그림에 끼운 액자 같다. 그 그림 한가운데에는 한 여자가 이쪽으로 옆얼굴을 보이면서 작은 양말을 짜고 있다.

여자는 도시코보다도 젊어 보인다. 비에 씻긴 아침 햇살은 그 살집이 좋은 어깨, 화려한 오시마(大島) 하오리의 어깨로 큰 빗줄기처럼 흐르고 있다. 그 빛은 살짝 고개를 숙인 혈색 좋은 볼에서 반사된다. 약간 두꺼운 입술 위의 흐릿한 솜털에도 빛이 비치고 있다.

오전 10시와 11시 사이, 여관은 지금이 하루 중 가장 조용한 시간이다. 장사하러 온 사람도, 구경하러 온 사람도, 숙박객은 대부분 외출해버린다. 하숙하고 있는 월급쟁이들은 물론 오후까지 돌아오지 않는다. 그저 긴 복도에서 가끔 하녀의 실내 죠리 소리만 들려올 뿐이다.

이때도 그 소리가 멀리서부터 점점 이쪽으로 다가오더니, 유리창과 마주한 복도에서 마흔 살가량의 하녀가 혼자 홍차 제구를 나르며 그림자처럼 지나갔다. 무슨 소리를 듣지 못했다면 하녀는 여자가 있는 것도 모르고 그냥 지나쳐버렸을 것이다. 하지만 여자는 하녀를 보자 허물없이 말을 걸었다.

"기요 씨!"

하녀는 가볍게 인사를 하고는 유리창가로 다가왔다.

"어머나, 기운이 좀 나세요? 도련님은 어떻게 되셨어요?"

"우리 집 아들? 아들은 지금 휴식 중."

여자는 뜨개질하던 손을 멈추고 어린아이처럼 미소 지었다.

"그런데, 기요 씨!"

"무슨 일이세요? 진지하게……."

유리창 햇볕이 앞치마를 뚜렷이 비추는 가운데, 하녀도 거무스름한 눈가에 미소를 지어 보였다.

"옆방의 노무라 씨…… 노무라 씨지요, 그 부인은?"

"예, 노무라 도시코 씨."

"도시코 씨? 그럼 나와 같은 이름이네요. 그분은 벌써 떠나셨나요?"

"아뇨, 아직 5, 6일은 더 머무르실 거예요. 그리고 어쨌든 우후인가 하는 곳으로……."

"하지만 아까 그 앞을 지나왔는데, 옆방에는 아무도 안 계시던데."

"네, 어젯밤 또 급하게 3층으로 방을 바꾸셔서요."

"그렇군요."

여자는 뭔가 생각하는 듯 통통한 얼굴을 옆으로 살짝 기울였다.

"그분이지요? 여기 오던 날 자식을 잃어버린……."

"예, 참 안된 일이에요. 바로 병원에 입원시켰는데도……."

"그럼 병원에서 죽었나요? 정말 아무것도 몰랐어요."

여자는 앞머리를 가른 이마에 희미하게 우울한 기색을 띠었다. 하지만 곧 다시 본래의 쾌활한 미소를 되찾고 장난스러운 눈빛이 되었다.

"이것으로 용무는 끝. 이제 저쪽으로 가 주세요."

"어머!"

하녀는 무심결에 웃음을 터뜨렸다.

"그렇게 매정하게 말씀하시면 기생집에서 전화가 걸려 와도 남편분에게 몰래 전해드려요."

"괜찮아요. 빨리 가신다니 말인데 홍차가 식어버리지 않았나요?"

하녀가 유리창가를 떠나자, 여자는 다시 뜨갯감을 집어들면서 작은 목소리로 노래를 부르기 시작했다.

오전 10시와 11시 사이, 여관은 지금이 하루 중 가장 조용한 시간이다. 이 사이 하녀는 방마다 화병에 꽂힌 시든 꽃을 치운다. 2층, 3층의 놋쇠 손잡이도 이 사이에 남자 하인이 닦는 것 같다. 그렇게 침묵이 감도는 가운데 왕래하는 사람들의 웅성거림만이 유리창을 열어둔 창가 쪽에서 햇볕과 함께 들어온다.

그때, 여자의 무릎에서 털실 뭉치가 굴러떨어졌다. 실 뭉치는 통통 튀기 바쁘게 한 줄의 붉은색 실을 끌면서 데굴데굴 복도로 굴러가려……한다고 생각할 찰나 누군가 한 사람, 마침 그곳으로 걸어오던 이가 그것을 주웠다.

"감사합니다."

여자는 의자에서 일어나며 부끄러운 듯 인사를 했다. 보니 실 뭉치를 주운 사람은 조금 전 하녀와 이야기했던, 앙상하게 마른 옆방 부인이다.

"천만에요."

털실 뭉치는 가느다란 손가락에서 지방덩어리보다도 하얀 통통한 손가락으로 옮겨졌다.

"여기는 아주 따뜻하군요."

도시코는 유리창 쪽으로 걸어나오자 눈이 부신 듯 얼굴을 약간 찡그렸다.

"예, 이렇게 있으니 졸음이 올 정도예요."

두 명의 부인은 선 채로 행복한 듯 마주 보고 웃었다.

"어머, 귀여운 양말이네요."

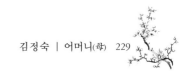

　도시코의 목소리는 아무렇지도 않았다. 하지만 여자는 그 말에 자기도 모르게 살짝 눈을 피했다.

　"2년 만에 뜨개바늘을 잡아봤어요. 너무 따분해서."

　"저 같은 사람은 아무리 따분해도 게으름만 피우는데요."

　여자는 의자에 뜨갯감을 던지며 어쩔 수 없다는 듯 미소 지었다. 도시코의 말이 무심결에 또 한 번 여자를 때린 것이다.

　"댁의 아드님은……아드님이었죠? 언제 낳으셨어요?"

　도시코는 머리에 손을 대면서 흘끗 여자의 얼굴을 보았다. 어제는 울음소리를 듣고 있는 것조차 참을 수 없었던 옆방의 아기……그것이 지금 와서는 다른 무엇보다도 도시코의 흥미를 끈 것이다. 그 흥미를 만족시키면 오히려 고통만 더 새로워질 것도 확실히 알고 있었다. 이는 작은 동물이 코브라 앞에서 움직이지 못하는 것처럼 어느새 도시코의 마음이 고통 그 자체의 최면 작용에 사로잡힌 결과일까? 아니면 부상을 입은 병사가 일부러 상처를 열면서까지 일시의 쾌락을 탐하는 것처럼 더욱더 괴로워하지 않으면 안 되는 병적인 심리의 일례일까?

　"올 정월에요."

　여자는 이렇게 대답하고 나서 잠시 주저하는 기색을 보였다. 그러나 곧 눈을 들어 안쓰러운 듯이 덧붙였다.

　"댁에서는 뜻하지 않는 일이 있었다던데."

　도시코는 촉촉한 눈가에 억지로 미소를 띠었다.

　"네, 폐렴에 걸려서……정말로 꿈인 것만 같았습니다."

　"에둘러 뭐라 말씀드려야 좋을지 모르겠네요."

　여자의 눈에도 어느새 눈물이 빛나고 있었다.

　"저 같은 사람이 그런 일을 당하면 정말이지 어떻게 해야 할지."

"한동안은 아주 슬펐지만……이제는 포기해버렸습니다."

두 명의 부인은 선 채로 쓸쓸한 듯 아침 햇살을 바라보았다.

"여기는 몹쓸 감기가 유행이에요."

여자는 생각이 깊은 것처럼 끊어진 말을 계속했다.

"본국은 괜찮겠지요. 기후도 이쪽만큼 나쁘지 않고……."

"이제 막 와서 잘은 모르겠습니다만, 비가 많은 곳이네요."

"올해는 쓸데없이……어머, 울고 계시네요."

여자는 귀를 기울인 채 딴사람처럼 미소를 떠올렸다.

"용서해 주세요."

그 말이 채 끝나기도 전에, 좀 전의 하녀가 허둥지둥 실내 죠리 소리를 내면서 울어대는 아기를 안고 어르며 이곳으로 왔다. 아기를……아름다운 모슬린 옷 속에 찡그린 얼굴만 내민 아기를……도시코가 내심 보지 않으려고 했던, 턱살이 통통하고 튼튼해보이는 아기를!

"제가 창을 닦으러 갔는데 바로 잠에서 깨버려서."

"아이고, 이를 어쩌나."

여자는 아직 익숙하지 않은 듯, 아기를 살짝 가슴에 안았다.

"어머, 가엾어라."

도시코도 얼굴을 갖다 대면서 예민한 젖 내음을 맡았다.

"오, 오, 잘 자랐네요."

약간 상기된 여자의 얼굴에는 연신 미소가 가득 떠올랐다. 여자가 도시코의 마음에 동정이 가지 않는 것은 아니다. 그러나……그러나 그 유방 아래에서, 부풀어 오른 여자의 유방 아래에서 왕성하게 솟아나는 자신만만한 감정은 어찌할 수 없었던 것이다.

❖ 3 ❖

옹가화원의 홰나무와 버드나무가 오후의 미풍에 흔들리면서 정원의 풀과 흙 위로 햇볕을 흩뿌리기도 하고 그늘을 만들기도 했다. 풀과 흙뿐만이 아니라 홰나무에 건, 이 정원에는 어울리지 않는 물색의 해먹(hammock, 기둥 사이나 나무 그늘 같은 곳에 달아매어 침상으로 쓰는 그물)에도 햇볕을 뿌리고 있다. 해먹 안에서 위를 바라보고 반듯이 누운, 여름 바지에 조끼밖에 걸치지 않은 통통한 남자에게도 빛이 비친다.

남자는 궐련에 불을 붙인 채 홰나무 가지에 매달린 중국풍의 새장을 바라보고 있다. 새는 문조인 것 같다. 명암의 반점 속에 홰를 여기저기 옮겨 다니면서 이따금 정말 이상하다는 듯이 새장 아래의 남자를 바라다보고 있다. 남자는 그때마다 미소를 지으며 궐련을 입으로 가져갔다. 때로는 사람과 이야기하듯 "이놈", "어떻게 된 거야" 하고 말하기도 했다.

주위는 정원수가 흔들리는 가운데 아련한 풀냄새를 풍기고 있다. 저 멀리서 증기선의 기적이 한 번 울릴 뿐, 더 이상 사람 소리도, 무엇도 나지 않는다. 그 기선도 이젠 사라졌겠지. 붉게 물든 장강(長江) 물에 눈부신 수맥을 그으며 서쪽이나 동쪽으로 사라졌겠지. 그 물이 보이는 선창가에는 알몸이나 다름없는 거지가 한 명 수박 껍질을 씹고 있다. 그곳에는 또 길게 드러누운 어미 돼지 배 밑에서 새끼 돼지 무리가 젖을 놓고 다투고 있을지도 모른다. 새를 보는 데도 질린 남자는 그런 공상에 빠지자마자 어느새 스르르 잠이 든 모양이었다.

"여보."

남자는 눈을 떴다. 해먹 옆에 서 있는 사람은 상하이의 여관에 있을 때보다 다소 혈색이 좋아진 도시코다. 머리에도, 여름에 허리에 두르는 띠에도, 중형의 유카타에도 명암의 반점을 띤 분을 바르지 않은 도시코다. 남자는 아내의 얼굴을 바라보며 거침없이 크게 하품을 했다. 그러고 나서 정말 귀찮다는 듯 해먹 위로 몸을 일으켰다.

"우편물이에요, 여보."

도시코는 눈으로만 웃으며 몇 통의 편지를 남자에게 건넸다. 그리고 동시에 유카타 속에서 분홍색 봉투에 들어있는 작은 편지를 꺼내 보였다.

"오늘은 제게도 왔어요."

남자는 해먹에 앉은 채 다시 짧은 엽궐련을 물면서 대수롭지 않게 편지를 읽기 시작했다. 도시코는 그곳에 선 채로 봉투와 똑같은 분홍색 편지지에 가만히 시선을 떨구었다.

옹가화원의 홰나무와 버드나무는 오후의 미풍에 흔들리면서 이 평화스런 두 사람의 머리 위로 빛을 흩뿌리기도 하고 그림자를 만들기도 했다. 문조는 거의 지저귀지 않았다. 무언가 소리를 내는 벌레 한 마리가 남자의 어깨 위로 날아 왔지만 그것도 금세 날아가버렸다.

이런 짧은 침묵 속에서 별안간 도시코가 눈도 들지 않은 채 가느다란 목소리로 외쳤다.

"어머나! 옆방 아기도 죽었다고 하네요."

"옆방?"

남자는 잠깐 귀를 기울였다.

"옆방이 어디야?"

"옆방이요, 저기, 그곳 말이에요. 그 상하이 xx여관의……."

"아아, 그 아이 말이야? 그것 참 안됐구먼."

"그렇게 튼튼한 아기였는데……."

"뭐야, 병명은?"

"역시 감기라는군요. 처음에는 춥게 자서 감기에 걸렸을 거라고만 생각했대요."

도시코는 약간 흥분한 듯 말을 빨리하면서 편지를 읽었다.

"병원에 입원했을 때는 이미 늦었더래요. 아주 비슷하지요? '주사를 놓고, 산소호흡기를 하고 갖은 방법을 다 써봤지만…….' 그 다음은 뭐라 읽을까? 울음소리예요. '울음소리가 차츰 가늘어지더니 그날 밤 11시 5분쯤 전에 결국 숨을 거뒀습니다. 그때의 저의 슬픔, 거듭 헤아려 주십시오…….'"

"안됐구먼."

남자는 다시 해먹 속에서 위를 향해 반듯이 누운 채 흔들거리며 같은 말을 반복했다. 남자의 머릿속 어딘가에는 아직 빈사 상태의 아기가 숨이 끊어질 것처럼 헐떡이고 있다. 그 헐떡이는 소리는 어느새 울음소리로 변해버린다. 빗소리를 뚫는 건강한 아기 울음소리로……. 남자는 그러한 환상 속에서도 아내가 읽는 편지에 귀를 기울였다.

"거듭 헤아려 주십시오. 그와 관련해 지난번 당신을 만난 일도 떠올랐는데, 그 무렵은 아마 당신도……아아, 아니, 아니, 정말로 세상이 싫어져버렸습니다."

도시코는 우울한 눈을 들어 신경질적으로 짙은 눈썹을 찡그렸다. 하지만 한순간 무언의 시간이 지난 뒤, 새장의 문조를 보자마자 기쁜 듯 가냘픈 양손으로 손뼉을 쳤다.

"참, 좋은 생각이 났어요! 저 문조를 놓아주면 좋을 것 같아요."

"놓아준다고? 당신이 소중하게 생각하는 저 새를 말이야?"

"네, 네, 소중한 새라도 상관없어요. 옆집 아기의 명복을 빌어주는 일인걸요. 방조(放鳥)라고 하지요. 방조를 해서 바치는 거예요. 문조도 아마 기뻐할 거예요. 나는 손이 닿지 않을까요? 닿지 않으면 당신이 잡아주세요."

홰나무 밑둥치로 달려온 도시코는 죠리를 신은 발끝을 세우면서 가능한 한 힘껏 팔을 뻗어보았다. 그러나 새장을 매단 나뭇가지에는 손가락조차 쉽게 닿지 않았다. 문조는 미친 듯이 작은 날개를 푸드덕푸드덕거렸다. 그 바람에 모이 그릇 속 수수가 새장 밖으로 흩어졌다. 하지만 남자는 재미있다는 듯 오로지 도시코만 바라보고 있었다. 뒤로 젖힌 목, 부풀어 오른 가슴, 발톱 끝으로 무게를 지탱한 발……. 그런 아내의 모습을 그저 바라다보고 있다.

"잡을 수 없을까요? 잡히지 않네."

도시코는 발끝을 세운 채 휙 남편 쪽을 바라보았다.

"잡아주세요, 네?"

"잡을 수 있을까? 발판이라도 놓으면 모를까……. 특별히 새를 놓아준다고 해도 지금 바로 해야 할 필요는 없지 않을까?"

"하지만 지금 바로 놓아주고 싶은걸요. 네? 잡아주세요. 안 잡아주시면 괴롭힐 거예요. 알겠죠? 해먹을 걷어버릴 거예요."

도시코는 남자를 노려보았다. 하지만 눈에도, 입술에도 넘처나는 것은 미소뿐이다. 거의 평정심을 잃어버린, 행복이 넘치는 미소이다. 남자는 이때 아내의 미소에서 뭔가 무자비함마저 느꼈다. 햇볕에 흐려 보이는 초목 깊숙한 곳에 언제나 인간을 지켜주는 기분 나쁜 어떤 힘(기력)과 닮은 것처럼.

"바보 같은 짓 하지 말아요."

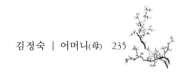

남자는 엽궐련을 던지면서 농담처럼 아내를 꾸짖었다.

"먼저, 그 뭐라던가 하는 옆방 부인에게 미안하지도 않아? 그쪽에서는 아이가 죽었다는데 이쪽에서는 웃고 떠들고……."

그러자 도시코는 어찌 된 일인지 갑자기 창백한 얼굴이 되었다. 게다가 토라진 아이처럼 긴 속눈썹을 내리깔며 아무 말 없이 분홍색 편지를 찢기 시작했다. 남자는 약간 괴로운 얼굴을 했다. 하지만 어색함을 피하기 위해서인지 갑자기 또 쾌활하게 이야기를 계속했다.

"하지만 이렇게 지낼 수 있는 건 어쨌든 행복한 일임에 틀림없어. 상하이에 있었을 때는 힘들었잖아요. 병원에 있으면 마음만 초조해지고, 없으면 또 걱정이 되고……."

남자는 입을 다물었다.

도시코가 발밑을 내려다보며 그늘진 볼 위로 어느새 눈물을 글썽이고 있었다. 남자는 당황한 듯 짧은 콧수염만 잡아당기며 아무 말도 하지 않았다.

"여보!"

숨 막히는 침묵이 이어진 뒤 다시 입을 열었을 때도, 도시코는 여전히 좋지 않은 낯빛으로 남편을 외면하고 있었다.

"왜?"

"저는, 저는 나쁜 사람일까요? 그 아기가 죽었는데……."

도시코는 돌연 남편의 얼굴을 뜨겁게 주시했다.

"죽은 것이 기뻐요. 안된 일이라고는 생각하지만……. 그래도 저는 기뻐요. 기뻐해서는 안 되나요? 안 되나요, 여보!"

그녀의 목소리에는 지금까지와는 다른 강한 힘이 깃들어 있었다. 남자는 와이셔츠와 조끼에 한가득 눈부신 햇볕을 받으면서 그 질문에 아무 대답도 하지 않았다. 뭔가 사람의 힘으로는 미치지 못하는 것이 엄연하게 앞을 가로막고 있는 것처럼.

- 끝-

호색(好色)

송현순

헤이츄(平中)로 불렸다. 호색가로, 궁녀는 말할 것도 없고 다른 사람의 딸까지 탐하는 등 몰래 만나지 않은 자가 없었다.

- 우지슈이모노가타리(宇治拾遺物語)[1]

어떻게든 이 사람을 만나지 않고서는 견딜 수 없다고 애를 태우는 사이 병이 들었다. 그리고 몹시 괴로워하다가 끝내 죽고 말았다.

- 곤자쿠모노가타리(今昔物語)[2]

호색이라는 것은 이렇게 행동하는 것을 말하느니라.

- 짓킨쇼(十訓抄)[3]

---

[1] 가마쿠라(鎌倉) 초기에 편찬된 편자 미상의 설화집. 아쿠타가와 류노스케는 권3의 18화 일부분을 인용하였다.

[2] 총 31권으로 구성된 일본 최초의 설화집. 『호색』에서는 권30의 제1화 일부분이 수록되어 있다.

[3] 1252년에 편찬된 설화집으로, 교훈적인 내용의 설화가 10항목으로 나뉘어 실려 있다. 『호색』에서는 제1의 18화가 소개되어 있다.

❖ 1. 초상화 ❖

태평 시대에 어울리는, 우아하면서도 아름다운 모자 밑으로 아랫볼이 볼록한 얼굴이 이쪽을 바라보고 있다. 그 통통히 살찐 볼에 선명한 붉은 빛이 드러나 있는 것은 무슨 연지(臙脂)를 발랐기 때문이 아니다. 남자로서는 좀처럼 드문 매끈하고 포동포동한 살결 때문에 자연히 혈색이 드러나 보이는 것이다. 수염은 품격 있는 코밑으로, 아니, 코밑이라기보다는 얇은 입술 좌우로 마치 연한 먹물을 찍어낸 듯 조금밖에 남아있지 않다. 그러나 윤기 나는 빈모 위로는 청명한 하늘까지 희미하게 그 푸름을 투영시키고 있다. 그 빈모 가장자리에 있는 귀는 살짝 올라간 귓불만 보인다. 귓불이 바닷가 대합(蛤) 같은 따뜻한 색을 띤 것은 아마 희미한 빛 때문인 것 같다. 눈은 보통 사람보다 가늘지만 그 속에는 끊임없이 미소가 떠다니고 있다. 그 눈동자 속에는 아름답게 활짝 핀 벚꽃가지가 떠 있는 것이 아닌가 생각될 만큼 상쾌한 미소가 어려 있다. 하지만 조금만 주의해서 보면 그 속에 반드시 행복만 깃들어 있는 것은 아니라는 것을 알 수 있을 것이다. 이것은 멀리 있는 뭔가를 동경하는 미소이다. 동시에 가까이 있는 모든 것에 경멸을 품은 미소이다. 목은 얼굴에 비하면 너무 화려하다고 해도 좋다. 그 목에는 흰 한삼(汗衫) 홑옷 칼라가, 은은하게 향기가 배게 한 유채꽃 빛깔의 나들이옷 칼라와 가는 일선을 그리고 있다. 얼굴 뒤로 희미하게 보이는 것은 학을 수놓은 휘장일까? 아니면 평화스런 산자락에 적송을 그린 장지문일까? 어쨌든 흐린 은(銀)처럼 희읍스름한 밝은 풍경이 펼쳐져 있다.

이것이 옛날이야기 속에서 내 앞에 펼쳐진 '천하의 호색가' 다이라(平)

의 사다부미(貞文)4) 초상화이다. 다이라의 요시가제(好風)에게는 아들
이 셋 있었는데, 그 차남으로 태어났기에 헤이추(平中)라는 애칭으로
불렸다는 나의 돈 후안(Don Juan)의 초상화이다.

❖ 2. 벚꽃 ❖

헤이추는 기둥에 기대어 멍하니 벚꽃을 바라보고 있다. 서서히 처
마까지 내려온 벚꽃은 이미 한창때가 지난 듯하다. 붉은 빛이 조금 퇴
색한 그 꽃에는 긴 한낮을 넘긴 햇빛이 서로 교차한 가지들 사이로 복
잡한 그림자를 던져주고 있다. 그러나 헤이추의 눈은 벚꽃에 머물러
있어도 헤이추의 마음은 벚꽃에 머물러 있지 않다. 그는 아까부터 멍
하니 한 시종(侍從)을 생각하고 있었다.

'처음 그 시종을 본 것이…….'

헤이추는 생각했다.

'처음 그 시종을 본 것이……그게 언제 적 일이었더라? 그래그래,
여하튼 이나리(稲荷) 참배를 하러 간다고 했었으니까, 2월의 첫 오일(午日)
아침이었던 게 분명해. 그 여자가 가마에 올라타려는 순간, 내가 마침
그곳을 지나친 게 처음 시작이었지. 얼굴은 부채 사이로 힐끗 보였을
뿐이지만 진분홍과 연둣빛 옷을 겹쳐 입은 위로 보랏빛 저고리를 걸
친……그 모습이 뭐라 형용할 수 없었지. 게다가 가마에 막 들어가려
던 참이어서 한 손에 하카마를 쥔 채 약간 허리를 굽히는 모습이……
그 모습도 역시 참을 수 없었지. 본원(本院) 대신(大臣)의 저택에는 상당
히 많은 여자들이 있지만 그 정도 되는 사람은 한 사람도 없더군. 그

---

4) 헤이안(平安) 시대의 歌人. 호색의 미남자(-923)로 전해지고 있다.

정도라면 이 헤이추가 반했다고 해도……'

헤이추는 조금 진지한 얼굴이 되었다.

'하지만 정말로 반한 건지 모르겠군. 반했다고 하면 반한 것도 같고, 반하지 않았다고 하면 반하지……정말이지 이런 걸 생각하고 있으면 점점 알 수 없는 건데, 어쨌든 대충은 반한 거겠지. 우선 무엇보다 이 헤이추는 아무리 시종에게 반했다고 해도 눈앞까지 캄캄해지지는 않아. 언젠가 노리자네(範実) 녀석과 그 시종에 관한 소문을 이야기할 때, 유감스럽게도 머리숱이 너무 적다는 것을 어디서 들은 것 같다고 이야기했었지. 그런 건 한번 보았을 때 이미 정확히 알아차렸지. 노리자네 같은 녀석은 피리야 조금 불겠지만 호색을 이야기하자면……뭐, 그 녀석은 그 녀석대로 내버려두자. 당장 내가 생각하고 싶은 것은 시종뿐이니까. 그런데 좀 욕심을 내자면 얼굴이 너무 외로워 보여. 단지 외로워 보이는 것뿐이라면 오래된 에마키(絵巻, 이야기 등을 그림으로 그린 두루마기)를 닮은 기품 있는 구석이 있을 텐데. 쓸쓸해 보이는 것 치고는 박정해 보이고, 또 묘하게 침착한 구석이 있는 것은 아무리 생각해도 미덥지 못해. 여자라도 그런 얼굴을 하고 있는 건 의외로 사람을 깔보고 있다는 거야. 게다가 피부도 흰 쪽이 아니야. 거무스름하다고까지는 할 수 없어도 호박(琥珀) 빛깔 정도야. 하지만 언제 보아도 그 여자는 어딘지 모르게 두드러진, 달려가 껴안고 싶을 만큼의 자태를 하고 있단 말이야. 그것은 분명 그 어떤 여자도 흉내 낼 수 없는 기술일 거야.'

헤이추는 하카마 무릎을 세우며 멍하니 처마 끝 하늘을 올려다보았다. 하늘은 무성한 꽃 사이로 부드러운 푸른색을 띠고 있었다.

'그렇다고 해도 얼마 전부터 그렇게 편지를 써 보냈는데 답장 하나

보내지 않다니, 고집 센 것도 정도가 있잖아. 내가 연서를 보낸 여자
는 대개 세 번이면 받아들이고 마는데. 가끔 딱딱한 여자가 있어도 5
번 이상 편지를 보낸 적은 없어. 저 혜안(惠眼)이라는 법사의 딸만 해
도 시 한 수에 항복했었지. 그것도 내가 지은 노래가 아니야. 누군가
가……그래그래, 요시스케(義輔)가 만든 노래였어. 요시스케는 그 노래
를 지어 보내도 결국 그쪽 여자가 상대도 해주지 않았다던데, 같은 노
래라도 내가 쓰면……그 시종은 내가 써도 답장을 주지 않았으니 자
랑은 할 수 없을지 몰라. 하지만 어쨌든 내 편지에는 반드시 여자의
답장이 온다, 답장이 오면 만나게 된다, 만나게 되면 대소동이 일어난
다, 대소동이 일어나면……바로 또 시큰둥해진다. 뭐 이렇게 순서가 정
해져 있는데. 그런데 그 시종에게는 한 달에 무려 20통이나 편지를 썼
는데도 아무런 소식이 없으니 말이야. 내 연서의 문체가 그렇게 무한
정 있는 것도 아니고 이제 슬슬 바닥이 보이는데. 그래도 오늘 보낸 편
지에는 '하다못해 미츠(見つ, 보았다)라는 두 글자만이라도 보여 달라'고
써 보냈으니 이번에야말로 뭐든 답장이 있을 거야. 없을까? 만약 오늘
도 없다면……아아, 아아, 나도 얼마 전까지만 해도 이런 일로 고민할
자존심 없는 인간이 아니었는데 말이야.

여하튼 풍락원(豊樂院)의 옛날 여우는 여자로 둔갑한다는 이야기가
있는데, 그 여우에게 홀렸을 때는 틀림없이 이런 기분이 들 거야. 같
은 여우라도 나라자카(奈良坂) 여우는 세 아름이나 되는 삼나무로 둔갑
한다. 사가(嵯峨) 여우는 소가 끄는 수레로 둔갑한다. 가야 천(高陽川) 여
우는 소녀로 둔갑한다. 모모조노(桃園) 여우는 큰 연못으로 둔갑……여
우 같은 건 아무래도 좋아. 에에, 그런데 뭘 생각하고 있었지?'

헤이추는 하늘을 올려다보며 살짝 하품을 참았다. 꽃으로 파묻힌

처마 끝에서는 해가 기우는 가운데 이따금 하얀 무언가가 햇빛 속에 흩날린다. 어딘가에서 비둘기도 울고 있는 듯하다.

'어쨌든 그 여자는 이제 지쳤어. 교제하겠다고까지는 하지 않더라도, 나와 이야기만이라도 한번 나누게 되면 틀림없이 손아귀에 넣고 말 텐데. 하물며 하룻밤 만나게 된다면……. 그 셋츠(攝津)나 소중장(小中將)도 나를 몰랐을 때까지는 남자를 싫어했었지. 그러던 것이 내 손에 걸리니 저렇게 호색가가 되지 않았어? 그 시종만 하더라도 돌부처가 아닌 다음에야 좋아서 유정천(有頂天)이 되지 않을 리 없지. 그러나 그 여자는 막상 기회가 되어도 소중장처럼 부끄러워하지는 않을 거야. 그렇다고 또 셋츠처럼 묘하게 점잔 빼는 성격도 아닐 거야. 틀림없이 소맷자락을 입에 대주면 눈만큼은 활짝 웃으며…….'

"도련님."

'어차피 밤에 하는 일이니 등잔불이든 뭐든 밝혀져 있을 거야. 그 불빛이 그 여자의 머리에…….'

"도련님."

헤이추는 조금 당황한 듯 모자를 쓴 머리를 뒤로 돌렸다. 뒤에는 어느새 어린 하녀가 시선을 아래로 둔 채 한 통의 편지를 꺼내고 있었다. 무언가 열심히 웃음을 참고 있는 것 같았다.

"소식인가?"

"네, 시종 님으로부터……."

하녀는 이렇게 말하고는 총총히 주인 앞에서 물러났다.

"시종 님으로부터? 정말인가?"

헤이추는 조심조심 파란 얇은 종이로 된 편지를 펼쳤다.

"노리자네나 요시스케의 장난이 아닐까? 그 녀석들은 모두 이런 일을 무엇보다 좋아하는 한가한 놈들이니까……. 아니, 이것은 정말 시종의 편지다. 시종의 편지인 건 틀림없는데……. 이 편지는, 이건 무슨 편지지?"

헤이추는 편지를 내던졌다. 편지에는 '단지 미츠(보았다), 두 글자만이라도 보여 달라'고 써서 보낸, 그 "미츠"라는 두 글자만이—더구나 헤이추가 보낸 편지에서 그 두 글자만을 오려낸 것이 얇은 종이에 붙여져 있었던 것이다.

"아아, 아아, 천하의 호색가로 불리는 내가 이 정도로 무시를 당하다니 어이가 없군. 그 시종이라는 여자는 이제 꼴도 보기 싫어. 당장 내가 어떻게 할지 기억하고 있어라……."

헤이추는 무릎을 안은 채, 망연히 벚꽃가지를 올려다보았다. 엷고 푸른 이파리가 뒤집힌 위에는 벌써 바람에 날린 꽃들이 몇 개나 점점이 떨어져 있었다.

❖ 3. 비 내리는 밤 ❖

그 후 두 달 정도 지나고 난 뒤였다. 장마가 계속되던 어느 날 밤, 헤이추는 본원의 시종이 있는 곳으로 숨어 들어갔다. 비는 밤하늘이 녹아떨어지듯 처참한 소리를 토해내고 있었다. 길은 진창이라기보다도 홍수가 난 것 같았다. 이런 밤에 찾아가면 아무리 무정한 시종이라고 해도 당연히 불쌍하게 생각할 것이다. 이렇게 생각한 헤이추는 처소 입구를 기웃거리다가 은박을 두른 부채를 흔들며 안내를 청하듯 기침을 했다.

그러자 15, 6세의 동녀(童女)가 곧바로 모습을 드러냈다. 마른 얼굴에 흰 분을 바른, 졸린 듯한 표정의 소녀였다. 헤이추는 얼굴을 가까이 대고 작은 목소리로 시종에게 안내를 부탁했다.

일단 안으로 들어간 소녀는 처소 입구로 돌아오자 역시 작은 목소리로 이렇게 말했다.

"아무쪼록 여기서 기다려주십시오. 곧 모두가 잠이 들면 만난다고 하시니까요."

헤이추는 자기도 모르게 미소 지었다. 그리고 소녀가 안내하는 대로 시종의 거처 옆방인 듯한 곳의 미닫이문 옆에 앉았다.

'역시 나는 영리한 남자야.'

어린 소녀가 어딘가로 물러간 다음 헤이추는 혼자서 싱글벙글 웃고 있었다.

'콧대 높은 시종도 이번에는 결국 마음을 접은 것 같군. 여하튼 여자라는 것은 감상에 젖기 쉬우니까 말이지. 감상에 젖어있을 때 친절함을 보이기만 하면 바로 덜컹 무너져버리지. 이런 급소를 모르니까 요시스케와 노리자네는 뭐라고 해도……. 아, 잠깐만, 그런데 오늘 밤 만날 수 있다는 건 왠지 이야기가 너무 잘 되어가는 것 같단 말씀이야.'

헤이추는 슬슬 불안해졌다

'하지만 만나지도 않을 거면서 만나겠다고 할 리는 없을 것 같은데. 그저 내가 비뚤어진 생각을 하고 있는 건가? 무려 60통이나 끊임없이 편지를 보내도 답장 한번 받지 못했으니 의심이 생기는 것도 당연하지. 하지만 의심이 아니라고 한다면……. 곰곰이 생각해보면 의심이 아닌 것 같기도 해. 아무리 친절에 무너진다 해도 지금까지는 쳐다보지도 않던 시종이……. 그래도 상대는 나니까 말이야. 헤이추에게 이

만큼 사랑받았다고 하면 갑자기 마음이 풀릴지도 모르지.'

헤이추는 의관을 고치면서 주뼛주뼛 주변을 살펴보았다. 하지만 주변에는 어둠 외에는 아무것도 보이지 않았다. 단지 빗소리만 노송나무 껍질로 만든 지붕을 울리고 있었다.

'비뚤어진 생각이라고 하면 비뚤어진 생각인 것 같고, 비뚤어진 생각이 아니라고……아니, 비뚤어진 생각이라고 하면 비뚤어진 생각이 아니게 되고, 비뚤어진 생각이 아니라고 하면 의외로 비뚤어진 생각으로 끝날 것 같다. 운이라는 녀석은 본래 빈정대기 좋아하는 녀석이니까. 그렇다면 뭐든 열심히 비뚤어진 것이라고 생각하는 거야. 그렇게 하면 당장이라도 그 여자가……아이고, 이제 모두 잠을 자려는 것 같군.'

헤이추는 귀를 곤두세웠다. 아니나 다를까, 귀를 기울여 보니 여전히 그칠 새 없이 내리는 빗소리와 함께 어전(御前)에 꽉 차있던 시녀들이 자기 처소로 돌아가는 듯 웅성대는 소리가 들려왔다.

'지금이 참아 넘겨야 할 때야. 이제 반 시간만 지나면 나는 힘들이지 않고 소원을 이루는 거다. 하지만 어쩐지 뱃속 저 밑바닥에는 아직도 안심할 수 없는 기분이 든단 말씀이야. 그래그래, 이것이 좋은 거였지. 만날 수 없는 사람이라고 생각하면 신기하게 만날 수 있게 되는 거야. 하지만 빈정대기 좋아하는 운이란 녀석이 이런 내 속셈을 알아채버릴지도 몰라. 그럼 만날 수 있다고 생각할까? 그렇다고 해도 타산적인 것 같으니까 역시 이쪽이 생각하는 것처럼……. 아아, 가슴이 아파온다. 차라리 뭔가 시종과는 인연이 없는 것을 생각하자. 이제 모든 방이 조용해졌군. 들리는 건 빗소리뿐이구나. 그럼 빨리 눈을 감고 비에 대한 것이라도 생각하기로 하자. 봄비, 5월의 장맛비, 소나기, 가을

비……가을비라는 말이 있나 몰라? 가을비, 겨울비, 낙숫물, 비가 샘, 비 우산, 기우(祈雨), 비용(龍), 청개구리, 비 가리개, 비를 피함…….'

이런 것들을 생각하고 있는 사이, 예상치 못한 소리가 헤이추의 귀를 놀라게 했다. 아니, 놀라게 한 것만이 아니다. 이 소리를 들은 헤이추는 별안간 불보살의 영(靈)이 극락으로 이끌어주심을 참배하는 신심 깊은 법사보다도 훨씬 더 환희에 찬 얼굴이 되었다. 덧문 저쪽에서 누군가 자물쇠를 푸는 소리가 똑똑하게 귀에 들렸기 때문이다.

헤이추는 덧문을 당겨보았다. 문은 그가 생각한 대로 스르륵 문턱 위로 미끄러졌다. 그 건너편에는 어디서 피우는지 향냄새 자욱한 어둠이 신기하리만치 펼쳐져 있었다. 헤이추는 조용히 문을 닫은 뒤 무릎으로 기고 손으로 더듬어 조금씩 안으로 들어가 보았다. 하지만 이 요염한 어둠 속에서는 천장에서 나는 빗소리 외에는 그 어떤 소리도 들리지 않았다. 우연히 뭔가 손에 닿았는가 싶으면 옷걸이나 경대뿐이었다. 헤이추는 더욱 심장이 두근거리는 듯했다.

'없는 건가? 있다면 뭐라고 말할 것 같은데.'

이렇게 생각하던 찰나, 그의 손이 우연히 부드러운 여자 손에 닿았다. 그리고 계속해서 주변을 더듬자 비단인 듯한 겉옷 소매가 만져졌다. 그 옷 속의 유방에 닿는다. 둥글둥글한 뺨이며 턱이 만져진다. 얼음보다도 차가운 머리카락이 만져진다. 헤이추는 마침내 어둠 속에 조용히 혼자 누워 있는 그리운 시종을 찾아냈다.

이건 꿈도 환상도 아니다. 시종은 헤이추의 바로 앞에 옷 하나만 걸친 채 단정치 못한 모습으로 누워 있었다. 그는 놀란 나머지 몸이 굳어져 자기도 모르게 오들오들 떨기 시작했다. 하지만 시종은 여전히 몸을 움직이려는 기색조차 보이지 않았다. 이런 일은 분명 어떤 옛 소

설에 쓰여 있었던 것 같다. 아니면 몇 년쯤 전에 '오토노 기름의 등불(大殿油の火影)'에서 본 무슨 그림 이야기였는지도 모른다.

"고맙구나, 고마워. 지금까지는 박정하다고 생각했는데, 이제 앞으로는 부처님보다도 자네에게 신명을 바칠 생각이야."

헤이추는 시종을 끌어당기며 그녀의 귀에 이렇게 속삭이려고 했다. 하지만 마음은 급한데 혀가 위턱에 걸려 목소리다운 목소리가 나오지 않았다. 그 사이 시종의 머리 향내며 묘하게 따뜻한 살 내음이 무턱대고 그를 감싸온다. 이것을 느끼자마자 곧 그의 얼굴로 희미한 시종의 숨소리가 덮쳐왔다.

일순간, 그 일순간이 지나면 그들은 분명 애욕의 폭풍으로 빗소리도, 자욱이 피어오르는 향 내음도, 본원의 대신도, 어린 소녀도 망각해버릴 것이다. 그러나 이 중요한 찰나에 시종은 반쯤 몸을 일으키더니, 헤이추의 얼굴에 자신의 얼굴을 가까이 대면서 부끄러운 듯 말했다.

"잠시만 기다려 주세요. 아직 저쪽 장지문에는 자물쇠가 잠겨 있지 않으니 저것을 잠그고 오겠습니다."

헤이추는 그저 고개만 끄덕였다. 시종은 두 사람의 이불 위에 향기 좋은 따뜻함을 남겨 놓고 살짝 그곳을 떠났다.

'봄비, 시종, 아미타여래, 비를 피함, 낙숫물, 시종, 시종……'

헤이추는 똑바로 눈을 뜬 채 그 자신도 확실히 알지 못하는 여러 가지를 생각하고 있었다. 그때, 저쪽 어둠 속에서 찰칵 자물쇠를 잠그는 소리가 났다.

'비용, 향로, 비 내리는 날 밤의 품평회, 어둠 속에서의 만남은 덧없으니 꿈속에서 똑똑히 만나보는 것만큼 행복하지 않도다,5) 꿈속에…….

어찌된 일일까? 자물쇠는 진즉 잠근 것 같은데…….'

헤이추는 머리를 들어 보았다. 하지만 주변은 아까 그대로 향내가 떠도는 그윽한 어둠이 있을 뿐이었다. 시종은 어디에 간 것일까? 옷 스치는 소리조차 들리지 않는군.

"설마……. 아니야, 어쩌면……."

헤이추는 이불에서 기어 나와 다시 아까처럼 손을 더듬거리며 저쪽 장지문으로 가보았다. 장지문은 방 바깥에서 단단히 자물쇠가 채워져 있었다. 게다가 귀를 기울여 보아도 발소리 하나 들려오지 않았다. 쏟아지는 빗속에 모두 잠들어 어느 방이나 쥐 죽은 듯 조용했다.

"헤이추, 헤이추, 너는 이제 천하의 호색가도, 그 무엇도 아니다."

헤이추는 장지문에 기댄 채 정신이 나간 것처럼 중얼거렸다.

"너의 용모도 퇴색했다. 너의 재능도 처음과 같지 않아. 너는 노리자네나 요시스케보다도 훨씬 뒤떨어진, 자존심 없는 놈이야."

❖ 4. 호색문답 ❖

이것은 헤이추의 두 친구 요시스케와 노리자네가 주고받은, 어느 쓸데없는 이야기의 한 구절이다.

요시스케: 그 시종이라는 여자에게는 천하의 헤이추도 상대가 되지 못했다더군.

노리자네: 그런 소문이야.

요시스케: 그 녀석에게는 좋은 징벌이지. 그 녀석은 후궁이나 황실 내 전에서 일하는 궁녀만 제외하고 그 어떤 여자에게라도 손

---

5) 『고킨와카집』(古今和歌集)에 수록되어 있는 사랑노래(恋歌)3의 647의 노래.

을 내밀 놈이야. 조금은 벌을 주는 게 좋아.

노리자네: 헤에, 자네도 공자의 제자인가?

요시스케: 공자의 가르침 같은 건 모르지만 얼마나 많은 여자들이 헤이추 때문에 눈물 흘렸는지 정도는 알고 있지. 내친김에 한마디 더 덧붙이자면 그 때문에 얼마나 많은 남편들이 괴로워하고, 얼마나 많은 부모들이 분통을 터뜨리고, 얼마나 많은 하인들이 원망했을지 그것도 완전히 모르진 않아. 그렇게 폐를 끼치는 놈은 당연히 북을 쳐서 책망해야 돼. 자네는 그렇게 생각하지 않나?

노리자네: 그렇다고만도 할 수 없지. 정말 헤이추 한 사람 때문에 세상이 그 지경이 되는지도 모르지. 하지만 그 죄는 헤이추 한 사람이 짊어져야 하는 것도 아니지 않나?

요시스케: 그럼 또 누가 짊어져야 하는가?

노리자네: 여자에게도 짊어지게 해야지.

요시스케: 여자에게 짊어지는 하는 건 불쌍하지.

노리자네: 헤이추에게 짊어지게 하는 것도 불쌍하지 않은가?

요시스케: 하지만 헤이추가 유혹한 것이니까.

노리자네: 남자는 전쟁터에서 칼싸움을 하지만, 여자는 자고 있는 사람의 목밖에는 베지 못해. 하지만 둘 다 살인죄임에는 변함이 없지.

요시스케: 이상하게 헤이추의 편을 드는군. 그러나 이것만큼은 확실하지? 우리는 세상을 힘들게 하지 않지만 헤이추는 세상을 힘들게 하고 있어.

노리자네: 그것도 어떤지 알 수 없어. 우리 인간은 어떤 인과인지는

모르지만 서로에게 상처 주지 않고서는 한시도 살 수 없는 존재야. 단지 헤이추는 우리보다도 쓸데없이 세상을 힘들게 하고 있는 거지. 이 점은 그런 천재에게는 어쩔 수 없는 운명이야.

요시스케: 농담하지 마. 헤이추가 천재라고 한다면 이 연못의 미꾸라지도 용이 되겠지.

노리자네: 헤이추는 분명 천재야. 그 녀석의 얼굴을 유심히 보게. 그 녀석의 목소리를 들어봐. 그 녀석의 문장을 읽어보게. 자네가 여자라고 생각하고 그 녀석과 하룻밤을 지낸다고 가정해보게. 그 녀석은 구카이 상인(空海上人)[6]이나 오노노토후(小野道風)[7]처럼 어머니의 태내를 떠날 때부터 비범한 능력을 부여받았어. 그가 천재가 아니라면 천하에 천재는 한 사람도 없지. 그런 점에서는 우리 두 사람 같은 건 도저히 헤이추의 상대가 되지 않아.

요시스케: 하지만 말일세. 천재라고 해서 자네가 말하는 것처럼 죄만 짓지는 않잖은가? 가령 토후의 편지를 읽으면 미묘한 필력에 감동받는다든가 구카이 상인의 독경을 들으면……

노리자네: 나도 뭐 천재가 죄만 짓는다고는 하지 않았어. 죄도 짓는다는 거야.

요시스케: 그럼 헤이추와는 다르지 않은가? 그 녀석이 짓는 것은 죄뿐이라고.

노리자네: 그건 우리로서는 알 수 없지. 가나(仮名)도 제대로 쓰지 못하

---

6) 구카이 상인(空海上人)(774-835). 헤이안 前期 真言宗의 開祖. 『顯密二教論』, 『十住心論』 등의 저서가 있다.

7) 오노노토후(小野道風)(894-966). 헤이안 中期의 書家.

는 자에게는 토후의 글도 시시하지 않겠는가? 신심이 전혀
없는 자에게는 구카이 상인의 독경보다도 창녀의 노래 쪽
이 더 재미있을지 모르지. 천재의 공덕을 알기 위해서는
이쪽에게도 상당한 자격이 필요하다고.

요시스케: 그건 자네 말이 맞는데, 헤이추 존자(尊者)의 공덕 따위
는…….

노리자네: 헤이추의 경우도 마찬가지 아닌가? 그런 호색 천재의 공덕
은 여자만이 알거야. 자네는 아까 얼마나 많은 여자들이
헤이추 때문에 눈물을 흘렸느냐고 했는데, 나는 반대로 이
렇게 말하고 싶군. 얼마나 많은 여자들이 헤이추 때문에
더없는 환희를 맛보았는지, 얼마나 많은 여자들이 헤이추
때문에 절절하게 삶의 보람을 느꼈는지, 얼마나 많은 여자
들이 헤이추 때문에 희생의 엄숙함을 배웠는지, 얼마나 많
은 여자들이 헤이추 때문에…….

요시스케: 됐어, 그 정도면 충분하네. 자네처럼 엉뚱한 논리를 대면
허수아비도 훌륭한 무사가 되어버릴걸.

노리자네: 자네처럼 질투심이 많으면 용감한 무사도 허수아비로 착각
해버릴 테지.

요시스케: 질투심이 많아? 헤에, 이거 뜻밖이군.

노리자네: 자네는 헤이추를 비난하는 만큼 음탕한 여자는 비난하지
않잖아? 설사 입으로는 비난해도 마음속으로는 비난하지
않아. 그건 같은 남자라서 어느새 질투가 생기는 거야. 우
리는 누구나 헤이추처럼 될 수 있다면 헤이추가 되어보고
싶은, 남들이 모르는 야심을 가지고 있어. 그 때문에 헤이

추는 모반인(謀叛人)보다도 더 우리에게 미움 받는 거야. 생
각해 보면 불쌍하지.

요시스케: 그럼 자네도 헤이추가 되고 싶은가?

노리자네: 나 말인가? 나는 별로 되고 싶지 않아. 그러니까 내가 헤이
추를 보는 것은 자네가 보는 것보다도 공평한 거야. 헤이
추는 여자가 하나 생기면 금방 그 여자에게 싫증내버려.
그리고 또 다른 여자에게 이상하리만치 푹 빠져버리지. 그
건 헤이추의 마음속에 항상 무산(巫山)의 신녀(神女)와 같은
인류을 초월한 미인의 모습이 생생하게 떠있기 때문이야.
헤이추는 늘 세상 여자들에게서 그런 아름다움을 보려고
하지. 실지로 반해있을 때는 볼 수 있다고 생각해. 하지만
두세 번 만나면 그런 신기루는 당연히 무너지고 말아. 그
때문에 그 녀석은 이 여자 저 여자를 전전하며 고달프게
애태우는 거야. 더구나 말법 세상에 그런 미인이 있을 리
없으니 결국 헤이추의 일생은 불행하게 끝날 수밖에 없겠
지. 그 점에서는 자네나 내 쪽이 훨씬 행복한 거야. 그러나
헤이추가 불행한 것은 말하자면 천재이기 때문이야. 그건
헤이추 한 사람만이 아냐. 구카이 상인이나 오노노토후도
분명 그 녀석과 같았을 거야. 어째든 행복해지기 위해서는
우리 같은 범인이 제일이야……

❖ 5. 마리(糞)도 아름답다고 탄식하는 남자 ❖

헤이추는 혼자서 쓸쓸히 본원의 시종 처소에 가까운, 인적이 드문 복도에 쪼그리고 앉아 있었다. 복도의 난간에 비친 기름 같은 햇빛의 색깔을 보면 오늘도 더위가 심해질 것 같았다. 하지만 차양 밖 하늘 아래로는 푸르름을 품은 소나무가 줄지어 서서 조용히 시원함을 지키고 있었다.

'시종은 나를 상대도 하지 않아. 나도 이제 시종은 단념했어.'

헤이추는 창백한 얼굴로 멍하니 이런 생각을 하고 있었다.

'하지만 아무리 단념해도 시종의 모습이 환상처럼 저절로 눈앞에 떠오른다. 언젠가 그 비 내리는 날 밤 이후, 그저 오로지 그 모습을 잊고 싶은 마음에 사방에 계시는 신불(神仏)에게 얼마나 온 정성을 다해 기원했는지 몰라. 그러나 가모(加茂)의 신사에 가면 거울 속에 똑똑히 시종의 얼굴이 비쳐 보여. 기요미즈테라(清水寺) 법당에 들어가면 관세음보살의 모습조차 그대로 시종으로 변해버리고. 만약 이 모습이 언제까지나 내 마음을 떠나지 않는다면 나는 틀림없이 애가 타서 죽어버릴 거야.'

헤이추는 긴 한숨을 내쉬었다.

'그 모습을 잊기 위해서는……오직 한 가지 방법밖에 없어. 그것은 바로 그 여자의 꼴사나운 점을 발견하는 거야. 설마 시종이 하늘에 사는 선녀도 아닐 테고, 불결한 면도 여러 가지 있을 거야. 그것을 하나 발견하기만 하면 마치 궁녀로 변한 여우가 꼬리 달린 것을 들킨 것처럼 시종에 대한 환상도 무너져버릴 거야. 내 목숨도 그 순간 겨우 내 것이 될 수 있겠지. 하지만 어디가 꼴사나운지, 어떤 점이 불결한지 그것은 아무도 알려주지 않는다. 아아, 대자대비하신 관세음보살 님, 부디 그것을 알려주십시오. 시종이 가와라(河原)의 여자 거지와 실은 조금도 다르지 않다는 증거를…….'

헤이추는 이런 생각을 하다가 문득 울적한 시선을 들었다.

"아니, 저기 오는 건 시종 처소의 소녀 아닌가?"

그 영리해 보이는 소녀는 붉은빛과 연보랏빛 배색의 얇은 속옷에 짙은 색 하카마를 끌면서 마침 이쪽으로 걸어오고 있었다. 그런데 빨간 그림 부채 뒤로 뭔가 상자를 감추고 있었다. 틀림없이 시종의 마리(糞)[8]를 버리러 가는 것일 것이다. 그 모습을 보자 헤이추의 마음속에는 별안간 어떤 대담한 결심이 번개처럼 번뜩이며 지나갔다.

헤이추는 눈빛을 바꾸어 소녀가 가는 길을 막아섰다. 그리고 그 상자를 낚아채자마자 복도 건너편 사람이 없는 방으로 뛰어갔다. 물론 예상치 못한 일을 당한 소녀는 우는 소리를 내며 종종걸음으로 쫓아왔다. 헤이추는 그 방으로 뛰어들자마자 덧문을 닫고 재빨리 자물쇠를 잠가버렸다.

"그래. 이 안을 보면 틀림없어. 백년 된 사랑도 일순간에 연기처럼 덧없이 사라져버릴 거야."

헤이추는 와들와들 떨리는 손으로 상자 위에 덮은 천―정향나무 꽃봉오리를 달인 즙으로 물들인 얇은 천―을 살짝 들어보았다. 상자는 뜻밖에도 아주 정교하게 만든 것으로, 아직 새것이었다. 더욱이 금가루로 칠기 표면에 무늬를 넣은 마키에(蒔絵)[9]이다.

---

8) 시종의 신비함을 유지하기 위해서 인분(人糞)을 '마리'로 표현하고 있다고 해야 할 것이다.

9) 옻칠을 한 후에 금·은가루나 색 가루를 뿌려 표면에 무늬를 나타내는 일본 특유의 공예.

"이 안에 시종의 마리(糞)가 있다. 동시에 내 목숨도 있다."

헤이추는 그곳에 쪼그리고 앉은 채 물끄러미 아름다운 상자를 바라보았다. 처소 밖에서는 훌쩍훌쩍 소녀의 우는 소리가 계속되고 있었다. 하지만 그것은 어느새 괴로운 침묵 속에 묻혀버리고 말았다. 덧문이며 장지문도 점점 안개처럼 사라지기 시작했다. 아니, 이제는 낮인지 밤인지 그것조차 헤이추로서는 구분할 수 없었다. 그저 그의 눈앞에 꾀꼬리가 그려진 상자 하나가 선명하게 공중에 떠올라 있을 뿐이었다.

"내 목숨도, 시종과 완전히 헤어지는 것도 모두 이 상자에 달려있다. 이 상자의 뚜껑을 열기만 하면……아니, 그것은 생각해 봐야 돼. 시종을 잊어버리는 게 좋을지 바람직하지 못한 목숨을 연장시키는 게 좋을지, 나로서는 어느 쪽도 대답할 수 없구나. 설사 애가 타 죽는다 해도 이 상자 뚜껑만큼은 열지 말고 그냥 둘까?"

헤이추는 지친 볼 위의 눈물자국을 반짝거리며 새삼 망설였다. 그러나 잠시 침묵이 흐른 뒤, 갑자기 눈을 반짝이더니 이번에는 속으로 이렇게 외쳐댔다.

'헤이추! 헤이추! 너는 어찌 그리 자존심이 없니? 그 비 내리는 날 밤을 잊었나? 시종은 지금도 너의 사랑을 비웃고 있을지 모른다. 살아라! 훌륭하게 살아서 보여줘! 시종의 마리(糞)를 보기만 하면 반드시 너는 승리해서 뽐낼 수 있을 거야.'

헤이추는 거의 미치광이처럼 마침내 상자 뚜껑을 열었다. 상자에는 엷은 주황색 물이 반쯤 넉넉히 들어 있었고, 그 속에는 짙은 주황색 덩어리가 두세 개 바닥에 가라앉아 있었다. 그러자 꿈처럼 정향나무 냄새가 코를 찔렀다. 이것이 시종의 마리일까? 아니야, 길상천녀(吉祥

天女, 인도 신화에 나오는 여신)라고 해도 이런 마리를 쌀 리가 없어. 헤이추는 얼굴을 찡그리며 제일 위에 떠있는 두 치 정도의 덩어리를 집어 올렸다. 그리고 수염에 닿을 만큼 몇 번이고 다시 냄새를 맡아 보았다. 냄새는 분명 품질 좋은 서향(瑞香)나무의 냄새였다.

"이건 어때? 이 물도 역시 향기가 나는 것 같은데?"

헤이추는 상자를 기울여 살짝 물을 마셔보았다. 물도 정향나무를 끓여 만든 윗물임이 틀림없었다.

"그럼 이것도 향나무인가?"

헤이추는 지금 집어 올린 두 치 정도의 것을 씹어 보았다. 그러자 이로도 느껴질 만큼 쓴맛이 섞인 단맛이 났다. 게다가 입 안에는 금세 감귤 꽃보다 시원한, 미묘한 향기가 가득 찼다. 시종은 어떻게 추측했는지 헤이추의 계략을 무너뜨리기 위해서 향으로 세공한 마리를 만든 것이다.

"시종! 너는 헤이추를 죽였다!"

헤이추는 이렇게 신음하면서 툭 마키에(蒔絵) 칠을 한 상자를 떨어뜨렸다. 그리고 서 있던 그대로 불상이 넘어지듯 바닥에 쓰러지고 말았다. 그 반쯤 죽은 듯한 눈동자 속으로 자마금(紫磨金)의 원광(円光)에 둘러싸여 태연히 그에게 미소를 보내고 있는 시종의 모습을 떠올리며…… 그때의 시종의 모습은 어느새 머리숱도 풍성해지고 얼굴도 거의 옥(玉)처럼 변해있었다.

(1921년 9월)

덤불 속(藪の中)

김상원

❖ 재판관의 심문에 대한 나무꾼의 진술 ❖

그렇습니다. 그 시체를 처음 발견한 것은 틀림없이 저였습니다. 저는 오늘 아침 여느 때와 마찬가지로 뒷산에 삼나무를 베러 올라갔습니다. 그런데 산그늘 덤불 속에 그 시체가 있었습니다. 시체가 있던 곳 말입니까? 그곳은 야마시나 역로에서 사오백 미터가량 떨어진 곳입니다. 대나무 숲 속에 마른 삼나무들이 뒤섞인, 인적이 드문 곳입니다.

시체는 옅은 남색 평복 차림에 교토풍의 잔주름이 들어간 두건을 쓴 채 하늘을 보고 쓰러져 있었습니다. 어찌 되었든 간에 단칼이었지만 흉부를 찔린 탓인지 시체 주변의 대나무 낙엽들이 검붉게 물들여져 있었습니다. 아니요, 피는 이미 멎어 있었습니다. 상처 부위도 말라 있었습니다. 게다가 상처 부위에는 말파리 한 마리가 제 발소리도 듣지 못했는지 딱 달라붙어 있더군요.

칼이나 다른 것은 보지 못했냐고요? 아니요, 아무것도 없었습니다. 한데 옆에 있는 삼나무 뿌리 주변에 밧줄이 한 가닥 떨어져 있었습니다. 그리고……그렇지, 밧줄 말고도 빗이 하나 떨어져 있었습니다. 시체 옆에 있던 것은 그 두 가지뿐이었습니다. 하지만 풀이나 대나무 낙엽들이 온통 짓밟혀 있던 것으로 보아, 분명 그 사내는 살해되기 전에 상당히 처절한 저항을 한 것 같습니다. 예? 말은 없었냐고요? 그곳은 애당초 말이 들어갈 수 있는 곳이 아닙니다. 말이 다니는 길과는 덤불 하나 정도 떨어져 있습니다.

❖ 재판관의 심문에 대한 행각승의 진술 ❖

주검이 된 저 남자와는 분명 어제 만났습니다. 어제, 그러니까 점심 무렵이었을 겁니다.

장소는 세키야마에서 야마시나로 가는 도중이었습니다. 저 남자는 말을 탄 여자와 함께 세키야마 쪽으로 걸어가고 있었습니다. 여자는 비단 천을 드리운 삿갓을 쓰고 있어서 얼굴은 보이지 않았습니다. 보인 것은 단지 겉은 붉고 안감은 푸른 겹옷 색깔뿐이었습니다. 말은 홍갈색이었고……틀림없이 스님 머리처럼 갈기를 짧게 깎은 말이었습니다. 말의 키 말입니까? 키는 넉 자 네 치쯤 되었을까요? 글쎄요, 속세를 떠나 있는지라 그런 쪽은 문외한입니다.

남자는……아닙니다. 칼도 차고 있었고 활과 화살도 지니고 있었습니다. 특히 검게 칠한 전동에 스무 개 남짓 화살을 꽂고 있었던 것은 지금도 또렷이 기억합니다.

그 남자가 이렇게 될 줄은 꿈에도 생각하지 못했습니다만, 참으로 사람의 목숨이란 이슬처럼 덧없고 번개처럼 한순간이란 말이 틀리지 않는군요. 거참, 뭐라 말이 안 나올 만큼 딱한 일입니다.

❖ 재판관의 심문에 대한 포졸의 진술 ❖

제가 붙잡은 놈 말입니까? 그놈은 분명 다조마루라고 하는 악명 높은 도둑입니다. 하지만 제가 붙잡았을 때는 말에서 떨어졌는지 아와다구치 돌다리 위에서 끙끙대며 신음하고 있었습니다. 시각이요? 시각은 어젯밤 여덟 시경이었습니다. 지난번에 제가 잡으려다 놓쳤을 때도 역시 이 감색 평복에 날밑을 끼운 칼을 차고 있었습니다. 그런데 이번에는 보시다시피 그것 말고도 활과 화살까지 지니고 있습니다. 그렇습니까? 그 살해된 남자가 가지고 있던 것도……. 그렇다면 살인을 저지른 자는 다조마루가 틀림없습니다. 가죽을 감은 활, 검게 칠한 전동, 매의 깃털을 단 화살 열일곱 개, 이것들은 모두 저 남자가 가지고 있던 것들이겠죠. 예, 말도 말씀하신대로 갈기를 바싹 깎은 홍갈색 말입니다. 그 말이 이놈을 떨어뜨린 걸 보면 필시 무슨 연유가 있었을 겁니다. 말은 돌다리 조금 못 미친 곳에 고삐를 길게 늘어뜨린 채 길가의 억새풀을 뜯고 있었습니다.

이 다조마루라는 놈은 도성에서 활동하는 도둑놈들 중에서도 유난히 여색을 밝히는 놈입니다. 작년 가을 도리베라는 절의 나한이 모셔져 있는 뒷산에 불공을 드리러 온 부인이 어린 하녀와 함께 살해된 것도 이놈 짓이라는 소문이 있습니다. 그 홍갈색 말을 타고 있던 여자도, 이놈이 그 남자를 살해했다고 한다면 어디서 어떻게 되었을지 모를 일입니다. 주제넘은 말씀입니다만, 여자에 대해서도 문초해 주십시오.

❖ 재판관의 심문에 대한 노파의 진술 ❖

예, 저 시신은 제 딸아이의 남편입니다. 하지만 교토 사람은 아닙니다. 와카사의 관청에서 일하는 무사입니다. 이름은 가나자와 다케히로이고 나이는 스물여섯입니다. 아닙니다. 온순한 성품이라 남에게 원한을 살 만한 사람이 아닙니다.

딸아이요? 딸의 이름은 마사고이고 나이는 열아홉입니다. 딸아이는 웬만한 남자에게도 지지 않을 만큼 기가 센 아이입니다만, 아직 한 번도 다케히로 외에는 남자를 사귀어본 적이 없습니다. 얼굴색은 조금 검은 편이고 왼쪽 눈꼬리에 검은 사마귀가 있는 작고 갸름한 얼굴입니다.

다케히로는 어제 딸과 함께 와카사로 떠났는데 이런 변을 당하다니 이게 무슨 팔자란 말입니까? 한데 제 딸은 어찌 되었는지요? 사위는 이제 어쩔 수 없다고 해도 딸아이만큼은 무사해야 할 텐데 걱정이 돼서 견딜 수가 없네요. 부디 이 늙은이의 평생소원이니 초목을 다 뒤져서라도 딸아이의 행방을 찾아주세요. 어쨌든 몹쓸 놈은 그 다조마루인가 뭔가 하는 도둑놈입니다. 사위뿐만 아니라 딸년까지도⋯⋯. (이후 울기만 할 뿐 말을 잇지 못함.)

❖ 다조마루의 자백 ❖

그 남자를 죽인 것은 접니다. 그러나 여자는 죽이지 않았습니다. 그럼 어디로 갔냐고요? 그건 저도 모릅니다. 아, 잠깐 기다리세요. 아무리 고문을 당해도 모르는 건 말할 수 없는 것 아닙니까? 그리고 저도 이렇게 된 이상 비겁하게 숨길 생각은 없습니다.

저는 어제 점심때가 좀 지나서 그 부부를 만났습니다. 때마침 바람이 불어 삿갓에 드리운 천이 살짝 올라가 여자의 얼굴이 언뜻 보였습니다. 언뜻 보였다고 생각했을 때는 이미 보이지 않게 되었지만, 그 때문인지 저에게는 그 여자의 얼굴이 보살처럼 보였습니다. 저는 그 순간, 남자를 죽여서라도 여자를 뺏어야겠다고 결심했습니다.

뭐, 사내 하나 죽이는 것쯤이야 당신들이 생각하는 것처럼 대단한 일도 아닙니다. 어차피 여자를 뺏으려면 남자는 반드시 죽일 수밖에 없습니다. 다만 저는 사람을 죽일 때 허리춤에 찬 칼을 사용하지만 당신네들은 칼을 쓰지 않지요. 오직 권력으로 죽이거나 돈으로 죽이지요. 경우에 따라서는 그럴싸한 감언이설로 죽이기도 하고요. 물론 피도 흐르지 않고 남자는 멀쩡히 살아 있겠죠. 하지만 그것도 죽인 것입니다. 죄의 깊이를 따져보면 당신네들이 더 나쁜 것인지 제가 더 나쁜 것인지 알 수 없습니다. (빈정거리는 미소.)

그러나 남자를 죽이지 않고서도 여자를 차지할 수 있다면 그야 더할 나위 없이 좋겠죠. 아니, 당시 심정으로는 가능하면 남자를 죽이지 않고 여자를 뺏었으면 해서 그리 결심했습니다. 하지만 야마시나 역로에서는 도저히 불가능한 일이었습니다. 그래서 저는 그 부부를 산속으로 데리고 들어갈 묘안을 생각했습니다.

그것도 어려운 일은 아니었습니다. 저는 그 부부와 자연스레 동행하게 되었고, '건너편 산속에 오래된 무덤이 있는데 그 무덤을 파보았더니 거울과 칼 등이 많이 묻혀 있어서 아무도 모르게 산그늘 덤불 속에 그 물건들을 묻어놓았으니 만약 사려는 사람이 있다면 무엇이든 헐값에 처분하려고 한다'는 이야기를 했습니다. 남자는 어느샌가 점점

제 이야기에 마음이 움직이기 시작했습니다. 그러고서……어떻습니까? 사람의 욕심이란 참 무서운 것 아닙니까? 그러고서 한 시간이 채 못 되어 그 부부와 저는 함께 말을 몰아 산길로 향했습니다.

저는 덤불 앞에 이르러 보물은 이 안에 묻혀 있으니 보러 가자고 말했습니다. 남자는 욕심에 불타오르고 있었기 때문에 반대하지 않았습니다. 하지만 여자는 말에서 내리지 않은 채 거기서 기다리고 있겠다고 하더군요. 하기야 덤불이 꽤나 무성히 우거져 있었으니 그걸 보고 그렇게 말하는 것도 무리는 아니었죠. 사실을 말하자면 이것도 제 계략과 맞아떨어진 것이었기에 저는 여자를 남겨둔 채 남자와 덤불 안으로 들어갔습니다.

덤불 속은 처음 얼마간 대나무만 빼곡했습니다. 그러다 50미터 정도 들어가니 조금 트인 곳에 삼나무 숲이 있었습니다. 제 일을 완수하기에 이보다 좋은 장소는 없었습니다. 저는 덤불을 헤치며 보물은 삼나무 밑에 묻혀 있다고 그럴듯하게 거짓말을 했습니다. 남자는 제 말을 듣자, 덤불 틈새로 야윈 삼나무가 보이는 쪽을 향하여 정신없이 덤불을 헤집고 나아갔습니다. 잠시 후 대나무가 드물어지고 삼나무 몇 그루만 늘어서 있는 곳이 나왔습니다. 저는 그곳에 들어서자마자 남자를 덮쳐 쓰러뜨리고는 깔고 눌렀습니다. 남자도 칼을 차고 있던 만큼 힘깨나 쓰는 것 같았지만 별안간에 당한 일이라 어쩔 수 없었을 겁니다. 저는 재빨리 남자를 삼나무 밑동에 묶었습니다. 밧줄이요? 밧줄이야 도적질로 입에 풀칠을 하고 다니는 놈이니 언제 담장을 넘을지 몰라 늘 허리춤에 차고 다녔죠. 물론 소리를 지르지 못하게도 해야 했습니다. 그거야 대나무 낙엽을 입 안에 잔뜩 물려놓기만 하면 되는 거였고 그 밖에 다른 문제될 것은 없었습니다.

저는 남자를 그렇게 처리하고 이번에는 여자가 기다리는 곳으로 갔습니다. 남편이 갑자기 병이 난 것 같으니 빨리 가보자는 말을 하러 갔지요. 이것 역시 제 계략이었다는 것은 두말할 필요도 없습니다.

여자는 삿갓을 벗은 채 제 손에 이끌려 덤불 안으로 들어왔습니다. 그곳에 도착해서 남편이 삼나무 밑동에 묶여져 있는 것을 발견했지요. 여자는 그걸 보자마자 어느 틈에 꺼냈는지 품에서 단도를 꺼내 번쩍 치켜들었습니다. 저는 여태껏 그렇게 괄괄한 성격의 여자는 한 명도 본 적이 없습니다. 만약 그때 자칫 방심이라도 하고 있었다면 단번에 옆구리를 찔렸을 겁니다. 간신히 몸을 피하기는 했지만 죽자 사자 칼을 휘두르는 통에 언제 큰 부상을 입을지 모를 상황이었습니다. 그렇지만 저도 명색이 다조마루인지라 결국에는 그럭저럭 칼을 뽑지 않고도 단도를 바닥에 떨어뜨렸습니다. 아무리 성깔 있는 여자라고 해도 무기가 없다면 별 수 없는 법이지요. 저는 마침내 제 생각대로 남자의 목숨을 빼앗지 않고도 여자를 손에 넣을 수 있었던 겁니다.

남자의 목숨을 빼앗지 않고도……. 그렇습니다. 저는 애초에 남자를 죽일 생각은 없었습니다. 그런데 엎드려 울고 있는 여자를 뒤로 하고 덤불 밖으로 달아나려 하자 여자는 돌연 저의 팔을 부여잡고 미친 사람처럼 매달렸습니다. 게다가 숨넘어갈 듯 울부짖는 소리를 들어보니 자신이 죽든 남편이 죽든 누구 한 명은 죽여 달라, 두 명의 남자에게 치욕을 보이는 것은 죽는 것보다 괴로운 일이라고 말하는 겁니다. 그리고 어느 쪽이든 살아남은 남자를 따르고 싶다고, 흐느끼며 그렇게 말하는 것이었습니다. 저는 그 순간 강렬히 남자를 죽여야겠다고 생각했습니다. (음울한 흥분.)

이렇게 이야기하면 분명 제가 당신네들보다 잔혹한 인간으로 보일 것입니다. 하지만 그건 당신네들이 그 여자의 얼굴을 보지 못했기 때문입니다. 특히 그 일순간 불타오르는 눈동자를 보지 못했기 때문입니다. 저는 여자와 눈을 마주친 순간, 설령 벼락을 맞아 죽는 한이 있더라도 이 여자를 아내로 맞이하고 싶다고 생각했습니다. 아내로 맞이하고 싶다……. 제 머릿속을 차지하고 있던 생각은 오로지 그 생각뿐이었습니다. 그것은 당신들이 생각하는 천박한 욕정이 아니었습니다. 만약 그때 욕정 이외에 아무런 바람도 없었다면 저는 분명 여자를 발로 걷어차고 도망쳤을 겁니다. 그랬다면 남자도 제 칼에 피를 흘리지는 않았겠지요. 그러나 어두침침한 덤불 속에서 가만히 여자의 얼굴을 바라보던 순간, 저는 남자를 죽이지 않는 한 이곳을 떠나지 않겠다고 다짐했습니다.

하지만 남자를 죽이더라도 비겁한 방법은 쓰고 싶지 않았습니다. 저는 남자를 묶었던 밧줄을 풀어주고 칼자루를 쥐라고 말했습니다. (삼나무 밑동에 떨어져 있던 것이 바로 그때 풀어놓은 밧줄입니다.) 남자는 낯빛을 바꾸고 굵은 칼을 뽑아들었습니다. 그리고 아무 말도 하지 않고 맹렬한 기세로 저에게 달려들었습니다. 그 결투가 어떻게 끝났는지는 굳이 말할 필요 없겠지요. 제 칼은 스물세 합째에 남자의 가슴을 관통했습니다. 스물세 합째에, 부디 그 점을 잊지 말아주십쇼. 저는 지금도 그 점만은 대단한 일이라고 생각합니다. 저와 스무 합 이상을 겨룬 자는 천하에 그 남자밖에 없으니까요. (쾌활한 미소.)

저는 남자가 쓰러짐과 동시에 피 묻은 칼을 든 채 여자가 있는 쪽을 돌아보았습니다. 그랬더니……이게 어찌 된 일입니까, 여자가 어디론가 감쪽같이 사라진 게 아니겠습니까? 저는 여자가 찾아 삼나무 숲을 샅샅이 뒤졌습니다. 하지만 대나무 낙엽에는 아무런 흔적도 남아

있지 않았습니다. 그리고 아무리 귀를 기울여 봐도 들리는 건 오로지 남자의 목에서 울리는 단말마의 신음 소리뿐이었습니다.

어쩌면 여자는 내가 남자와 결투를 시작하자마자 사람들에게 도움을 청하러 덤불을 빠져나가 도망쳤는지도 모른다. 생각이 거기까지 미치자 이번에는 제 목숨이 위태롭다고 생각되어 남자의 칼과 활, 화살을 챙겨서 그 길로 좀 전의 산길을 빠져나왔습니다. 그곳에는 아직 여자가 타고 있던 말이 평온히 풀을 뜯고 있었습니다. 그 후의 일은 말해보았자 쓸데없는 것들입니다. 단 하나, 교토로 돌아오기 전에 남자를 찔렀던 칼은 팔아치웠습니다. 제 자백은 여기까지입니다. 어차피 한 번은 멀구슬나무 꼭대기에 매달릴 목이라고 생각했으니, 부디 극형에 처해주십시오. (의기양양한 태도.)

❖ 기요미즈데라에 온 여인의 참회 ❖

그 감색 평복을 입은 남자는 저를 겁탈하고 나서 밧줄에 묶인 남편을 바라보며 조소하듯 웃었습니다. 남편이 얼마나 분했을까요. 하지만 남편이 아무리 몸부림을 쳐도 몸 전체를 동여맨 밧줄은 오히려 살갗을 파고들 뿐이었습니다. 저는 저도 모르게 남편이 있는 쪽으로 구르듯 뛰어갔습니다. 아니, 뛰어가려 했습니다. 그러나 순식간에 남자는 저를 발로 차 넘어뜨렸습니다. 바로 그 순간이었습니다. 저는 남편의 눈에서 뭐라고 형용할 수 없는 빛이 감돌고 있음을 느꼈습니다. 뭐라고 형용할 수 없는……. 저는 그 눈빛을 떠올리면 지금도 소름이 끼쳐 참을 수가 없습니다. 한 마디 말도 할 수 없던 남편은 그 짧은 순간, 눈빛에 자신의 모든 감정을 실어 전했던 겁니다. 하지만 그 눈빛에서 번쩍이던 것은 노여움도, 슬픔도 아닌, 단지 저를 경멸하는 차디찬 감정이 아니겠습니까? 저는 남자에게 걷어차인 것보다도 그 눈빛에 그만 얻어맞은 것처럼 멍해져, 무의식중에 뜻 모를 소리를 외치고는 마침내 정신을 잃고 말았습니다.

시간이 얼마나 흘렀는지, 겨우 정신을 차리고 보니 그 감색 평복 남자는 이미 어디론가 사라진 뒤였습니다. 주위에는 삼나무 밑동에 남편이 묶여있을 뿐이었습니다. 저는 대나무 낙엽 위에 간신히 몸을 일으키고는 남편의 얼굴을 살폈습니다. 하지만 남편의 눈빛은 방금 전과 조금도 바뀌지 않았습니다. 여전히 차갑고 깊은 경멸감에 불타오르는 증오의 눈빛이었습니다. 수치심, 슬픔, 분노……. 그 순간의 제 마음을 무어라 표현해야 좋을지 모르겠습니다. 저는 비틀거리며 일어나 남편이 있는 쪽으로 다가갔습니다.

"여보, 이제 이렇게 된 이상 당신과는 함께 살 수 없어요. 저는 당장이라도 죽을 각오가 돼 있답니다. 하지만……당신도 죽어 주세요. 당신은 저의 치욕적인 모습을 보셨어요. 저는 이대로 당신 혼자 남겨두고 죽을 수는 없습니다."

저는 죽을힘을 다해 그 말만 했습니다. 그런데도 남편은 불쾌하다는 듯이 저를 바라볼 뿐이었습니다. 저는 찢어지는 듯한 가슴을 억누르며 남편의 칼을 찾았습니다. 하지만 그 도둑이 뺏어간 것이겠죠. 덤불 속에는 칼은 물론이고 활과 화살조차도 보이지 않았습니다. 그래도 다행히 단도 하나가 제 발치에 떨어져 있었습니다. 저는 그 단도를 치켜들고 다시 한 번 남편에게 이렇게 말했습니다.

"그럼 당신 목숨은 제게 맡기세요. 저도 곧 따라갈게요."

남편은 이 말을 듣자 마침내 입술을 움직였습니다. 물론 입 안에는 대나무 낙엽이 가득 몰려 있었기 때문에 목소리는 전혀 들리지 않았습니다. 하지만 저는 그 입술 모양을 보고 즉시 무슨 말을 하는지 알아차렸습니다. 남편은 저를 경멸하는 표정으로 "죽여라."라는 한 마디를 한 것입니다. 저는 거의 비몽사몽간에 남편의 옥색 저고리 가슴에 단도를 푹 찔러 넣었습니다.

저는 이때 또 한 번 정신을 잃었던 것 같습니다. 겨우 정신을 차리고 주위를 둘러보았을 때 남편은 이미 밧줄에 묶인 채 숨이 끊어진 상태였습니다. 그 창백해진 얼굴 위로 대나무와 어우러진 삼나무 수풀 상공으로부터 한 줄기 서녘 햇살이 내려앉고 있었습니다. 저는 울음을 삼키며 싸늘히 식은 남편의 몸에 묶인 밧줄을 풀어헤쳤습니다. 그러고서……그러고서 제가 어떻게 했냐고요? 이제 더 이상 말씀드릴 힘도 없습니다. 아무튼 저는 죽을힘도 남아있지 않았습니다. 단도를 목에 대고 찔러보기도 하고 산기슭 웅덩이에 몸을 던져보기도 하고 갖은 짓을 다해보았지만, 죽지 못하고 이렇게 살아있는 이상 이것도 결코 자랑은 아니겠지요. (쓸쓸한 미소) 저처럼 한심한 여자는 대자대비하신 관세음보살 님조차 거들떠도 안 보실 겁니다. 하지만 남편을 죽인 저는, 도적에게 겁탈당한 저는, 대체 어떻게 하면 좋을까요? 도대체 저는……저는……. (돌연 격하게 흐느낌)

❖ 무당의 입을 빌린 혼령의 이야기 ❖

놈은 아내를 겁탈하고 나서 그 자리에 앉아 온갖 감언이설로 아내를 달래기 시작했다. 나는 물론 말을 할 수가 없었다. 몸도 삼나무 밑동에 묶여 있었다. 그러나 나는 그때 몇 번이나 아내에게 눈짓을 했

다. 그 남자가 하는 말을 진실로 듣지 마라, 무슨 말을 해도 거짓으로
생각해라……. 나는 그런 의미를 전하려고 했다. 그러나 아내는 망연
자실하여 대나무 낙엽 위에 앉아 물끄러미 자신의 무릎만 바라보고
있었다. 그러니 아무래도 도둑놈의 말에 귀를 기울이고 있는 것처럼
보이지 않았겠는가? 나는 질투심에 몸부림쳤다. 하지만 도둑놈은 이
러쿵저러쿵 교묘히 말을 이어나가고 있었다. 한 번 더럽혀진 몸이니
이제 남편과는 사이좋게 살 수 없다, 그런 남편을 따르기보다 차라리
자신의 아내가 될 생각은 없느냐? 당신이 너무도 사랑스러워 이런 엄
청난 일을 저지른 것이다……. 놈은 뻔뻔하게도 그런 말까지 대담히
내뱉었다.

　놈이 그렇게 말하자 아내는 넋을 잃고 얼굴을 들었다. 나는 아직 그
때만큼 아름다운 아내의 얼굴을 본 적이 없다. 그러나 그 아름다운 아
내가 묶여있는 나를 앞에 두고 놈에게 뭐라고 대답했던가? 나는 구천
을 떠도는 몸이지만 아내의 그 대답을 떠올릴 때마다 분노에 치를 떨
지 않은 적이 없다. 아내는 분명히 이렇게 대답했다. "그럼 어디로든
데리고 가 주세요." (긴 침묵)

　아내의 죄는 그뿐만이 아니다. 그뿐이었다면 이 어둠 속에서 내가
이토록 괴로워하지는 않았을 것이다. 아내는 꿈을 꾸듯 놈의 손을 잡
고 덤불 밖으로 나가려다가 갑자기 낯빛이 파랗게 질리더니 삼나무
밑동의 나를 손가락으로 가리켰다. "저 사람을 죽여주세요. 저는 저
사람이 살아 있는 한 당신과 함께 할 수 없어요." 아내는 미친 사람처
럼 몇 번이고 이렇게 소리쳤다. "저 사람을 죽여주세요." 이 말은 폭풍
처럼 지금도 머나먼 어둠의 밑바닥으로 나를 떨어뜨리려 하고 있다.
단 한 번이라도 이처럼 저주스러운 말이 인간의 귀에 들려온 적이 있

던가? 단 한 번이라도 이처럼……. (돌연 거친 비웃음) 그 말을 들었을 때는 놈조차도 아연실색하고 말았다. "저 사람을 죽여주세요." 아내는 이렇게 소리치면서 놈의 팔에 매달려 있었다. 놈은 가만히 아내를 바라보며 죽이겠다고도, 죽이지 않겠다고도 대답하지 않았다. 그러다 다음 순간, 아내는 놈의 발길질에 대나무 낙엽 위로 쓰러졌다. (다시 거친 비웃음) 놈은 조용히 팔짱을 끼고 나에게 눈길을 돌렸다. "저 여자를 어떻게 해줄까? 죽여줄까 아니면 살려줄까? 대답은 그냥 고개만 끄덕이면 된다. 죽일까?" 나는 그 말만으로도 놈의 죄를 용서해 주고 싶다. (다시 긴 침묵)

아내는 내가 주저하는 사이 무언가 한마디를 외치고는 갑자기 덤불 안쪽으로 뛰기 시작했다. 놈도 반사적으로 몸을 날렸으나 이번에는 옷자락도 잡지 못한 모양이었다. 나는 어떤 환영을 보듯이 그 모든 광경을 지켜보고 있었다.

놈은 아내가 도망친 후 칼과 활, 화살을 챙겨들고는 묶여있는 밧줄의 한 군데를 잘라주었다. "이제는 내가 죽게 생겼군." 나는 놈이 덤불 밖으로 자취를 감추면서 그렇게 중얼거린 것을 기억한다. 그 이후로는 사방이 고요했다. 아니, 아직 누군가의 울음소리가 들렸다. 나는 밧줄을 풀어헤치며 가만히 귀를 기울여 보았다. 그러나 그 울음소리도 정신을 차려보니 내 자신이 울고 있는 소리가 아니겠는가? (세 번째 긴 침묵)

나는 삼나무 밑동에서 지칠 대로 지친 몸을 가까스로 일으켜 세웠다. 내 앞에는 아내가 떨어뜨린 단도 한 자루가 빛나고 있었다. 나는 그것을 손에 들고 단번에 내 가슴에 꽂았다. 무언가 비릿한 덩어리가 목구멍으로부터 솟아올랐다. 하지만 고통은 조금도 느껴지지 않았다.

다만 가슴이 차가워지고 사방은 더욱더 적막해졌다. 아, 이 얼마나 고요한가. 이 산그늘 덤불 하늘에는 작은 새 한 마리도 보이지 않았다. 단지 삼나무와 대나무 가지 끝에 쓸쓸한 햇살만이 비칠 뿐이었다. 햇살이……. 그것도 점차 희미해져 갔다. 이제 더 이상 삼나무와 대나무도 보이지 않았다. 나는 그곳에 쓰러진 채, 깊은 적막에 휩싸였다.

그때 누군가 발소리를 죽이고 내 곁으로 다가오는 이가 있었다. 나는 그쪽을 바라보려 했다. 그러나 내 주위는 옅은 어둠이 서리고 있었다. 누군가……그 누군가는 보이지 않는 손으로 내 가슴에 꽂힌 단도를 뽑았다. 그와 동시에 내 입에서는 다시 한 번 선혈이 넘쳐흘렀다. 나는 그것으로 영원히 구천의 어둠 속으로 가라앉고 말았다.

(1921년 12월)

슌칸(俊寬)

조경숙

슌칸[1]이 말하기를……불심이라는 것은 그저 우리의 마음속에 있을 뿐……
그저 불법을 수행해서 이생의 생사를 벗어버리는 것일 뿐……

－겐페이(源平) 성쇠기[2]

(슌칸) 너무 깊이 생각하면 계속 그것에만 집중하게 된다. "친구여, 보여주
고 싶구나. 나의 마음과 물가에 있는 풀과 잡목으로 지은 암자를."

동상(同上)

❖ 1 ❖

슌칸 스님에 관한 이야기입니까? 슌칸 스님의 이야기만큼 세상에
잘못 알려진 이야기는 없을 겁니다. 아니, 슌칸 스님의 이야기만이 아
닙니다. 바로 저, 제 자신에 대해서도 말도 안 되는 소문이 떠돌아다
니고 있습니다. 지금 이 순간에도 어떤 이야기꾼의 말을 빌리면 슌칸
스님이 한탄한 나머지 바위에 머리를 찧어 미쳐 죽었는데 제가 그 시

---

1) 슌칸(俊寬): 헤이안(平安) 시대(794~1192) 말기의 승려.
2) 다이라 기요모리(平淸盛)의 영화와 겐페이의 전쟁을 서술한 48권의 군사 이야기.

체를 어깨에 메고 같이 투신했다고 합니다. 또 어떤 이야기꾼은 슌칸 스님이 유배지로 간 섬에서 어떤 여자와 부부의 언약을 맺고 아이들도 많이 낳아 도성에 있을 때보다 더 즐거운 여생을 보냈다고 합니다. 앞에서 말한 이야기꾼의 얼토당토않은 말은 제가 살아있는 것으로 증명이 되겠고, 뒤의 이야기꾼 말도 역시 지어낸 이야기에 불과합니다.

이야기꾼들이란 원래 다 거짓말을 하는 사람들입니다. 그렇지만 그 거짓말을 진짜처럼 꾸며내는 재주는 혀를 내두를 만합니다. 거적으로 만든 지붕 아래에 슌칸 스님이 아이들과 놀고 있다는 이야기를 들으면 그저 웃음만 납니다. 또 파도 소리 높은 달밤에 미쳐 죽었다는 말을 들으면 그만 눈물이 뚝 하고 떨어집니다. 비록 거짓말이기는 하지만 이야기꾼들의 이야기는 정말 혼백에 벌레가 기어다니듯 온몸에 전해지는 겁니다. 그런 소문이 떠돌고 있으니까 제가 살아있는 동안이라도 슌칸 스님의 이야기를 전하지 않으면 그 소문이 사실처럼 되어버린다는 말씀이지요? 듣고 보니 그럴 듯도 합니다. 그러면 기나긴 밤을 의지해 제가 그 먼 가고시마의 섬으로 슌칸 스님을 뵙고 온 당시의 일을 말씀드리지요. 그런데 전 이야기꾼들처럼 멋들어지게 이야기하지는 못합니다. 그저 제 눈으로 보고 들은 것을 솔직하게 말씀드릴 뿐입니다. 그러면 지금부터 말씀드립죠.

❖ 2 ❖

제가 그 섬을 건넜을 때는 지승 3년(1179년) 5월 말, 구름이 잔뜩 낀 어느 흐린 날이었습니다. 이건 이야기꾼들도 보통 하는 말이지만, 그날 저는 저물어가던 즈음에 겨우 슌칸 스님을 만날 수 있었습니다. 그것도 인기척 없는 바닷가에서였습니다. 그저 잿빛의 파도만 모래 위로 몰려와서 부서지는, 너무도 쓸쓸한 바다였습니다.

슌칸 스님의 모습은……. 그렇습니다. 세상에 알려진 것과는 다릅니다. 특히 '목이 가늘어졌다', '배가 부어있다'는 것은 지옥도에서나 떠올릴 수 있는 것이죠. 아마 그 섬을 아귀도로 형용한 것 같습니다. 그렇지요. 그때 슌칸 스님의 모습은 머리카락도 길었고 얼굴도 햇볕에 그을려 있었지만 옛날과 전혀 다르지 않았습니다. 아니, 오히려 훨씬 더 건강해진 듯 늠름한 모습이었습니다. 조용한 바닷바람에 법의 자락을 휘날리며 혼자 거닐고 계셨습니다. 손에는 억새 가지에 고기 한 마리가 걸려 있었습니다.

"주인님! 주인님! 무사하셨습니까? 접니다! 저 아리오(有王)입니다!"

저는 너무 기뻐서 소리치며 달려갔습니다.

"어, 아리오! 자넨가!"

슌칸 스님은 놀라시며 제 얼굴을 바라보셨습니다.

전 슌칸 스님의 무릎을 껴안고 엉엉 울었습니다.

"잘 왔네. 아리오! 난 이생에서 다시는 자넬 못 볼 줄 알았지!"

슌칸 스님은 한동안 눈물을 머금은 채 말씀하시고는 저를 일으켜 세우시며 "울지 말게, 울지 마. 오늘 이렇게 만난 것도 부처님의 자비가 아닌가."라고 부모님처럼 위로해 주셨습니다.

"예, 이젠 울지 않겠습니다. 주인님이 사시는 집은 어디입니까?"

"사는 곳? 내 집은 저 바위에 있는 오두막이라네."

슌칸 스님은 고기를 든 손으로 가까운 바윗돌을 가리키셨습니다.

"집이라고 해도 나무껍질로 만든 지붕뿐이라네."

"예, 그럴 거라고는 생각했습니다. 이런 먼 섬으로 오셨으니."

저는 이렇게 말하며 다시 눈물로 목이 메었습니다. 그러자 스님은 옛날처럼 다정한 미소를 보이시며, "그래도 살기는 나쁘지 않은 곳이야. 잠자리도 그리 불편하진 않을 거야. 그러면 함께 가볼까." 하고 편안하게 안내해 주셨습니다.

우리 둘은 파도 소리밖에 들리지 않는 해변을 한참 걸어서 쓸쓸한 어촌으로 들어갔습니다. 희뿌연 길 좌우에는 나뭇가지에 달린 보기 좋은 두꺼운 나뭇잎들이 빛을 발하고 있었습니다. 그 나무 사이에 억새로 덮은 지붕이 나란히 있었습니다. 아마도 이 섬의 토착민들이 살고 있는 집인 것 같았습니다. 그 집들 속에는 붉은 호롱불이 보이기도 하고 사람 그림자도 드물게 보여서 이제 마을로 들어왔구나 하는 생각이 들었습니다.

스님은 때때로 뒤를 돌아보면서 이 집에 있는 사람은 류큐(琉球) 사람이며 저 우리에는 멧돼지 새끼가 있다는 것 등 여러 가지를 이야기해 주셨습니다. 그중에서 가장 기뻤던 것은 그 토착민들이 슌칸 스님을 보면 반드시 머리를 숙이고 인사를 했다는 것입니다. 집 앞에서 닭을 쫓던 어느 여자아이도 공손히 고개를 숙였습니다. 기쁘기도 했지만 신기한 생각이 들어서 슬며시 스님께 여쭈어보았습니다

"주인님, 주인님! 소문에는 이 섬의 토착민들이 예의범절을 모른다고 하던데……."

"음, 도성에 있는 사람들은 그렇게 생각할 수 있겠지. 나도 유배를 오긴 했지만 우리 모두 도성 사람이 아닌가. 여기 토착민들은 도성 사람을 보면 머리를 숙인다네. 유배를 당한 벼슬아치들도 오십보백보였을 거야. 모두 나처럼 생각지도 못한 즐거운 여행이라 여겼을 걸세."

"그런 분들은 유배지에 계셨을 때 도성에 대한 염원이 깊어 궁중의

새가 되었다고들 하지 않습니까?"

"그런 소문을 낸 자들도 너와 같은 도성 사람이 아니지. 여기 토착민들은 도성 사람을 귀신으로 생각한다네. 그러니 토착민들도 믿을 수가 없는 거야."

그때 어느 토착민 여인이 머리를 숙였습니다. 그 여자는 용나무 그늘 아래에서 어린아이를 안고 있었는데 용나무 잎에 가려져 있어서인지 붉은 빛을 띤 옷이 석양을 받아 한층 눈에 띄었습니다. 스님은 그 여자에게 상냥한 인사로 답하며 작은 목소리로 속삭였습니다.

"저 여인이 나리쓰네(成経) 님의 여자야."

저는 깜짝 놀랐습니다.

"그러면 나리쓰네 님은 저 여인과 부부가 되었다는 말씀이십니까?"

슌칸 스님은 한번 웃으시고는 고개를 끄덕이셨습니다.

"안고 있는 아기도 나리쓰네 님의 아이지."

"그렇군요. 그러고 보니 이런 벽지에는 어울리지 않는 아름다운 얼굴이군요."

"아름다운 얼굴이라…… 아름다운 얼굴이란 어떤 얼굴이지?"

"뭐랄까, 눈이 가늘고 볼이 포동포동하며 코가 그다지 높지 않은 차분한 얼굴이 아닌지요……."

"그렇군. 그건 도성 사람들이 좋아하는 얼굴이지. 여기서는 눈이 크고 얼굴이 갸름하고 코도 다른 사람보다 높은 야무진 얼굴을 좋아한다네. 그래서 저 아름다운 여자는 여기서는 아무도 아름답다고 생각지 않아."

저는 그만 웃어버렸습니다.

"역시 아름다운 것을 모르는 것이 토착민들의 비애군요. 이 섬의 토착민들은 도성의 귀부인을 봐도 모두 추하다고 웃어버릴지 모르겠네요."

"이곳 사람들도 아름다운 것을 모르는 바는 아니야. 단지 취향이 다르다는 것이지. 취향이라는 것도 변하는 것이지만. 절이나 부처님의 모습을 봐라. 삼계육도의 교주, 십만의 승려, 광명무량, 삼학무애, 수억의 중생을 인도하는 능화, 나무대자대비석가여래도 32상 80여 종의 모습들이 시대별로 다른 모습을 하고 나오지. 부처님도 그러한데 미인이라는 것이 시대마다 다른 것은 당연한 것이겠지. 도성에서도 앞으로 5백년, 아니 2천년 뒤에는……어쨌든 취향이 달라진 시대에는 이 섬의 토착민 여자들도 오랑캐 여자들처럼 끔찍한 얼굴을 좋아할지도 모르지."

"설마 그런 일은 일어나지 않을 겁니다. 우리나라는 우리나라니까요."

"그 우리나라도 때와 장소에 따라 다르다네. 당나라 최고의 얼굴은 그 당대 최고의 얼굴을 부처님께 옮긴 것이지. 그 말은 도회지에 사는 사람이 좋아하는 얼굴은 당나라 토착민들과 비슷하다는 거야. 그렇다면 몇 대가 지나다보면 벽안의 오랑캐 여자들의 얼굴을 보고 반하는 날도 온다는 말이 되겠지."

저는 미소를 지었습니다. 스님은 이전에도 이런 식으로 우리들을 가르치셨습니다. '변하지 않은 것은 모습만이 아니구나. 마음도 옛날과 다름이 없으시군.'이라는 생각이 들자 제 귀에는 먼 도성의 종소리가 들리는 것 같았습니다. 스님은 나무 그림자 속을 느긋한 발걸음으로 걸으시며 계속 말씀하셨습니다.

"이보게, 아리오. 나는 이 섬에 온 뒤로 왠지 기쁜 마음이 드네. 시끄러운 부인의 잔소리를 안 들어도 되니까 말이야."

❖ 3 ❖

그날 밤 저는 등대 불빛 아래에서 스님과 같이 밥을 먹었습니다. 원래 주인님과 겸상을 하는 것은 황송한 일이지만 주인님의 말씀도 있으셨고 따로 시중드는 동자도 있었습니다.

방은 대나무로 만들어서 그런지 암자 같은 느낌이었습니다. 그 둘레에 늘어진 자리 외에는 전부 대나무였고 동백기름을 태우고 있는 불빛도 환하게 비치지는 않았습니다. 방 안에는 가죽 상자는 물론, 장도 있고 궤짝도 있었습니다. 가죽 상자는 도성을 떠나실 때부터 지니신 것인데 장과 궤짝은 여기서 마련하신 것 같았습니다. 오키나와의 빨간 나무로 세공되었다고 합니다. 장 위에는 경문과 아미여래상이 금빛을 내며 의연하게 서 있었습니다. 아마 야스요리(康賴) 님께서 도성으로 돌아갈 때 주고 간 것이라고 말씀하신 것 같습니다

주인님은 둥근 의자에 앉아 유유히 음식을 드셨습니다. 섬에서 만든 것이라 식초나 간장이 도성에서 만든 것만큼 맛있다는 생각은 들지 않았습니다. 하지만 국물, 육회, 조림, 과일 등은 그 이름은 몰라도 정말 맛있었습니다. 스님은 제가 어쩔 줄 몰라 젓가락도 들지 못하자 크게 웃으시면서 다시 한 번 권하셨습니다.

"어때, 국물 맛이? 그건 이 섬이 주산지인 누리장나무라고 하는 것이야. 이 생선도 먹어봐. 이것도 여기가 명산지인 장어지. 이 접시에 있는 흰물떼새, 그렇지, 그 구운 고기, 그것도 도성에서는 본 적이 없을 거야. 흰물떼새라는 것은 말이지, 등이 푸르고 배가 희며 형태는

학을 닮았어. 이 섬 사람들은 이 고기를 구우면 습기를 없앨 수 있다고 알고 있지. 그 감자도 의외로 맛있어. 이름? 아마 류큐감자라고 하지? 가지오(梶王)는 밥 대신 매일 그걸 먹고 있지."

가지오는 좀 전에 말씀드린 입술이 튀어나온, 시중드는 동자의 이름입니다.

"뭐든 먹게나. 죽만 먹고 득탈한다고 생각하는 건 사문들이 잘못 생각하고 있는 것이야. 부처님도 성불하셨을 때는 목우녀(牧牛女)의 젖으로 만든 죽을 드셨지. 만약 그때 아무것도 드시지 않고 보리수에 앉아 계셨다면 제6천의 마왕은 세 명의 마녀들을 내세우기보다 맛있는 된장국이나 술지게미에 절인 김치 등의 진미를 가지고 나타났을지도 몰라. 배가 부르면 음탕한 마음이 드는 것이 우리 범부들의 생각이니까. 젖으로 죽을 드신 세존 앞에 세 명의 마녀를 보낸 것은 최고의 유혹이지. 하지만 마왕의 생각이 짧았던 것은 그 죽을 공양한 것도 여인이었다는 거야. 목우녀가 부처님에게 젖으로 봉양했단 말이지. 부처님이 무상의 길로 들어가는 데 있어 설산에서의 6년 고행보다도 그게 더 고생이셨을지 몰라. '젖으로 만든 우유를 먹어서 내가 깨끗하게 됐다'고 불본행경(仏本行経) 7권 중에도 나와 있거든.

순칸 스님은 저녁을 즐겁게 드시고 시원한 대나무 마루 가까이에 둥근 방석을 옮기시더니 "이제 배를 채웠으니 도성의 소식이나 들어 볼까?"하며 저를 보셨습니다.

저는 얼른 엎드렸습니다. 각오는 하고 왔지만 막상 말씀드리려니 새삼 마음이 무거워진 것입니다. 스님은 파초로 만든 부채를 부치시면서 다시 한 번 재촉하셨습니다.

"부인은 여전히 잔소리만 하고 있지?"

저는 어쩔 수 없이 얼굴을 숙인 채로 스님이 계시지 않은 동안에 일어난 일들을 말씀드렸습니다. 스님이 잡혀가신 후 공부하러 와 있던 제자들은 모두 도망가고 집과 산장들도 헤이케(平家)의 사무라이들에게 빼앗겨버렸다는 것, 마님께서는 작년 겨울 돌아가셨다는 것, 도련님도 심한 병으로 그 뒤를 따라 돌아가셨다는 것과 현재는 가족 중에 아가씨만 혼자 나라(奈良)의 백모님 댁에서 두문불출하고 계신다고 말씀드렸습니다. 제 눈에는 어느샌가 등댓불이 흐릿하게 보였습니다. 처마 앞에 쳐진 발, 장 위의 스님 조각상들도 거의 보이지 않았습니다. 말을 마친 저는 침통하게 울었습니다. 스님은 시종 침묵으로 들으셨습니다.

"딸이 어떻게 되었다고? 백모님 댁에 기거한다고 했나?"

"예, 잘 지내시고 계신다고 들었습니다."

전 울면서 스님께 아가씨의 소식을 전했습니다. 스님은 등대 불빛 아래에서 제가 가져간 편지를 이따금 소리 내어 읽으셨습니다.

"……마음이 어지럽습니다……세 분이 모두 제 곁을 떠나셨을 때……저 혼자만 남아서……도성에는 풀 한 포기까지 시들고……지금은 백모님 댁에 있습니다……어처구니없는 일이지만 아버님께 알리지 않으면……세 분은 너무나 든든했는데 이제는 아무 말씀도 없으십니다……사랑스럽기가 그지없구나. 그립기가 그지없구나……황송하기 그지없구나……."

스님은 따님의 편지를 내려놓으시고 가만히 팔짱을 낀 채 한숨을 크게 내쉬셨습니다.

"벌써 13세가 되는구나. 도성에는 미련이 없건만 딸이 눈에 밟히는구나."

그 마음이 이해가 되어 저는 그저 눈물만 훔쳤습니다.

"그런데도 만날 수가 없으니. 울지 말게, 아리오. 아니, 울고 싶으면 울게나. 이 사바세계는 아무리 울어도 슬픈 일들이 사라지지 않거든."

스님은 뒤에 있는 검은 나무 기둥에 가만히 등을 기대시며 조용히 미소를 지으셨습니다.

"부인도 죽고 아들도 죽었다. 딸은 평생 만날 수 없을지도 모른다. 집도, 별장도 내 것이 아니다. 나는 혼자 유배지에서 늙어 죽기를 기다리고 있다. 이게 지금의 나란 말이지. 이 고난을 받고 있는 것은 나 혼자만이 아니지. 나 혼자 고난의 대해에 떠 있는 것은 불제자로서 걸맞지 않는 최상의 호사지. 고난이 많다는 것을 자랑하려는 마음도 역시 교만스럽지. 이 마음을 없애지 않으면……이 땅에서 고통을 받고 있는 것은 대해의 모래알 수보다 많을지 모른다. 아니, 인간 세상에 태어났다는 것은 비록 섬에 유배되었다고 해도 모두 같은 것으로 고독의 탄성을 내뱉는 것이야. 무라카미(村上) 천황의 제7왕자, 2품 중가사(務)친왕, 6대손, 인화(仁和)사 최고승의 아들, 최고 권자의 손자로 태어난 것은 나 슌칸 한 사람이지만 천하에는 천의 슌칸, 만의 슌칸, 십만의 슌칸, 백억의 슌칸이 있어."

슌칸 스님은 그렇게 말씀하시면서 눈 속 한구석에 밝은 기색을 보이셨습니다.

"이 길과 저 길로 이어진 큰 대로 한 가운데에 한 맹인이 헤매고 있다면 우리들은 불쌍하게 볼 거야. 하지만 이 넓은 세상에 수많은 맹인이 가득 차 있다는 것을 안다면……. 아리오, 자네라면 어찌 하겠나? 나라면 먼저 모든 걸 떨쳐버리겠어. 내가 이 섬에 유배된 것처럼 말이지. 팔방에 슌칸들이 있는데 마치 나 혼자 유배된 것처럼 울며 떠들고 있다는 생각을 하면, 이 눈물을 비웃지 않을 수 없네. 아리오, 이 세상의 모든 것은 마음에 있다는 삼계일심을 알았다면 그저 웃는 것을 배우게. 웃는 것을 배우기 위해서는 우선 모든 것을 버려야 한다네. 부처님이 출가하신 건 우리 중생들에게 웃는 것을 가르치기 위해서야. 열반에 들어가실 때도 웃고 계시지 않던가?"

그런 말을 들었을 때는 저도 어느샌가 볼 위의 눈물이 말라있었습니다. 스님은 방문 너머로 보이는 별들을 바라보시면서 조용히 말씀하셨습니다.

"자네가 도성으로 돌아가면 딸에게 탄식하지 말고 웃는 것을 배우라고 전해주게."

"전 이제 돌아가지 않을 겁니다."

제 눈에서는 또다시 눈물이 흘러 나왔습니다. 스님의 말씀이 섭섭해서였습니다.

"전 도성에서처럼 주인님 곁을 지킬 것입니다. 늙은 노모를 버리고 형제들과 마누라에게도 말 안하고 이 먼 섬까지 왔을 땐 각오를 하고 온 것입니다. 제가 그렇게 목숨이 아까운 놈처럼 보이셨습니까? 제가 그 정도로 의를 모르는 비인간적인 놈으로 보이셨습니까? 제가 그 정도로……."

"아니, 그렇게 생각하지 않네."

스님은 또 좀 전처럼 미소를 지으셨습니다.

"자네가 이 섬에 남아있으면 딸의 안부는 누가 알릴 것인가? 난 혼자 있어도 불편하지 않아. 저기 시종인 가지오도 있고. 그렇다고 너무 시샘은 하지 말게. 가지오는 아무 데도 갈 데 없는 아이야. 이 섬에 유배된 어린 슌칸이야. 자네는 배가 오는 대로 바로 도성으로 돌아가게.

그 대신 오늘 밤은 딸에게 줄 선물로 이 섬 생활에 대해 이야기해주겠
네. 또 울고 있나? 그렇지, 울면서 내 얘기를 들어주게나. 난 혼자 웃
으면서 이야기를 하겠네."

순칸 스님은 파초로 만든 부채를 천천히 부치시면서 이곳에서의 생
활에 대해 이야기를 시작하셨습니다. 처마에 드리워진 발 위에는 등
불 빛을 보고 찾아온 벌레들이 기어가는 소리가 들렸습니다. 전 머리
를 숙인 채 가만히 그 이야기를 들었습니다.

❖ 4 ❖

"내가 이 섬에 유배된 때는 지쇼(治承) 원년(1177) 7월이지. 난 한 번
도 나리치카(成親) 님과 천하를 도모했던 적이 없어. 그런데 갑자기 붙
잡혀서 이 섬으로 유배되었지. 처음엔 나도 화가 나서 곡기를 끊기도
했다네."

"하지만 도성에 퍼진 소문으로는⋯⋯."

저는 스님의 말을 가로막았습니다.

"주인님께서도 주모자의 한 사람으로 낙인 찍히셨습니다."

"그렇게 생각들 할 수밖에. 나리치카 님이 주모자의 한 사람으로 나
를 지목하셨다고 하니 말이야. 그런데 난 주모자가 아니야. 지금 누구
의 천하가 되었는지 그조차도 난 모르고 있는걸. 소문에 의하면 나리
치카 님이 좀 더 뒤틀려 있다고 하던데 아마 정치를 잘 모르시는지도
모르지. 난 단지 헤이케의 천하는 없는 게 낫다고 생각한 것뿐이야.
이전에 천하를 움켜쥔 자들도 모두 없는 것과 다르지 않지. 이 섬의
사람들을 보게. 누구의 천하가 되든지 똑같은 감자를 먹고 여전히 아

이를 낳고 있지. 천하를 거머쥔 관리가 없으면 천하가 망할 것처럼 생각하는 것은 그 관리의 자만 아닌가."

"그렇지만 주인님의 천하가 되면 부족한 것 없이 사실 수 있지 않습니까?"

슌칸 스님의 눈 속에 저의 미소가 비친 듯 미소가 떠올랐습니다.

"나리치카 님의 천하도 어쩌면 헤이케의 천하보다 더 나쁠지 모르지. 왜냐하면 난 세상 물정을 너무 많이 알고 있거든. 세상 물정을 알면 정치에는 몰두할 수 없게 되지. 뭐가 옳고 그른지도 모르면서 엄청난 꿈만 꾼 것이 헤이케의 강점이라네. 기요모리(淸盛)의 장남은 머리만 영리할 뿐 천하를 요리할 수 있는 인물은 아니었지. 늘 병을 앓고 있어서 헤이케를 위해서라면 하루라도 빨리 죽었어야 됐어. 게다가 아직 나도 식탐과 색욕을 멀리하지 못하는 범부야. 그런 범부가 쟁취한 천하 역시 중생을 위한 건 아닐세. 어차피 중생의 세상이 되려면 부처님의 천하를 기다려야겠지만. 그런 생각을 하고 있는 내가 어찌 천하를 도모하고자 했겠나."

"그런데 그때 나리치카 님과 여러 번 만나지 않으셨습니까?"

저는 돌연 허를 찌르듯 이렇게 묻고는 슌칸 스님의 얼굴을 바라보았습니다. 그때 이미 주인님은 아가씨의 걱정도 잊고 계신 듯했습니다. 밤은 지붕에 내려앉을 생각도 않고 있었습니다. 주인님은 여전히 아무렇지도 않게 파초 잎을 부채 삼아 부치고 계셨습니다.

"그게 바로 범부들의 서툰 점이지. 그 당시 그 집에는 때마침 쓰루노마에(鶴の前)라는 여 시중이 있었다네. 이 시중이 마귀의 화신인지 나를 떠나지를 않았어. 내 일생의 불행은 모두 이 여자로 인해 생겨난 것이지. 마누라에게 호되게 당한 것도, 시시카다니(鹿ヶ谷) 산장으로

간 것도, 이 섬에 유배된 것도 다 그 때문이네. 그런데 아리오, 내가 쓰루노마에를 가까이 했어도 모반은 하지 않았다네. 고금의 현자들 중에도 여인에게 애락을 느꼈던 이들이 적지 않지. 부처님도 그런 적 이 있었고. 그러나 그런 현자들 중에 모반을 했던 사람은 지금껏 천하 를 통틀어서 한 사람도 없다네. 여인에게 애락을 느끼는 것은 오욕을 방출한다는 것이야. 모반을 기한다는 것은 탐욕과 분노 그리고 어리 석음이라는 세 가지 독을 갖추고 있어야 된다네. 성자는 오욕을 드러 내도 이 세 가지 독은 갖고 있지 않아. 나의 지혜의 빛도 오욕 때문에 가려진 것인데 그것만 없어지면 아무것도 아닌 게야. 그런데 지금 난 이 섬에 유배와 있지. 그 점은 매일 분노하고 있다네."

"고통스러우셨겠네요. 식사는 물론, 시종들도 제대로 없으니 불편 하셨겠지요."

"아니, 옷과 음식은 봄가을 두 번씩 히젠(肥前) 지방의 타다노리(忠盛) 가 보내주고 있다네. 여기 온 지 벌써 1년이 지났으니 이 섬의 풍토에 도 꽤 익숙해졌지. 이 끔찍한 일을 잊는 데는 함께 유배 온 그들이 더 불쌍했다네. 나리쓰네는 편안히 눕지도 못하고 늘 앉아서 잤다네."

"나리쓰네 님은 아직 젊으신 데다 아버님인 나리치카 님이 살해당 한 걸 생각하면 분하게 여기실 만합니다."

"뭘, 나리쓰네는 나와 마찬가지야. 천하가 어떻게 되든 관심 없는 사내였지. 비파를 타기도 하고 벚꽃을 바라보기도 하고 사랑을 나누 기도 하면서 그것이 최고의 극락이라고 생각했던 사내였지. 그래서 나를 만나기만 하면 모반했던 아버지를 원망했다네."

"그런데 야스요리 님은 주인님과 친하지 않으셨습니까?"

"그게 문제가 된 거야. 야스요리는 뭐든 원하는 게 있으면 천지신명의 모든 부처님께 기도하는 거야. 전부 자신이 원하는 대로 되게 해달라고 빌거든. 즉 야스요리에게는 신불이라는 것이 장사꾼과 같은 존재인 게야. 단지 신불은 장사치들처럼 돈으로 명복을 팔지 않으니까 제문을 읽든지 향을 피우든지 하는 게지. 이 뒷산에는 웅장한 자태를 한 소나무가 많이 있었는데 모두 야스요리가 베어갔다고 해. 그걸로 천 개의 무덤에 세울 판을 만들어 거기에 일일이 시를 써서 바닷속에 던졌다는 거야. 지금껏 야스요리보다 타산적인 사내는 본 적이 없어."

"그래도 무시하시면 안 됩니다. 도성에서 떠도는 소문으로는 그 판이 여기저기서 발견되고 있다고 합니다."

"천 개니까 일본 각지의 바다에 여기저기 떠다니겠지. 한 개만 던졌으면 좋았으련만. 그런데 야스요리는 천 개를 바다에 던질 때도 바람의 방향을 생각했다고 하지. 저 사내는 바다에 그걸 던질 때 모든 신들을 불러내어 신불도 같이 했다고 해. 나는 '별 이상한 짓을 다 했군요.'라고 말해주었지."

저는 저도 모르게 웃었습니다.

"그러자 야스요리는 불같이 화를 내는 거야. 그렇게 버럭버럭 화를 내면 현세의 이익은 차치하고 극락왕생에는 해가 되지 않을는지. 그런데 묘하게 나리쓰네도 어느샌가 야스요리와 함께 그런 불심을 같이 시작하게 됐다는 거야. 하지만 그 불심은 유서 있는 불신에게 비는 게 아니야. 이 섬의 화산에는 진혼을 달래는 이와도노(岩殿)를 모시는 사당이 있는데, 그 사당에 참배한다는 거야. 화산이라니까 생각나는데 자네는 화산을 본 적이 있나?"

"아니요, 좀 전에 여기 올 때 불그스레한 연기가 떠다니는 민둥산을 본 게 다입니다."

"그러면 내일 나와 함께 꼭대기에 올라가 보세. 그 위에 올라가면 이 섬뿐만 아니라 큰 바다의 풍경이 한눈에 들어오지. 이와도노사당으로 가는 길에 있네. 그 사당에 같이 가서 참배하자고 야스요리가 말했는데 간다는 말은 하지 않았거든."

"도성에서는 주인님이 그런 참배를 하지 못하도록 유배시켰다고 했습니다."

"음, 아마 그럴지도 모르지."

순칸 스님은 진지하게 말씀하시면서 잠시 머리를 끄덕였습니다.

"만약 이와도노(岩殿)사당에 혼이 있다면, 이 순칸을 혼자 남겨둔 채 두 사람을 풀어준 건 어떤 흉보란 말인가. 자네는 좀 전에 내가 말한 나리쓰네의 여인을 기억하고 있겠지? 그 여인도 역시 이와도노사당에 가서 나리쓰네가 이 섬을 떠나지 못하도록 매일 밤낮으로 빌었을 거야. 그런데 그 소원은 전혀 이루어지지 않았어. 그렇다면 이와도노라고 하는 신은 어디에나 있는 흔한 신보다 나을 것이 없지. 만약 그 신이 사당에 존재한다면 나리쓰네가 도성으로 돌아가는 도중 배가 전복되든가 열병을 앓든가 아니면 죽었어야 됐지. 그게 그 자도, 저 여인도 같이 파멸시키는 유일한 방법이었을 테니까. 그런데 이와도노는 인간처럼 어떤 선도, 어떤 악도 내리지 않았어. 그건 이와도노의 신만 그런 것이 아닐 거야. 여행의 신도 그렇지. 이 신은 아버지 신이 아직 사위 신을 탐색하기도 전에 도성의 젊은 상인과 부부의 연을 맺고는 얼른 깊은 곳으로 숨어버렸다고 하지. 신들도 이런데 우리 범부들은 오죽하겠나. 그 중장은 이 신 앞을 지날 때 신발도 신지 못하고 참배했지만 결국은 개죽음을 당하고 말았지. 이런 것에서도 알 수 있듯이 신이라는 건 인간을 떠나서는 없다는 거야. 이건 이야기의 아주 일부분이야. 야스요리와 나리쓰네는 일심으로 이와도노에게 계속 참배를 했었지."

"그래도 도성에서 떠도는 소문으로는 신불에게 경문을 드렸다고 하던데요?"

"그 소문 중에 하나는 이렇지. 신불의 마지막 날에 이와도노 앞에서 두 사람이 열심히 빌고 있었는데 산바람에 나무들이 흔들리며 동백꽃 잎 두 장이 떨어졌다고 해. 그 동백 잎에는 벌레 먹은 흔적이 있었는데, 한 잎에는 기안(帰雁, 봄에 북쪽으로 돌아가는 기러기)이라고 되어 있고 또 한 장에는 그저 2라고 되어 있었다네. 나도 그 잎을 보았어. 그 둘의 의미는 짐작이 갔지. 그러나 기안은 이해가 되지 않았어. 나는 너무 이상해서 다음 날 산에 갔다 오는 도중에 동백 잎을 몇 장 더 주워 왔다네. 그 잎에도 벌레 자국이 있었는데 거기에는 기안, 2뿐만 아니라 '내일 돌아간다'라는 문구도 적혀 있었어. '기요모리 횡사'라는 것도 있었고, '야스요리 왕생'이라는 것도 있었어. 난 틀림없이 야스요리가 기뻐할 거라고 생각했는데……."

"화를 내셨습니까?"

"야스요리는 화를 냈다기보다는 뭔가를 계산하고 있었어. 덩실거리지 않고 화를 내는 것이 훨씬 더 교묘하게 보였지. 그 사내가 모반에 가담한 것도 분노 때문이었어. 그 분노의 원천은 역시 자만했던 탓이지. 헤이케는 모두 악인이고 후지와라(藤原)는 모두 선인이라고 생각했던 바로 그 자만 때문에. 아까 말했던 것처럼 우리 범부는 모두 똑같지. 야스요리처럼 화를 내는 게 좋은 건지 나리쓰네처럼 한숨을 쉬는 게 좋은 건지 어느 쪽이 좋은지는 나도 잘 모르겠네."

"나리쓰네 님만 처자가 있다는 소문이 있었는데 사실입니까?"

"그는 창백한 얼굴로 계속 따분한 이야기만 했다네. 계곡에 핀 동백 꽃을 보면서 '이 섬에는 벚꽃은 피지 않는가?'라고 했고, 화산 꼭대기에서 피어나는 연기를 보면서 '이 섬에는 푸른 산은 없나?'라고 했지. 뭐든 눈앞에 있는 것에 대해서는 말하지 않고 없는 것만 늘어놓고 있었어. 한번은 나도 함께 머위를 따러 갔는데 '아, 어쩌면 좋지. 여기는 가모(加茂) 강의 개울물도 없어.'라고 하는 거야. 내가 그때 웃음을 터뜨리지 않은 것은 지존보살의 보살핌이었지. 난 그가 너무 어리석어 보여서 여기는 헤이케의 땅도, 그늘도 없으니 감사하고 또 감사한 일이라고 말해주었다네."

"그런 말을 하셨으니 아마 화를 내셨겠죠?"

"아니, 난 그러기를 기대했지. 그런데 그 사내는 내 얼굴을 보더니 슬픈 듯이 머리를 흔들면서 '그대는 아무것도 모르니 정말 행복한 사람이군.'이라고 했어. 화를 낸 것보다 더 곤란한 대답이었지. 난, 실은 나도 그때만은 묘하게 기분이 가라앉아버렸다네. 만약 그가 말한 대로 아무것도 모르는 나였다면 기분이 가라앉지 않았을 거야. 난 알고 있었지. 나도 한때는 그처럼 눈에 눈물을 가득 담고 있었다는 것을. 그 눈물을 통해서 죽은 여인도 얼마나 아름다운지를 보았지. 그걸 떠올리니 갑자기 그가 불쌍해 보였어. 그래도 이상한 건 이상한 거지. 그래서 난 웃으면서 겉으로는 진지하게 위로했다네. 그가 나를 꾸짖은 건 딱 그때뿐이었어. 내가 위로하자 그는 갑자기 경직된 얼굴을 하더니 거짓말을 하는 거야. '난 자네에게 위로받기보다는 비웃어 주기를 기대했건만.'이라고. 이상하게 난 그때 웃어버렸다네."

"그러니까 뭐라고 하시던가요?"

"4, 5일 동안은 나를 만나도 인사조차 하지 않았어. 그런데 그 다음에 만나니 여전히 슬픈 듯이 머리를 흔들면서 '아, 도성으로 돌아가고 싶다. 여기는 소가 끄는 수레도 다니지 않아.'라고 하는 거야. 그 사내는 나보다 행복한 자였어. 지금 생각해 보면 그 사내나 야스요리 역시 없는 것보다는 있는 것이 좋았어. 두 사람 다 도성으로 돌아간 지금은 나 혼자 2년 정도 매일 적막하게 살아야 하니까."

"도성에서는 주인님이 한탄하시다 돌아가셨을 거라는 소문이 있었습니다."

나는 가능한 상세하게 그 소문에 대해 말씀드렸습니다. 이야기꾼들이 하는 말을 빌리자면, "하늘을 올려다보며 탄식하신다. 밧줄을 부여잡고 허리에 매고 또 매고 머리가 잠길 때까지 끌려오고 따라오고, 머리가 빠지니 물가로 헤엄쳐 나와서 나를 태우고 가라고 탄식을 하신다. 하지만 저어가는 배 뒤에는 흰 파도만이 흐를 뿐"이라며 주인님이 미치셨다고 했습니다. 슌칸 스님은 신기한 듯이 그 말을 가만히 듣고 계셨습니다. 배가 보이는 동안에는 계속 손짓을 하셨다고 하자 그때까지와는 달리 "그건 소문과 다르지 않아. 여러 번 손짓을 했지."라고 순순히 인정하셨습니다.

"그러면 도성의 떠도는 소문처럼, 저 서 있는 망부석처럼 이별을 안타까워 하셨습니까?"

"2년 동안 같은 섬에서 동고동락하던 친구들과 이별하는 것이니 이별을 슬퍼하는 것은 당연하지 않은가. 그러나 손짓을 여러 번 한 것은 이별 때문이 아니었다네. 그 당시 배가 들어왔다는 것을 알린 이는 이 섬에 살고 있는 류큐 사람이었지. 해변에서 뛰어왔는지 숨을 헐떡이며 배라고 말하는 거야. 배라는 소리는 알아들었지만 무슨 배가 들어왔다는 건지 그 외의 말은 전혀 알아들을 수가 없었어. 그 사람도 당황한 탓인지 일본어와 류큐어를 섞어서 말했던 것 같아. 어쨌든 배라고 하니 난 얼른 해변으로 나가 보았지. 해변에는 어느샌가 토착민들이 가득 모여 있었어. 커다란 기둥을 보니 그건 마중선이라는 걸 알아차렸지. 나도 그 배를 봤을 때 심장이 고동치고 있었다네. 나리쓰네와 야스요리는 나보다 먼저 배 옆으로 달려가고 있었는데 그 기쁨은 비할 바가 아니었지. 그런데 그 와중에 류큐인과 두 사람이 독사에 물려서 꼭 미친 사람 같았어. 그러는 사이 사자들이 건네준 서면은 나리쓰네가 읽었는데 그들이 사면되었다는 거야. 그런데 그 속에 내 이름은 없었어. '나만 사면이 되지 않았다.' 그런 생각이 들자 내 마음속에는 한순간이었지만 별의별 생각이 다 떠올랐지. 딸과 아들의 얼굴, 부인의 잔소리, 내 집의 정원 풍경 등 하나하나 헤아릴 수 없었다네. 지금도 이상한 것은 그때 문득 수레를 끈 붉은 소의 엉덩이가 보였다는 것이네.

내 마음 한구석에는 이상한 상상이 샘솟고 있었다네. 물론 나리쓰네나 야스요리는 유감스러운 듯 나를 위로하기도 하고 나를 함께 태워달라고 사자들에게 부탁하기도 했지. 하지만 사면이 허락되지 않은 자는 배에 태울 수 없다고 했어. 나는 부동심을 떨치면서 왜 나 혼자 사면에서 빠졌을까, 그 이유는 무엇일까 곰곰이 생각해 보았다네. 나를 미워하고 있다. 틀림없다. 모두들 나를 미워하고 있다. 난 법승사(法勝寺)의 집행을 맡고 있었지. 병사들이 가는 길은 알 수 없지만 천하는 생각 외로 내 뜻과는 다를 수 있지. 그들은 그걸 두려워하고 있는지도 몰라. 나는 이런 생각을 하고 있었어. 이건 그저 쓴웃음만 짓고 말 일은 아니지. 이전의 권력자나 스님들도 구실을 만들어서 없애버렸던 거야. 난 그저 힘없이 마음만 졸이는 나이 든 자가 아닌가. 좀 전에도 그랬듯이 이 천하를 누가 쥐든 난 상관없어. 그저 한 권의 경문만 있으면 어디 있든지 안주할 수 있지. 그러나 반대로 생각하면 내가 그들에게 하나의 불씨가 될 수는 있을 거야. 그렇게 보면 목이라도 잘리지 않고 이 섬에 혼자 남아 있는 것도 어쩌면 행복한 일인지 몰라. 그렇게 생각하고 있는 동안 마침내 배가 떠날 시간이 되었어. 그때, 나리쓰네의 아내였던 여자가 아이를 안고 그 배에 태워달라고 소리쳤다네. 불쌍한 생각이 들어서 내가 사자들에게 부탁했지. 어림도 없는 소리였어. 그 남자는 물론, 다른 사람들도 들은 척하지 않았다네. 난 그 남자들을 탓하지 않네. 단지 죄 많은 나리쓰네를 탓할 뿐."

슌칸 님은 화가 나신 듯 파초 부채를 빠르게 부치셨습니다.

"그 여자는 미친 사람처럼 어떻게든 배에 타려고 했지. 뱃사공들은 태우지 않으려고 했고. 마침내 여자는 나리쓰네의 옷소매를 붙잡았어. 그런데 나리쓰네는 창백한 얼굴로 아무렇지 않게 그 손을 뿌리치는 게 아닌가? 여자는 해변에 쓰러진 채 다시 배에 타려고 하지 않고 그대로 엎드려 있었어. 그저 엉엉 울 뿐이었지. 난 그 순간 야스요리보다 더 분노에 사로잡혔어. 나리쓰네는 짐승이다. 야스요리가 그걸 그냥 보고 서 있는 건 불제자의 소업이 아니다. 게다가 그 여자를 태우려는 건 나 외에 아무도 부탁하지 않았다. 그런 생각이 들자 지금 생각해도 이상할 만큼 온갖 욕과 비방이 내 입을 통해 흘러나왔어. 욕설만이 아니었어. 경전에 있는 모든 이름을 들먹였지. 그렇지만 배는 이미 멀리 사라져버린 뒤였어. 여자는 여전히 엎드려 울고 있었고. 난 해변에서 발을 동동 구르며 손짓을 했지."

주인님은 화가 나 있었다. 그렇지만 난 이야기를 듣고 있는 동안 저절로 미소가 흘러 나왔다. 그러자 주인님도 같이 웃으시면서 "그 손짓이 말이야, 불똥이 되었어. 그때 화를 내지 않았더라면 어쩌면 난 고향으로 돌아갈 수 있었을지도 몰라. 내가 미쳤다는 소문도 없었을 테고."라고 포기한 듯 말씀하셨습니다.

"그러면 그 뒤에는 특별히 탄식하신 일이 없으셨습니까?"

"탄식해 봤자 소용이 없지 않은가? 또 시간이 지나면서 외로움도 점점 사라져버렸으니까. 난 지금 부처님을 바라보는 것 외에는 아무 욕심이 없네. 지금 있는 곳이 극락정토라면 화산에서 용솟음치는 불길처럼 큰 웃음도 자연히 끓어오르지 않겠나. 난 어디까지나 자력으로 믿는 신자이거든. 아, 아직 하나 잊어버리고 말하지 않은 것이 있어. 그 여자는 엎드린 채로 움직이지 않았어. 그 사이 토착민들도 뿔뿔이 흩어지고 배는 청공 속으로 사라졌어. 그 여자가 어떻게 했을 것 같나? 갑자기 나를 때려눕혔다네. 난 현기증을 느끼면서 벌렁 나자빠졌고. 내 육신에 살고 있던 모든 부처님들도 그때는 깜짝 놀라셨을 거야. 겨우 일어나 보니 그 여자는 이미 마을 쪽으로 맥없이 걸어가고 있지 뭔가. 이 일은 그 여자한테 가서 물어 보게나. 소문에 의하면 그 여자가 두문불출이라고 하지, 아마. 창피하게 생각하고 있을지도 모르지."

❖ 5 ❖

저는 그 다음 날 주인님과 섬의 화산에 올라갔습니다. 그리고 1개월 정도 같이 지내다가 아쉬운 이별을 하고 다시 도성으로 돌아왔습니다. '친구여, 보여주고 싶구나. 나의 마음과 물가에 있는 풀과 잡목으로 지은 암자를.' 이것이 마지막으로 저에게 주신 시입니다. 주인님은 지금

도 여전히 그 섬에서 지내고 계십니다. 억새 지붕으로 엮은 처마 밑에서 혼자 유유자적하게 지내고 계시겠죠. 어쩌면 오늘 밤에는 류큐 감자를 드시면서 부처님과 천하에 대해 생각하고 계실지도 모르겠습니다. 이외에도 아직 여러 가지 이야기해드릴 것이 많지만, 또 언젠가 기회가 되는 날이 오겠지요.

다이쇼 10년(1921년) 12월

장군(将軍)

김효순

❖ 1. 백거대(白襷隊)[1] ❖

1904년 11월 26일 새벽의 일이었다. 제×사단 제×연대 백거대는 송수산(松樹山)[2] 보비부대(補備砲台)를 탈취하기 위해 93고지 북쪽 산기슭을 출발하였다.

길은 산의 그늘을 따라 나 있었기 때문에, 대형(隊形)도 오늘은 특별히 4열 측면 행진이었다. 풀도 없이 어둑어둑한 길에 총신(銃身)을 드러낸 한 부대의 병사들이 흰 어깨띠만 번득이며 조용히 걸어가고 있는 모습은 비장한 광경임에 틀림없었다. 지휘관인 M대위는 그 부대의 선두에 섰을 때부터 마치 다른 사람이 된 것처럼 말수도 없이 우울한 표정을 짓고 있었다. 하지만 의외로 병사들은 모두 평소처럼 활기에

---

1) 러일전쟁 당시 여순 공격전에서 활약한 특별부대를 일컫는 말이다. 야습 시 적과 아군을 구별하기 위해 병사들에게 흰 어깨띠(白襷)를 두르게 한 데서 나온 명칭이다.
2) 여순시 북쪽 근교. 러시아군의 견고한 포대진지가 있었으며, 러일전쟁 격전지의 하나였다. 1904년 12월 31일에 일본군이 점령.

차 있었다. 그것은 첫째는 일본혼(日本魂)의 힘이었고, 둘째는 술의 힘이었다.

한참 동안 행진을 계속한 뒤 부대는 돌이 많은 그늘에서 바람이 시원한 강가로 나왔다.

"어이, 뒤 좀 봐."

지물포를 했었다는 다구치(田口) 일등병이 같은 부대에서 선발된, 목수였다고 하는 호리오(堀尾) 일등병에게 말을 걸었다.

"모두 이쪽으로 경례를 하고 있네."

호리오 일등병은 뒤를 돌아보았다. 돌아보니 과연 연대장을 비롯해 장교 몇 명이 살짝 붉어진 하늘을 배경으로 거뭇거뭇 솟아오른 높은 언덕 위에서 사지로 향하는 이 소대 병사들에게 마지막 경례를 하고 있었다.

"어때? 대단하지 않은가? 백거대가 되는 것도 명예롭군."

"뭐가 명예로워?"

호리오 일등병은 쓸쓸한 듯 어깨 위의 총을 당겨 올렸다.

"우린 모두 죽으러 가는 거야. 그리고 보면 그건 ××××××××××××××3) 것 같다는 거야. 이렇게 싸게 치는 일은 없지 않나?"

"그럼 안 되네. 그런 말 하면 ×××4) 미안하잖아."

"빌어먹을! 미안하든가 말든가! 매점의 술 한 홉을 사려 해도 경례만으로는 살 수 없다고."

다구치 일등병은 입을 다물었다. 술기운이 조금만 올라도 비꼬는

---

3) '명예로운 경례로 생명을 사서 죽이는' 정도로 추측. ×××표시는 『개조(改造)』에 발표했을 당시 관헌에 의해 삭제된 것으로, 원고의 소재를 알 수 없기에 이하에서는 추측에 의한다.
4) '폐하께'로 추측.

말투를 늘어놓는 상대의 버릇에 익숙해졌기 때문이다. 그러나 호리오 일등병은 여전히 집요하게 이야기를 계속했다.

"그건 경례로 살 수는 없다고. 제길할 ××××× 5)라든가, 제길할 ××××6)라든가 하며 이것저것 점잖은 척하며 지랄하겠지. 하지만 그런 말은 다 거짓부렁이라고. 알겠어? 형제? 그렇지 않은가?"

호리오 일등병에게 이 말을 들은 사람은 같은 중대에 있던, 소학교 교사였다는 점잖은 에기(江木) 상등병이었다. 하지만 그 점잖은 상등병이 이때만큼은 어찌된 일인지, 갑자기 이를 악물고 험상궂은 표정을 지었다. 그리고 술 냄새를 풍기는 상대의 얼굴에 모진 대답을 던졌다.

"바보 같은 자식! 우리는 죽는 게 임무 아냐?"

그때 이미 백거대는 자갈이 드러난 강바닥의 맞은편으로 올라가고 있었다. 그곳에는 진흙을 덧발라 굳혀서 지은 지나인 민가가 일고여덟 채 조용히 새벽을 맞이하고 있었다. 집들의 지붕 위로는 석유 색으로 주름을 덧칠한 차가운 다갈색 송수산이 눈앞에 다가와 있었다. 부대는 이 마을을 벗어나자 4열 측면 대형을 풀었다. 뿐만 아니라 모두 무장을 한 채 몇 갈래로 난 교통로를 기어 조금씩 조금씩 적진으로 향했다.

물론 에기 상등병도 그 안에 섞여 네 발로 계속 기어갔다. "매점의 술 한 홉을 사려 해도 경례만으로는 살 수 없다고."라고 한 호리오 일등병의 말은 한편으로는 그의 속마음이기도 했다. 그러나 말수가 적은 그는 가만히 그 생각을 마음속에 품고만 있었다. 그럴수록 전우의 말은 꼭 상처를 건드리기라도 하는 듯, 한층 더 분노를 일으키는 슬픔

5) '폐하를 위해서'로 추측.
6) '국가를 위해서'로 추측.

을 불러일으켰다. 그는 얼어붙은 교통로를 짐승처럼 배로 기며, 전쟁도 생각하고 죽음도 생각했다. 하지만 그런 생각을 해 봤자 털끝만큼도 광명을 얻을 수 없었다. 죽음은 ×××××7)라 해도 결국은 저주스러운 괴물이었다. 전쟁은—그는 대부분의 전쟁은 죄악과도 비교할 수 없다는 생각이 들었다. 죄악은 전쟁에 비하면 개인의 정열에 뿌리를 내리고 있는 만큼 ×××××××8)할 수 있는 점이 있었다. 그러나 ×××××××××××××9)나 다를 바 없었다. 게다가 그는, 아니, 그만 그런 것도 아니다. 각 사단에서 선발된 2천여 명의 백거대는 그 대단한 ×××10)를 위해 싫어도 죽어야만 했던 것이다.

"다 왔네, 다 왔어. 자넨 어느 연대에서 왔지?"

에기 상등병은 주위를 둘러보았다. 부대는 어느새 송수산 기슭에 있는 집합 장소에 도착한 것이다. 그곳에는 카키복에 고풍스런 어깨띠를 열십자로 맨, 각 사단의 병사들이 모여 있었다. 그에게 말을 건 사람도 그 무리 중의 한 명이었다. 그 병사는 바위에 걸터앉아, 희미하게 비치는 아침 햇살에 한쪽 뺨의 여드름을 터뜨리고 있었다.

"제×연대네."

"빵 연대11)군."

에기 상등병은 어두운 표정을 한 채, 그 농담에 아무 대답도 하지 못했다.

몇 시간이 흐른 후, 그 보병진지 위에서는 피아(彼我)의 포탄이 끔찍하게 윙윙거리며 날아다녔다. 눈앞에 솟아 있는 송수산 산허리에도

---

7) '폐하를 위하여'로 추측.
8) '인간으로서 납득' 정도로 추측.
9) '전쟁은 폐하를 위한 봉사'로 추측.
10) '봉사'로 추측.
11) 의미 미상.

이가둔(李家屯)12)의 아해군포(我海軍砲)가 몇 번이나 노란 흙먼지를 일
으켰다. 그 흙먼지가 이는 사이 연보라색 빛이 흩어지는 것 또한 점심
때인만큼 한층 더 비장했다. 그러나 2천 명이 모인 백거대는 그런 포
격 속에서 기회를 기다리며 여전히 평소와 같은 활기를 잃지 않았다.
공포심에 압도당하지 않기 위해서는 가능한 한 밝게 행동하는 것밖에
방법이 없는 것도 사실이었다.

"지랄 맞게 쏘아대는군."

호리오 일등병이 하늘을 올려다보았다. 그 사이 다시 한 번 긴 외침
소리가 머리 위 공기를 갈랐다. 그는 자기도 모르게 고개를 움츠리며,
흙먼지가 이는 것을 피하기라도 하려는 듯 손수건으로 코를 막고 있
는 다구치 일등병에게 말을 걸었다.

"지금 쏜 것은 28센티13)지."

다구치 일등병은 미소를 지어 보였다. 그리고 상대가 눈치채지 못
하게 손수건을 살짝 주머니에 집어넣었다. 그것은 그가 출정할 때 단
골로 다니던 게이샤(芸者)에게서 받은 것으로, 가장자리에 녹색 수를
놓은 손수건이었다.

"소리가 다르군, 28센티는."

다구치 일등병은 그렇게 말하고는 당황한 듯 자세를 바로 했다. 동
시에 많은 병사들이 소리 없는 호령이라도 들었는가 싶을 만큼 잇따
라 바로 서기 시작했다. 이는 그들 사이로 군사령관인 N장군14)이 참
모장교 몇 명을 거느리고 위엄 있게 다가왔기 때문이다.

---

12) 여순 동북 지역의 지명.
13) 직경 28센티의 수류탄. 러일전쟁에서 위력을 발휘했다.
14) 노기 마레스케(乃木希典, 1849~1912). 러일전쟁 당시 제3군 사령관. 메이지 천황
　　장례일에 아카사카(赤坂)의 자택에서 부인과 순사. 자살 전 부부는 사진을 찍었
　　고, 사후 군신(軍神)으로 받들어졌다.

"이봐, 소란을 피워서는 안 되네. 소란을 피우면 안 된다고."

장군은 진지를 둘러보며 조금 걸걸한 목소리를 냈다.

"이렇게 비좁은 곳이니 경례고 뭐고 할 필요 없네. 자네들은 몇 연대 백거대인가?"

다구치 일등병은 장군의 눈이 가만히 그의 얼굴에 집중되는 것을 느꼈다. 그 눈은 그를 처녀처럼 수줍게 하기에 충분했다.

"예, 보병○ 제×연대입니다."

"그런가. 힘껏 분발해 주게."

장군은 그의 손을 잡았다. 그런 다음 호리오 일등병에게 눈길을 돌리더니 역시 오른손을 내밀며 같은 말을 되풀이했다.

"자네도 힘껏 분발해 주게."

이 말을 들은 호리오 일등병은 전신의 근육이 굳는 듯, 직립부동의 자세가 되었다. 폭이 넓은 어깨, 커다란 손, 광대뼈가 툭 튀어나온 붉은색 얼굴. 그런 그의 모습은 이 노장군에게는 적어도 모범적인 제국 군인다운, 좋은 인상을 주는 용모였다. 장군은 그곳에 멈춰 선 채 이야기를 계속했다.

"지금 쏜 포대 말일세, 오늘 밤 자네들은 그 포대를 우리 것으로 만들게 될 걸세. 그렇게 되면 예비부대는 자네들이 떠나간 뒤에 그 일대에 있는 포대를 모두 손에 넣게 되는 거지. 무엇보다도 단번에 그 포대에 달려드는 자세가 되어 있어야 하네."

그런 이야기를 하는 동안 어느새 장군의 목소리에는 다소 희곡적인 감격의 기운이 서려왔다.

"알겠나? 절대로 도중에 멈춰서 사격을 하면 안 되네. 5척이 되는 몸을 포탄이라고 생각하고, 단번에 거기로 뛰어들어야 하네. 부탁하

네. 부디 확실히 해 주게."

장군은 '확실히'라는 말의 어감을 전달하려는 듯 호리오 일등병의 손을 잡았다. 그리고 그곳을 지나갔다.

"기뻐할 일도 아니지."

호리오 일등병은 빈정대는 눈빛으로 장군의 뒷모습을 바라보며, 다구치 일등병에게 눈짓을 했다.

"어이, 이봐. 저런 영감탱이에게 손을 잡혔군 그래."

다구치 일등병은 씁쓸하게 웃었다. 그 모습을 보자 호리오 일등병은 어쩐지 미안한 감정이 일었다. 동시에 상대의 씁쓸한 미소가 얄미운 느낌도 들었다. 그때 에기 상등병이 갑자기 말참견을 했다.

"어떤가, 악수로 ××××15) 것은."

"안 돼. 안 돼. 남의 말을 흉내 내면 안 되지."

이번에는 호리오 일등병이 씁쓸한 미소를 짓지 않을 수 없었다.

"××16) 있다고 생각하니 화가 나는 거지. 나는 기꺼이 버려주려고 생각하고 있어."

에기 상등병이 그렇게 말하자 다구치 일등병도 입을 열었다.

"그렇지. 모두 나라를 위해 버릴 목숨이야."

"나는 무엇을 위해서인지는 모르겠지만, 그냥 버려줄 생각이네. ×××××××17)이라도 들이대 보라지. 무엇이든지 가지고 가라는 기분이 될 거야."

에기 상등병의 눈썹 사이로 흥분한 기색이 어슴푸레 돌고 있었다.

"딱 그런 심정이지. 강도는 돈만 빼앗으면, ×××××××18)하지는

---

15) '살 수 있는'으로 추측.
16) '살 수'로 추측.
17) '강도에게 피스톨'로 추측.

않을 테지. 하지만 우리들은 어쨌거나 죽게 돼 있어. ××××××××× ××××××××××19) 한 거지. 어차피 죽게 될 거라면 깨끗하게 ×××20) 주는 게 좋지 않겠나?"

그런 말을 듣는 사이 아직 술기운이 가시지 않은 호리오 일등병의 눈에는 그 온후(溫厚)한 전우에 대한 모멸의 빛이 더해졌다.

'뭐야, 목숨을 버릴 정도라고?'

그는 내심 그런 생각을 하며 멍하니 하늘을 올려다보았다. 그리고 장군의 악수에 보답하기 위해 오늘 밤은 그 누구에게도 뒤지지 않는 육탄이 되기로 결심했다.

그날 밤 8시 몇 분이 지난 시각, 수류탄을 맞은 에기 상등병이 전신이 시커멓게 그을린 채 송수산 산허리에 쓰러져 있었다. 흰 어깨띠를 한 병사 한 명이 더듬더듬 무어라 외치며 철조망 속으로 이곳을 향해 달려왔다. 그는 전우의 사체를 보자 그 가슴에 한쪽 다리를 올려놓는가 싶더니, 갑자기 큰소리로 웃기 시작했다. 큰 소리로……. 실제로 그 큰 웃음소리는 격렬한 적과 아군의 총화 속에 음산한 반향을 불러일으켰다.

"만세! 일본 만세! 악마 항복! 원수 퇴각! 제×여대 만세! 만세! 만세!"

그는 한 손에 총을 쥐고 흔들며, 외침 소리로 눈앞에 있는 어둠을 갈라놓았다. 수류탄 폭발에도 개의치 않고 계속해서 그렇게 외쳐대고 있었다. 그 빛 사이로 보니, 그는 머리 총상 때문에 한참 돌격을 하다가 발광을 한, 호리오 일등병이었다.

---

18) '생명까지 빼앗겠다고'로 추측.
19) 미상.
20) '버려'로 추측.

❖ 2. 간첩 ❖

1905년 3월 5일 오전, 당시 전승집(全勝集)[21]에 주둔해 있던 A기병 여단참모는 어둑어둑한 사령부의 한 사무실에서 지나인 두 명을 취조하고 있었다. 그들은 임시로 이 여단에 가세하고 있던 제×연대 보초한 명에게 간첩 혐의로 방금 전 잡혀온 것이었다.

지붕이 낮은 이 지나인 집 안에는 오늘도 아궁이의 불기운이 기분 좋게 따스함을 발하고 있었다. 하지만 슬픈 전쟁의 기운은 바닥 벽돌에 닿는 박차 소리에서도, 테이블 위에 벗어놓은 외투 색깔에서도, 도처에서 엿볼 수 있었다. 특히 붉은 당지(唐紙)를 잇대어 바른, 먼지 냄새 나는 흰 벽 위에 머리를 뒤로 묶은 게이샤의 사진을 압정으로 꼭 고정시켜 놓은 것은 우스꽝스럽기도 하고 비참하기도 했다.

그곳에는 여단참모 외에도 부관(副官) 한 명, 통역 한 명이 지나인 두 명을 에워싸고 있었다. 지나인은 통역이 질문을 하는 대로 모두 명확하게 대답했다. 뿐만 아니라 나이 먹어 보이는 얼굴에 짧은 수염을 기른 남자는 통역이 물어보지 않은 것까지 알아서 대답하는 식이었다. 하지만 답변이 명확하면 명확할수록 참모의 마음에는 더욱 더 그들을 간첩으로 간주하고 싶은 반감 비슷한 것이 일어나는 것 같았다.

"어이, 보병!"

여단참모는 콧소리를 내며, 이 지나인들을 잡아온, 입구에 있는 보초를 불렀다. 보병, 그것은 다름 아닌 백거대에 가담했던 다구치 일등병이었다. 그는 만(卍)자 모양의 격자문 앞에서 게이샤 사진에 눈길을 주고 있다가 참모의 목소리에 화들짝 놀라 있는 힘껏 큰 소리로 대답

---

21) 심양 부근의 지명.

했다.

"예!"

"자네 말이네, 이 자식을 잡은 것 말일세. 어떻게 잡았지?"

사람 좋은 다구치 일등병은 낭독하듯 이야기했다.

"제가 보초를 선 곳은 이 마을의 돌담 북단, 봉천(奉天)으로 통하는 가도였습니다. 그 지나인들은 두 사람 모두 봉천 쪽에서 걸어왔습니다. 그러자 나무 위에 있던 중대장님이……."

"뭐라고? 나무 위에 있던 중대장?"

참모는 눈꺼풀을 살짝 들어올렸다.

"예, 중대장님은 전망을 위해 나무 위에 올라가 계셨습니다. 중대장님이 나무 위에서 제게 잡으라고 명령하셨습니다."

"그런데 제가 잡으려고 하자 저들이……예, 그 수염이 없는 남자 말입니다. 그 남자가 갑자기 도망을 치려했습니다."

"그뿐이었나?"

"예, 그뿐이었습니다."

"좋았어."

여단참모는 혈색 좋은 얼굴에 다소 실망감을 드러낸 채 통역에게 질문의 뜻을 전했다. 통역은 따분함을 드러내지 않으려고 일부러 목소리에 힘을 주었다.

"간첩이 아니면 왜 도망을 쳤나?"

"그야 도망치는 것이 당연하지요. 좌우간 일본군이 갑자기 달려들었으니까요."

또 한 명의 지나인, 아편 중독인지 납빛 안색을 하고 있는 남자는 조금도 주눅 드는 기색 없이 대답했다.

"하지만 너희들이 지나온 길은 지금 당장이라도 전장이 될 수 있는 가도(街道)였지 않은가? 양민이라면 볼일이 없을 텐데……."

지나어를 할 수 있는 부관은 그 혈색이 좋지 않은 지나인의 얼굴에 슬쩍 험상궂은 눈길을 보냈다.

"아니, 볼일이 있었습니다. 방금 말씀드렸듯이 저희는 신민둔(新民屯22))에 지폐를 바꾸러 갔다 온 겁니다. 보세요. 여기에 지폐도 있습니다."

수염이 있는 남자는 태연하게 장교들의 얼굴을 둘러보았다. 참모는 잠깐 코를 킁킁거렸다. 부관이 기가 죽은 것이 내심 기분 좋았기 때문이다.

"지폐를 바꾼다고? 목숨을 걸고?"

부관은 분하다는 듯이 냉소를 보였다.

"어쨌든 옷을 벗겨 알몸으로 만들어 보자고."

참모의 말이 통역이 되자 그들은 여전히 주눅 드는 기색 없이 알몸이 되어 보여주었다.

"아직 배두렁이를 두르고 있잖아? 그것을 풀어 이리 보여 줘봐."

통역은 배두렁이를 받으면서 그 흰 목면에 체온이 남아 있는 것이 어쩐지 불결하게 여겨졌다. 배두렁이 안에는 세 치 정도 되는 굵은 바늘이 들어있었다. 여단 참모는 그 바늘을 창문에 비추며 몇 번이나 살펴보았다. 하지만 그것도 평평한 머리에 매화 모양이 달려 있는 외에는 이렇다 할 특이사항이 없었다.

"이게 뭔가?"

"저는 침을 놓는 의사입니다."

---

22) 지금의 신민 현(新民縣).

수염이 있는 남자는 참모의 질문에 주저하지 않고 대답했다.

"이왕이면 신발도 벗어 보게."

그들은 거의 무표정한 얼굴로 감추어야 할 곳도 감추려고 하지 않고 검사 결과를 지켜보고 있었다. 이제는 구두를 뜯어보는 수밖에 없었다. 그렇게 생각한 부관은 참모에게 그 뜻을 이야기하려고 했다.

그때 갑자기 옆방에서 군사령관을 선두로 군사령부의 참모장교와 여단장 등이 들어왔다. 장군은 마침 부관, 군참모와 함께 뭔가 의논을 하기 위해 여단장을 찾아온 것이었다.

"로탐(露探)23)인가?"

장군은 그렇게 묻고는 지나인 앞에서 걸음을 멈추었다. 그리고 그들의 벌거벗은 모습을 날카로운 눈으로 가만히 쏘아보았다. 훗날 어느 미국인이, 이 유명한 장군의 눈에는 모노마니아(Monomania) 같은 구석이 있다고 함부로 비평한 적이 있다. 그 모노마니아 같은 눈빛이 이런 경우에는 특히 더 음산한 빛을 발하는 법이다.

여단참모는 장군에게 애써 사건의 전말을 이야기했다. 하지만 장군은 짚이는 곳이 있다는 듯 이따금 고개를 끄덕일 뿐이었다.

"이제는 두들겨 패서라도 자백을 시키는 수밖에 없습니다만……."

참모가 그렇게 말하자 장군은 지도를 든 손으로 바닥에 놓여있던 중국 신발을 가리켰다.

"저 구두를 뜯어보게."

구두는 순식간에 바닥이 뜯겼다. 그러자 그 안에서 실로 꿰맨 너덧 장의 지도와 비밀 서류가 순식간에 마룻바닥 위로 팔랑팔랑 떨어졌다. 아니나 다를까, 두 지나인은 그것을 보고는 얼굴에 핏기가 가셨

---

23) 러일전쟁 당시의 말로, 러시아의 스파이.

다. 하지만 역시 입을 다문 채 고집스럽게 바닥의 벽돌을 바라보고 있
었다.

"그럴 줄 알았지."

장군은 여단장을 돌아보며 득의만만한 미소를 흘렸다.

"하지만 구두에 숨기다니 정말 기발하군요. 어이, 이제 그 자식들에
게 옷을 입혀 줘. 이런 간첩은 처음입니다."

"군사령부 각하의 혜안은 정말이지 놀랍습니다."

여단부관은 여단장에게 간첩 증거품을 건네며 아부 섞인 웃음을 보
였다. 구두를 떠올린 것은 장군보다 자신이 먼저였다는 사실도 잊은
것처럼.

"벌거벗겨도 나오지 않으면 구두 말고는 숨길 데가 없지 않은가?"

장군은 여전히 기분이 들떠 있었다.

"나는 바로 구두를 주시했지."

"아무래도 이곳 주민들은 안 되겠습니다. 우리들이 여기에 왔을 때
도 밖으로는 일장기를 꺼내놓고 집 안을 조사해 보면 대개 러시아기
를 가지고 있었습니다."

여단장도 어쩐지 기분이 들떠 있었다.

"즉 간영사지(奸佞邪智)24)군 그래."

"그렇습니다. 처치 곤란입니다."

이런 이야기가 계속되고 있는 동안 여단참모는 아직 통역과 두 지
나인을 조사하고 있었다. 그러다가 갑자기 언짢은 표정으로 다구치
일등병을 돌아보더니 내뱉듯이 이렇게 명령했다.

"어이, 보병! 이 간첩은 자네가 잡아온 것이니 내친김에 자네가 죽

---

24) 심사가 꼬여 있어 남들에게 아첨하는 교활한 사람.

이고 오게.”

　20분 후, 마을 남단 길바닥에는 그 두 지나인이 변발을 서로 묶인 채 버드나무 고목 밑동에 앉아 있었다.

　다구치 일등병은 우선 총검을 대서 변발을 잘라냈다. 그리고 총을 조준하며 나이가 더 아래인 남자 뒤에 섰다. 하지만 그들을 쏘아 죽이기 전에 죽일 것이라는 이야기만은 해주고 싶었다.

　“니25)……”

　일단 말은 시작했지만 ‘죽일 거야’는 지나어로 무엇인지 몰랐다.

　“니, 죽일 거야!”

　두 지나인은 약속이라도 한 듯이 그를 힐끗 돌아보았다. 하지만 놀란 기색도 없이, 묶인 채 각자 다른 방향으로 몇 번이고 계속해서 절을 했다.

　“고향에 인사를 하는 거야.”

　다구치 일등병은 자세를 바로잡으며 그 절에 대해 해석했다.

　한차례 절을 하고 나더니 그들은 각오를 한 듯 과감히 고개를 쑥 뺐다. 다구치 일등병은 총을 치켜들었다. 하지만 신기하기까지 한 그들을 보고는 아무래도 총검을 들이댈 수가 없었다.

　“니, 죽일 거야!”

　그는 어쩔 수 없이 이 말만 반복했다. 그때, 마을 쪽에서 말을 탄 기병 한 명이 말굽에 흙먼지를 일으키며 이쪽으로 달려왔다.

　“보병!”

　기병은 다가온 것을 보니 조장(曹長)26)이었다. 그는 두 지나인을 보더니 말의 속도를 늦추며 거만하게 그에게 말을 걸었다.

---

25) 중국어의 이인칭. ‘너’의 뜻.
26) 일본의 구(旧)육군 하사관 계급의 맨 위. 한국의 상사에 해당.

"로탐인가? 로탐이겠지. 나도 한 명 죽이게 해 주게."

다구치 일등병은 쓸쓸히 웃었다.

"아니 뭐, 두 사람 모두 드리겠습니다."

"그런가? 거참 시원시원하군."

기병은 말에서 가뿐하게 내려왔다. 그리고 지나인 뒤로 돌아가더니 허리에 찬 일본도를 뽑아 들었다. 그때 또 마을 쪽에서 씩씩한 말발굽의 울림과 함께 장교 세 명이 다가왔다. 기병은 개의치 않고 정면으로 칼을 들어올렸다. 하지만 아직 그 칼을 내리치기 전에 장교 세 명이 유유히 그들 앞을 지나갔다. "군사령관!" 기병은 다구치 일등병과 함께 말 위의 장교를 올려다보며 정식으로 거수경례를 했다.

"로탐이군."

장군의 눈에는 일순간 모노마니아의 빛이 번득였다.

"베어! 베어버려!"

기병은 말이 떨어지기가 무섭게 칼을 치켜올려 단칼에 젊은 지나인을 베었다.

지나인의 머리는 춤을 추듯이 버드나무 고목 밑동으로 굴러떨어졌다. 피는 순식간에 누런 흙 위에 커다란 반점을 그려나갔다.

"좋았어. 잘 했어."

장군은 유쾌하게 고개를 끄덕이고는 아무 일 없었다는 듯 다시 말을 달렸다.

기병은 장군이 가는 모습을 보고는 피로 물든 칼을 내려뜨린 채 남은 한 명의 지나인 뒤에 섰다. 그 태도에는 장군 이상으로 살육을 기뻐하는 기색이 있었다.

"이 ×××27)라면 나도 죽일 수 있어."

다구치 일등병은 그렇게 생각하면서 버드나무 고목 밑동에 앉았다. 기병은 다시 칼을 들어올렸다. 하지만 수염이 있는 지나인은 말없이 고개를 빼고는 눈썹 하나 까딱하지 않았다.

장군을 따르던 군참모 중의 한 사람, 호즈미 중좌(穗積中佐)는 안장 위에서 아직 추위가 가시지 않은 이른 봄의 광야를 바라보며 장군을 따라갔다. 하지만 멀리 늘어서 있는 고목들이나 길바닥에 쓰러져 있는 석감당(石敢当)28)은 중좌의 눈에 들어오지 않았다. 그것은 그의 머릿속에 한때 애독한 스탕달29)의 말이 끊임없이 떠돌고 있었기 때문이다.

"나는 훈장에 파묻힌 인간을 보면 저만큼의 훈장을 손에 넣기 위해 얼마나 ××한 짓을 했을지 그게 신경이 쓰여 견딜 수가 없다."

문득 정신을 차리고 보니 그의 말은 장군의 말에서 한참 멀어졌다. 중좌는 몸서리를 치고 나서 곧바로 말을 몰기 시작했다. 마침 비치기 시작한 희미한 햇빛에 장식 끈의 금실을 번득이면서.

❖ 3. 진중(陣中)의 연극 ❖

1905년 5월 4일 오후, 아길우보(阿吉牛堡)30)에 주둔하던 제×군사령부에서는 오전에 초혼제(招魂祭)를 거행한 후 여흥으로 연예회를 개최하기로 했다. 회장(会場)은 지나 촌락에 흔한 노천극장을 응용해 급조한 무대 앞에 천막을 친 것에 불과했다. 그래도 멍석을 깐 그 회장에

---

27) 미상.
28) 석감당(石敢当)이라는 문자가 새겨진, 귀신을 쫓는 석비나 석표.
29) 스탕달(Stendhall, 1783~1842): 프랑스 소설가. 종군 체험을 하였으며 대표작은 「적과 흑」, 「팔름의 사원」 등이 있다.
30) 요동성 철령현(鉄嶺県)의 지명.

는 시작 시간인 1시가 되기도 전에 벌써 많은 병사들이 모여 있었다. 지저분한 카키복에 총검을 찬 병사들의 무리는 관객이라 부르는 것조차 민망할 만큼 초라한 관객이었다. 하지만 그런 만큼 그들의 얼굴에 환한 미소가 떠돌고 있는 것은 한층 더 안쓰러운 느낌이 든다.

장군을 비롯해 군사령부나 병참감부(兵站監部)[31] 장교들은 외국의 종군무관들과 함께 그 뒤에 의자를 죽 늘어놓고 앉아 있었다. 그곳은 참모의 견장이나 부관(副官)의 멜빵 등이 보이는 것만으로도 일반 병사들의 관객석보다 훨씬 더 공기가 화사했다. 특히 외국의 종군무관은 바보로 유명한 사람이었는데, 그 사람 한 명만으로도 그 화사함을 돋우는 데는 군사령부 이상의 효과가 있었다.

장군은 기분이 좋았다. 부관 한 명과 뭔가 이야기를 나누며 가끔 프로그램을 펼쳐 보고 있었는데, 그 눈에도 시종일관 일광처럼 붙임성 있는 미소가 흐르고 있었다.

그러는 사이 정각 1시가 되었다. 벚꽃과 일출을 잘 배합한 세련된 천막 뒤에서 몇 번인가 둔탁한 딱딱이 소리가 울렸다. 그런 다음 막이 여흥 담당 소위 손에 의해 슬슬 한쪽으로 당겨졌다.

무대는 일본의 실내였다. 배경이 쌀집인 것은 한쪽 구석에 쌓여있는 쌀부대가 살짝 암시를 주고 있었다. 앞치마를 두른 쌀집 주인이 손뼉을 치며 "오나베야, 오나베야"하고 하녀를 불러냈다. 하녀는 주인보다 키가 크고 머리를 뒤로 묶었다. 이어서……줄거리가 뻔한, 그 자리에서 만든 즉흥극이 시작되었다.

무대 위에서 천박한 장난이 더해질 때마다 멍석 위에 앉은 관객들 사이에서는 몇 번이고 웃음소리가 터져나왔다. 그 뒤에 있는 장교들

---

31) 작전군 후방에서 군수물자의 수송 또는 수용을 담당하는 부대의 본부.

도 대부분 미소를 띠고 있었다. 종국에는 엣추훈도시[32] 하나만 걸친 주인이 붉은 속치마 한 장만 입은 하녀와 씨름을 시작하는 장면이 나왔다.

웃음소리는 더욱 고조되었다. 병참기관의 어느 대위는 그 우스꽝스러운 모습을 응원하기 위해 박수까지 치려 했다. 바로 그 순간이었다. 갑자기 격렬한 질타 소리가 다시 한 번 일기 시작한 웃음소리 위로 채찍질하듯이 울려 퍼졌다.

"뭐야, 저 추태는? 막을 내려! 막을!"

목소리의 주인공은 장군이었다. 장군은 굵은 군도 손잡이에 장갑을 낀 두 손을 포갠 채, 엄하게 무대를 쏘아보고 있었다.

막을 담당하는 소위는 명령에 따라 황망하게 얼이 빠진 배우들 앞으로 막을 내렸다. 동시에 명석 위에 있던 관객들도 희미하게 술렁이는 소리 외에는 아무 소리도 내지 않고 조용해졌다.

외국 종군무관들과 같은 자리에 있던 호즈미 중좌는 그 침묵을 딱하게 생각했다. 즉흥극은 고사하고 그의 얼굴에는 미소조차 떠오르지 않았지만, 적어도 그는 관객의 흥미에 동정심을 가질 정도의 여유는 있었다. 그러면 외국 무관들 앞에서 벌거벗은 스모를 보여도 되나? 몇 년 간 유럽에서 유학을 한 그는 그런 체면을 중시하기에는 외국인을 너무나 잘 알고 있었다.

"어떻게 된 건가요?"

프랑스 장교는 놀란 듯이 호즈미 중좌를 돌아보았다.

"장군이 중지를 명령했습니다."

"왜요?"

---

32) 남자의 음부(陰部)를 가리는 들보 모양의 천.

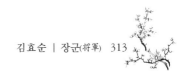

"상스러워서요. 장군은 상스러운 것을 싫어합니다."

그러는 사이 다시 한 번 개막을 알리는 딱딱이 소리가 울리기 시작했다. 조용해졌던 병사들은 그 소리에 기운을 회복했는지 여기저기서 박수를 보내기 시작했다. 호즈미 중좌도 안심하며 주위를 살펴보았다. 주위에 늘어선 장교들은 모두 눈치를 보는 듯 무대를 보다 말다 하고 있었다. 그중에 단 한 명만이 여전히 군도에 손을 올린 채 다시 막이 열리기 시작한 무대 위로 가만히 시선을 고정시키고 있었다.

다음 막은 앞의 막과는 정반대로 인정이 넘치는 구극(旧劇)이었다. 무대에는 병풍 하나와 불이 켜진 등불 하나만 놓여 있을 뿐이었다. 광대뼈가 튀어나온 좀 나이 들어 보이는 여자 한 명이 목이 짧고 다부진 몸을 한 상인과 술을 마시고 있었다. 여자는 가끔 새된 목소리로 "서방님" 하고 상인을 불렀다. 그리고……. 호즈미 중좌는 더 이상 무대를 보지 않고 자신의 추억에 잠기기 시작했다. 류세이좌(柳盛座)[33] 2층 난간에는 열두서너 살로 보이는 소년이 몸을 기대고 있다. 무대에는 벗나무가 낚싯대처럼 축축 늘어져 있다. 불빛이 많은 마을을 그린 배경이 있다. 그 안에 2전짜리 단주(団洲)[34]라 불리는 와코(和光)의 후와 반자에몽(不破伴左衛門)[35]이 한 손에 삿갓을 들고 미에(見得)[36]를 하고 있다. 소년은 무대에 정신이 팔려 숨이 막힐 지경이다. 그에게도

---

33) 메이지 시대 도쿄에 있는 대중을 대상으로 한 극장.
34) 단주(団洲)란 에도시대 말 메이지 시대 초기의 가부키(歌舞伎) 배우 이치가와 단주(市川団洲, 1863~1903)를 가리킨다. 이치가와 단주는 9대째 이치가와 단주로(市川団十郎)를 말한다. 2전짜리 단주란 단주로의 특기를 내세우는 싸구려 연극의 인기 배우라는 뜻으로, 반도 쓰마사부로(坂東又三朗, 1901~1053)를 말한다. 류세이좌에 나올 무렵에는 '와코(和光)'라 개명했다.
35) 가부키 십팔번의 하나인 「후와(不破)」에 등장하는 인물.
36) 배우가 감정의 절정에 달했음을 보여주기 위해 일부러 과장해서 연기를 하는 것.

그런 시절이 있었다…….

"여흥을 멈춰라! 막 안 내릴 거야? 막! 막!"

또다시 장군의 목소리가 폭탄처럼 중좌의 추억을 깨버렸다. 중좌는 무대로 눈길을 돌렸다. 무대에서는 벌써 소위가 허둥지둥 막과 함께 달리고 있었다. 병풍 위로 남녀의 허리띠가 걸려있는 것이 언뜻 보였다.

중좌는 자기도 모르게 씁쓸히 웃었다. '여흥 담당자도 눈치가 너무 없군. 남녀의 스모조차 금지하는 장군이 정사 장면을 그대로 둘 리가 있나.' 그런 생각을 하면서 질타의 소리가 나온 자리를 보고 있자니, 장군은 아직도 불쾌한 듯 여흥 담당인 경리부 장교와 뭔가 문답을 거듭하고 있었다.

그때 중좌의 귀에는 입이 건 미국 무관이 옆에 앉아있는 프랑스 무관에게 다음과 같이 이야기하는 소리가 들려왔다.

"N장군도 만만치 않군. 군사령관 겸 검열관이니 말이야……."

간신히 3막이 시작된 것은 그로부터 10분 뒤였다. 이번에는 연극의 시작을 알리는 딱딱이 소리가 들려와도 병사들은 박수를 치지 않았다.

"가엾게도. 감시를 당하면서 연극을 보고 있는 것 같군."

호즈미 중좌는 누구 한 사람 큰소리조차 내지 못하는 카키복의 무리를 동정하듯이 둘러보았다.

3막 무대에는 검은 막 앞에 두세 그루의 버드나무가 서 있었다. 그것은 어디서 베어 왔는지, 아직 시들지 않은 잎이 달려 있는 진짜 버드나무였다. 그곳에서 경부로 보이는 수염투성이 남자가 젊은 순사를 괴롭히고 있었다. 호즈미 중좌는 의심스러운 듯이 프로그램을 보았다. 프로그램에는 「피스톨 강도 시미즈 사다키치(淸水定吉), 오카와(大川端)

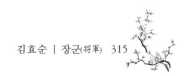

강 포획물」이라고 적혀 있었다.

젊은 순사는 경부가 떠나자 호들갑스럽게 하늘을 올려다보며 호탄(浩歎)의 독백37)을 늘어놓았다. 그 의미는 오랫동안 피스톨 강도를 쫓아다녔지만 체포를 할 수 없다는 것이었다. 그리고 인기척을 느꼈는지 그는 상대에게 들키지 않기 위해 우선 오카와 강물 속으로 모습을 숨기려고 결심했다. 그리고 뒤의 흑막 밖으로 머리부터 기어들어갔다. 그 모습은 아무리 좋게 봐주려 해도 오카와 강물에 빠진다기보다는 모기장으로 기어들어간다고 보는 것이 더 적당했다.

공허한 무대에는 한동안 파도 소리를 떠오르게 하는 큰 북소리만 울릴 뿐이었다. 그러다가 돌연 한쪽에서 맹인이 한 명 걸어 나왔다. 맹인은 지팡이를 짚고 서서 그대로 저쪽으로 들어가려 했다. 그 순간 흑막 뒤에서 아까 그 순사가 튀어나왔다. "피스톨 강도 시미즈 사다키치, 어용(御用)이다!" 그는 그렇게 외치는가 싶더니 갑자기 맹인에게 달려들었다. 맹인은 순식간에 방어 자세를 취했다. 그리고 동시에 눈을 번쩍 떴다. "유감스럽게도 눈이 너무 작군." 중좌는 미소를 띠며 내심 점잖게 비평을 했다.

무대에서는 추격전이 시작되었다. 피스톨 강도는 별명 그대로 피스톨을 미리 준비하고 있었다. 두 발, 세 발……. 피스톨은 연속해서 불을 뿜어댔다. 그러나 순사는 용감하게 가짜 맹인을 체포했다. 병사들은 다시 술렁거렸다. 하지만 그들 사이에서는 이제 아무 소리도 나지 않았다.

중좌는 장군에게 눈길을 주었다. 장군은 이번에도 열심히 무대를 응시하고 있었다. 그러나 그 얼굴은 이전보다 좀 더 부드러웠다.

---

37) 크게 탄식하며 하는 독백.

그러는 사이 무대 한쪽에서 서장과 그 부하가 달려왔다. 하지만 가짜 맹인과 격투를 하는 동안 피스톨 탄환을 맞은 순사는 이미 푹 쓰러져 있었다. 서장은 당장 소생술을 썼다. 그러는 동안 부하는 재빨리 피스톨 강도의 오랏줄 끝을 잡았다. 그 후에는 구극에서 나오는 서장과 순사의 슬픈 장면이 펼쳐졌다. 서장은 옛날 명(名)부교(奉行)38)처럼 뭔가 남길 말은 없냐고 묻는다. 순사는 고향에 어머니가 계신다고 대답한다. 서장은 다시 어머니에 대해서는 걱정하지 마라, 그 외에 마지막 순간에 마음에 걸리는 것은 없느냐고 묻는다. 순사는 아무것도 없다, 피스톨 강도를 잡은 것이 더없이 만족스럽다고 답한다.

그 조용한 장내에 세 번째 장군의 목소리가 울려 퍼졌다. 하지만 이번에는 질타 대신 깊은 감격의 탄성이었다.

"훌륭한 작자로군. 저래야 일본 남아지."

호즈미 중좌는 다시 한번 장군을 흘깃 보았다. 그러자 햇볕에 그슬린 장군의 뺨에는 눈물이 빛나고 있었다. "장군은 선인이다." 중좌는 가벼운 모멸감과 호의를 동시에 느꼈다.

무대는 성대한 갈채를 받으며 유유히 막이 내렸다. 호즈미 중좌는 이 틈을 타 홀로 의자에서 일어나 회장 밖으로 걸어나갔다.

30분쯤 후, 중좌는 궐련을 입에 물고 역시 같은 참모 나카무라 소좌와 마을을 벗어나 공터를 걸었다.

"제×사단의 여흥은 대성공이네. N각하는 매우 기뻐하셨어."

나카무라 소좌는 그러는 사이에도 카이젤 수염 끝을 꼬고 있었다.

"제×사단 여흥이라구? 아아, 그 피스톨 강도 말인가?"

"피스톨 강도만이 아니네. 각하는 연극이 끝난 후 여흥 담당자를 불

---

38) 부교는 가마쿠라(鎌倉) 시대 이후 행정, 재판 업무를 담당하는 무사의 직명.

러서 임시로 한 막을 더 하라고 말씀하셨어. 이번에는 아카가키 겐조(赤垣源蔵)[39]였지만 말이네. 뭐였더라, 그게? 술잔의 이별[40]이라나, 뭐라나?"

호즈미 중좌는 미소 어린 눈으로 넓은 벌판을 바라보았다. 이제 파랗게 물든 수수밭에는 아지랑이가 아련히 피어나고 있었다.

"그것도 대성공이었지."

나카무라 소좌는 계속해서 이야기했다.

"각하는 오늘 밤에도 7시부터 제×사단 여흥 담당자에게 연예장에서 하는 일을 시킨다네."

"연예장에서 하는 일? 라쿠고(落語)[41]라도 시킨단 말인가?"

"뭐, 강담(講談)이라던데. 미토 고몬(水戸黄門)[42] 제국 순회……."

호즈미 중좌는 쓴웃음을 지어 보였다. 하지만 상대는 아랑곳하지 않고 기세 좋게 계속 떠들어댔다.

"각하는 미토 고몬을 좋아하는 것 같아. '나는 신하들 중에서는 미토 고몬과 가토 기요마사(加藤淸正)[43]를 가장 존경하네.' 이런 말씀을 하셨다네."

호즈미 중좌는 대꾸하지 않고 머리 위 하늘을 올려다보았다. 하늘에는 버드나무 가지 사이로 가느다란 새털구름이 나부끼고 있었다.

---

39) 『가나데혼 주신구라』의 아카호(赤穂) 의사 중 한 명. 본명은 아카하니 시게카타(赤埴重賢).
40) 아카가키가 목숨을 걸고 복수를 하러 가기 전에 여동생의 남편을 방문하여 연출한 유명한 이별 장면.
41) 주로 익살스러운 이야기. 만담.
42) 미토 고몬(水戸黄門, 1862~1700): 미토 번(水戸藩)의 제2대 번주. 문무를 장려한 명군. 자주 희곡이나 강담의 소재가 됨.
43) 가토 기요마사(加藤淸正, 1562~1611). 아즈치모모야마(安土桃山) 시대의 무장. 도요토미 히데요시(豊臣秀吉)의 신하.

중좌는 휴 하고 한숨을 내쉬었다.

"봄이군. 아무리 만주라 해도."

"내지는 이제 겹옷을 입고 있겠지."

나카무라 소좌는 도쿄를 생각했다. 요리 솜씨가 좋은 아내를 생각했다. 소학교에 다니는 아이를 생각했다. 그리고……살짝 우울해졌다.

"저쪽에 살구꽃이 피어 있네."

호즈미 중좌는 기쁜 듯이 멀리 토담 위에 흐드러지게 피어있는 붉은 꽃들을 가리켰다.

Ecoute-moi, Madeline44)……중좌의 마음속에는 어느새 위고45)의 노래가 떠올랐다.

❖ 4. 아버지와 아들 ❖

1918년 10월 어느 날 밤, 나카무라 소장–당시 군참모였던 나카무라 소장은 서양풍 응접실에서 불을 붙인 하바나46)를 입에 물고 멍하니 안락의자에 기대어 있었다.

한가로운 20여 년의 세월은 소장을 매력적인 노인으로 만들었다. 특히 오늘 밤은 화복(和服) 탓인지 벗겨진 이마 주변이나 근육이 처진 입언저리가 한층 다 호인다운 인상을 풍겼다. 소장은 의자에 등을 기댄 채 천천히 주위를 둘러보았다. 그리고……갑자기 한숨을 내쉬었다.

방 안의 벽은 어디를 둘러보아도 서양화를 복제한 듯한 사진판 액

---

44) Madeline은 Madeleine가 바른 표기. 프랑스 시인 위고의 시집 "Odes et Ballades"에 수록된 시. '마들레느(여자 이름)여, 나의 말을 들어주오'라는 뜻.

45) Victor Hugo(1802~1885): 프랑스의 시인, 소설가, 극작가. 19세기를 대표하는 낭만파의 거장.

46) Havana. 권련의 이름. 쿠바의 하바나가 산지이다.

자가 걸려 있지 않은 곳이 없다. 그중에 하나는 창가에 기댄 쓸쓸한 소녀의 초상이었다. 또 어느 것은 측백나무 사이로 태양이 비치는 풍경이었다. 전깃불에 비친 그것들은 모두 이 고풍스런 응접실에 뭔가 묘하게 싸늘하고 엄숙한 분위기를 더하고 있었다. 하지만 어찌된 셈인지 소장은 그 분위기가 견딜 수 없을 만큼 유쾌했다.

몇 분 동안 적막이 감돈 뒤, 돌연 방 밖에서 희미한 노크 소리가 들려왔다.

"들어오렴."

그 소리와 동시에 대학 제복을 입은 청년 한 명이 훤칠한 모습을 드러냈다. 청년은 소장 앞에 서더니 그곳에 있던 의자에 손을 얹으며 퉁명스러운 말투로 이렇게 말했다.

"무슨 일이세요, 아버지?"

"음, 그래, 거기 앉아라."

청년은 순순히 앉았다.

"무슨 일이세요?"

소장은 대답하기 전 청년의 가슴에 있는 금 단추에 의심스런 눈길을 보냈다.

"오늘은?"

"오늘은 가와이(河合)의 ─ 아버지는 모르실 거예요 ─ 저와 같은 문과 학생이에요. 가와이의 추도회가 있어서 갔다가 지금 막 돌아온 참이에요."

소장은 살짝 고개를 끄덕인 다음 하바나 연기를 진하게 내뿜었다. 그리고 마침내 성가신 듯 긴요한 용무를 이야기하기 시작했다.

"이 벽에 있는 그림 말이야. 이거 네가 바꿔 걸었냐?"

"예, 아직 말씀드리지 못했습니다만, 오늘 아침에 제가 바꿔 걸었어
요. 안 되나요?"

"안 될 건 없지. 안 될 건 없지만 말이야. N각하의 액자만큼은 걸
어 두었으면 해."

"이 안에 말예요?"

청년은 자기도 모르게 웃었다.

"이 안에 걸어두면 안 되냐?"

"안 된다고 할 것은 없지만요…….. 좀 우스울 것 같아요."

"초상화가 저기에도 있잖니?"

소장은 난로 위의 벽을 가리켰다. 그곳에는 50세 남짓 되는 렘브란
트가 액자 속에서 여유 있는 표정으로 소장을 내려다보고 있었다.

"저건 달라요. N장군하고 같이 취급하면 안 돼요."

"그래? 그럼 할 수 없지."

소장은 쉽게 단념했다. 하지만 다시 궐련 연기를 내뿜으며 조용히
말을 이었다.

"너는……이라기보다 너희 연배들은 각하를 어떻게 생각하고 있
지?"

"별 생각 없어요. 뭐, 훌륭한 군인이겠죠."

청년은 늙은 아버지의 눈에서 만작(晚酌)의 취기를 느꼈다.

"그렇지, 훌륭한 군인이기는 한데, 각하는 또 한편으로 부자처럼 싹
싹한 성격도 가지고 계셨지……."

소장은 거의 감상적으로 장군의 일화에 대해 이야기하기 시작했다.
그것은 러일전쟁 후 나스노(那須野)의 별장에 있는 장군을 방문했을 때
의 일이었다. 그날 별장에 가보니 장군 부처는 마침 뒷산으로 산보를

가고 없었다. 별장지기가 전해주는 바로는 그랬다. 소장은 길을 알고 있었기에 즉시 뒷산으로 향했다. 산을 오르니 두세 정(町)47)쯤 되는 곳에 면 옷을 걸친 장군이 부인과 함께 서 있었다. 소장은 그 노부부와 한참을 서서 이야기를 나누었다. 이야기를 마친 뒤에도 장군은 언제까지고 그곳을 뜨려 하지 않았다. "뭔가 볼일이 있으십니까?" 소장이 묻자 장군은 갑자기 웃음을 터뜨렸다. "실은 말일세, 지금 아내가 화장실에 가고 싶다고 해서 우리를 따라 온 학생들이 장소를 찾으러 갔다네." 그때는 벌써 길바닥에 밤송이 같은 것들이 굴러다닐 철이었다.

소장은 유쾌한 듯이 실눈을 뜬 채 혼자서 미소를 지었다. 때마침 우거진 숲 속에서 중학생 네다섯 명이 활기차게 뛰어 나왔다. 그들은 소장이 있는 것도 개의치 않고 장군 부처를 둘러싸더니, 각기 자신들이 부인을 위해 발견한 장소를 보고했다. 게다가 저마다 자신이 발견한 장소로 부인을 모시고 가고자 순진하게 경쟁까지 하기 시작했다. "그럼 자네들, 제비를 뽑게나." 장군은 그렇게 말하고 나서 다시 한 번 소장에게 미소를 지어 보였다.

"그것 참 천진난만한 이야기군요. 하지만 서양인에게는 들려줄 수 없겠네요."

청년도 웃지 않을 수 없었다.

"뭐, 그런 분위기였지, 열두서너 살 되는 중학생들도 N각하라고만 하면 삼촌처럼 따랐던 거야. 각하는 네가 생각하는 것처럼 절대로 시시한 일개 군인이 아니야."

소장은 즐겁게 이야기를 마치더니 다시 난로 위의 렘브란트를 바라

---

47) 1정(町)은 약 109m.

보았다.

"저 사람 역시 인격자냐?"

"예, 훌륭한 화가입니다."

"N각하와 비교하면 어때?"

청년의 얼굴에는 당혹스런 기색이 떠올랐다.

"뭐라 하기는 난처하지만……뭐, N장군보다는 저희들에게 친근감
이 있는 사람입니다."

"너희들에게 각하가 멀리 느껴진다는 말이냐?"

"뭐라 할까요? 뭐, 이런 거예요. 예를 들면 오늘 추도회가 있었죠.
가와이라는 청년도 N장군처럼 자살을 했습니다. 하지만 자살하기 전
에……."

청년은 진지하게 아버지의 얼굴을 보았다.

"사진을 찍을 여유는 없었던 것 같습니다."

이번에는 즐거워 보였던 소장의 눈에 얼핏 당혹스런 기색이 비쳤
다.

"사진은 찍어도 되는 것 아니냐? 마지막 기념이라는 의미도 있고……."

"누구를 위해서죠?"

"누구랄 것도 없지만, 우리를 비롯해 모두 N각하의 마지막 얼굴을
보고 싶은 것 아니냐?"

"그건 적어도 N장군이 생각할 것은 아니라고 생각합니다. 저는 장
군이 자살할 때의 심경은 어느 정도 이해할 것 같습니다. 하지만 사진
을 찍은 것은 이해가 안 됩니다. 설마 사후에 그 사진이 어느 가게 문
앞에 장식으로 내걸리는 것을……."

소장은 거의 노기를 띠며 청년의 말을 가로막았다.

"그건 가혹하구나. 각하는 그런 속된 사람이 아냐. 철두철미하게 진실한 사람이야."

그러나 청년은 여전히 안색도, 목소리도 침착했다.

"물론 속된 사람은 아니겠죠. 지극히 진실한 사람이었다는 것도 상상이 됩니다. 다만 그 지극한 진실함이 저희들로서는 확실하게 납득이 되지 않는 것입니다. 우리들보다 후세대 사람들에게는 더욱더 통하지 않을 거라 생각합니다."

아버지와 아들 사이에 한동안 어색한 침묵이 계속되었다.

"세대 차이군."

마침내 소장이 이렇게 덧붙였다.

"예, 뭐……."

청년은 이렇게 대답하고는 창밖으로 무슨 소리를 들었는지 잠시 귀를 기울였다.

"비가 오네요, 아버지."

"비라고?"

소장은 발을 뻗은 채 기쁜 듯이 화제를 전환했다.

"또 마르멜로가 떨어지지 않으면 좋으련만……."

(1921년 12월)

신들의 미소(神神の微笑)

조사옥

어느 봄날 저녁, 파드레 오르간티노(Padre Organtino)는 혼자서 긴 아비토 법의 옷자락을 끌며, 남만사(南蠻寺) 성당의 정원을 걷고 있었다.

정원에는 소나무와 노송나무 사이로 장미니 올리브니 월계수니 하는 서양 식물들이 심겨져 있었다. 특히 이제 막 피기 시작한 장미꽃은 저녁 어스름 속 나무들이 희미하게 보이는 가운데 은은하게 달콤한 향기를 발하고 있었다. 이는 이 정원의 정적 속에 뭔가 일본이라고는 생각되지 않는 불가사의한 매력을 더하는 것 같았다.

오르간티노는 쓸쓸한 듯, 붉은 모래가 깔린 좁은 길을 걸으며 멍하니 추억에 잠겨 있었다. 로마의 대본산인 성 베드로사원, 리스본의 항구, 라베카(rabeca: 四絃琴)의 소리, 편도(扁桃)의 맛, 찬미가 '주, 내 영혼의 거울'……. 이러한 추억들은 어느새 이 홍모 사문(紅毛沙門)의 마음속에 회향의 슬픔을 실어 왔다. 그는 그 슬픔을 떨치기 위해 가만히 데우스(泥烏須:神)의 이름을 불렀다. 하지만 슬픔은 사라지지 않을 뿐만 아니라 이전보다 한층 더 그의 가슴속에 답답한 공기를 불어 넣었다.

'이 나라의 풍경은 아름다워…….'

오르간티노는 반성했다.

'이 나라의 풍경은 아름다워. 기후도 우선 온화해. 토착민은……저 노란 얼굴을 한 소인들보다 어쩌면 흑인이 더 나을지도 모르지. 하지만 대체적으로는 친숙해지기 쉬운 데가 있어. 뿐만 아니라 신도들도 요즘에는 몇 만을 헤아릴 정도가 되었지. 실제로 이 수도 한가운데에도 이런 사원(성당)이 높이 솟아 있잖아. 그러고 보면 여기에 사는 것이 비록 유쾌하지는 않더라도 불쾌할 것까지는 없지 않은가? 그런데 나 자신은 종종 우울의 밑바닥으로 가라앉을 때가 있어. 리스본의 거리로 돌아가고 싶다. 이 나라를 떠나고 싶은 때가 있어. 이는 그저 회향의 슬픔 때문일까? 아니, 난 리스본이 아니더라도 이 나라를 떠날 수만 있다면 어디든지 가고 싶다. 중국이든 샴(태국)이든 인도든 간에……. 그러니까 회향의 슬픔이 내 우울의 전부는 아니야. 나는 단지 이 나라에서 하루라도 빨리 벗어나고 싶은 거야. 하지만……. 하지만 이 나라의 풍경은 아름다워. 기후도 우선 온화해…….'

오르간티노는 한숨을 쉬었다. 이때 우연히 그의 시선이 나무 그늘 밑 이끼 위에 여기저기 떨어져 있는 희끄무레한 벚꽃에 닿았다. 벚꽃! 오르간티노는 놀란 듯이 어둑어둑한 나무숲 사이를 응시했다. 거기에는 네다섯 그루의 종려나무 사이로 가지를 늘어뜨린 수양벚나무가 한 그루 꿈 같이 꽃을 뿌옇게 흐려보이게 했다.

'주여, 지켜 주소서!'

오르간티노는 일순간 악마를 쫓는 성호를 그으려고 했다. 실제로 그 순간 그의 눈에는 이 저녁 어둠 속에 피어있는 수양벚나무가 그 정도로 기분 나쁘게 보였던 것이다. 기분 나쁘다기보다도 왠지 이 벚꽃나무가 그를 불안하게 하는 일본 그 자체로 보였다. 하지만 그 순간이

지나자 그것이 이상하지도, 아무렇지도 않은 단순한 벚꽃나무였다는 것을 발견하고는, 부끄러운 듯이 쓴웃음을 지으면서 조용히 지금 걸어온 좁은 길로 힘없이 발걸음을 돌렸다.

❖   ❖

　30분 후, 그는 남만사(南蠻寺) 성당 본당에서 데우스(泥烏須)에게 기도를 드리고 있었다. 그곳에는 단지 둥근 천장에 매달린 램프가 있을 뿐이었다. 그 램프 불빛에 비친, 본당을 둘러싼 프레스코 벽화 속에서는 성 미카엘이 지옥의 악마와 모세의 시체를 사이에 두고 다투고 있다. 하지만 용감한 대천사는 물론, 사납게 울부짖는 악마조차도 오늘 밤은 몽롱한 빛 때문인지 묘하게 평소보다 우아하고 아름답게 보였다. 이는 어쩌면 제단 앞에 드려진 싱싱한 장미와 금작화(金雀花)가 향기를 풍기고 있는 탓인지도 모른다. 그는 그 제단 뒤에서 가만히 머리를 숙인 채 열심히 이런 기도를 드렸다.

　'나무 대자대비하신 데우스여래(泥烏須如來) 님! 저는 리스본을 출항할 때부터 이 한 생명을 당신에게 바쳤습니다. 그래서 어떠한 어려움을 만나도 십자가의 영광을 빛내기 위해서라면 한걸음도 주저하지 않고 계속 나아갔습니다. 물론 이것은 저 한 사람이 할 수 있는 일이 아니었습니다. 모두 천지 주재이신 당신의 은총입니다. 하지만 이 일본에 살고 있는 동안 저는 점차 저의 사명이 얼마나 어려운지를 알기 시작했습니다. 이 나라에는 산에도, 숲에도, 혹은 집들이 늘어선 마을에도 무언가 이상한 힘이 깃들어 있습니다. 그리고 그것이 저도 모르는 사이에 저의 사명을 방해하고 있습니다. 그렇지 않다면 제가 요즘처럼 이유도 없는 우울 속으로 잠겨버릴 리 없습니다. 그런데 그 힘이란 것이 무엇인지는 저도 모르겠습니다. 아무튼 그 힘은 마치 지하의 샘물처럼 이 나라 전체에 널리 퍼져 있습니다. 우선 이 힘을 깨부수지 않으면, 오오, 나무 대자대비하신 데우스여래(泥烏須如来) 님! 사교의 유혹에 빠져있는 일본인들은 하라이소(천국)의 장엄함을 예배하는 일이 영원히 없을지도 모릅니다. 저는 그 때문에 요 며칠 간 번민에 번민을 거듭해 왔습니다. 부디 당신의 종 오르간티노에게 용기와 인내를 주십시오.'

그때 갑자기 오르간티노는 어디선가 닭 울음소리를 들은 것 같았다. 하지만 거기에는 신경도 쓰지 않고 이렇게 기도를 계속했다.

'저는 사명을 다하기 위해 이 나라의 산천에 숨어있는 힘과, 분명 사람의 눈에는 보이지 않는 영들과 싸우지 않으면 안 됩니다. 당신은 오래전 홍해 밑바닥에 이집트 군을 침몰시키셨습니다. 이 나라의 영들도 강력하기로는 이집트 군세에 뒤지지 않을 것입니다. 부디 옛날 예언자와 같이 저도 이 영들과의 싸움에⋯⋯.'

기도는 어느샌가 그의 입술에서 사라져버렸다. 이번에는 갑자기 제단 주위에서 요란한 닭 울음소리가 들려오는 것이었다. 오르간티노는 이상하다는 듯이 그 주위를 둘러보았다. 그러자 바로 뒤에서 새하얀 꼬리를 늘어뜨린 닭 한 마리가 제단 위에 올라가 날이라도 밝은 듯 가슴을 펴고 또 한 번 소리를 지르는 것이 아닌가?

오르간티노는 벌떡 일어나 아비토 법의를 입은 양팔을 뻗으며 허둥지둥 이 닭을 쫓아내려고 했다. 하지만 두세 걸음 내딛는가 싶더니 '주여' 하고 띄엄띄엄 소리만 지를 뿐 망연하게 그 자리에 서버렸다. 어두컴컴한 본당 안에는 언제 어디로 들어왔는지 무수히 많은 닭들로

가득 차 있었다. 그것들이 날아다니거나 여기저기 뛰어 돌아다니는 모습을 보고 있자니 거의 닭 벼슬로 바다를 이루고 있는 것 같았다.

'주여, 지켜 주시옵소서!'

그는 다시 성호를 그으려고 했다. 하지만 이상하게도 바이스나 다른 무언가에 끼인 것처럼 잠시 동안 손이 자유롭게 움직여지지 않았다. 그 사이 본당 안에서는 점점 장작불 빛 같은 붉은 빛이 어디서 오는지도 모르게 흘러나왔다. 오르간티노는 헐떡이며 바라보는 가운데, 이 빛이 비치기 시작하자 몽롱하게 주변에 떠오른 사람들의 그림자를 발견했다.

그 그림자는 순식간에 선명해졌다. 그것은 모두 낯설고 소박한 한 무리의 남녀였다. 그들은 모두 목 언저리를 실로 꿴 구슬로 장식하고, 유쾌한 듯이 웃으며 즐거워하고 있었다. 본당에 군집한 수많은 닭들은 그들의 모습이 뚜렷해지자 지금까지보다 한층 더 소리를 높여 몇 마리씩 같이 울어댔다. 동시에 본당의 벽―성 미카엘의 그림이 그려진 벽은 안개처럼 밤의 어둠 속으로 사라져버렸다. 그 자리에는……

일본의 주신제(酒神祭)인 Bacchanalia가 어안이 벙벙해진 오르간티노 앞에 신기루처럼 다가왔다. 오르간티노는 붉은 화톳불 빛으로 고대의 복장을 한 일본인들이 서로 술잔을 돌리면서 빙 둘러앉아 있는 것을 보았다. 그 한가운데에는 여자가 한 사람, 일본에서는 아직 본 적 없는 당당한 체격을 한 여자가 한 사람, 엎어 놓은 큰 통 위에서 미친 듯이 춤을 추고 있었다. 통 뒤에는 마찬가지로 건장한 남자 한 사람이 작은 산처럼 뿌리째 뽑은 듯한 상록수 가지에 구슬이니 거울이니 하는 것이 드리워져 있는 것을 태연하게 내밀고 있었다. 그들 주변에는 수백 마리의 닭들이 꽁지와 벼슬을 서로 비비면서, 기쁜 듯 끊임없이 울고 있었다. 그 맞은편에는……오르간티노는 새삼 그의 눈을 의심하지 않을 수 없었다. 맞은편에는 밤안개 속에서 바위 굴의 문 같은 큰 바위 하나가 묵직하게 솟아있는 것이었다.

통 위에 서 있는 여자는 언제까지고 춤을 멈추지 않았다. 그녀의 머리카락을 감은 덩굴은 팔랑팔랑 하늘에 나부꼈다. 그녀의 목에 늘어뜨린 구슬은 몇 번이고 싸라기눈처럼 울렸다. 그녀의 손에 쥔 조릿대 가지는 종횡으로 바람을 치며 돌았다. 게다가 그 드러낸 가슴! 붉은 화톳불 빛 속에 반들반들하게 드러난 두 개의 유방은 오르간티노의 눈에는 정욕 그 자체로밖에 보이지 않았다. 그는 데우스(泥烏須)에게 기도하면서 한사코 외면하려 했다. 하지만 그의 몸은 여전히 어떤 신비한 저주의 힘 때문인지 쉽게 움직일 수 없었다.

그러는 동안 환영 속의 남녀들 사이로 갑자기 침묵이 흘렀다. 통 위에 서 있던 여자도 정신이 돌아온 듯, 겨우 미친 듯이 추던 춤을 멈췄다. 아니, 앞다투어 울던 닭들조차 이 순간에는 목을 뻗은 채 단번에 쥐 죽은 듯 조용해졌다. 다음 순간, 그 침묵 속에서 영원히 아름다운 여자의 목소리가 어디선가 엄숙하게 전해져 왔다.

"내가 여기 숨어 있으면 세계는 암울해지는 것 아닌가? 그런데 신들은 즐거운 듯이 웃으며 흥겨워하고 있는 듯하네."

그 목소리가 밤하늘 속에 사라졌을 때, 통 위에 서 있던 여자는 흘긋 모두를 바라보면서 의외로 얌전하게 대답했다.

"그것은 당신보다 더 뛰어난 새로운 신이 계시기 때문에 기뻐하고 있는 것입니다."

그 새로운 신이라고 하는 것은 데우스(泥烏須)를 가리키는 것일지도 모른다. 오르간티노는 잠깐 사이 그러한 기분에 위로받으면서, 이 이상한 환영의 변화를 약간 흥미롭게 주시했다.

침묵은 한참 동안 깨지지 않았다. 하지만 어느 순간 닭의 무리가 일제히 소리를 지르는가 싶더니 저편에서 밤안개를 막고 있던, 바위굴의 문 같은 바위 하나가 서서히 좌우로 열리기 시작했다. 그리고 그 갈라진 틈에서는 말로는 표현 할 수 없는 충만한 빛이 사방팔방에 홍수처럼 넘쳐흐르기 시작했다.

　오르간티노는 소리를 지르려고 했다. 하지만 혀가 움직여지지 않았다. 오르간티노는 도망치려 했다. 그러나 다리도 움직이지 않았다. 그는 크고 밝은 빛 때문에 심한 현기증이 일어나는 것을 느꼈다. 그리고 그 빛 속에서 수많은 남녀의 환희 소리가 하늘에 팽배한 것을 들었다.

　"오오히루메무치(大日霙貴: 天照大神)! 오오히루메무치! 오오히루메무치!"

　"새로운 신 따위는 없습니다. 새로운 신 따위는 없습니다."

　"당신을 거역하는 자는 멸망합니다."

　"보십시오. 어둠이 사라져 없어지는 것을."

　"보이는 것이 다 당신의 산, 당신의 숲, 당신의 강, 당신의 마을, 당신의 바다입니다."

　"새로운 신 따위는 없습니다. 누구든지 모두 당신의 종입니다."

　"오오히루메무치! 오오히루메무치! 오오히루메무치!"

　그러한 소리가 터져 나오는 사이에 식은땀을 흘리던 오르간티노는 괴로운 듯 무언가를 외치고는 결국 그곳에 쓰러져버렸다.

　그날 밤 삼경에 가까울 무렵, 오르간티노는 실신했던 바닥에서 겨우 의식을 회복했다. 그의 귀에는 신들의 목소리가 아직도 울려 퍼지는 듯했다. 하지만 주변을 둘러보았더니 본당에는 아무 인기척도 없었다. 그저 둥근 천장의 램프 불빛이 전처럼 몽롱하게 벽화를 비추고 있을 뿐이었다. 오르간티노는 신음하면서 슬금슬금 제단 뒤를 떠났다. 그 환영에는 어떤 의미가 있는 것인지, 그로서는 도무지 이해할 수 없었다. 하지만 그 환영을 보여준 자가 데우스(泥烏須)가 아닌 것만은 확실했다.

'이 나라의 영들과 싸우는 것은…….'

오르간티노는 걸으면서 무심코 혼잣말을 중얼거렸다.

'이 나라의 영들과 싸우는 것은 생각한 것보다 훨씬 어려운 것 같다. 이길까 아니면 질까…….'

그러자 그때 그의 귀에 이렇게 속삭이는 자가 있었다.

'집니다!'

오르간티노는 기분 나쁜 듯 소리가 난 쪽을 바라보았다. 하지만 그곳에는 여전히 장미와 금작화만 어슴푸레하게 보일 뿐 사람 그림자 같은 것은 아무것도 보이지 않았다.

오르간티노는 다음 날 저녁에도 남만사(南蠻寺) 성당 정원을 걷고 있었다. 하지만 그의 푸른 눈에는 어딘가 기쁜 듯한 기색이 어려 있었다. 이는 오늘 하루 동안에 일본 사무라이 서너 명이 기독교 신자의 대열에 들었기 때문이다.

정원의 올리브와 월계수는 저녁 어둠 속에 가만히 솟아있었다. 그 침묵을 깨뜨리는 것은 성당의 비둘기가 집으로 돌아가려는 듯 퍼덕이는 허공의 날갯짓 소리 외에는 없었다.

장미 향기, 모래의 습기……. 날개 달린 천사들이 '사람의 딸들의 아름다움을 보고' 아내를 찾아서 내려온 고대의 해질녘처럼 모든 것이 평화로웠다.

'역시 십자가의 위광 앞에서는 추잡한 일본 영들의 힘도 승리를 차지하는 것이 어려워 보인다. 그런데 어젯밤에 봤던 환영은? 아니, 그것은 환영에 지나지 않는다. 악마는 안토니오 상인에게도 그런 환영을 보여주지 않았던가. 그 증거로 오늘 한꺼번에 몇 명이나 되는 신도까지 생겼다. 드디어 이 나라도 가는 곳마다 천주당이 지어지겠지.'

오르간티노는 그런 생각을 하면서 붉은 모래가 깔린 좁은 길을 걸어갔다. 그러자 누군가 뒤에서 살짝 어깨를 치는 사람이 있었다. 오르간티노는 곧바로 뒤돌아보았다. 하지만 뒤에는 저녁 노을빛이 건너편 길 플라타너스 어린잎에 희미하게 감돌고 있을 뿐이었다.

'주여, 지켜 주소서!'

그는 이렇게 중얼거리면서 천천히 고개를 들었다. 그러자 그의 옆에는 언제 소리 없이 다가왔는지, 어젯밤 환영에서 본, 목에 구슬을 감은 노인이 한 사람 희미하게 모습을 드러낸 채 천천히 걸음을 옮기고 있었다.

"누구냐, 너는?"

느닷없이 허를 찔린 오르간티노는 무심결에 그 자리에 멈춰 섰다.

"나는……누구라도 상관없습니다. 이 나라 영들 중의 한 명입니다."

노인은 미소를 띠며 친절하게 대답했다.

"자, 함께 걸읍시다. 나는 당신과 잠시 동안 이야기를 나누려고 나온 것입니다."

오르간티노는 성호를 그었다. 하지만 노인은 그 표시에 조금도 두려움을 나타내지 않았다.

"나는 악마가 아닙니다. 보세요. 이 구슬과 이 검을. 지옥의 불에 탄 것이라면, 이렇게 맑고 깨끗할 수는 없습니다. 자, 이제 주문 따위를 외는 것은 그만두세요."

오르간티노는 할 수 없이 불쾌한 듯 팔짱을 낀 채 노인과 함께 걷기 시작했다.

"당신은 천주교를 전파하려고 와있지요……."

노인은 조용하게 이야기를 시작했다.

"그것도 나쁜 일은 아닐지 모릅니다. 그러나 데우스(泥烏須)도 이 나라에 와서는 결국 분명히 패배할 것입니다."

"데우스는 전능한 주님이시니까 데우스께……."

오르간티노는 이렇게 말하고는 문득 생각난 듯이 평소 이 나라의 신도들을 대하는 공손한 어조를 사용하기 시작했다.

"데우스에게 이길 자는 없습니다."

"그런데 실제로는 있지요. 자, 들어보세요. 멀고 먼 이 나라에 건너온 것은 데우스(泥烏須)뿐만이 아닙니다. 공자, 맹자, 장자……그 외에도 중국에서는 철인(哲人)들이 몇 명이나 이 나라에 건너왔습니다. 게다가 당시에는 이 나라가 겨우 막 생겨났을 때였습니다. 중국의 철인들은 도(道) 외에도 오(吳)나라의 비단이니 진(秦)나라의 구슬이니 하는 여러 가지 물건들을 가지고 왔습니다. 뿐만 아니라 그러한 보물보다 귀한, 영묘(靈妙)한 문자까지 가지고 왔습니다. 하지만 중국이 이로 인해 우리를 정복할 수 있었을까요? 예를 들어 문자를 보세요. 문자는 우리를 정복하는 대신에 우리에게 정복되었습니다. 내가 옛날에 알고 있던 토착민 중 가키노모토노 히토마로(柿本人麻呂)라는 시인이 있습니다. 그 남자가 만든 칠석(七夕)의 노래는 지금까지도 이 나라에 남아있지요. 그것을 읽어보세요. 그 속에서 견우직녀는 발견할 수 없어요. 거기서 노래하고 있는 연인은 어디까지나 일본의 소 치는 목동과 베 짜는 아가씨입니다. 그들의 머리맡에서 울려 퍼진 것은 이 나라의 강 처럼 깨끗한 은하의 파도 소리였습니다.

중국의 황하나 양자강을 닮은 은하의 물결소리는 아니었던 겁니다. 하지만 나는 노래보다 문자에 대해 이야기하고 싶습니다. 히토마로는 그 노래를 기록하기 위해 중국의 문자를 사용했습니다. 하지만 그것 은 의미보다는 발음을 위한 문자였어요. 주(舟)라는 문자가 들어온 후 에도 '배'는 언제나 '배'였던 겁니다. 그렇지 않으면 우리들의 말은 지 금 중국어가 되어 있을지도 모르지요. 이는 물론 히토마로보다도 히 토마로의 마음을 지키고 있던 우리들, 이 나라의 신들의 힘입니다. 뿐 만 아니라 중국의 철인들은 서도도 이 나라에 전했습니다. 구가이(空 海), 도후(道風), 사리(佐理), 고제(行成)……. 나는 언제나 그들이 있는 곳 에 몰래 가 있었지요. 그들이 글씨본으로 삼았던 것은 모두 중국인의 필적입니다. 하지만 그들의 붓끝에서는 점차 새로운 미가 태어났어요. 그들의 문자는 어느샌가 왕희지(王羲之)도 아닌, 제수량(褚遂良)도 아닌, 일본인의 문자가 되기 시작한 게지요. 하지만 우리가 이긴 것은 문자 뿐만이 아닙니다. 우리들의 숨결은 바닷바람처럼 노유(老儒)의 도(道)조 차도 알기 쉽게 했어요. 이 나라의 토착민들에게 물어보세요. 그들은 모두 맹자의 저서는 우리들의 노여움을 사기 쉬워서 그것을 실은 배 는 반드시 뒤집힌다고 믿고 있지요. 바람의 신은 아직까지 한 번도 그 런 장난은 하지 않았지만요. 그러니 그러한 신앙 속에서도 이 나라에 살고 있는 우리들의 힘은 희미하게 느낄 수 있을 겁니다. 당신은 그렇 게 생각하지 않으세요?"

오르간티노는 멍하니 노인의 얼굴을 바라보았다. 이 나라의 역사에 어두운 그로서는 모처럼 들은 상대방의 웅변도 절반은 못 알아듣고 있었던 것이다.

"중국의 철인들 이후에 온 것은 인도의 왕자 싯다르타입니다……."

노인은 말을 계속하면서 길가의 장미꽃을 따서 기쁜 듯이 그 향기를 맡았다. 하지만 장미를 딴 자리에도 여전히 그 꽃이 남아있었다. 단지 노인의 손에 있는 꽃은 색이나 모양은 같아 보여도 어딘가 안개처럼 희미했다.

"부처의 운명도 마찬가지예요. 하지만 이런 것을 하나하나 말씀드리는 것은 지루함만 더할 뿐이겠지요. 단지 주의해주셨으면 하는 것은 본지수적(本地垂迹)의 가르침입니다. 그 가르침은 이 나라의 토착민들에게 오오히루메무치(大日霊貴)는 대일여래(大日如来)와 같은 것이라 생각하게 했지요. 이는 오오히루메무치의 승리일까요? 아니면 대일여래의 승리일까요? 가령 현재 이 나라의 토착민들이 오오히루메무치는 모른다고 해도 대일여래는 많이 알고 있다고 해보세요. 그래도 그들의 꿈에 보이는 대일여래의 모습은 인도 부처의 모습보다도 오오히루메무치에 가까운 게 아닐까요? 나는 신란(親鸞)이나 니치렌(日蓮)과 함께 두 그루 사라수(沙羅樹) 꽃의 그늘도 걷고 있어요. 그들이 크게 기뻐하며 갈망하고 믿는(随喜渇仰) 부처는 후광이 있는 흑인이 아닙니다. 우아하고 위엄에 찬 쇼토쿠 태자(聖德太子)와 같은 형제이지요. 하지만 그런 것을 장황하게 말씀드리는 것은 약속한 대로 그만두지요. 결국 내가 말씀드리고 싶은 것은 데우스(泥烏須)처럼 이 나라에 와도 이기는 자는 없다는 것입니다."

"자, 잠깐만요. 당신은 그렇게 말씀하시지만……."

오르간티노가 끼어들었다.

"오늘 같은 날은 무사가 두세 사람이나 한꺼번에 귀의했답니다."

"그야 몇 명이라도 귀의하겠지요. 단지 귀의한 것뿐이라면 이 나라의 토착민들은 대부분 싯다르타의 가르침에 귀의했지요. 그러나 우리의 힘이라는 것은 파괴하는 힘이 아닙니다. 변조(變造, 새로이 만드는 힘)하는 힘이랍니다."

노인은 장미꽃을 던졌다. 꽃은 노인의 손을 떠나자마자 금세 저녁 어스름 속으로 사라져버렸다.

"과연 새로이 만드는 힘입니까? 하지만 그것은 당신들에 한한 것이 아니겠죠. 어느 나라에도, 가령 그리스의 신들이라고 일컬어진 그 나라에 있는 악마라도……."

"위대한 판(Pan) 신은 죽었습니다. 아니, 판도 언젠가는 다시 부활할지 모릅니다. 하지만 우리는 이대로 여전히 살아있어요."

오르간티노는 신기하다는 듯이 노인의 얼굴을 곁눈질했다.

"당신은 판(Pan)을 알고 있습니까?"

"어느 서국(西國;九州) 영주의 자녀들이 서양에서 가지고 왔다는 횡문자로 된 책에 있었지요. 이것도 지금 와서 하는 이야기지만, 만약 이 변조(變造)하는 힘이 우리들에 한하지 않는다고 하더라도 역시 방심해서는 안 됩니다. 아니, 오히려 그런 만큼 더 주의하라고 말하고 싶습니다. 우리들은 오래된 신이니까요. 저 그리스의 신들처럼 세상의 여명을 본 신이니까요."

"하지만 데우스는 반드시 이깁니다."

오르간티노는 완강하게 다시 한 번 같은 말을 내뱉었다. 하지만 노인은 그것이 들리지 않는 듯 이렇게 천천히 이야기를 계속했다.

"나는 바로 4, 5일 전에 서국(西国)의 해변에 상륙한 그리스의 선원을 만났어요. 그 남자는 신이 아닙니다. 단지 인간에 지나지 않습니다. 나는 달밤에 그 선원과 함께 바위 위에 앉아 여러 가지 이야기를 듣고 왔습니다. 눈이 하나인 신에게 잡힌 이야기며 사람을 멧돼지로 만드는 여신의 이야기, 목소리가 아름다운 인어 이야기 등……. 당신은 그 남자의 이름을 알고 있습니까? 그 남자는 나를 만난 시점부터 이 나라의 토착민으로 바뀌었어요. 지금은 유리와카(百合若)라는 이름을 쓰고 있다고 합니다. 그러니 당신도 조심하세요. 데우스(泥烏須)도 반드시 이긴다고는 할 수 없어요. 천주교가 아무리 널리 퍼져도 반드시 이긴다고는 할 수 없지요."

노인의 목소리가 점점 작아졌다.

"어쩌면 데우스 자신도 이 나라의 토착민으로 바뀌겠지요. 중국이나 인도도 바뀌었어요. 서양도 바뀌어야 합니다. 우리는 나무들 속에 있습니다. 흘러가는 얕은 시냇물 속에도 있어요. 장미꽃을 스치고 지나가는 바람 속에도 있습니다. 절 담장에 남아있는 저녁 어스름 속에도 있습니다. 어디에든 또 언제든지 있답니다. 조심하세요. 조심하세요……."

목소리가 드디어 사라졌나 싶더니 노인의 모습도 저녁 어둠 속으로 그림자가 사라지듯 사라져버렸다. 그와 동시에 사원의 탑에서는 눈살을 찌푸린 오르간티노 위로 아베마리아의 종소리가 울려 퍼지기 시작했다.

❖　❖

　남만사(南蠻寺)의 파드레(Padre:신부) 오르간티노는……아니, 오르간티
노에 한한 것은 아니다. 유유히 아비토 법의 옷자락을 끌던 코가 높은
홍모인(紅毛人)은 황혼 빛이 감도는 가공의 월계와 장미 속에서 한 쌍
의 병풍으로 돌아갔다. 남만선 입진의 그림이 그려져 있는 3세기 이
전의 오래된 병풍 속으로.

　안녕, 파드레 오르간티노! 자네는 지금 자네의 동료들과 일본의 해
변을 거닐면서 금니(金泥) 싸라기를 안개처럼 칠한 위에 깃발을 올린
커다란 남만선을 바라보고 있다. 데우스(泥烏須)가 이길지 오오히루메
무치(大日孁貴)가 이길지, 이는 지금도 쉽게 판단할 수 없을지 모른다.
하지만 머지않아 우리들이 단정을 내려야 할 문제이다. 자네는 그 과
거의 해변에서 조용히 우리를 보고 있으시게. 설령 자네는 그 병풍 속
에서 개를 끄는 선장이나 양산을 받친 흑인 아이와 망각의 잠에 빠져
있더라도, 다시 수평선에 나타난 우리 흑선(黑船)의 대포 소리는 필시
예스러운 그대들의 꿈을 깨울 때가 있을 것이네. 그때까지 안녕, 파드
레(Padre) 오르간티노! 안녕, 남만사의 우르간 신부여!

궤도차(トロッコ)

신기동

　오다와라(小田原)와 아타미(熱海) 사이에 경편철도부설공사가 시작된 것은 료헤이가 여덟 살 되던 해였다. 료헤이는 매일 동구 밖으로 그 공사를 보러 갔다. 공사라고 해봤자 그냥 궤도차로 흙을 운반하는……그것이 재미있어서 보러 간 것이다.

　궤도차 위에는 인부 두 명이 실어 놓은 흙더미 뒤에 서 있었다. 궤도차는 산을 내려가기 때문에 사람 손을 빌리지 않고 달려온다. 차체가 크게 흔들리며 달리거나 인부의 한텐(半纏)[1] 소맷자락이 펄럭이거나 가느다란 선로가 휘는 광경을 보면서 료헤이는 인부가 되고 싶다고 생각하기도 했다. 하다못해 한 번이라도 인부와 같이 궤도차를 타보고 싶었다. 궤도차는 동구 밖의 평지로 오면 저절로 멈춰 섰다. 동시에 인부들은 날렵하게 궤도차에서 뛰어내려 그 선로의 종점으로 차의 흙을 쏟아 부었다. 그리고 나서는 궤도차를 쭉 밀고 산 쪽으로 올라가기 시작한다. 그러면 또 료헤이는 탈 수는 없어도 밀어볼 수 있었

---

1) 옷고름이 없고 깃을 뒤로 접지 않는 활동하기 편한 겉옷. 주로 작업할 때 입는다.

으면 좋겠다고 생각하는 것이다.

어느 날 저녁, 그것은 2월 초순의 일이었다. 료헤이는 두 살 아래의 남동생, 그리고 남동생과 같은 나이의 이웃집 아이와 궤도차가 놓여 있는 동구 밖으로 갔다. 궤도차는 진흙투성이가 된 채 어스레한 가운데 서 있었다. 그런데 어디를 봐도 인부들의 모습은 보이지 않았다. 세 아이는 쭈뼛쭈뼛 맨 끝에 있는 궤도차를 밀어보았다. 궤도차는 세 명의 힘이 모아지자 갑자기 굴렁 하고 차바퀴를 굴렸다. 굴렁 굴렁……. 궤도차는 소리와 함께 세 명의 손에 밀리면서 천천히 선로를 올라갔다.

그러는 사이에 그럭저럭 세 간(間)[2] 정도 오자 선로 경사가 갑자기 가팔라졌다. 궤도차도 세 명의 힘으로는 더 이상 아무리 밀어도 움직이지 않았다. 자칫 잘못하면 차와 함께 되밀릴 수도 있었다. 료헤이는 이제 됐다고 생각하고는 자신보다 어린 두 명에게 지시했다.

"이제 타야지?"

아이들은 똑같이 손을 놓고 궤도차 위로 뛰어올랐다. 궤도차는 처음에는 서서히 그리고 점점 기세 좋게 단숨에 선로를 내려가기 시작했다. 순간순간 마주치는 풍경은 금세 양쪽으로 갈라지듯이 성큼성큼 눈앞으로 다가왔다. 료헤이는 얼굴에 불어오는 저녁 바람을 느끼면서 거의 무아지경이 되어버렸다.

그러나 궤도차는 2, 30분 후에 벌써 원래의 종점에 서 있었다.

"자, 다시 한번 밀자."

료헤이는 나이 어린 두 명과 함께 또 궤도차를 밀어올리기 시작했다. 그러나 아직 차바퀴도 움직이기 전에 갑자기 뒤에서 누군가의 발

---

2) 一間은 약 1.818미터.

소리가 들렸다. 뿐만 아니라 이런 고함 소리까지 들렸다.

"이놈들, 누가 함부로 궤도차에 손을 대라고 했어?"

그곳에는 낡은 시루시반텐(印半纏)3)에 철에 맞지 않은 밀짚모자를 쓴, 키 큰 인부가 서 있었다. 그 모습이 눈에 들어오기 무섭게 료헤이는 나이 어린 두 명과 함께 대여섯 간이나 도망을 쳤다.

그 후로 료헤이는 심부름 갔다 오는 길에 인기척 없는 공사장의 궤도차를 봐도 두 번 다시 타볼 생각을 하지 못했다. 그때 인부의 모습은 지금까지도 료헤이의 머릿속 어딘가에 확실한 기억을 남기고 있다. 어스레한 가운데 희미하게 비친 작은 황색의 밀짚모자……. 그러나 그 기억 속 밀짚모자의 색깔은 해마다 점점 희미해지는 것 같다.

그 일이 있은 지 열흘 정도 지나고 나서 료헤이는 또 혼자 점심시간이 지난 공사장에 서서 궤도차가 오는 것을 바라보고 있었다. 그런데 바로 그때, 흙을 실은 궤도차 외에 침목을 실은 궤도화차가 하나, 본선이 될 굵은 선로를 올라 왔다. 이 궤도차를 밀고 있는 것은 둘 다 젊은 남자였다. 료헤이는 그들을 처음 봤을 때부터 왠지 친근감이 들었다. '이 사람들이라면 야단맞지 않을 거야.' 그는 그렇게 생각하면서 궤도차 옆으로 달려갔다.

"아저씨, 밀어줄까요?"

그중의 한 사람, 줄무늬 셔츠를 입은 남자가 고개를 숙인 채 궤도차를 밀면서 생각했던 대로 흔쾌히 대답했다.

"오냐, 밀어다오."

료헤이는 두 사람 사이에 들어가서 힘껏 밀기 시작했다.

"너 힘이 아주 세구나."

---

3) 옷깃이나 등, 허리둘레 등에 옥호나 이름을 찍어 넣은 한텐.

　다른 한 명, 귀에 궐련을 끼운 남자도 이렇게 료헤이를 칭찬해 주었다.

　그러는 사이에 선로의 경사는 점점 편해지기 시작했다. '이제 밀지 않아도 돼.' 료헤이는 지금이라도 무슨 말을 듣지 않을까 속으로 불안해서 견딜 수가 없었다. 그러나 젊은 두 명의 인부는 전보다 허리를 편 채 묵묵히 차를 밀기 시작했다. 료헤이는 더 이상 참지 못하고 조심스럽게 이렇게 물어보았다.

　"계속 밀어도 괜찮아요?"

　"괜찮고말고."

　두 사람은 동시에 대답했다. 료헤이는 마음씨 좋은 사람들이다 하고 생각했다.

　5, 6정 남짓 계속 밀었더니 선로는 다시 급경사로 바뀌었다. 그곳에는 양쪽에 밀감밭이 있어 노란 밀감이 여러 개 햇살을 받고 있었다.

　'오르막길 쪽이 좋아, 계속 밀게 해 주니까.' 료헤이는 이런 생각을 하면서 온몸으로 궤도화차를 밀었다.

　밀감밭 사이를 다 올라가자 갑자기 선로는 내리막이 되었다. 줄무늬 셔츠를 입은 남자는 료헤이에게 "야, 타."라고 말했다. 료헤이는 바로 올라탔다. 궤도차는 세 명이 올라탐과 동시에 밀감밭 냄새를 흩날리며 곧바로 선로를 질주하기 시작했다. '미는 것보다 타는 편이 훨씬 좋네.' 료헤이는 하오리에 바람을 품으면서 또 이렇게 생각했다. '갈 때 미는 곳이 많으면 돌아갈 때는 타는 곳이 많아.'

　대나무 숲이 있는 곳으로 오자 궤도차는 달리던 것을 조용히 멈췄다. 세 명은 또 전처럼 무거운 궤도차를 밀기 시작했다. 대나무 숲은 어느샌가 잡목림이 되었다. 완만한 오르막길 군데군데에는 붉은 녹이슨 선로도 보이지 않을 만큼 낙엽이 쌓여 있었다. 겨우 그 길을 다 올라가니 이번에는 높은 절벽 맞은편으로 넓고 으스스하게 추운 바다가 펼쳐졌다. 동시에 료헤이는 너무 멀리 왔다는 생각이 들었다.

세 명은 다시 궤도차에 올라탔다. 차는 바다를 오른쪽에 두고 잡목 가지 밑을 달려갔다. 그러나 료헤이는 아까같이 재미있는 기분이 들지 않았다. '이제 돌아가 주면 좋을 텐데.' 그렇게 마음속으로 빌어봤다. 그러나 가야할 곳까지 가지 않으면 궤도차도, 그들도 돌아갈 수 없다는 것은 료헤이도 알고 있었다.

그 다음으로 차가 멈춘 곳은 쳐서 무너뜨린 산을 등지고 있는, 초가 지붕의 찻집 앞이었다. 두 명의 인부는 그 가게로 들어가더니 갓난아기를 업은 여주인을 상대로 유유자적하게 차를 마시기 시작했다. 료헤이는 혼자 초조해하면서 궤도차 주위를 둘러봤다. 궤도차의 튼튼한 차대 판자에는 튀어 오른 진흙이 말라붙어 있었다.

한참 뒤, 찻집을 나오기 바로 전 궐련을 귀에 꽂고 있던 남자는 (그 때는 더 이상 꽂고 있지 않았지만) 궤도차 옆에 있는 료헤이에게 신문지에 싼 막과자를 주었다. 료헤이는 냉담하게 "감사합니다."라고 했다. 그러나 이내 냉담하게 말한 것이 상대에게 미안하다고 고쳐 생각했다. 그는 그 냉담함을 감추듯 봉지에 들어있는 과자를 하나 입에 넣었다. 과자에는 신문지에 있었던 듯 석유 냄새가 배어 있었다.

세 사람은 궤도차를 밀면서 완만한 경사를 올라갔다. 료헤이는 차에 손을 대고 있어도 마음은 다른 것을 생각하고 있었다.

그 언덕 맞은편으로 다 내려가자 또 비슷한 찻집이 나왔다. 인부들이 그 안에 들어가자 료헤이는 궤도차에 걸터앉아 돌아갈 걱정만 하고 있었다. 찻집 앞에는 꽃이 핀 매화에 석양이 비치고 있었다. '이제

곧 해가 진다.' 그렇게 생각하자 멍하니 앉아 있을 수 없었다. 궤도차
의 바퀴를 차보기도 하고 혼자서는 움직이지 않는 것을 알면서도 끙
끙거리며 밀어보기도 했다. 그런 것으로 기분을 얼버무리고 있었다.

하지만 인부들은 찻집을 나오자 차 위의 침목에 손을 대면서 아무
렇지도 않게 이렇게 말했다.

"너는 이제 돌아가. 우리들은 오늘 저쪽에서 묵을 거니까."

"귀가가 너무 늦으면 네 집에서 걱정할 거야."

료헤이는 한순간 너무 황당했다. 벌써 그럭저럭 어두워지고 있는
것, 작년 말에 어머니와 함께 이와무라(岩村)까지는 와봤지만 오늘 길
은 그 서너 배나 더 된다는 것, 그것을 지금부터 혼자 걸어서 돌아가
지 않으면 안 된다는 것……그런 것을 일시에 알았던 것이다. 료헤이
는 거의 울 것 같은 얼굴이 되었다. 하지만 울어도 어쩔 수 없다고 생
각했다. 울고 있을 때가 아니라고 생각했다. 그는 젊은 두 명의 인부
에게 어색하게 인사하고는 선로를 따라 달리기 시작했다.

료헤이는 한동안 무아지경으로 선로를 따라 달리고 달렸다. 그러는
사이 품 안의 과자 봉지가 거추장스럽게 느껴져 그것을 길옆으로 내
던지고 이어서 나무 조리도 벗어 던져버렸다. 그러자 얇은 양말 뒤로
그대로 잔돌이 박혔지만 발만은 훨씬 가벼워졌다. 그는 왼편에서 바
다를 느끼며 급한 경사를 뛰어 올라갔다. 때때로 눈물이 밀려 올라오
면서 저절로 얼굴이 일그러졌다. 그것은 억지로 참았지만 코만은 쉴
새 없이 킁킁거렸다.

대나무 숲 옆을 뛰어 지나가니 저녁놀이 진 히가네 산(日金山) 위의
하늘도 이제 노을빛이 사라지려 하고 있었다. 료헤이는 점점 불안해
졌다. 갈 때와 올 때의 차이인지 경치가 다른 것도 불안했다. 그러자

이번에는 땀에 흠뻑 젖은 옷까지도 거치적거려 필사적으로 달리면서 하오리도 길옆에 벗어 던졌다.

밀감밭으로 올 무렵에는 주위가 온통 어두워지고 있었다. '목숨만 구할 수 있으면……' 료헤이는 그렇게 생각하면서 미끄러지고 비틀거려도 달리고 또 달렸다.

겨우 먼 땅거미 속에 동네 어귀의 공사장이 보였을 때, 료헤이는 그만 울고 싶어졌다. 그러나 그때도 울상은 지었지만 끝까지 울지 않고 계속 달렸다.

동네에 들어가 보니 이미 양쪽 집들에는 전등 빛이 비치고 있었다. 료헤이는 그 전등 빛으로 자신의 머리에서 김이 나고 있는 것을 확실히 알 수 있었다. 우물가에서 물을 긷던 여자들이나 밭에서 돌아오던 남자들은 료헤이가 숨 가쁘게 뛰는 것을 보고는 "애야, 무슨 일이야?" 하고 말을 걸었다. 그러나 그는 입을 다문 채 잡화점, 이발소, 밝은 집 앞을 달려 지나갔다.

그의 집 문으로 뛰어 들어갔을 때 료헤이는 마침내 큰소리로 왕 하고 울음을 터뜨리지 않을 수 없었다. 그 울음소리로 아버지와 어머니가 한꺼번에 달려와 그를 에워쌌다. 특히 어머니는 뭔가를 말하면서 료헤이의 몸을 껴안으려고 했다. 하지만 료헤이는 손발을 바둥거리면서 계속 흐느껴 울었다. 그 소리가 너무 컸기 때문인지 근처의 여자들도 서너 명, 어둑한 대문으로 모였다. 부모는 물론, 그 사람들도 저마다 그가 우는 이유를 물었다. 그러나 그는 뭐라고 물어도 울어댈 도리밖에 없었다. 그 먼 길을 달려 온 지금까지의 불안함을 되돌아보면 아무리 울어도 성에 차지 않을 것 같은 기분으로…….

료헤이는 스물여섯 되던 해, 처자와 함께 도쿄로 나왔다. 지금은 어

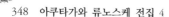

떤 잡지사의 2층에서 교정주필을 잡고 있다. 그러나 그는 불현듯 아무 이유 없이 그때의 자신을 생각할 때가 있다. 전혀 아무런 이유 없이……. 피로에 지친 그 앞에는 지금도 여전히 그때처럼 어스레한 덤불이나 언덕이 있는 길이 가늘게 한 줄기 이어졌다 끊어졌다 하고 있다.

(1922년 2월)

보은기(報恩記)

하태후

❖ 아마카와 진나이의 이야기 ❖

저는 진나이라고 하는 사람입니다. 성은……저, 세상에서는 오래 전부터 아마카와 진나이라고 하는 것 같습니다. 아마카와 진나이…… 당신도 이 이름을 알고 계십니까? 아니, 놀랄 것까지는 없습니다. 저는 당신이 알고 있는 대로 악명 높은 도둑입니다. 그러나 오늘 밤은 도둑질하러 온 것이 아닙니다. 부디 그것만은 안심하십시오.

당신은 일본에 있는 바테렌 중에서도 덕이 높은 분이라고 들었습니다. 그렇다면 도둑이라고 불리는 사람과 잠시라도 같이 있는 것이 유쾌하지 않을는지 모르겠습니다. 하지만 저도 의외로 도둑질만 하지는 않습니다. 언젠가 마을 원님 저택에 초대받은 루손 스케자에몬의 관리 중 한 사람도 확실히 진나이라는 이름이었습니다. 또 리큐 거사가 소중히 하던 '빨간 털 가발'이라 불리는 물병 있죠? 그것을 보냈던 렌가사의 본명도 진나이라고 들었습니다. 그러고 보면 바로 23년 전, 아마카와 일기라는 책을 썼던 오무라 근처의 통역관 이름도 진나이라고 하지 않았던가요? 그 외 산조가하라 싸움에서 카피탄 '마루도나도'를 구했던 보화종의 스님, 사카이의 묘고쿠사 문전에서 남만의 약을 팔고 있던 상인······. 이들도 이름을 말하자면 아무개 진나이였음에 틀림없습니다. 아니, 그보다도 중요한 것은 작년 이 '산 프란시스코' 절에 성모 '마리아'의 손톱을 모은 황금 사리탑을 진상한 사람도 역시 진나이라고 하는 신도였을 것입니다.

그러나 오늘 밤은 애석하게도 이런 행적을 하나하나 이야기하고 있을 여유가 없습니다. 어쨌든 아마카와 진나이도 세상 보통 인간과 그다지 차이가 없다는 것을 믿어 주십시오. 정말입니까? 그럼 가능하면 간략하게 저의 용무를 이야기하도록 하지요. 저는 어떤 남자의 영혼을 위해 '미사'라는 기도를 부탁하러 왔습니다. 아니, 저의 혈연은 아닙니다. 그렇다고 저의 칼날에 피를 묻힌 사람도 아닙니다. 이름 말입니까? 이름은······그것을 밝혀서 좋을지 어떨지 저도 판단이 서지 않습니다. 어떤 남자의 영혼을 위해, 아니면 '포우로'라고 하는 일본인을 위해 명복을 빌고 싶습니다. 안 됩니까? 아마카와 진나이에게 이런 것을 부탁 받았으니 가볍게 받아들일 기분이 들진 않겠지요. 그럼 한번쯤 사정만은 이야기해 보도록 하지요. 그러나 그에 대해 생사를 묻지 말고, 다른 사람에게 이야기하지 않겠다는 약속이 필요합니다. 당신은 그 가슴에 달린 십자가를 걸고라도 반드시 약속을 지키겠습니까? 아니, 무례를 용서하십시오. (미소) 바테렌인 당신을 의심하는 것은 도둑인 저로서는 주제넘은 짓이지요. 그러나 그 약속을 지키지 않으면 (돌연 진지하게) '인해루노'의 뜨거운 불에 타 죽지 않는다 하더라도 현세에 벌이 내릴 것입니다.

벌써 2년 정도 전 이야기입니다만, 마침 어느 늦가을 찬바람이 부는 한밤중이었습니다. 저는 행각승으로 모습을 바꾸어 교토를 두리번거리고 있었습니다. 교토를 두리번거린 것은 그날 밤부터가 아닙니다. 이미 그럭저럭 닷새 정도, 초경을 지나기만 하면 사람 눈에 뜨이지 않도록 집집마다 살짝 엿보았습니다. 물론 무엇 때문이었는지는 설명을 달 필요 없겠지요. 특히 당시는 마리카까지 잠시 건너갈 작정이어서 한층 더 돈이 필요했습니다.

거리는 물론 오래 전에 사람의 통행이 끊어졌고, 별만 반짝이는 공중에는 줄기차게 바람 소리가 울려 퍼지고 있었습니다. 저는 어두운 처마를 따라 오가와 길을 내려와서는 문득 사거리를 하나 도는 곳 모퉁이에 큰 집이 있는 것을 발견했습니다. 이 집은 교토에서도 이름이 알려진 호조야 야사우에몬의 본가였습니다. 같이 항해를 생업으로 하고 있어도 호조야는 도저히 가도쿠라와 어깨를 나란히 할 수 없을 것입니다. 그래도 어쨌든 가쿠샤무로나 루손에 배를 한두 척은 보내고 있으니까 버젓한 부자임에는 틀림없습니다. 그때 저는 이 집을 목표로 두리번거리고 있었던 것은 아닙니다만, 마침 거기 우연히 들른 김에 한몫을 챙길 생각이 들었습니다. 게다가 조금 전에 말씀드린 대로 밤은 깊고 바람도 불어 제가 장사를 시작하기에 만사 안성맞춤이었습니다. 저는 길가의 빗물 받는 통 뒤로 삿갓과 지팡이를 숨긴 뒤 순식간에 높은 담을 넘었습니다.

세상의 소문을 들어보십시오. 아마카와 진나이는 둔갑술을 사용한다, 누구라도 그렇게 말합니다. 그러나 당신은 속인들과 같이 그런 것을 정말이라 생각하지 마십시오. 저는 둔갑술도 사용하지 않고 악마를 제 편으로 두고 있지도 않습니다. 단지 아마카와에 있던 시절 포르투갈 배의 의사에게 물리학을 배웠습니다. 그것을 실지로 써먹게 되면 큰 자물쇠를 자르는 것이나 무거운 빗장을 벗기는 것은 그리 어려운 일도 아닙니다. (미소) 지금까지 없었던 도둑질 수법, 그것도 일본이라는 미개한 땅에 십자가나 철포가 도래한 것처럼 이 역시 서양에서 배운 것입니다.

저는 눈 깜짝할 사이에 호조야의 집 안으로 들어왔습니다. 하지만 어두운 복도에 막 다다르자, 이 야밤에 아직 불빛이 비치고 있을 뿐 아니라 작은 방에서 이야기 소리가 들려 조금 놀랐습니다. 그 방은 주위 모양새로 봐서는 아무래도 차실이 틀림없었습니다. '초가을 찬바람에 차를 마시나?' 저는 이렇게 쓴웃음을 지으며 살짝 그곳으로 숨어들었습니다. 실제로 그때는 사람 소리가 났는데, 일에 방해된다기보다는 '공들여 꾸민 다실 안에서 이 집 주인과 손님으로 온 동료들이 무슨 풍류라도 즐기고 있는 건가?' 하는 데 마음이 쏠렸습니다.

장지 바깥에 몸을 대기 무섭게 제 귀에는 생각한 대로 솥에서 끓는 소리가 들려왔습니다. 그런데 그 소리가 들림과 동시에 뜻밖에도 누군가가 무슨 이야기를 하더니 울음소리를 내는 것이었습니다. 누구……라기보다도 목소리를 두 번 듣기 전에 여자라는 사실까지 알았지요. 이런 대가의 차실에서 한밤중에 여자가 울고 있는 건 아무래도 보통 일은 아닌 듯했습니다. 저는 숨을 죽인 채 다행히 열려 있는 장지 틈으로 차실 안을 들여다보았습니다.

사방등 불빛에 비친 낡은 색종이 같은 마루의 족자, 달아맨 꽃병의 국화꽃……. 차실 안은 생각대로 쓸쓸한 아취가 떠돌고 있었습니다. 그 마루 앞, 제 정면에 앉은 노인은 주인인 야사우에몬일 것입니다. 섬세한 당초무늬의 웃옷에 쭉 양팔을 포갠 채, 곁눈질로 보기에는 솥에서 뭔가를 삶고 있는 소리라도 듣고 있는 것 같았습니다. 야사우에몬 옆에는 품위 있는 비녀 머리를 한 늙은 부인 한 명이 옆얼굴을 보인 채 이따금 눈물을 닦고 있었습니다.

'궁색함은 그리 없다 치더라도 역시 고생만은 있어 보인다.' 저는 이렇게 생각하면서 저절로 미소를 지었습니다. 미소를……이렇게 말한다 해서 호조야 부부에게 무슨 악의가 있었던 것은 아닙니다. 저처럼 40년간 악명만 높은 사람에게 있어 타인, 특히 행복한 타인의 불행은 저절로 미소를 머금게 합니다. (잔혹한 표정) 그때도 저는 부부의 탄식이 가부키를 보듯이 유쾌했습니다. (비웃는 듯한 미소) 이것은 분명 저 혼자만 그런 것은 아닐 것입니다. 누구에게나 사랑 받는 이야기라면 그것은 분명 슬픈 이야기일 것입니다.

야사우에몬은 잠시 후 한숨을 쉬듯이 이렇게 말했습니다.

"이미 이 지경이 된 이상 울어도, 외쳐도 되돌아가지 않소. 나는 내일 상점 점원들을 해고하기로 결심했소."

그때 또 강한 바람이 쏴 하고 차실을 뒤흔들었습니다. 게다가 소리가 묻혔겠지요. 야사우에몬 부인의 말은 뭐라고 했는지 잘 못 들었습니다. 하지만 주인은 고개를 끄덕이고 양손을 무릎 위에 얹으면서 빗살무늬 천장으로 눈을 들었습니다. 두꺼운 눈꺼풀, 뾰쪽한 광대뼈, 특히 길게 째진 눈초리……. 확실히 보면 볼수록 언젠가 한번 만났던 얼굴이었습니다.

"주님, '예수 그리스도' 님. 어쨌든 저희 부부 마음에 당신의 은혜를 내려주십시오……."

야사우에몬은 눈을 감은 채 기도를 중얼거리기 시작했습니다. 노부인도 남편과 같이 천주의 가호를 빌고 있는 것 같았습니다. 저는 그 순간 눈도 깜짝이지 않고 야사우에몬의 얼굴을 계속 바라보고 있었습니다. 그리고 또 초겨울 바람이 스쳐 지나갈 때, 제 마음속에 20년 전의 기억이 번쩍였습니다. 저는 이 기억 속에서 확실히 야사우에몬의 모습을 붙잡았습니다.

그 20년 전의 기억이라는 것은……아니, 그것을 다 이야기할 수는 없습니다. 단지 짤막하게 사실만 이야기한다면, 제가 아마카와에 건너와 있을 때 어떤 일본 선원이 제 목숨을 구해 주었습니다. 그때는 서로 이름도 대지 않고 그대로 헤어져버리고 말았지만, 당시 제가 본 야사우에몬은 그때 그 선원임에 틀림없었습니다. 저는 뜻밖의 만남에 놀라 이 노인의 얼굴을 계속 지켜보고 있었습니다. 딱딱한 어깨 주위와 손마디가 굵은 손 모양에는 아직 산호초 물보라와 백단산 냄새가 배어 있는 듯했습니다.

야사우에몬은 긴 기도를 마치고 조용히 노부인에게 이렇게 말했습니다.

"나중 일은 무엇이든 천주의 뜻이라 생각하는 것이 좋소. 그럼 솥이 끓고 있으니 차라도 한잔 마실까."

그러나 노부인은 새삼스레 북받치는 눈물을 참으며 기어 들어가는 듯한 목소리로 대답했습니다.

"예……. 하지만 아직 분한 건……."

"자, 그것은 푸념 아니오? 호조호가 내려앉은 것도, 빌려 준 돈도, 모두 도산된 것도……."

"아니, 그런 것은 아닙니다. 하다못해 아들 야사부로라도 있어 주었으면 하고 생각한 것뿐이지요……."

저는 이 이야기를 듣고 있는 동안 한 번 더 미소를 지었습니다. 하지만 이번에는 호조야의 불운에 유쾌함을 느낀 것이 아닙니다. '옛날

은혜를 갚을 때가 왔다.' 이 생각으로 기뻤던 것입니다. 제게도, 수배자인 아마카와 진나이에게도 훌륭하게 은혜를 갚을 수 있게 된 유쾌함, 이 유쾌함을 아는 사람은 저 외에는 없을 것입니다. (비꼬듯이) 세상의 착한 사람은 불쌍합니다. 무엇 하나 나쁜 짓을 해본 적이 없기에, 어느 정도 선행을 베풀 때 얼마나 즐거운 기분이 되는지 그런 기분을 전혀 알지 못하니까요.

"뭐, 그런 사람 같지 않은 놈은 없는 게 나은 거야……."

야사우에몬은 쏩쓸하게 사방등으로 눈을 돌렸습니다.

"그놈이 써버린 돈이라도 있다면 이번에도 절박한 경우만은 면했는지 모르지. 그것을 생각하면 의절한 건……."

야사우에몬은 말을 마치자마자 놀란 듯이 저를 바라보았습니다. 놀랐다고 해도 무리가 아니었습니다. 저는 그때 소리도 내지 않고 한쪽 장지문을 열었으니까요. 그것도 당시 제 모습으로 말하자면 행각승으로 변장한 데다 삿갓을 벗은 대신 남만 수건을 쓰고 있었으니.

"누구야, 당신은?"

야사우에몬은 나이는 들었어도 순식간에 몸을 일으켰습니다.

"아니, 놀라지 마십시오. 저는 아마카와 진나이라고 하는 놈입니다. 자, 조용히 해주십시오. 아마카와 진나이는 도둑입니다만, 오늘 밤 갑자기 뵈러 온 것은 좀 다른 이유가 있습니다."

저는 두건을 벗으면서 야사우에몬의 앞에 앉았습니다.

이후의 일은 이야기하지 않아도 짐작할 수 있겠지요. 저는 호조야의 위급함을 구하기 위해 3일이라는 기한을 하루도 어기지 않고 6천 관의 돈을 조달하는 보은의 약속을 했습니다. 아니, 누군가 문밖에서 발소리를 내고 있지 않습니까? 그럼 오늘 밤은 죄송합니다. 언젠가 내

일이나 모레 밤 한 번 더 여기에 숨어 들어오겠습니다. 저 큰 십자가 별빛은 아마카와 하늘에는 빛나고 있어도 일본 하늘에는 보이지 않습니다. 저도 이처럼 일본에서는 모습을 감추고 있지 않으면, 오늘 밤 '미사'를 부탁하러 온 '포우로'의 영혼을 위해서도 미안하지요.

제가 도망가는 길 말입니까? 그런 것은 걱정하지 마십시오. 이 높은 천장 창문을 통해서라도, 저 큰 난로를 통해서라도, 자유자재로 나갈 수 있습니다. 그 일에 관해서는 부디 제발 은인 '포우로'의 영혼을 위해 일절 다른 사람에게 말을 삼가 주십시오.

❖ 호조야 야사우에몬의 이야기 ❖

바테렌 님, 부디 저의 참회를 들어주십시오. 잘 아시는 바이지만, 요즈음 세상에 이름 높은 아마카와 진나이라고 하는 도둑이 있습니다. 네고로사 탑에 살고 있던 것도, 살생관백의 칼을 훔친 것도, 또 멀리 바다 밖에서 루손의 태수를 습격한 것도 모두 저 사내라고 듣고 있습니다. 그 자가 드디어 포박 당하여 이번에 이치조 모도리 다리 근처에 목이 걸린 것, 들으셨겠지요. 저는 저 아마카와 진나이에게 적지 않은 큰 은혜를 입었습니다. 그 큰 은혜를 입은 것만으로도 지금은 무어라 말씀드릴 수 없는 슬픔에 빠졌습니다. 부디 이 자세한 내용을 들으신 후에 죄인과 호조야 야사우에몬에게 천주의 자비를 빕니다.

정확하게 지금부터 2년 전 겨울에 있었던 일입니다. 흉어만 계속되어 가지고 있던 배 호조호는 내려앉았고, 투자한 돈은 전부 도산되고, 이것저것 악재가 겹친 끝에 호조야 일가는 뿔뿔이 흩어지는 것 외에는 방법이 없는 지경이 되고 말았습니다. 아시는 대로 상인에게는 거래처는 있어도 친구라고 할 것은 없습니다. 이렇게 되니 이미 우리들의 가업은 소용돌이에 말린 큰 배처럼 완전히 거꾸로 뒤집어져 지옥 밑바닥으로 떨어져 갈 뿐이었습니다. 그런데 어느 날 밤―지금까지도 그 밤 일은 잊을 수 없습니다―어느 초가을 바람이 심한 밤이었습니다만, 저희들 부부는 잘 아시는 다실에서 밤이 새는 줄도 모르고 이야기를 나누고 있었습니다. 거기에 돌연 들어온 것은 행각승의 모습으로 남만 두건을 쓴 저 아마카와 진나이였습니다. 저는 물론 놀라기도 했지만 한편으로는 화도 났습니다. 하지만 진나이의 이야기를 들어보니 저 남자는 애초에 도둑질하러 저의 집에 숨어들어 왔다가 차실에 아직까지 불빛과 함께 이야기 소리가 들리고 있어 장지문 너머로 엿보았다는 겁니다. 게다가 이 호조야 야사우에몬이 진나이의 목숨을 건져준 일이 있는 20년 전의 은인이었다고 하는 것이 아니겠습니까?

그러고 보면 과연 그럭저럭 20년이 되겠지요. 제가 아마카와 항 왕복선 '후스타' 호의 선원으로 일하고 있던 시절, 그곳에 배가 정박하고 있는 동안 수염조차 변변찮은 일본인 한 사람을 도와준 일이 있습니다. 확실히는 모르나 그때 이야기로는, 우연히 술을 마신 후 싸움을 한 끝에 중국인을 한 사람 죽여 추격자가 뒤따랐다고 들었습니다. 그러고 보면 그 사람이 오늘날 저 아마카와 진나이라고 하는 유명한 도둑이 된 것입니다. 어쨌든 저는 진나이의 이야기가 거짓이 아닌 것을 알고는, 온 집안사람이 자고 있기에 우선 그 용건을 물어 보았습니다.

그러자 진나이가 이야기하기를, 자기 힘이 미치는 일이라면 20년 전의 보은으로 호조야의 위급함을 구해주고 싶으니 당장 필요한 금전이 어느 정도냐고 묻는 것이었습니다. 저는 무심코 쓴웃음을 지었습니다. 도둑놈에게 돈을 조달 받다니, 우습기 짝이 없었습니다. 아무리 아마카와 진나이라도 그런 돈이 있다면 일부러 저희 집에 도둑질하러 들어왔을 리 없지 않습니까. 그러나 그 금액을 말했더니 진나이는 고개를 갸우뚱하다가 오늘 밤 안에는 어렵지만 3일만 기다리면 조달하겠다고 대수롭지 않게 받아들였습니다. 하지만 필요한 돈이 6천 관이라는 큰돈이라서 반드시 조달할 수 있을지 어떨지 믿을 수 있는 것은 아니었습니다. 아니, 제 나름으로는 주사위 눈을 믿는 것보다 불안하다고 생각하고 각오하고 있었습니다.

진나이는 그 밤 제 아내에게 유유히 차를 얻어 마신 뒤 초겨울 바람 속으로 사라졌습니다. 하지만 그 다음 날이 되어도 약속한 돈은 오지 않았습니다. 이튿날도 마찬가지였습니다. 3일째는, 이 날은 눈이 내렸습니다만 역시 밤이 되어도 무엇 하나 소식이 없었습니다. 저는 진나이의 약속을 기대하고 있지는 않다고 했지만 점원들을 해고하지 않고 일이 되어 가는 대로 맡겨 놓고 있었던 점을 보면 어느 정도는 마음속으로 기다리고 있었던 것이겠지요. 또 실제로 3일째 밤에는 몸은 다실 사방등을 향하고 있어도 눈에 나뭇가지가 부러지는 소리가 날 때마다 귀를 쫑긋 세우고 있었습니다.

그런데 삼경도 지났을 무렵 갑자기 다실 밖 정원에 무언가 사람이 맞붙어 싸우는 듯한 소리가 들리지 않겠습니까? 제 마음에 순간적으로 들었던 생각은 물론 진나이의 신상에 관한 것이었습니다. 어쩌면 포졸들이라도 만난 것은 아닐까? 저는 순간 이렇게 생각하고 정원으로 나 있는 장지를 열기가 무섭게 사방등을 쳐들어 보았습니다. 눈이 수북한 다실 앞에는 대명죽이 드리워져 있고, 누군가 두 사람이 서로 붙잡고 있는 것 같았는데 그 한 사람은 달려드는 상대를 뿌리치자마자 정원수 그늘을 빠져나가듯이 금세 담 쪽으로 도망쳐버렸습니다. 눈이 떨어지는 소리, 벽을 기어오르는 소리, 그것으로 조용해진 것은 이미 어딘가 담 밖으로 무사히 달아난 것이겠지요. 하지만 뿌리침을 당한 다른 한 사람은 특별히 뒤를 쫓으려고도 하지 않고, 몸에 묻은 눈을 털면서 조용히 제 앞으로 다가왔습니다.

"접니다. 아마카와 진나이입니다."

저는 어안이 벙벙한 채 진나이의 모습을 바라보고 있었습니다. 진나이는 그날 밤에도 남만 두건에 가사 법의를 입고 있었습니다.

"뜻하지 않은 소동을 벌였습니다. 격투 소리에 누군가 잠을 깨지 않았다면 다행입니다만."

진나이는 차실에 들어오자마자 언뜻 쓴웃음을 지었습니다.

"제가 숨어 들어오자 마침 이 집 바닥 밑으로 기어들어 오려고 하는 놈이 있었습니다. 그래서 우선 손을 잡은 후에 얼굴을 보려고 했습니다만, 결국은 도망쳐 버렸습니다."

저는 아직도 이전처럼 포졸이 걱정되어 그들이 아닌가 물어 보았습니다. 하지만 진나이는 포졸이기는커녕 도둑놈이라고 했습니다. 도둑놈이 도둑놈을 잡으려고 하다니, 이처럼 진귀한 일은 없을 것입니다. 이번에는 진나이보다도 자연히 저의 얼굴에 쓴웃음이 떠올랐습니다. 그러나 그 일이 어찌 됐든 우선 조달의 가부를 듣지 않고는 안심이 되지 않습니다. 아마도 진나이는 제가 말하기 전에 제 마음을 읽었던 것 같습니다. 유유히 전대를 풀면서 화로 앞에 돈 보따리를 늘어놓았습니다.

"안심하십시오. 6천 관 마련은 되었으니까요. 실은 이미 어제 대부분을 조달했습니다만, 그래도 2백 관 정도 부족해서 오늘 밤에는 그것까지 가지고 왔습니다. 부디 이 보따리를 받아 주십시오. 또 어제까지 모았던 돈은 당신 부부가 모르는 사이 이 다실 바닥 밑에 숨겨 두었습니다. 아마 오늘 밤 도둑놈도 그 돈 냄새를 맡고 온 것이겠지요."

저는 꿈이라도 꾸는 듯 그 말을 듣고 있었습니다. 도둑놈에게 돈을 받다니, 그것은 당신에게 여쭙지 않아도 확실히 좋은 일은 아닐 것입니다. 그러나 좋다고 할 수 있을지 없을지 반신반의의 경계에 있을 때는 선악도 생각하지 않았습니다. 또 이제 와서 딱 잘라 못 받겠다고 할 수도 없었습니다. 더욱이 그 돈을 받지 않으면 저뿐만 아니라 온 집안사람이 길바닥에 나았게 됩니다. 부디 이 마음에 애오라지 연민을 베풀어 주십시오. 저는 진나이 앞에 공손하게 양손을 모은 채 무어라 말도 못하고 울기만 했습니다…….

그 후 저는 2년 동안 진나이의 소문을 듣지 못했습니다. 하지만 겨우 가족들이 흩어지지 않고 무사히 그날을 넘길 수 있었던 것은 모두 진나이의 은혜였기 때문에, 그 사내의 행복을 위해 다른 사람 몰래 성모 '마리아' 님께 기원을 드렸습니다. 그런데 어찌 된 일입니까. 이쯤에 항간의 이야기를 들으니 아마카와 진나이가 체포된 데다가 모도리 다리에 목이 걸려 있다고 하는 것이 아니겠습니까. 저는 놀라는 한편 다른 사람 몰래 눈물을 흘렸습니다. 그러나 쌓은 악의 응보라고 생각하면 그것도 방도는 없었습니다. 아니, 오히려 오랫동안 천벌을 받지 않고 있었던 것이 이상할 정도입니다. 하지만 적어도 보은의 뜻으로 남몰래 명복을 빌어주고 싶다. 이런 생각이 들어 저는 오늘 그 누구도 거느리지 않고 급히 이치조 모도리 다리에 그 매단 목을 보러 갔습니다.

모도리 다리 주위에 가보니 이미 그 목을 매단 곳 앞에는 많은 사람들이 모여 있었습니다. 죄상을 기록한 나무 표찰, 목을 지키는 하급 관리……그것은 언제나 변함없는 일입니다. 하지만 푸른 대나무 위에 얹혀 있는 목은……아, 그 끔찍한 피투성이 목은 어떻다고 말해야 할까요? 저는 떠들썩한 사람들 속에서 그 창백한 목을 보기 무섭게 얼음처럼 굳어, 아무 생각도 하지 못했습니다. 그 목은 그 사내의 것이 아니었습니다. 아마카와 진나이의 목이 아니었습니다. 그 두꺼운 눈꺼풀, 튀어나온 뺨, 미간의 칼자국……무엇 하나 진나이와는 닮지 않았습니다. 그런데……갑자기 햇빛도, 제 주위 사람들도, 대나무 위에 달린 목도, 전부 어딘가 먼 세계로 흘러가버렸나 싶을 만큼 심한 놀라움이 엄습해왔습니다. 그 목은 진나이의 것이 아니었습니다. 제 목이었습니다. 20년 전의 저, 진나이의 목숨을 구해준 그때의 저였습니다. '야사부로!' 혀라도 움직일 수 있었다면 저는 이렇게 외쳤을지 모릅니다. 하지만 소리는커녕 제 몸은 학질에 걸린 것처럼 떨고 있을 뿐이었습니다.

　야사부로! 저는 단지 환상처럼 제 자식의 목을 바라보았습니다. 목은 약간 위로 향한 채, 반쯤 열린 눈꺼풀 아래로 쭉 저를 쳐다보고 있습니다. 이것이 어찌된 영문일까요? 제 자식이 무슨 착오 때문에 진나이로 오해받은 것일까요? 그러나 심문이라도 받았다면 이런 착오는 일어날 리 없습니다. 그렇지 않으면 아마카와 진나이라는 자가 제 아들이었단 말입니까? 제 집에 왔던 거짓 행각승은 누군가 진나이의 이름을 빌린 다른 사람이었을까요? 아니, 그럴 리가 없습니다. 3일 기한을 하루도 어기지 않고 6천 관의 돈을 마련할 수 있는 사람이 이 넓은 일본 땅에서 진나이 외에 누가 있겠습니까? 그러고 보면, 그때 제 마음속에는 2년 전 눈이 내리던 밤 진나이와 마당에서 싸우고 있던 누구인지 모를 남자의 모습이 금세 확실하게 떠올랐습니다. 그 남자는 누구였을까요? 혹시 제 아들은 아니었을까요? 그리 생각하면 그 남자의 모습은 힐끗 한번 본 것만으로도 어쩐지 제 아들 야사부로와 닮은 것 같습니다. 그러나 이것은 저 혼자 생각일까요? 만약 제 아들이었다면······저는 꿈을 깬 듯 뚫어져라 목을 바라보았습니다. 그러자 보랏빛이 나는, 묘하게 긴장이 풀린 입술에는 무언가 미소에 가까운 것이 희미하게 남아 있었습니다.

달린 목에 미소가 남아 있다니, 당신이 들으시면 웃으실지 모르겠습니다. 저마저도 그것을 알아차렸을 때는 눈 탓인가 하고 생각했습니다. 하지만 몇 번을 다시 보아도 그 바짝 마른 입술에는 확실히 미소다운 미소가 떠올라 있었습니다. 저는 그 이상한 미소를 오랜 시간 넋을 잃고 보고 있었습니다. 그러자 언젠가부터 제 얼굴에도 역시 미소가 떠올랐습니다. 그리고 미소가 떠오름과 동시에 눈에는 저절로 뜨거운 눈물이 솟아 나왔습니다.

"아버지, 용서해 주십시오."

그 미소는 무언중에 이렇게 말하고 있었습니다.

"아버지, 불효의 죄를 용서해 주십시오. 저는 2년 전 눈 내리는 밤, 의절한 데 대한 사죄를 하고 싶어서 살짝 집으로 숨어들어 갔습니다. 낮에는 점원들 눈에 띄는 것마저 부끄러워 일부러 밤이 깊어지기를 기다렸다가 아버지 침실 문을 두드려서라도 뵈올 작정이었습니다. 그런데 문득 다실의 장지 불빛이 비치고 있는 것을 보고 머뭇머뭇 다가가고 있는데 갑자기 누군가 뒤에서 말도 걸지 않고 달라붙었습니다."

"아버지, 이후에 어떻게 되었는지는 당신이 알고 계시는 대로입니다. 저는 너무나 뜻밖의 일이라 아버지 모습을 뵙기 무섭게 그 수상한 놈을 밀어버리고 높은 담장 밖으로 도망쳐버렸습니다. 하지만 눈 속에서 보았던 상대방 모습은 이상하게도 행각승 같아서, 아무도 쫓아 오는 사람이 없는 것을 확인한 후 한 번 더 다실 밖으로 대담하게 숨 어들어 갔습니다. 저는 다실의 장지 너머에 서서 모든 이야기를 들었 습니다."

"아버지 호조야를 구한 진나이는 우리 온 집안의 은인입니다. 저는 진나이의 몸에 위급한 일이 있으면 설령 목숨을 버려서라도 은혜에 보답하고자 결심했습니다. 이 은혜를 갚는 일은 의절을 한 부랑자인 제가 아니면 안 될 것입니다. 저는 이 2년 간 그런 기회를 기다리고 있었습니다. 그리하여 그 기회가 온 것입니다. 부디 불효의 죄를 용서 하여 주십시오. 저는 방탕하게 태어났습니다만, 온 가족의 큰 은혜만 은 갚습니다. 그것이 제 보잘 것 없는 보은입니다……."

저는 집에 돌아오는 도중에 울기도 하고 웃기도 하면서, 제 아들의 용기를 칭찬해 주었습니다. 당신은 모르시겠지만 제 아들 야사부로도 저와 마찬가지로 이 종문에 귀의해 전부터 '포우로'라는 이름까지 받 은 놈입니다. 그러나……그러나 제 아들도 불운한 놈이었습니다. 아 니, 제 아들뿐만이 아닙니다. 저도 저 아마카와 진나이에게 온 집안의 몰락을 막아준 은혜만 받지 않았더라면 이런 한탄은 하지 않았을 것 인데. 아무리 미련이 남아서 그렇다고 해도 이것만은 견딜 수 없는 심 정입니다. 뿔뿔이 흩어지지 않는 편이 좋았는가, 제 아들을 죽이지 않 는 편이 좋았는가……. (갑자기 괴로운 듯이) 부디 저를 구원해 주십시오. 저는 이대로 살아 있으면 큰 은인인 진나이를 미워하게 되는지도 모 릅니다……. (오랫동안의 훌쩍거림)

❖ '포우로' 야사부로의 이야기 ❖

아아, 성모 '마리아' 님! 저는 이제 밤이 새자마자 목이 잘리게 됩니다. 제 목은 땅에 떨어져도 제 영혼은 작은 새처럼 당신 곁으로 날아가겠지요. 아니, 나쁜 일만 했던 저는 '하라이소'(천국)의 장엄함을 보는 대신에 무서운 '인헤루노'(지옥)의 뜨거운 불 바닥에 거꾸로 떨어질지 모릅니다. 그러나 저는 만족합니다. 20년 동안 제 마음은 이 이상 기뻤던 적이 없습니다.

저는 호조야 야사부로입니다. 하지만 저의 달린 목은 아마카와 진나이라고 불리게 되겠지요. 저 아마카와 진나이, 이만큼 유쾌한 일이 어디 있겠습니까? 아마카와 진나이……어떻습니까? 좋은 이름 아닙니까? 저는 그 이름을 입에 올리는 것만으로도 이 어두운 감옥에 천국의 장미와 백합이 넘쳐흐르는 듯한 기분이 듭니다.

잊을 수 없는 2년 전의 겨울, 마침 큰 눈이 내린 어느 밤이었습니다. 저는 도박 밑천이 필요해 아버지 집으로 숨어들어 갔습니다. 그런데 그 시간까지 다실 장지에 불빛이 비치고 있기에 살짝 그곳을 엿보려고 했습니다. 그런데 갑자기 누군가가 말도 하지 않고 저의 먹살을 잡았습니다. 떨쳐버리면 또 잡고……상대는 누구인지는 몰랐습니다만, 힘이 센 것으로 보아 아무래도 보통 놈이라고는 생각되지 않았습니다. 그뿐 아니라 두세 번 그 자와 부딪히는 동안 다실의 장지가 열리고, 마당으로 사방등을 비춘 사람은 틀림없이 아버지인 야사우에몬이었습니다. 저는 혼신을 다해 잡힌 먹살을 뿌리치고는 높은 담장 밖으로 도망쳤습니다.

하지만 조금 도망치다가 저는 어느 지붕 밑에 숨어서 거리 앞뒤를 둘러보았습니다. 때때로 하얗게 눈보라가 치는 것 외에 움직이는 것은 어디에도 보이지 않았습니다. 상대는 포기해버렸는지 더 이상 쫓아오지도 않는 것 같았습니다. 하지만 그 남자는 누구일까? 짧은 순간 본 것으로는 확실히 스님 모습을 하고 있었는데. 그러나 팔 힘이 센 것을 보면, 특히 싸움에도 능한 것을 보면 세상의 보통 스님은 아닐 거야. 우선 이토록 큰 눈이 내리는 밤에 마당가에 어떤 스님이 와 있다니, 그것도 이상하지 않습니까? 저는 잠시 생각한 후 설사 위험한 곡예를 하더라도 한 번 더 다실 밖에 숨어 들어가기로 결심했습니다.

그리고 나서 한 시간 정도 지났을 때입니다. 이 이상한 행각승은 마침 눈이 그친 것이 다행이라는 듯 오가와 거리를 내려갔습니다. 그가 바로 아마카와 진나이였습니다. 무사, 렌가사, 상인, 보화승……어떤 것으로든 모습을 바꾼다고 하는 장안에 이름 높은 도둑입니다. 저는 그 뒤에서 숨었다 나왔다 하면서 진나이 뒤를 따라 갔습니다. 그때만큼 묘하게 기뻤던 적은 한 번도 없었습니다. 아마카와 진나이! 아마카와 진나이! 꿈속에서도 얼마나 그 남자의 모습을 그리고 있었던가요. 살생관백의 칼을 훔친 것도 진나이입니다. 샤무로야의 산호수를 사칭한 것도 진나이입니다. 히젠 재상의 침향나무를 벤 것도, 카피탄 '페레이라'의 시계를 뺏은 것도, 하룻밤에 다섯 개의 헛간을 부순 것도, 여덟 명의 미가와 무사를 베어 넘어뜨린 것도……그 외 후세에도 전해질 보기 드문 나쁜 짓을 한 것은 언제나 아마카와 진나이입니다. 그 진나이가 지금 저 앞에 삿갓을 삐딱하게 쓴 채 희맑은 눈길을 걷고 있는 것입니다. 이런 모습을 볼 수 있는 것만으로도 행복이 아니겠습니까? 하지만 저는 그보다 더욱 행복해지고 싶었습니다.

저는 조곤사 뒤로 오자 쏜살같이 진나이를 쫓아갔습니다. 여기는 집이 없이 쭉 토담만 이어지고 있어, 낮에도 사람 눈을 피하기에는 가장 안성맞춤인 장소였습니다. 진나이는 저를 보고도 특별히 놀란 듯한 기색을 보이지 않고 조용히 그곳에 걸음을 멈추었습니다. 더욱이 저의 말을 기다리는 듯 지팡이를 짚은 채 한 마디도 하지 않았습니다. 저는 쭈뼛쭈뼛 진나이 앞에 무릎을 꿇었습니다. 하지만 그 침착한 얼굴을 보니 생각대로 말이 나오지 않았습니다.

"무례를 용서하십시오. 저는 호조야 야사우에몬의 아들 야사부로라고 하는 사람입니다."

저는 불빛에 얼굴을 비추면서 겨우 이렇게 입을 열었습니다.

"실은 작은 부탁이 있어서 당신 뒤를 따라왔습니다만……."

진나이는 그저 고개만 끄덕였습니다. 그것만으로도 위축되었던 저에게는 얼마나 고맙게 느껴졌겠습니까. 저는 용기가 생겨 눈 속에 무릎을 꿇은 채로, 아버지와 의절한 일, 지금은 실업자 속에 끼어 있는 일, 오늘 밤 아버지 집에 도둑질하러 들어갔다가 뜻을 이루지 못하고 진나이를 만난 일, 또 아버지와 진나이의 밀담을 모조리 들었던 일, 그런 일들을 짧게 이야기했습니다. 하지만 진나이는 변함없이 입을 다문 채 차갑게 저를 바라보고 있었습니다. 저 역시 이야기를 다 하고 나서 무릎을 앞으로 끌어당기며 진나이의 얼굴을 뚫어지게 바라보았습니다.

"호조 일가가 받은 은혜에는 저 역시 관계되어 있습니다. 저는 그 은혜를 잊지 않는다는 표시로 당신의 수하가 되려는 결심을 했습니다. 부디 저를 써 주십시오. 저는 도둑질도 알고 있습니다. 불을 놓는 법도 알고 있습니다. 그 외 어지간한 나쁜 일은 다른 사람에게 뒤떨어지지 않을 만큼 알고 있습니다."

　그러나 진나이는 아무 말이 없었습니다. 저는 가슴을 두근거리면서 더더욱 열심히 설명했습니다.

　"부디 저를 써 주십시오. 저는 반드시 일하겠습니다. 교토, 후시미, 사카이, 오사카……제가 모르는 땅은 없습니다. 저는 하루에 150리를 걷습니다. 힘도 나락 네 섬은 한 손으로 듭니다. 사람도 두세 사람은 죽여 보았습니다. 부디 저를 써 주십시오. 저는 당신을 위해서라면 어떤 일이라도 해 보이겠습니다. 후시미 성 흰 공작도 훔치라고 하면 훔쳐 오겠습니다. '산 프란시스코' 절의 종루도 태우라 하면 태우고 오겠습니다. 우 대신 댁의 따님도 유괴하라고 하면 유괴해 오겠습니다. 관리의 목을 베라고 하면……."

　저는 여기까지 말하고 별안간 발길에 차여 눈 속에 쓰러졌습니다.

　"바보 같은 놈!"

　진나이는 이 한 마디 호통을 치고는 가던 길을 가려고 했습니다. 저는 거의 미친 듯이 승복 소매에 매달렸습니다.

　"부디 저를 써 주십시오. 어떤 경우라도 절대로 당신을 떠나지 않겠습니다. 당신을 위해서라면 물불에도 들어가겠습니다. 저 '에소포' 이야기의 사자왕조차도 쥐에게 구제 받지 않았습니까? 저는 그 쥐가 되겠습니다. 저는……."

　"입 다물어, 이 진나이는 네놈의 은혜는 받지 않아."

　진나이는 저를 내동댕이치고는 한 번 더 그곳에 넘어뜨렸습니다.

　"문둥이 같은 놈이! 부모께 효도나 해!"

　저는 두 번째 차였을 때 갑자기 분한 마음이 솟구쳤습니다.

　"좋아! 반드시 은혜를 갚을 거야!"

　그러나 진나이는 뒤도 돌아보지 않고 획 서둘러 눈길을 갔습니다.

언젠가 비치기 시작한 달빛에 삿갓을 희미하게 보이면서……. 그로부터 2년 간 저는 쭉 진나이를 보지 못했습니다. (갑자기 웃는다) "이 진나이는 네놈의 은혜는 받지 않아." 그는 이렇게 말했습니다. 그러나 이제 저는 날이 밝자마자 진나이 대신 죽임을 당합니다.

아아, 성모 '마리아'님! 저는 이 2년 동안 진나이의 은혜를 갚고 싶어서 얼마나 괴로워했는지 모릅니다. 은혜를 갚고 싶어서? 아니, 은혜보다 오히려 원한을 갚고 싶어서입니다. 그러나 진나이는 어디에 있는가? 진나이는 무엇을 하고 있는가? 누가 그것을 알겠습니까? 우선 진나이는 어떤 남자인가? 그것조차도 알고 있는 사람이 없습니다. 제가 만난 가짜 행각승은 마흔 전후의 키가 작은 남자입니다. 하지만 야나기초의 유곽에 있었던 이는 아직 서른을 넘기지 않은, 불그스름한 얼굴에 수염을 기른 떠돌이 무사라고 하지 않겠습니까? 가부키 가설극장을 시끄럽게 했다고 하는 허리가 굽은 홍모인, 묘코쿠사의 보물을 훔쳤다고 하는 앞머리를 늘어뜨린 젊은 무사……. 이 같은 이들을 전부 진나이라고 한다면 그의 정체를 구분하는 것조차 사람 힘으로는 도저히 할 수 없는 일임에 틀림없습니다. 게다가 저는 작년 말부터 토혈하는 병에 걸리고 말았습니다.

제발 원한을 풀고 싶다. 저는 날마다 야위어가면서 그 일만 생각하고 있었습니다. 그러던 어느 날 밤, 저의 마음에 돌연 번쩍 하고 방책이 떠올랐습니다. '마리아' 님! '마리아' 님! 이 방책을 가르쳐주신 것 당신의 은혜임에 틀림없습니다. 단지 제 몸을 버리는 것, 토혈하는 병으로 쇠잔해져 뼈와 가죽뿐인 몸을 버리는 것, 그것만 각오하면 제 소망은 이루어집니다. 저는 그날 밤 기쁜 나머지 언제까지고 혼자 웃으며 같은 말을 되풀이하고 있었습니다. "진나이 대신 목이 잘린다. 진나이 대신 목이 잘린다……."

진나이 대신 목이 잘린다. 너무도 멋진 일이 아닙니까? 그렇게 하면 나와 함께 진나이의 죄도 없어져버린다. 진나이는 넓은 일본 안에서 어디라도 뽐내며 걸을 수 있을 것이다. 그 대신, (다시 웃는다) 그 대신 나는 오늘 밤 안에 전대미문의 큰 도적이 된다. 루손 스케자에몬의 지배인이었던 것도, 히젠 재상의 침향나무를 벤 것도, 리큐 거사의 친구가 된 것도, 샤무로야의 산호수를 사청한 것도, 후시미 성의 금고를 부순 것도, 여덟 명의 미가와 무사를 목 베어 넘어뜨린 것도……진나이의 모든 명예는 전부 저에게 빼앗깁니다. (세 번째 웃는다) 말하자면 진나이를 돕는 동시에 진나이의 명예를 죽이고, 한 집안의 은혜를 갚음과 동시에 저의 한을 푸는, 이 정도 유쾌한 보은은 없습니다. 제가 그날 밤 기쁜 나머지 계속 웃었던 것은 당연한 일입니다. 지금도 이 옥중에서 웃지 않고 있을 수 있겠습니까?

저는 이 방책을 생각한 후, 대궐에 도둑질을 하러 들어갔습니다. 땅거미가 진 밤, 이른 때여서 발 건너에 불빛이 아물거리기도 하고 소나무 속에 꽃이 희미하게 보이기도 하고, 그런 일도 본 듯이 기억하고 있습니다. 하지만 긴 회랑 지붕에서 인기척이 없는 정원에 뛰어내리자 갑자기 4, 5명의 경호 무사들에게 원대로 포박 당했습니다. 그때입니다. 저를 깔아 눕힌 수염을 기른 무사가 열심히 줄을 묶으면서 "이번에야말로 진나이를 맨손으로 잡은 거야."라고 중얼거리고 있지 않겠습니까? 그렇습니다. 아마카와 진나이 외에 누가 대궐에 숨어 들겠습니까? 저는 필사적으로 발버둥치고 있는 와중에도 이 말을 듣고 뜻하지 않게 미소를 지었습니다.

"이 진나이는 네놈의 은혜는 받지 않아." 그는 이렇게 말했습니다.

그러나 이제 저는 날이 밝자마자 진나이 대신 죽임을 당합니다. 이 얼마나 유쾌하고 짓궂은 일입니까. 제 목이 달린 채 그가 오는 것을 기다리고 있겠습니다. 진나이는 틀림없이 제 목에 소리 없는 웃음을 보이겠지요. '어때, 야사부로가 은혜 갚는 것은?' 그 웃음은 이렇게 말할 것입니다. '너는 이미 진나이가 아니다. 아마카와 진나이는 이 목이다. 저 천하에 소문 많던 일본 제일의 대도둑은!' (웃는다) 아, 저는 유쾌합니다. 이처럼 유쾌한 일은 일생에 단 한 번입니다. 하지만 만약 아버지 야사우에몬이 제 목을 보았을 때는, (괴로운 듯이) 용서하십시오, 아버지! 토혈하는 병에 걸린 저는 설령 목이 베이지 않는다 하더라도 3년 이상 살지 못합니다. 부디 불효를 용서하여 주십시오. 저는 방탕한 자식으로 태어났습니다만, 어쨌든 온 집안의 은혜만은 갚을 수 있었으니까요…….

(1922. 3)

역 자 일 람 ────────────────────────────

- 이시준(李市埈)

　도쿄대학대학원 / 문학박사 / 숭실대학교 일어일본학과 교수

- 임만호(任萬鎬)

　大東文化大学大学院 / 박사과정 수료 / 가천의과학대학교 교양학부 교수

- 이민희(李敏姬)

　고려대학교대학원 / 문학박사 / 고려대학교 일어일문학과 강사

- 송현순(宋鉉順)

　나라여자대학대학원 박사과정 수료 / 단국대학교대학원 / 문학박사 / 우석대학
　교 일본어과 교수

- 윤상현(尹相鉉)

　한국외국어대학교대학원 / 문학박사 / 가천대학교 학술연구교수

- 조성미(趙成美)

　한양대학교대학원 / 문학박사 / 성신여대 일어일문학과 강사

- 김명주(金明珠)

　고베여자대학대학원 / 문학박사 / 경상대학교 일본어교육학과 교수

- 김정희(金靜姬)

　니가타대학대학원 / 박사과정 수료 / 숭실대학교 일어일본학과 겸임교수

- 윤　일(尹一)

　규슈대학대학원 / 문학박사 / 부경대학교 일어일문학부 교수

- 최정아(崔貞娥)

　奈良女子大学大学院 / 문학박사 / 광운대학교 일본학과 교수

- 김난희(金鸞姬)

　중앙대학교대학원 / 문학박사 / 제주대학교 일어일문학과 교수

- 김정숙(金貞淑)

　중앙대학교대학원 / 문학박사 / 중앙대학교 일본어과 강사

· 김상원(金尙垣)

    동국대학교대학원/ 문학박사 / 동국대학교 일어일문학과 강사

· 조경숙(曹慶淑)

    페리스여자대학교 대학원 / 문학박사 / 경북대학교 동서사상연구소 학술연구교수

· 김효순(金孝順)

    쓰쿠바대학대학원 / 문학박사 / 고려대학교 일본연구센터 HK연구교수

· 조사옥(曺紗玉)

    二松学舎大学大学院 / 문학박사 / 인천대학교 일어일문학과 교수

· 신기동(申基東)

    도호쿠대학대학원 / 문학박사 / 강원대학교 일본어학과 교수

· 하태후(河泰厚)

    바이코가쿠인대학대학원 / 문학박사 / 경일대학교 외국어학부 교수

아쿠타가와 류노스케 전집 Ⅳ
芥川龍之介　全集

초판인쇄　2013년　07월　20일
초판발행　2013년　07월　31일

저　　자　아쿠타가와 류노스케
편　　자　조사옥
본권번역　김효순 윤상현 이시준 조경숙 외
발 행 인　윤석현
발 행 처　제이앤씨
등　　록　제7-220호

우편주소　서울시 도봉구 창동 624-1 북한산 현대홈시티 102-1106
대표전화　(02)992-3253
전　　송　(02)991-1285
전자우편　jncbook@hanmail.net
홈페이지　http://www.jncbook.co.kr
책임편집　이신 · 김선은

ⓒ 조사옥 외, 2013. Printed in KOREA.

ISBN 978-89-5668-948-7　93830　　　정가 27,000원